Títulos del autor publicados por Ediciones B

HUÉRFANO X

LA TRAMA

HUÉRFANO X

Gregg Hurwitz

Traducción de Gema Moral Bartolomé

Barcelona • Madrid • Bogotá • Buenos Aires • Caracas • México D.F. • Miami • Montevideo • Santiago de Chile

Título original: *Orphan X*
Traducción: Gema Moral Bartolomé
1.ª edición: septiembre 2016

© 016 by Gregg Hurwitz
© Ediciones B, S. A., 2016
    Consell de Cent, 425-427 - 08009 Barcelona (España)
    www.edicionesb.com

Printed in Spain
ISBN: 978-84-666-5923-9
DL B 13263-2016

Impreso por QP PRINT

A todos los chicos y chicas malos, a los rebeldes y los justicieros...

Philip Marlowe y Sam Spade, Bruce Wayne y Jason Bourne, Bond y Bullitt, Joe Pike y Jack Reacher, Hawk y Travis McGee, los Siete Samuráis y los Siete Magníficos, Mack Bolan y Frank Castle, los tres John (W. Creasey, Rambo y McClane), el capitán Ahab y Guy Montag, Mike Hammer y Paul Kersey, el Llanero Solitario y La Sombra, Robin Hood y Van Helsing, Beowulf y Gilgamesh, Ellen Ripley y Sarah Connor, Perseo y Coriolano, Hanna y Hannibal, el Hombre sin Nombre y el Profesional, Parker y Lucy, Arya Stark y George Stark, Pike Bishop y Harmonica, Lancelot y Aquiles, Shane y Snake Plissken, Ethan Edwards y Bill Munny, Jack Bauer y Repairman Jack, the Killer y the Killer, el Zorro y el Avispón Verde, Dexter y Mad Max, los Doce del Patíbulo y Harry el Sucio, Terminator y Lady Vengeance, Cool Hand Luke y Lucas Davenport, Logan 5 y James *Logan* Howlett, V y Vic Mackey, Hartigan y Marv, Sherlock y Luther, Veronica Mars y Selina Kyle

... por ser tan malos que son buenos.

RIPLEY: Lo que haces está mal.
LUTHER: Ya lo sé.
RIPLEY: ¿Y por qué lo haces entonces?
LUTHER: Porque es lo correcto.

en *Luther*,
creado por NEIL CROSS

PRÓLOGO

Prueba de fuego

Evan, de doce años, permanece rígido en el cómodo asiento del pasajero del sedán negro, que circula en silencio. Tiene una mejilla hendida y la sien amoratada. Le gotea sangre caliente por el cuello, mezclándose con el sudor provocado por el pánico. Tiene despellejadas las muñecas donde antes llevaba las esposas. Los latidos del corazón le resuenan con fuerza en el pecho y la cabeza.

Pone todo su empeño en no dejar traslucir nada.

Solo lleva cinco minutos en el coche. Huele a cuero del caro. El conductor le ha dicho su nombre, Jack Johns. Pero nada más.

Un tipo mayor, de cincuenta y tantos por lo menos, con un rostro ancho y atractivo. Fornido como un receptor de béisbol, y con una penetrante mirada en consonancia.

Jack saca un pañuelo del bolsillo trasero de los pantalones, lo sacude y se lo tiende por encima del cambio de marchas.

—Para la mejilla.

Evan mira el fino pañuelo de hilo.

—Se manchará de sangre.

Jack se muestra divertido.

—No importa.

Evan se limpia la cara.

Era el más pequeño de los chicos, el último al que elegían en los deportes. Había tenido que pasar por una serie de desafíos brutales para llegar hasta aquel asiento, para lograr ser el elegido. Ninguno de ellos había sabido qué pensar del Hombre Miste-

rioso cuando este apareció junto a las agrietadas pistas de baloncesto, observando a los chicos que jugaban y peleaban. Oculto tras unas Ray-Ban, pasando los dedos por la valla metálica, fumando un cigarrillo tras otro. Caminaba despacio, nunca con prisa, y sin embargo siempre parecía esfumarse tan rápidamente como había aparecido. Abundaban las hipótesis: era Amador el Acosador; un rico hombre de negocios que pretendía adoptar a un niño; un traficante de órganos para el mercado negro; un reclutador para la mafia griega.

Evan había estado dispuesto a dar el salto.

Lo habían sacado de la circulación con la misma facilidad con que un ovni se lo habría llevado volando. Una prueba de fuego, una especie de reclutamiento, sí, pero Evan aún no tiene la menor idea de para qué.

Solo sabe que cualquiera que sea el lugar al que vaya será mejor que lo que deja atrás en East Baltimore.

Su estómago suelta un crujido que lo avergüenza incluso allí, incluso entonces. Se mira en el espejo lateral del coche. Parece desnutrido. Quizás allá donde vaya habrá comida en abundancia.

O quizás él será la comida.

Se arma de valor. Carraspea.

—¿Para qué me quiere? —pregunta.

—Aún no te lo puedo decir. —Jack conduce en silencio durante un rato, luego parece darse cuenta de que su respuesta no es satisfactoria para un chico en la situación de Evan—. Aunque no te lo cuente todo ahora mismo —añade con un tono que bordea la disculpa—, nunca te mentiré.

Evan lo observa detenidamente. Decide creérselo.

—¿Me van a hacer daño?

Jack sigue conduciendo con la vista al frente.

—A veces —dice.

1

La bebida de la mañana

Tras comprar un juego de silenciadores para pistola a un suministrador de armas de Las Vegas al que le faltaba un dedo, Evan Smoak se dirigió a casa en su camioneta Ford, esforzándose en que la herida de cuchillo no lo distrajera.

El corte del antebrazo se lo habían hecho en un altercado ocurrido en una parada de camiones. No le gustaba mezclarse con nada ni con nadie ajeno a sus misiones, pero una chica de quince años necesitaba su ayuda. Así que allí estaba ahora, intentando no desangrarse sobre el cambio de marchas hasta que llegara a casa y pudiera ocuparse de la herida debidamente. De momento se había hecho un torniquete con un calcetín, usando los dientes para apretar el nudo.

Tenía ganas de volver a casa. Hacía día y medio que no dormía. Pensó en la botella de vodka de triple destilación que tenía en el congelador de su frigorífico Sub-Zero. Pensó en el móvil que tenía en la guantera y en que iba a sonar cualquier día.

Avanzando lentamente hacia el oeste a través del denso tráfico de Beverly Hills, se adentró en el Wilshire Corridor, una avenida de edificios de apartamentos que en Los Ángeles pasaban por rascacielos. Su edificio, llamado ostentosamente Castle Heights, ocupaba el extremo este, lo que daba a los pisos más altos una vista panorámica del centro de Los Ángeles. Sin reformar desde los noventa, tenía un anticuado aire suntuoso, con relucientes apliques de latón y mármol en tonalidades salmón. Castle Heights no era ni pijo ni moderno en una ciudad que aspiraba a ambas cosas, y cubría perfectamente las necesidades de Evan. Atraía a cirujanos y ejecutivos de cabello plateado, jubilados adinerados y chapados a la antigua que pertenecían desde siempre a algún club de campo. Unos años antes se había instalado allí un base mediocre de los Lakers llevando consigo quince minutos de molestos medios de comunicación, pero pronto lo habían vendido a otro club, lo que había permitido a los residentes volver a arrellanarse en la comodidad de su vida apacible y discreta.

Evan atravesó el pórtico, haciendo un gesto al aparcacoches para indicarle que aparcaría él mismo, y luego giró para bajar por la rampa que conducía al párking del edificio. La camioneta ocupó limpiamente su plaza entre dos columnas de hormigón, donde quedaba oculta a la vista de la mayor parte de la planta y del resplandor de los fluorescentes cenitales.

Sin bajar de la camioneta, desató el calcetín del antebrazo y examinó la herida. Los bordes se veían nítidos y limpios, pero impresionaba. Tenía pegotes de sangre en el suave vello, aunque la sangre de la herida en sí aún no había coagulado del todo. El daño era superficial. Seis puntos, tal vez siete.

Sacó el móvil de la guantera. Un RoamZone de goma negra endurecida, revestimiento de fibra de vidrio y Gorilla Glass. Lo tenía siempre al alcance del oído.

Siempre.

Tras comprobar el retrovisor para asegurarse de que el aparcamiento estaba vacío, bajó y se puso uno de los jerséis negros que guardaba detrás del asiento. Los silenciadores los llevaba en una bolsa de la compra. Arrojó encima la camisa y el calcetín ensangrentados.

Tras comprobar la batería del RoamZone (dos rayas), se lo metió en el bolsillo delantero y subió las escaleras hasta la planta siguiente.

Antes de trasponer la puerta del vestíbulo, se detuvo para respirar hondo, preparándose para la transición de un mundo al otro.

Treinta y dos pasos desde la puerta hasta el ascensor, una rápida ascensión y estaría a salvo.

Accedió al vestíbulo, donde el aire olía a flores recién cortadas. Sus zapatos resonaron en el suelo de baldosas cuando se abrió paso sonriendo levemente entre los residentes que pululaban por allí con sus bolsas de la compra y sus conversaciones por móvil. Evan tenía treinta y tantos años y estaba en forma, pero no tenía tanto músculo como para destacar entre ellos. Era solo un tipo corriente, no demasiado guapo.

Castle Heights se enorgullecía de sus medidas de seguridad, y el mostrador desde el que se controlaba el ascensor no era la menos importante. Evan hizo un gesto al guardia que se hallaba ante los monitores que había detrás del alto mostrador.

—Al veintiuno, Joaquín —dijo.

Una voz le habló a la espalda.

—¿Por qué no dice «ático» y ya está? Es la planta del ático. —Una mano lo aferró por el antebrazo herido, apretándolo, y Evan sintió una súbita quemazón bajo el jersey.

Se volvió hacia la veterana baja y regordeta que tenía al lado (Ida Rosenbaum, del 6G), y esbozó una sonrisa.

—Supongo que tiene razón, señora.

—Y además —prosiguió ella—, tenemos reunión de la comunidad de propietarios en la sala del décimo. Y empieza ahora mismo. Se ha perdido usted las tres últimas, según mis cuentas. —Para compensar la pérdida de audición, su volumen de voz era tan alto que todos en el vestíbulo quedaron informados del registro de asistencias de Evan.

El ascensor llegó con un tintineo.

La señora Rosenbaum apretó más el brazo de Evan y fijó su autoritaria mirada en Joaquín.

—Va a la reunión de la comunidad de propietarios.

—¡Esperen! ¡Retengan el ascensor! —La mujer del 12B, Mia Hall, entraba por la puerta de cristal de la entrada principal empujándola con la cadera, con un pesado bolso colgado de una mano, su hijo de la otra, y un iPhone apretado entre la mejilla y el hombro.

Evan exhaló un suspiro de cansancio y se desasió suavemente de la zarpa de la señora Rosenbaum. Sintió entonces que volvía a brotar la sangre, lo que hizo que el jersey se le pegara a la piel.

Mia se dirigía presurosa hacia ellos, arrastrando del brazo a su hijo de ocho años, mientras terminaba de soltarle su perorata al móvil atropelladamente: «Feliz cumpleaños con retraso, feliz, lo siento, se me ha estropeado el coche y he ido al mecánico que me ha dicho que tengo que cambiarle las pastillas de freno que valen un ojo de la cara así que no he podido ir a recoger a Peter al colegio y ha tenido que irse a casa de un amigo y por eso me he olvidado de enviarte un mensaje antes, cumpleaños feliz.»

Alzó la cara y dejó que el móvil cayera en su espacioso bolso.

—¡Lo siento, lo siento! Gracias. —Entró en el ascensor y alzó la voz hacia el mostrador—: Hola, Joaquín. ¿No tenemos reunión de la comunidad de propietarios ahora mismo?

—En efecto —dijo la señora Rosenbaum, escueta.

Joaquín miró a Evan enarcando las cejas («Lo siento, tío») y luego las puertas del ascensor se cerraron. El perfume de Ida Rosenbaum, en un recinto cerrado, ofuscaba.

No tardó mucho en romper el relativo silencio del cubículo.

—Todo el mundo con el móvil pegado a la oreja todo el tiempo —dijo a Mia—. ¿Sabe quién lo predijo? Mi Herb, que en paz descanse. Dijo: «Un día la gente acabará hablando con pantallas todo el día y ni siquiera necesitarán a otros humanos.»

Mientras Mia replicaba, Evan bajó la vista hacia Peter, que lo miraba con sus oscuros ojos castaños. Sus finos cabellos rubios caían lacios, a excepción de un mechón en la nuca que se rizaba desafiando la gravedad. Le habían puesto una vistosa tirita en su pronunciada frente. El niño miró el pie de Evan y ladeó la cabeza. Lentamente, Evan se percató del aire frío que notaba en el tobillo desnudo. El calcetín que le faltaba. Adelantó un poco la otra pierna, deslizando el tobillo ofensivo fuera de la vista del pequeño.

Le llegó la voz de Mia.

Estaba claro que le había hecho una pregunta. Evan la miró. Tenía el puente de la nariz cubierto de unas pecas ligeras que no eran visibles a una luz tenue, y una abundante y enredada melena de relucientes cabellos castaños. Se había acostumbrado a verla en un estado frenético de madre sola, con carreras en las medias y haciendo malabarismos con una fiambrera de Batman y el bolso, pero al brillo de las luces del ascensor la veía de un modo distinto.

—¿Disculpe? —dijo Evan.

—¿No le parece? —repitió ella, alborotando los cabellos de Peter cariñosamente—. ¿No sería aburrida la vida si no tuviéramos a otras personas a nuestro alrededor para complicarlo todo?

Evan notaba la manga mojada.

—Desde luego —respondió.

—¿Mamá? Mamá. La tirita se está cayendo.

—Ya le digo —dijo Mia a la señora Rosenbaum, que no le devolvió la sonrisa. Revolvió en el bolso—. Tengo más por aquí, en alguna parte.

—Las de los Teleñecos —pidió Peter. Tenía una voz rasposa, propia de alguien mayor—. Quiero una de Animal.

—Ya tienes una. En la cabeza.

—Entonces de Gustavo.

—Gustavo era la de esta mañana. ¿Peggy?

—¡No! Gonzo.

—¡Aquí está Gonzo!

Mientras ella aplicaba la nueva tirita con los pulgares y le daba un beso a Peter en la cabeza, Evan se arriesgó a echar una rápida ojeada a la manga del jersey. La sangre empezaba a traspasar el tejido negro, volviéndolo más negro aún en el antebrazo. Se movió y los silenciadores hicieron un ruido metálico en la bolsa de papel que llevaba colgando a un lado. En la bolsa había aparecido una mancha; el calcetín ensangrentado la estaba empapando. Evan apretó los dientes, echó la bolsa atrás y la depositó en el suelo con la mancha de cara a la pared.

—Es Evan, ¿verdad? —Mia volvía a dirigirle su atención—. ¿Y a qué se dedica?

—Soy importador.

—Ah. ¿Y de qué?

Él miró el indicador luminoso. El ascensor parecía moverse con lentitud pasmosa.

—Suministros industriales de limpieza. Vendemos principalmente a hoteles y restaurantes.

Mia apoyó el hombro en el tabique. Se le abrían las solapas de la chaqueta de diseño de imitación, proporcionando una generosa vista de su camisa.

—¿Y bien? ¿No va a preguntarme a qué me dedico yo? —Su tono sonó divertido, sin llegar del todo a coqueto—. Así es como funcionan las conversaciones.

Ayudante del fiscal de distrito, juzgado de Torrance. Viuda desde hacía cinco años. Se había comprado el pequeño apartamento del duodécimo piso unos meses atrás con lo que le quedaba del seguro de vida.

Evan esbozó una amable sonrisa.

—¿A qué se dedica?

—Soy fiscal de distrito —respondió ella con burlona pomposidad—. Así que será mejor que se ande con cuidado.

Evan emitió un sonido para parecer impresionado. Ella asintió con la cabeza, satisfecha, y sacó del bolso un bollo con semillas de amapola. Con el rabillo del ojo, Evan se percató de que Peter volvía a mirarle el tobillo desnudo con curiosidad.

El ascensor se detuvo en el octavo piso. Procedente de la sala común, subieron unos residentes encabezados por Hugh Walters, presidente de la comunidad y monologuista de primera.

—Excelente, excelente —dijo Walters—. Es fundamental que haya una buena asistencia a la reunión de esta noche. Votaremos qué bebidas se ofrecerán en el vestíbulo por la mañana.

—Pues yo... —dijo Evan.

—Descafeinado o normal.

—Pero ¿quién bebe descafeinado? —preguntó Lorilee Smithson, 3F, una tercera esposa cuyo rostro se había vuelto vagamente felino a causa de la cirugía plástica.

—Las personas con arritmia —interpuso la señora Rosenbaum.

—Vale, Ida —repuso Lorilee—. Eres condescendiente conmigo solo porque soy guapa.

—No. Soy condescendiente contigo porque eres tonta.

—Yo propongo que ofrezcamos kombucha —terció Johnny Middleton, 8E. De cuarenta y tantos años y con un trasplante capilar, se había mudado al edificio con su padre viudo, un director de finanzas, hacía varios años. Como siempre, llevaba un chándal con la pegatina del programa de artes marciales mixtas al que asistía (o al menos hablaba de ello sin cesar) desde hacía dos años—.

Tiene probióticos y anticuerpos. Es mucho más saludable que el descafeinado.

El ascensor paró de nuevo y unos residentes entraron apretujados, aplastando a Evan contra el tabique del fondo. Tenía picores, la sangre se agolpaba en sus oídos con un zumbido. Las zonas de guerra o de riesgo elevado lo mantenían sereno y concentrado, pero la charla insustancial de Castle Heights lo desorientaba. Mia alzó la vista del bollo que estaba mordisqueando y puso los ojos en blanco.

—Últimamente no sabemos gran cosa de usted, señor Smoak —dijo Hugh con estudiado aire desdeñoso. Sus ojos inquisitivos se parapetaban tras unas gafas de montura negra tan anticuadas que volvían a estar de moda—. ¿Le gustaría dar su opinión sobre la bebida de la mañana?

Evan carraspeó.

—No siento una gran necesidad de tomar kombucha.

—Quizá si hiciera ejercicio de vez en cuando en lugar de pasarse el día jugueteando con hojas de cálculo... —susurró Johnny con voz audible, y su pulla provocó una risita nerviosa de Lorilee y miradas de recriminación de otros.

Evan bajó la vista, esforzándose por ser paciente, y vio que la mancha de la manga se extendía lentamente. Cruzó los brazos con aire distraído para ocultarla.

—Su suéter —susurró Mia. Se inclinó hacia él, llevando consigo el agradable olor de su crema de citronela—. Está mojado.

—Se me ha caído algo en el coche —dijo Evan. Los ojos de Mia seguían fijos en la manga, así que Evan añadió—: Zumo de uvas.

—¿Zumo de uvas?

El ascensor se detuvo bruscamente con una sacudida.

—¡Hala! —exclamó Lorilee—. ¿Qué ha pasado?

—Quizá tus labios hinchados le han dado al botón de parada de emergencia.

Los ocupantes se removieron como ganado apretujado en el redil. Un movimiento borroso a su lado atrajo la atención de Evan. Era Peter agachándose para levantarle la pernera del pantalón con sus pequeños dedos y poner al descubierto el tobillo curiosamente desnudo. Evan apartó el pie y sin querer volcó la bolsa marrón. Uno de los silenciadores de pistola salió rodando. El tubo metálico repiqueteó en el suelo.

Peter puso unos ojos como platos, recogió el silenciador y lo volvió a meter en la bolsa de Evan.

—Peter —dijo su madre—. Levántate. No hay que arrastrarse por el suelo. ¿Cómo se te ocurre?

El niño se levantó tímidamente, retorciéndose las manos.

—Se me ha caído una cosa —dijo Evan—. Me la estaba recogiendo.

—¿Qué demonios era esa cosa? —preguntó Johnny.

Evan decidió dejar que la pregunta pasara por retórica.

Johnny logró finalmente desatascar el botón rojo, y el ascensor prosiguió su camino. Cuando llegaron al décimo piso y se abrieron las puertas, Hugh las sujetó. Miró a Peter y a Mia.

—Deduzco que no ha buscado a nadie para que le cuide al niño.

Las mujeres que había cerca, unas ocho, se indignaron.

—Soy una madre sola —dijo Mia.

—Las normas de la comunidad de propietarios indican expresamente que no se permite a los niños asistir a las reuniones.

—Muy bien, Hugh. —Mia esbozó una sonrisa radiante—. Vas a perder la votación sobre las begonias colgantes en la zona de la piscina.

Hugh frunció el entrecejo y abandonó el ascensor con los demás. Evan intentó quedarse atrás con Mia y Peter, pero la señora Rosenbaum tendió la mano y volvió a sujetarlo por el antebrazo, agrietando las costras que se estaban formando bajo el jersey.

—A ver —dijo—. Si vive usted en este edificio, tendrá que cumplir con su parte como todos los demás.

—Lo siento —se excusó Evan—. Tengo que volver a mis hojas de cálculo.

Y se soltó de la mano de la mujer, a quien las arrugadas yemas de los dedos le habían quedado manchadas de sangre. Le dio unas palmaditas en la mano, aprovechando el gesto para limpiarle los dedos con la otra mano.

Las puertas se cerraron. Mia guardó los restos del bollo de semillas de amapola en su envoltorio de papel, se lo metió en el bolso y lanzó una mirada al techo. Siguieron subiendo en silencio. Evan sujetaba su bolsa con el borde doblado para cubrir la mancha. También mantenía el pie sin calcetín y la manga ensangrentada hacia el tabique más alejado de Mia y Peter.

Peter miraba fijamente al frente. Llegaron al duodécimo y Mia se despidió y salió del ascensor, seguida de Peter. Las puertas empezaron a cerrarse, pero entonces una mano diminuta se coló por la rendija y las puertas se detuvieron con una sacudida y volvieron a abrirse.

El rostro de Peter asomó con una expresión solemne que se contradecía con la cara de Gonzo de la tirita de la frente.

—Gracias por encubrirme —dijo.

Antes de que Evan pudiera responder, las puertas habían vuelto a cerrarse.

2

Fortaleza de soledad

La puerta del 21A era exactamente igual que el resto de puertas del edificio, conforme a las normas de la comunidad de propietarios, y pasaba desapercibida a la mirada inquisitiva de Hugh Walters durante sus inspecciones mensuales de los pisos. Lo que Hugh no sabía era que la fina lámina de madera ocultaba una puerta de acero que tenía una resistencia al fuego de seis horas, era inmune a arietes y repelía con eficacia todo intento de forzar las bisagras.

Al llegar por fin a su apartamento, Evan introdujo la llave en la cerradura de aspecto corriente. Cuando giró la llave, se descorrió la red oculta de barras de seguridad que había en el interior de la puerta con un ruido metálico más fuerte de lo normal.

Entró, cerró la puerta, desactivó la alarma, dejó la bolsa de papel ensangrentada sobre una mesita de cristal y exhaló un suspiro.

Por fin en casa.

O al menos en su versión de una casa.

Los balcones y ventanas ampliaban al máximo la vista panorámica desde el ático esquinero. Veinte kilómetros hacia el este, brillaban las luces de la silueta irregular del centro de la ciudad. Al sur se alzaba Century City.

La disposición del apartamento era básicamente abierta, con suelos de hormigón gris oscuro, una chimenea central sin apoyos, varias columnas y una escalera de acero que subía en espiral hasta el altillo, raramente utilizado, que Evan había convertido en sala de lectura. La cocina incluía encimeras de hormigón encofrado, electrodomésticos de acero inoxidable, grifería de níquel cepillado, y panel contra salpicaduras de baldosas de espejo. Desde la amplia isleta se extendía una espaciosa zona donde apenas había unas esteras y aparatos para ejercitarse, y algún que otro asiento.

Las ventanas y puertas cristaleras eran de Lexan, una resina termoplástica de policarbonato antibalas, y las pantallas enrollables para proteger del sol proporcionaban una segunda y discreta defensa. Fabricadas con diminutas anillas entrelazadas como una cota de malla, el metal estaba compuesto por una rara variante del titanio. Las pantallas detendrían la mayoría de los disparos de un francotirador que lograran penetrar los cristales antibalas. Añadían un escudo protector adicional frente a dispositivos explosivos, al tiempo que bloqueaban la visión de posibles sicarios o personas que le siguieran la pista.

Y además constituían una excelente protección solar.

Incluso había reforzado las paredes. Evan había realizado aquellas reformas lentamente a lo largo de los años, utilizando diferentes proveedores en cada ocasión, enviando las piezas por separado a diferentes direcciones, y montándolo casi todo en otro lugar. Cuando necesitaba contratar a instaladores, se aseguraba de que no supieran nunca exactamente qué estaban instalando. Con una meticulosa planificación y mucha paciencia, había construido una fortaleza de soledad sin que nadie se diera cuenta.

Le gustaba aquel mundo que se había creado tras la puerta del 21A. Sin embargo, estaba preparado para abandonarlo en cualquier momento.

Se dirigió a la cocina y sus pasos resonaron sobre el hormigón pulido. El único destello de color y extravagancia era la llamada «pared viviente» instalada junto a los fogones. Se trataba de un jardín vertical regado por un sistema de goteo y en el que crecía de todo, desde menta y camomila hasta té, cilantro, perejil, salvia, albahaca y pimientos para tortillas. Aunque era diciembre, la camomila florecía en el ambiente cuidadosamente controlado del ático.

Algunas veces le daba que pensar que el único ser vivo con el que compartía su vida fuera una pared.

Pero tenía los Mandamientos, y los Mandamientos lo eran todo.

Se acercó al frigorífico Sub-Zero y del cajón del congelador sacó una escarchada botella de U'Luvka, un vodka polaco con el nombre de un tipo de cristal. Vertió un chorro en una coctelera sobre hielo destilado y la agitó hasta que las palmas se le quedaron pegadas al metal helado. Luego traspasó el contenido a una copa de Martini enfriada. Bebió, cerrando los ojos de puro placer al notar la quemazón del frío.

Pasó junto al aromático jardín vertical y salió por la puerta corredera que daba al sur. El suelo del balcón estaba cubierto de piedras de cuarzo que crujieron bajo sus pies, ya que de eso se trataba precisamente. El *software* de detección incrustado en marcos de puertas y ventanas captaba la señal acústica exacta del crujido de las piedras, alertando de la presión ejercida por cualquier objeto que pesara más de 23 kilos. Los sensores también se disparaban si alguna cosa de cualquier tamaño se acercaba a los cristales.

Cerca del borde del balcón había un macetero cuadrado que contenía una variedad de achaparradas plantas crasas y un paracaídas de salto base alojado detrás de un panel empotrado, preparado para una huida precipitada.

Apoyó los codos en la barandilla y volvió a tomar un sorbo, notando el calor del vodka en las mejillas. A lo lejos, la medialuna que formaba Marina del Rey centelleaba a orillas de las negras aguas del Pacífico.

Un movimiento en el edificio vecino atrajo su atención. Evan se encontraba frente al apartamento 19H del otro lado de la calle. Joey Delarosa apareció brevemente a la vista tras las persianas, comiendo de un tarro con una cuchara de madera mientras un partido de fútbol americano lanzaba destellos en el fondo. Era un contable de poca monta en una gran corporación, y se pasaba la mayor parte del tiempo libre comiendo y viendo la televisión. Una vez al mes más o menos, se iba a pillar una buena curda, volvía tambaleándose a casa desde los bares de Westwood y llamaba a su ex mujer, llorando. Sus llamadas topaban con una fría recepción; Joey no había cumplido la orden de alejamiento telefónico ni había pagado la pensión por su hijo durante tres años. Su último altercado doméstico había acabado con la que entonces era su esposa en coma durante dos días, además de dejar a su hijo con una cojera permanente, por la naturaleza de los cartílagos de los niños de seis años de edad. La puerta de servicio de la cocina de Joey, que se encontraba cerca del conducto para tirar la basura, tenía una cerradura de placas Schlage que Evan podía forzar en unos seis segundos con una llave de tensión doble.

Evan era siempre meticuloso en conocer a fondo su entorno. Su cabeza albergaba un catálogo de información y planos de todo lo que tenía al alcance de la vista, de cada residente, cada escalera, cada cuadro de mandos eléctrico y cada perro que ladraba.

El Tercer Mandamiento, que le habían repetido machaconamente desde que tenía doce años, rezaba: «Domina tu entorno.»

Pasó un rato bebiendo el frío vodka y respirando el aire fresco.

La costumbre le impulsó a comprobar el RoamZone negro una vez más. A pesar de su batería de ion de litio de alta densidad, apenas le quedaba una barra. Volvió a entrar, lo enchufó al cargador que había sobre la encimera de la cocina, y sincronizó el timbre con el altavoz incorporado para poder oírlo desde cualquier punto del amplísimo apartamento. El número era muy fácil de recordar, alfanumérico: 1-855-2-NOWHERE.*

Tenía un dígito menos de lo habitual, pero dado el estado en que se encontraban los que llamaban al marcarlo, necesitaban algo sencillo y que pudieran recordar.

El teléfono negro no había sonado en diez semanas. Lo que significaba que podía sonar pronto o al cabo de varios meses. Él nunca lo sabía. Esperaría, por mucho que tardara.

Se sentía impaciente y repitió el Séptimo Mandamiento mentalmente como un mantra: «Las misiones de una en una. Las misiones de una en una.»

Se quitó todo menos los bóxers, y luego encendió fuego con leños de abedul y quemó la ropa, la bolsa de papel manchada y el calcetín ensangrentado. Caminando sin hacer ruido, se dirigió al cuarto de baño del dormitorio principal con los dos silenciadores y los dejó sobre el mármol. La pieza central del dormitorio era

* «Ninguna parte, ningún lugar.» *(N. de la T.)*

una cama Maglev que literalmente flotaba en el aire a medio metro del suelo, gracias a una placa repelida por unos imanes permanentes de neodimio increíblemente potentes. Unos cables mantenían la placa en el sitio, evitando el mínimo bamboleo. La empresa de diseño finlandesa afirmaba que el magnetismo tenía un efecto curativo, pero escaseaban las pruebas médicas. A Evan simplemente le gustaba su aspecto. Sin patas, sin cabecero, sin pie. Minimalismo extremo.

En el cuarto de baño, empujó la puerta de vidrio esmerilado de la ducha, que se deslizó silenciosamente. Abrió el agua, lo más caliente que pudo soportar. Se limpió la suciedad y el sudor y pudo ver mejor la herida del antebrazo. No estaba mal. Un corte bastante limpio que se curaría bien. Salió de la ducha, se secó con una toalla y luego se ocupó de la herida. Descartando los puntos o las tiras de sutura adhesivas, juntó los bordes de piel y los selló con pegamento superfuerte. A medida que la piel se curara, empujaría el pegamento seco hacia fuera.

Volvió al dormitorio. En la cómoda guardaba unas veinte camisetas grises con escote en pico, una docena de tejanos oscuros a juego y el mismo número de sudaderas. Después de vestirse, vaciló y se quedó mirando el último cajón.

Exhaló un suspiró y lo abrió. Apartó a un lado los bóxers doblados. Una muesca del tamaño de una uña en el borde de la madera era la única señal de que había un falso fondo.

Alargó la mano hacia ella, pero se detuvo a unos centímetros.

Pensó en el objeto que se ocultaba debajo, luego recolocó los bóxers y cerró el cajón. El día había sido largo y no había necesidad de abrir el fondo falso y todo lo que suponía.

Tras un rápido pasaje por la cocina para coger un cubito de hielo, regresó al cuarto de baño y recogió los silenciadores. Se metió en la ducha aún húmeda, agarró el mando del agua caliente y lo giró en el sentido erróneo. El mando era electrónico y se accionaba con la huella de su palma. Cuando lo accionó hasta el tope, se abrió hacia dentro una puerta disimulada en los azulejos, dejando al descubierto una habitación oculta.

Mentalmente se refería al espacio irregular de cuarenta metros cuadrados como «la Bóveda». Con la excusa de una aparente reforma, le había «puesto paredes» al incómodo espacio de almacenamiento situado al fondo del apartamento. Embutido bajo la escalera comunitaria que llevaba a la azotea, el cuarto tenía las vigas al aire y paredes de hormigón sin pintar, y la base de la escalera que descendía desde el techo sobre la cabeza. Ningún otro apartamento disponía de aquel espacio; a nadie se le ocurriría buscarlo, ni siquiera se imaginaría su existencia.

Accesible tan solo a través de aquella puerta oculta, Evan tenía su arsenal y su mesa de trabajo en la pared bajo la base de la escalera. En el centro, y sobre el escritorio de metal laminado en forma de L, había un batiburrillo de torres de ordenador, antenas y servidores. La hilera de monitores alineados contra otra pared mostraba las entrañas de Castle Heights, varios ángulos de rellanos y escaleras. Las imágenes de vídeo se pirateaban fácilmente desde las cámaras de seguridad fabricadas en Taiwán, baratas pero recias, instaladas por todo el edificio.

Un ordenador sin conexión a internet contenía sus datos bancarios. Su cuenta principal se encontraba en Luxemburgo bajo el nombre Z$Q9R#)3, protegida por una contraseña de cuarenta palabras que formaban una frase sin sentido. Solo se podía acceder a la cuenta por vía telefónica, y las transferencias solo se podían realizar mediante órdenes verbales. No había acceso electrónico, ni transacciones virtuales ni tarjetas de débito. Había esparcido cuentas secundarias por otros paraísos fiscales (Bermudas, Chipre, Islas Caimán), y cualquier documento relacionado con ellas se manejaba a través de una serie de fideicomisos y empresas pantalla radicadas en Road Town, Tortola (una de las Islas Vírgenes Británicas).

Como Jack solía decir: «Círculos concéntricos que no se tocan.»

Evan había progresado mucho desde que había abandonado East Baltimore.

Además de la alfombrilla del ratón, sobre la mesa central había un cuenco de cristal con una planta de aloe vera del tamaño de un puño metida entre guijarros de vidrio azules. Evan dejó caer el cubito de hielo entre las agudas hojas dentadas, un simple sistema de riego que *Vera* necesitaba semanalmente.

Luego metió los silenciadores en una de las taquillas donde guardaba las armas y después salió y cerró la Bóveda tras él.

De nuevo en la estancia principal, se sentó por fin en la zona alfombrada, con las piernas cruzadas, la espalda recta, las manos descansando sobre las rodillas. Meditando. Se centró en la forma de su cuerpo. La presión que ejercía contra el suelo. El peso de las manos. El conducto respiratorio, de la nariz a la garganta y el pecho. El aroma de los troncos de abedul ardiendo que notaba en la garganta. Observó las espirales en el armario de madera de sándalo, los hilos de la alfombra turca, el modo en que las persianas difuminaban las luces de la ciudad convirtiéndolas en un tenue resplandor naranja. El propósito era verlo todo como si fuera la primera vez. Ese era el propósito en todas partes. Siempre.

Su respiración era su apoyo.

Entornó los ojos, ni abiertos ni cerrados, haciendo que su entorno se volviera vago, como en un sueño donde no había pasado ni futuro. Se liberó del día, de las cuatro horas de coche desde Las Vegas, de la cuchillada, del sonsonete de la voz de Hugh Walters en el ascensor. El aire acondicionado le hacía cosquillas en la nuca. La herida del antebrazo irradiaba un calor punzante que no era del todo desagradable.

Se percató de que el hombro izquierdo estaba algo desequilibrado y relajó la postura levemente encorvada, bajándolo unos milímetros hasta notar el estiramiento del músculo. Alineó cuerpo y mente hasta que se convirtió en respiración y solo respiración, hasta que el mundo fue la respiración y no hubo nada más.

Permaneció sentado de esa manera, sumido en una maravillosa quietud.

Y entonces algo lo arrancó de su trance sobre la alfombra turca. Parpadeó varias veces para aclimatar los ojos y reorientarse. Comprendió lo que le había sobresaltado, sacándolo de la meditación.

El teléfono negro estaba sonando.

3

Rota como yo

El timbre del móvil RoamZone parecía bastante claro.

Aun así...

El número de marcación directa, 1-855-2-NOWHERE, originalmente adquirido a través de un servicio búlgaro de voz por IP, estaba configurado de modo que las llamadas se digitalizaran y se enviaran por internet mediante un túnel virtual privado y cifrado. El túnel se dirigía a través de quince centrales telefónicas virtuales de todo el mundo hasta el punto de acceso wifi y el adaptador de voz por IP que pertenecía a Joey Delarosa, el que vivía en el apartamento 19H al otro lado de la calle. Desde allí saltaba de vuelta a internet a través de la red LTE de Verizon. Si, por algún milagro de milagros, los hombres de la señal secreta lograban rastrear el flujo de datos hasta ese punto e irrumpían en casa de Joey, Evan podría contemplar la debacle desde detrás de las pantallas que protegían sus ventanas del sol.

Después de cualquier contacto significativo, Evan cambiaba el servicio telefónico en el que depositaba el número. En aquel momento lo tenía una compañía de la provincia de Jiangsu, en China, una pesadilla logística y jurisdiccional para cualquier mente inquisitiva. El teléfono se conectaba de manera ininterrumpida a la red GSM, funcionaba en 135 países y utilizaba tarjetas SIM de prepago de máquinas dispensadoras, que Evan aplastaba y sustituía regularmente.

Se levantó y sus pies descalzos resonaron sobre el suelo de hormigón pulido cuando se dirigió a la encimera de la cocina.

Respondió al teléfono como hacía siempre.

—¿Necesita mi ayuda?

La voz le llegó con un levísimo retraso.

—¿Es usted... quiero decir, esto es una broma?

—No.

—Espere. Usted... espere. —Una mujer joven, cerca de los treinta. Acento hispano, quizá salvadoreño—. ¿Es usted real? Pensaba que era como... como una leyenda urbana. Un mito.

—Lo soy.

Evan esperó. Oyó una respiración, más rápida de lo normal. Era habitual.

—Mire, estoy en un lío. No tengo tiempo para memeces si... si... —Un sollozo ahogado—. No sé qué hacer.

—¿Cómo te llamas?

—Morena Aguilar.

—¿Cómo has conseguido este número?

—Me lo ha dado un tipo negro.

—Descríbelo. —El Primer Mandamiento: «No des nada por supuesto.»

—Llevaba barba, muy desaliñada, con canas. Y tenía un brazo roto. En cabestrillo.

Clarence John-Baptiste. El otoño anterior, una banda de traficantes de *meta* había asaltado su casa de Chatsworth y lo habían retenido prisionero junto con su hija. A Clarence y a su hija no los habían tratado muy bien.

—¿Dónde vives?

Le dio una dirección de Boyle Heights, al este de la ciudad, en los pisos del otro lado del río Los Ángeles. Territorio de los Lil East Side.

—¿Cuándo tendríamos que encontrarnos? —preguntó Evan.

—No puedo... No lo sé.

Él aguardó de nuevo.

—Mañana —dijo ella—. ¿Mañana a mediodía?

—¿Dónde puedes quedar?

—No tengo coche.

—¿Es seguro quedar en tu domicilio? —preguntó él.

—A mediodía sí.

—Vale, pues.

El mediodía estaba bien. Evan necesitaría tres horas para revisar los edificios contiguos, para inspeccionar la zona, buscar transmisores digitales y rastrear posibles improntas de materiales explosivos. Si se trataba de una trampa y tenía que pelear, pelearía según sus condiciones.

El Noveno Mandamiento: «Juega siempre al ataque.»

Más tarde, en la Bóveda, bebía una manzanilla recién hecha mientras buscaba a Morena Aguilar en las bases de datos.

Salvo la información más sensible sobre terrorismo, en líneas generales las bases de datos de las fuerzas del orden están conectadas a internet. Cualquier coche de la Policía puede acceder a la gran mayoría de los registros criminales y civiles con una terminal móvil de datos, como un portátil Toughbook de Panasonic conectado al salpicadero de un coche patrulla de Los Ángeles. Cada uno de esos portátiles se conecta directamente con CLERS, CLETS, NCIC, CODIS, y literalmente cientos de bases de datos estatales y federales.

Una vez logras piratear el portátil de un solo coche patrulla, tienes acceso al panel de control del Gran Hermano.

Evan no era un gran pirata informático ni mucho menos, pero se había introducido en varios coches patrulla y había descargado un túnel inverso por SSH en los portátiles, dejando una puerta trasera virtual abierta para él.

Ahora, en su habitación secreta, navegaba por la superautopista de la información a su antojo, recogiendo datos para la misión del día siguiente y sorbiendo su aromática manzanilla.

Morena Aguilar llevaba cuarenta y cinco minutos sentada en un cubo de reciclaje puesto del revés en el porche delantero de la destartalada casa pareada, con las manos metidas entre las piernas de forma que sus delgados brazos se abrían hacia fuera. Sus pies descalzos pisaban la madera astillada con nerviosismo, sacudiendo las rodillas. Llevaba el negro cabello sujeto hacia atrás, tan tirante que se amoldaba perfectamente a su cráneo antes de caer en rizos desordenados desde la goma elástica. Ojos inquietos, cabeza gacha, gotas de sudor en las sienes.

Asustada.

Aparcado después del cruce tras un herrumbroso coche abandonado, Evan inspeccionaba la calle de nuevo a través de una mira telescópica. En la franja de hierba seca del jardín enfrente de la casa de Morena apareció una madre adolescente, latina también, llevando en brazos un niño en pañales. Dejó al pequeño en una gran bandeja de aluminio llena de arena para que jugara. El niño parecía mestizo, de ojos verdes y piel color caramelo. Mientras escarbaba en su improvisado cajón de arena, ella encendió un Marlboro Red y lanzó una bocanada de humo al cielo, mientras se rascaba una marca de fresa de nacimiento que tenía en la parte inferior del brazo. Aparentaba unos dieciocho años, pero su expresión era adusta. En el bolsillo de atrás se le notaba el bulto del móvil. Otra madre adolescente llegó empujando un cochecito de bebé y entró en el jardín de hierba seca contiguo. La primera madre hizo que saliera un cigarrillo del paquete con una sacudida y se lo ofreció a la segunda. No dijeron nada. Se quedaron la una al lado de la otra, fumando y contemplando la calle. Dos mujeres jóvenes sin nada más que hacer.

Cuando Evan se convenció de que eran inofensivas, bajó la mira, cogió un maletín negro metálico y se apeó de la camioneta.

Morena lo vio acercarse y se levantó, sujetándose un brazo. Evan subió los escalones del porche. A ella se le notaban los años en el rostro, con arrugas por el estrés y una dura expresión en sus bonitos ojos castaños. Olía intensamente a laca para el pelo.

—Ofrezco hipotecas inversas de puerta en puerta —dijo Evan—. No estás interesada. Niega con la cabeza.

Ella lo hizo.

—Voy a dar la vuelta a la manzana y entraré por el jardín de atrás. La puerta de atrás está abierta. Déjala así. Ahora pon cara de enfado y entra en casa.

Ella entró por la puerta de malla metálica, y Evan bajó del porche y siguió calle adelante.

Diez minutos más tarde estaban sentados uno frente al otro en rotas sillas de jardín en la diminuta sala de la casa. Evan estaba sentado frente a la ventana delantera, manchada de grasa. Sobre la mesa de centro que tenía ante él reposaba el maletín negro cerrado. Si la combinación introducida era incorrecta, producía una descarga de ochocientos voltios. Contenía un micrófono activado por la voz, una lente estenopeica y un inhibidor de banda ancha de alta potencia para anular cualquier dispositivo de vigilancia.

Y contenía documentos.

El aire era asfixiante y apestaba a pájaro. Un loro de pésimo aspecto se agitaba en una jaula en el dormitorio contiguo. La puerta abierta dejaba ver dos colchones en el suelo, una cómoda con un espejo agrietado, y un desvencijado estuche de trompeta apoyado contra un viejo acuario en desuso.

—¡Zanahoria, porfa! —chillaba el loro—. ¡Porfa! ¡No, porfa!

Por encima del hombro de Morena, Evan veía la calle con claridad, y a las dos jóvenes madres que seguían fumando en el jardín del otro lado de la calle. Los llantos del bebé se hicieron audibles, pero ninguna de las dos hizo el menor movimiento para consolarlo.

Evan se removió en la silla, y esto hizo que Morena se enderezara de inmediato. Tenía manchas de sudor en la camisa, una rígida prenda abotonada con una pegatina de BENNY'S BURGERS y una chapa identificativa con su nombre, que se estaba despegando. Retorcía la tela de poliéster de sus pantalones.

—Estás nerviosa —dijo él—. Por mi presencia aquí.

Ella asintió rápidamente y volvió a adquirir aspecto de niña.

—¿Sabes manejar un arma?

La pausa se prolongó lo bastante como para hacer dudar a Evan de que fuera a contestar.

—He disparado algo —dijo ella al fin, y él notó que mentía. Ella se secó el sudor de la frente. Tenía las cejas depiladas en un pronunciado arco y el agujero de un *piercing* en la nariz.

Evan desenfundó la pistola que llevaba a la cadera, le dio la vuelta y se la ofreció. Ella la miró en la palma abierta de él. La Wilson Combat 1911 con acabado de lujo se había personalizado según las especificaciones de Evan. Semiautomática, ocho balas en un cargador de acero inoxidable con una novena en la recámara. Cañón alargado, con la rampa de alimentación y la entrada a la recámara modificadas para obtener una alimentación impecable y preparado para acoplarle un silenciador. Las miras eran del tipo *straight eight* (alineación vertical), de perfil alto, de modo que el silenciador, una vez colocado, no las bloqueara. Tenía seguro de pulgar ambidiestro, ya que él era zurdo. Seguro de empuñadura en la parte posterior para garantizar que no se disparara por accidente. Rejilla frontal en la empuñadura con dieciocho surcos, y cachas Simonich especializadas para el máximo agarre al disparar. Seguro de empuñadura tipo *beavertail* para impedir que el percutor le golpeara en la base del pulgar. Acabado negro mate para que desapareciera entre las sombras sin emitir destellos metálicos.

Evan volvió a hacerle una seña para que empuñara la pistola.

—Solo mientras hablamos. Para que no te pongas nerviosa.

Ella levantó la pistola con cautela y la depositó sobre el cojín que tenía al lado. Cuando exhaló el aire, sus hombros descendieron un tanto.

—Ya no estoy nerviosa por mí. Es por ella, *mi hermanita* —dijo en español, y tradujo—. Mi hermana pequeña, Carmen. Yo siempre la he cagado. Pero ella no ha hecho nada malo en su vida. Ahora está en la escuela. Y se le da bien. Solo tiene once años.

Evan desvió la mirada hacia la maltrecha funda de trompeta del dormitorio y volvió a mirar a Morena.

—¿Qué edad tienes?

—Diecisiete. —Respiró una bocanada de aire. Se produjo una nueva pausa. Ella no parecía consciente de lo largos que eran sus silencios. No era huraña, sino tímida—. Mi padre se fue cuando éramos niñas. *Mi mamá* descubrió que murió hace años. Ella... mmm, murió el año pasado. Tenía cáncer de ovarios. Y luego vino él. Se hizo cargo del alquiler de nuestra casa. Nos mantiene aquí dentro.

Al otro lado de la calle, el bebé berreaba. Una de las madres alargó la mano para mover el cochecito acompasadamente. «¡Zanahoria, porfa!», graznó el loro desde el dormitorio, a espaldas de Evan. «¡Porfa! ¡No, porfa!»

Evan se centró en Morena. No quería hacer preguntas. Quería darle cuerda para que contara la historia a su manera.

Morena sacó un móvil del bolsillo de sus ceñidos pantalones.

—Me dio esto. Así me manda mensajes siempre que quiere. Estoy localizable, ¿entiende? Pero no importa. Solo me usa a mí. Hasta ahora, quiero decir... Mi hermana se hace mayor. Ya le queda poco tiempo. Él dice que se está haciendo mujer. —Tras decir esto, Morena frunció el labio superior—. La otra noche ya quería con ella. Yo... pude distraerlo. Como sé hacer. Pero él dijo que la próxima vez... la próxima vez... —Se mordió el labio para evitar que le temblara—. Usted no lo entiende.

—Ayúdame a entenderlo.

Ella se limitó a menear la cabeza. Fuera, un débil sonido de música rap anunció que se acercaba un coche. Había un tipo sentado en la parte posterior de un coche con carrocería *hatchback* que llevaba el portón abierto. Sujetaba un enorme televisor de pantalla plana mientras su colega conducía. El coche desapareció, pero el sonido tardó más en desvanecerse.

—¿Tienes algún sitio al que ir? —preguntó Evan.

—Mi tía. En Las Vegas. Pero da igual.

—¿Por qué da igual?

Morena se inclinó hacia delante, súbitamente exaltada.

—Usted no lo entiende. Él dice que si me la llevo, nos perseguirá. Ahora tienen esas bases de datos. Puede encontrar a cualquiera. En cualquier parte. —Y sin más, la vehemencia desapareció. Cerró el puño y lo apretó contra los labios temblorosos—. Llamarle ha sido una estupidez. No diga nada a nadie. Ya se me ocurrirá algo. Siempre se me ocurre. Mire, tengo que ir a trabajar.

Evan sabía que faltaban dos horas para que empezara su turno y que el puesto de hamburguesas en el que trabajaba estaba solo a siete minutos andando. Permaneció sentado y ella no hizo ademán de marcharse, solo se balanceó un poco.

—Es que no quiero... —Parpadeó, y le resbalaron lágrimas por sus suaves mejillas—. Es que no quiero que ella esté rota como yo.

Alzó una mano para enjugarse las mejillas, y Evan vio en la cara interior del antebrazo lo que parecía una marca de vacunación reciente. Pero no podía ser, teniendo en cuenta su edad.

Era una especie de quemadura.

Los ojos de Evan se desviaron hacia las jóvenes madres del otro lado de la calle. La primera se llevó el cigarrillo a la boca, y él cayó en la cuenta de que la marca que tenía en el brazo no era de nacimiento. Su mirada se movió hacia el brazo de la otra madre que movía el cochecito. Y efectivamente, en el mismo sitio tenía una quemadura similar en la piel.

Morena percibió que la atención de Evan volvía a centrarse en ella y bajó el brazo rápidamente, ocultando la marca. Pero no antes de que él hubiera captado la quemadura en círculo. Más o menos del tamaño del cañón de una pistola de calibre 40.

Como, por ejemplo, la Glock 22, la pistola reglamentaria del Departamento de Policía de Los Ángeles.

Evan recordó las palabras de Morena: «Puede encontrar a cualquiera. En cualquier parte.» El abuso de poder definitivo. Esclavitud a la vista de todos. Las chicas del otro lado de la calle también tenían móviles para estar localizables. Y bebés. Ahora comprendía su expresión sombría, y su macilenta resignación.

Morena se levantó para irse. Se alisó la pechera de su camisa de faena, luego echó la cabeza atrás para que no le saltaran las lágrimas.

—Gracias por venir —dijo—, pero usted no lo entiende.

—Ahora sí —repuso Evan.

Ella lo miró.

—¿Toda la calle? —preguntó él.

Morena volvió a dejarse caer en la silla.

—Toda la manzana. —De nuevo le falló la voz—. Yo lo que no quiero es que se quede con mi hermana pequeña.

—No tienes por qué preocuparte más de eso —le aseguró Evan.

4

Estaré esperando

De camino a casa, Evan hizo la ronda de sus pisos francos para revisarlos. Poseía numerosas propiedades esparcidas por la zona: una casa en el lado oeste de la ciudad, una casa de campo en el valle, una casa tipo rancho en el vecindario cutre situado bajo las rutas de vuelo del aeropuerto internacional de Los Ángeles. En todas ellas se encargó de regar el césped, de retirar la propaganda tirada en el porche y de modificar el sistema de control de luces. Las fachadas normales ocultaban vehículos alternativos, equipo esencial para misiones, provisión de armas. Jack siempre había considerado importante mantener varios «surtidos», equipos listos para una emergencia.

Al fin y al cabo, Evan nunca sabía cuándo tendría que desaparecer. Ocupaba un lugar de honor en múltiples listas de los más buscados, pero ninguna que pudiera hacerse pública. Debía ser prudente en aeropuertos, fronteras y embajadas, aunque en los últimos cinco años solo había estado una vez en una embajada, y para neutralizar a un empleado que había desempeñado un papel clave en una mafia de tráfico de seres humanos.

Cuando Evan llegó a Castle Heights, el sol del crepúsculo bañaba el lateral del edificio en un resplandor naranja. Aparcó y atravesó el vestíbulo, donde sobre el bufé había media docena de botellas de kombucha flotando en un recipiente de hielo derretido. Al parecer, la oferta de bebidas no había sido el sonado éxito que esperaba la comunidad de propietarios.

En la zona de asientos que había al fondo, la sección de deportes del *L. A. Times* crujió y descendió para que el rostro de Johnny Middleton asomara por encima del periódico. Se hallaba apostado junto al kombucha.

Evan apretó el paso. El siseo de los pantalones de chándal de nailon subrayó el movimiento de Johnny al levantarse del asiento tapizado.

—Evan. ¡Evan!

Este no tuvo más remedio que detenerse.

Johnny llegó hasta él. Claramente molesto, echó un vistazo al solitario recipiente de bebidas. Al volver a mirar a Evan, una expresión petulante se adueñó de su cara redonda.

—Desde luego tendría que venir a ejercitarse. —Se dio unos golpecitos en el logo de artes marciales que llevaba en la chaqueta del chándal y que mostraba dos puños entrechocando. Innovador—. Puedo conseguirle un pase gratis.

Antes de que Evan pudiera responder, Johnny amagó con darle un puñetazo.

El puño se le acercó lento y sin fuerza. Evan vio las posibilidades con instantánea claridad: bloquear a dos manos, sujetar el codo con una mano y doblar la muñeca con la otra, rompiendo el hueso y rasgando los tendones del codo, luego llave doblando el brazo hacia atrás para derribarlo, y aplastar la costilla flotante de Johnny con la rodilla tras el impacto contra el suelo.

Lo que hizo fue dar un leve respingo.

—La verdad es que no es lo mío —dijo.

—Vale —dijo Johnny, retrocediendo con los brazos abiertos en muestra de magnanimidad—. Considérelo una oferta abierta.

Evan se dirigió al ascensor. Entraba en él cuando un tumulto cerca de la puerta que daba al aparcamiento atrajo su atención. Mia y Peter aparecieron caminando torpemente, cargados con bolsas de la compra. Evan sujetó las puertas del ascensor y ellos entraron, arrinconándolo. Mientras ascendían, Evan apenas veía a Peter bajo las grandes bolsas de la compra.

—¿Les echo una mano? —se ofreció.

—No hace falta, gracias —respondió Mia.

Un iPhone sonó en alguna parte de su persona. Era la melodía de *Tiburón*. Mia apartó con la rodilla los bultos que llevaba y buscó a tientas el bolso. Se le cayó una bolsa de plástico del drugstore y Evan la recogió antes de que acabara en el suelo. El móvil dejó de sonar y Mia suspiró con resignación, luego empezó a colocar de nuevo las bolsas como antes.

Evan se dio cuenta de que Peter tenía la vista fija en un lado de su cara. El niño agachó la cabeza para escudriñar el tobillo de Evan, que sutilmente levantó la pernera del pantalón para mostrar el calcetín. «Déjalo. No hay nada que ver», le decía con su exhibición.

La mirada inquisitiva regresó al rostro de Evan.

—¿Evan qué? —preguntó el niño.

—¿Perdona?

—¿Cuál es su apellido?

—Smoak.

—¿Como el humo del fuego?

—Sí, pero se deletrea de otra manera.

—¿Y el segundo apellido?

—Danger.

—¿En serio?

—No.

El chico esbozó una levísima sonrisa.

Mia miró hacia otro lado para disimular su propia sonrisa.

El ascensor anunció su llegada al duodécimo piso con el sonido de la campanilla.

—Si ya has terminado de hacerle el tercer grado al señor Danger... —dijo Mia, revolviendo los cabellos de Peter y tirando de él para que saliera tras ella.

Demasiado tarde, Evan miró hacia abajo y se dio cuenta de que aún sostenía aquella bolsa del drugstore. Fue a devolverla, pero las puertas se cerraron y tuvo que seguir hasta el ático con la bolsa de Mia. La devolución tendría que esperar.

Esa noche tenía trabajo que hacer.

Arrojó la bolsa sobre la encimera de la cocina y repasó los vodkas pulcramente ordenados en el congelador. Se decidió por la botella que tenía forma de frasco, el Jean-Marc XO. Hecho con cuatro variedades de trigo francés, el vodka se destilaba nueve veces, se sometía a microoxigenación y se filtraba con carbón. Cuando vertía dos dedos sobre hielo, se dio cuenta de que una caja de tiritas se había deslizado parcialmente fuera de la bolsa del drugstore de Mia. Con dibujos de los Teleñecos, por supuesto. Los llamativos colores, tan fuera de lugar en contraste con la encimera gris y el acero inoxidable, fijaron la atención de Evan. Los naranjas fluorescentes y los verdes brillantes le resultaron inquietantes, aunque no sabía muy bien por qué.

Volvió a meter la caja en la bolsa y tomó un sorbo de su bebida de camino a la Bóveda. El vodka le produjo una sensación aterciopelada en la garganta, la textura de la pureza.

Morena Aguilar le había proporcionado dos armas: su móvil, que descansaba ahora sobre el escritorio de metal laminado junto a la planta de aloe vera, y un nombre.

Bill Chambers.

No faltaba información sobre William S. Chambers del Departamento de Policía de Los Ángeles. Como resultado de varias importantes y oportunas redadas, había ascendido de patrullero a detective de segunda, hasta lograr uno de los codiciados puestos en la División de Bandas y Narcóticos cuatro años atrás. Eso explicaba cómo había conseguido forjar su pequeño reino despótico en medio del territorio de Boyle Heights controlado por los Lil East Side. Se encontraba en la posición ideal para hacer favores a los pandilleros a cambio de que le ayudaran a él. Así que le permitían mantener su harén de chicas coaccionadas, y quizás incluso ejercían su influencia para protegerlo y vigilaban la manzana que él había convertido en su campo de trabajo privado. Evan descubrió numerosas investigaciones de Asuntos Internos, todas entorpecidas por extravío de pruebas o cambios de declaración de testigos clave. A continuación investigó el dinero. Las cuentas bancarias de Chambers mostraban múltiples retiradas de efectivo e ingresos justo por debajo del umbral de los diez mil dólares que obligaba a los bancos a dar parte. Actividades dudosas. Pero no eran una prueba irrefutable.

Y el Primer Mandamiento exigía pruebas irrefutables.

Evan cogió el móvil de Morena, un aparato de plástico cutre

con una pantalla manchada, tan ligero como un teléfono de juguete. Era un modelo desechable procedente de México. Cuando revisó el historial de mensajes de texto, sintió que la temperatura en la Bóveda caía súbitamente y notó el frío en la nuca. Varios textos explícitos de un número de teléfono recurrente contenían órdenes e instrucciones sexuales para Morena, algunas con fotos de jóvenes latinas menores de edad en poses concretas. Evan miró fijamente la cara de una niña que no podía tener ni catorce años. Sus rasgos estaban desprovistos de emociones, sus ojos apagados y enrojecidos, desconectados de su cuerpo y de lo que este hacía.

Cambió el móvil por la bebida, aunque ya no le apetecía el vodka. Ni ninguna otra cosa. Ardía de indignación y tuvo que recordarse a sí mismo el Cuarto Mandamiento: «Nunca lo conviertas en algo personal.»

En los años que llevaba haciendo aquello, jamás había incumplido un mandamiento, y no estaba dispuesto a hacerlo ahora.

Volvió a las bases de datos con energía renovada. El teléfono del remitente de los mensajes remitió a Evan a una remesa de móviles de prepago vendidos al por mayor a Costco el año anterior. Un simple código de proxy inverso le permitió burlar el firewall de Costco y pudo comprobar los archivos de datos en las tiendas Costco más cercanas al domicilio de Chambers. Nada. A continuación revisó varios Costcos entre el domicilio de Chambers y otros lugares, incluyendo Boyle Heights, hasta que finalmente dio con lo que buscaba en una tienda que estaba de camino a la jefatura de la Policía de Los Ángeles. Era una cuenta a nombre de Sandy Chambers. La foto de la inscripción de socia mostraba la ruina que era la mujer de Chambers, con el rostro demacrado y menuda, encorvada como si intentara replegarse sobre sí misma y desaparecer. Esbozaba una sonrisa a duras penas, pero parecía separada de su rostro, como pegada encima.

Evan repasó el historial de compras de la señora Chambers desde la fecha en que se había enviado la remesa de móviles de prepago. Cajas de Heineken, condones Trojan, muebles de jardín, comestibles en grandes cantidades, una cámara digital. Y siete móviles desechables, comprados el 13 de febrero junto con un juego de manoplas para el horno y un paquete de cepillos de dientes suaves.

No cabía duda de que, considerados en conjunto, los hechos tenían cierto peso, pero las pruebas podían explicarse de varios modos, ofreciendo interpretaciones diversas. Cuando Evan intervenía, el resultado solo podía ser uno, y ese resultado exigía certeza antes de ser ejecutado. Evan alzó el vodka aguado y con la manga limpió el aro que había dejado el vaso, dejando inmaculada la superficie de la mesa.

El móvil de Morena vibró sobre la mesa, indicando la entrada de un mensaje: MÑN NOCHE. 10. QUE ESTÉ PREPARADA.

Evan miró fijamente las palabras esperando a que su asco disminuyera, a que su ira se transformara en una calma imperturbable. Luego respondió al mensaje: ESTARÉ ESPERANDO.

5

Otras cosas

Evan devolvió el vaso de tubo a la cocina, lo lavó, lo secó y lo guardó. El frigorífico contenía una serie de artículos pulcramente colocados sobre los limpios estantes. Bebió una botella de agua mientras condimentaba un filete de atún claro con cilantro, pimentón y pimienta de cayena. Lo asó ligeramente en una sartén. Cuando estuvo listo, añadió un ramito de perejil del jardín vertical y depositó el plato sobre la isla de la cocina entre un cuchillo y un tenedor. El atún se deshizo en láminas perfectas bajo la hoja del cuchillo. Evan detuvo el tenedor con el trozo cortado a mitad de camino de la boca.

La caja de tiritas, visible a través del fino plástico de la bolsa del drugstore, volvió a llamar su atención. La gran cabeza verde de la rana Gustavo con su sonrisa que parecía una tajada de sandía.

Suspiró. Dejó sobre el plato el tenedor con el trozo de atún. Recogió la bolsa y salió.

Oyó el alboroto en cuanto bajó del ascensor. El sonido atronador de un televisor, la voz aguda de un niño, las reprimendas de Mia amortiguadas al otro lado de la puerta del 12B. El honorable Pat Johnson asomó su cabeza de tortuga por la puerta del 12F y lanzó una mirada perezosa a Evan cuando este pasó.

—Supongo que está desbordada —dijo el juez caritativamente, y se retiró.

Los dos primeros golpes de Evan en la puerta no se hicieron oír. Llamó con más fuerza y al poco la puerta se abrió de un tirón.

Con los cabellos alborotados, un paño de cocina colgando de la cintura de los pantalones de chándal, Mia apareció sujetando una cazuela humeante. Detrás de ella, Peter corría alrededor de la mesa de centro, por encima del sofá y por toda la cocina, dejando a su paso una estela de Legos, figuras de acción y cómics. Unos dibujos animados de un sobreexcitado Pato Lucas ponían una involuntaria banda sonora. Marcas aleatorias de rotulador manchaban las paredes desde el nivel de la cintura hacia abajo. Persiguiendo a un adversario imaginario, Peter blandía una espada láser que emitía un zumbido futurista tan penetrante como para que a uno le vibraran los dientes. Llevaba un parche sobre un ojo al estilo pirata, sujeto con lo que parecía cinta de embalar. Un cuenco de macarrones con queso se hallaba volcado sobre la encimera de la cocina.

Evan alzó la bolsa para que la viera Mia.

Ella tenía las manos ocupadas, así que hizo un gesto con los codos.

—¿Podría...? Pase. Solo un segundo. Por favor. Estoy... —Volvió la cabeza cuando su hijo pasó corriendo por su lado—. Dime que eso no es cinta de embalar.

Peter se detuvo en seco.

—Si le hago sitio, ¿podrá Evan Smoak quedarse a cenar?

Evan se sentó ante un plato de espaguetis con salsa de tomate y un cartón de zumo de frutas con una pajita doblada.

—Lo siento —dijo Mia—. No he pensado en comprar nada más en la tienda...

—Así está bien —aseguró Evan—. De verdad.

Sentado frente a él, Peter sonrió de oreja a oreja. Le faltaban unos mechones de pelo a los lados, donde Mia había tenido que cortar la cinta de embalar adhesiva para quitársela.

—¿Quiere ver mi habitación?

—Quizá después de cenar —terció Mia.

—Es esa de ahí.

Evan lo había supuesto ya por las pegatinas de Batman, el pós-ter de Kobe Bryant, y la señal de ¡NO ENTRAR! al estilo pirata.

—Mi dormitorio está en el mismo rincón —dijo—. Estoy jus-to nueve pisos arriba.

—Pensaba que vivía en el 21A, no en el 21B.

Evan vaciló.

Mia esbozó una rápida sonrisa.

—Su apartamento es más grande, cariño.

—Oh —dijo Peter—. Tiene más dinero que nosotros. —Mia tragó saliva. Antes de que Evan o ella pudieran responder, Peter levantó un brazo para examinar un nuevo arañazo que tenía en el codo—. Necesito una de las tiritas nuevas para esto.

—¿Otro corte? —dijo Mia—. ¿Cómo te lo has hecho?

—Jugando a balón prisionero.

—Pensaba que los balones eran blandos.

—Sí, pero el suelo no. —Peter lanzó una mirada a Evan—. Soy adoptado —le contó—. Y es un asco, porque nunca sabré de dón-de vengo en realidad. Mi mamá no podía tener bebés porque sus ovarios son de baja calidad. Mi papá murió. —Volvió la cabeza hacia Mia, que esbozaba una sonrisa forzada—. ¿Podemos com-prar un árbol de Navidad?

Evan aún se estaba aclimatando a la serie de incongruencias que constituían la cháchara de un niño de ocho años.

Mia apoyó la frente en la mano.

—Ya lo hemos hablado, Peter. Es demasiado pronto.

—¡Es cuatro de diciembre!

—Se secaría antes de Navidad.

—Pues entonces compraríamos otro.

—No vamos a ir cambiando de árbol, Peter.

Y así continuaron, mientras Evan escuchaba en silencio. Bu-ceó en su memoria en busca de un punto de referencia para aque-lla escena doméstica, pero no encontró nada.

Terminaron de comer y Mia pidió a Peter que recogiera su ropa sucia.

Cuando el niño se fue a su habitación, Evan se levantó para ayudar a recoger la mesa. Ella no le pidió ayuda ni se la agradeció.

Lavaron los platos y los secaron, codo con codo.

—Seguramente se preguntará cómo puedo permitirme vivir aquí con el sueldo de una fiscal de distrito —dijo ella—. Con el dinero del seguro de vida de mi marido.

—Ah.

—Este lugar es bonito y seguro. —Mia le tendió un plato que aún tenía restos de jabón por debajo, así que él se lo devolvió y ella volvió a enjuagarlo—. Como fiscal de distrito, a veces recibo amenazas.

—¿Amenazas directas?

—Por lo general son tonterías en internet. Ahora los idiotas alardean de todo en Facebook. De lo que han hecho, de lo que van a hacer. De sus «hazañas».

—Eso no parece muy inteligente.

—Si fueran inteligentes no serían matones. —Mia se encogió de hombros—. Hoy en día vivimos en la cultura del famoseo. O de los aspirantes a serlo. El nombre del juego es «visibilidad». Si no te tuitean, no te dan *likes*, no sales por YouTube o Instagram, no existes. —Restregó con fuerza un terco resto de salsa seca. Bajo el grifo de humeante agua caliente, sus manos enrojecían—. Mejor para mí, de todas formas. Así me resulta más fácil seguirles la pista a los tipos que pongo a la sombra.

—¿Alguna vez ha sentido miedo?

—Sí, a veces.

—Dígamelo si alguna vez necesita que esté alerta por algo.

Ella sonrió y le dio un leve codazo.

—Es muy amable. Pero esos tipos son asesinos, no importadores.

—Tiene razón.

—¿Y qué me dice de usted? —preguntó ella.

—No soy un asesino.

—Muy gracioso. Ya sabe a qué me refiero. —Hizo girar la mano en el aire—. ¿De dónde es? ¿Tiene familia por aquí? Esas cosas.

—No me queda familia.

—Oh, lo siento.

Mia le tendió el último plato, y él lo secó y lo guardó en la alacena. Una foto imán de Peter con un balón de fútbol sujetaba un papel a la puerta de la nevera. Era una nota manuscrita: «Actúa de manera que puedas contar la verdad sobre cómo actúas. Jordan Peterson.»

—¿De dónde es la cita? —preguntó Evan.

—De un libro que leí. Procuro pegar algunas de sus normas por la casa, cambiarlas cada dos días.

—Eso es mucho trabajo.

—Da mucho trabajo educar a un ser humano.

A Evan le vino un recuerdo fugaz: Jack de pie junto a él en el campo de tiro, la mano sobre su hombro de adolescente, valorando sus disparos.

—Sí —dijo—, en efecto.

Habían terminado con los platos. Mientras Evan daba las gracias a Mia por la cena, Peter apareció y entrechocó el puño con él para despedirle, dejándole los nudillos pegajosos de zumo de frutas.

De vuelta en su apartamento, Evan miró el plato de la cena que había dejado sobre la encimera de color gris plomizo. El filete de atún sin comer, centrado en el plato blanco. Las baldosas de espejo del frente de cocina tenían un brillo oscuro de innumerables reflejos, entre ellos su silueta bañada por la suave luz azul del paisaje urbano.

Al tirar el pescado a la basura, se fijó en los nudillos de la mano derecha, manchados ligeramente de rojo del zumo de frutas.

Rodeó la isla y se lavó las manos.

6

No, por favor

Matar a un policía no era un asunto baladí.

Evan estaba sentado en la oscuridad del atestado dormitorio que Morena Aguilar compartía con su hermana de once años. La silla, procedente de la cocina, apenas cabía entre los dos colchones. Con la mano libre, Evan sujetaba un extremo de una cuerda que cruzaba la habitación hasta el picaporte de la puerta cerrada, donde estaba atado el otro extremo. Aguardaba, absolutamente quieto.

Tras las cortinas corridas se apreciaba el tenue resplandor de las farolas de la calle, y oía voces distantes de los jardines de otras casas. Desde aquella habitación cerrada le llegaba un leve aroma a barbacoa, a pesar de la peste de la jaula del loro.

El reloj Victorinox que llevaba sujeto al cinturón mostraba las 9.37. Llevaba más de una hora en posición y aún faltaban veintitrés minutos para la violación programada de Carmen Aguilar por parte del detective William S. Chambers.

—¡No, porfa! —graznó el loro—. ¡Zanahoria, porfa!

Sobre la rodilla derecha de Evan descansaba el móvil de Morena; sobre la izquierda, su Wilson Combat 1911 con el silenciador acoplado. Había pintado una flecha diminuta en el acero del silenciador para colocarlo siempre en idéntica posición. Además del cargador de la pistola, llevaba tres más en los bolsillos de los pantalones de camuflaje. Estaban listos para ser usados, validados en el desierto en un campo de tiro improvisado. Como Jack solía decir: «El sonido más alto que oirás en acción será un clic.»

Por lo general, Evan prefería balas de punta hueca Speer Gold Dot, pero esa noche había optado por FMJ de 15 gramos. Era una bala más pesada y viajaba a 260 metros por segundo, justo por debajo de la velocidad del sonido. El silenciador se encargaría del sonido del disparo, pero teniendo en cuenta lo bullicioso que era el vecindario, Evan tenía que asegurarse de que la bala no haría ruido por sí misma.

El loro se removía en la oscuridad, apoyándose en una u otra pata, haciendo sonar la jaula. Sobre un colchón había un lío de sábanas de un tono amarillo desvaído con un estampado de tajadas de sandía. La abollada funda de trompeta seguía apoyada en el rincón junto a la puerta. En el armario había una única zapatilla roja Converse tirada de lado, con un agujero en la puntera. En la pecera vacía y sucia había una pegatina de Elmo medio despegada, que a Evan le recordó a Peter y sus vistosas tiritas. Luego pensó en el adulto que se hallaba de camino a aquella habitación.

—¡No, porfa! —graznaba el loro alegremente—. ¡No, porfa!

Evan tomó aire. «Nunca lo conviertas en algo personal. Nunca des nada por supuesto. Nunca lo conviertas en algo personal. Nunca des nada por supuesto.»

Notaba el peso de la pistola sobre su muslo. El arma siempre estaba ahí, era una constante, fidedigna y fiel. Acero y plomo siempre eran predecibles. Eran finitos, inmutables, se podían dominar. Podía confiar en ellos. La gente fallaba. No podía confiar en carne y sangre, tendones y huesos.

Acababa mal con demasiada frecuencia.

Aún está oscuro en las ventanas de la buhardilla cuando suena el despertador, pero Evan ya está despierto. Se ha pasado la mayor parte de esa primera noche en la casa de Jack mirando el techo. Se levanta y pasea la mirada por la habitación. La silla con ruedas está perfectamente centrada en el escritorio, y el estante que hay encima contiene una hilera de libros ordenados por altura y una taza llena de lápices sin afilar. Los postigos de la ventana salediza están abiertos, permitiendo que se filtren las primeras luces del amanecer. No hay rastros de polvo, de desorden. Todos los objetos están ordenados, alineados, colocados con precisión.

El nuevo hogar de Evan es una granja de dos plantas situada detrás de una extensión de terreno despejado en Arlington, Virginia. Desde su ventana divisa un verde manto de copas de robles. No ha visto nada igual salvo en la televisión.

Encuentra a Jack abajo, en un estudio con las paredes llenas de estanterías de libros de madera oscura. Está leyendo un libro sobre algo llamado las guerras del Peloponeso. Suena música clásica en un tocadiscos antiguo. Sobre una mesita descansa la foto de una mujer en un marco de plata deslustrada. Tiene largos cabellos oscuros hasta la cintura, el mentón pequeño, y ojos risueños tras unas grandes gafas.

A los pies de Jack, Strider *alza su cabeza de Scooby-Doo y se percata de la presencia de Evan. El perro pesa por lo menos 45 kilos, tiene el pelaje rojizo y una banda a contrapelo de inquietante aspecto que le recorre la espina dorsal.

Evan espera a que Jack levante la vista, pero no lo hace. Jack sigue tan inmóvil como una talla, concentrado en su libro. Todo en él parece distinto del Hombre Misterioso con su rostro delgado y su piel cetrina, siempre acechando entre las sombras, mirando a través de la valla metálica, encendiendo un nuevo cigarrillo.

—¿Por qué me ha elegido a mí? —pregunta Evan finalmente.

Jack mantiene la mirada en el libro.

—Sabes lo que significa sentirse indefenso.

La entonación es de una declaración, pero Evan se da cuenta de que en realidad es una pregunta. Más concretamente, de algo a lo que se le pide que responda.

A Evan le arde la cara. Aprieta los labios, pero hace un esfuerzo y responde:

—Sí.

—Para lo que estamos a punto de emprender —dice Jack, el libro por fin descansando sobre su regazo—, necesito a alguien que lo sepa. Que lo sienta en carne propia. No olvides jamás ese sentimiento.

Evan haría cualquier cosa para olvidarlo, pero tiene la sensatez de no decirlo.

—Nadie puede saber jamás tu verdadero nombre —añade Jack.

—Vale.

—¿Cuál es tu apellido?

Evan contesta.

—¿Te gusta? —pregunta Jack.

—No.

—¿Quieres elegir uno nuevo?

—¿Como cuál?

Un largo silencio.

—El apellido de soltera de mi madre era Smoak —dije Jack al fin—. Con una a después de la o y una k al final. ¿Lo quieres?

Evan se da cuenta del verbo en pasado y reconoce que se trata de un regalo. Mientras sopesa el coste de aceptarlo, hace todo lo posible por no mirar la foto con marco de la mesita.

—Claro —contesta.

—Usarás ese apellido solo en tu vida personal —dice Jack—. La gente con la que trabajes jamás lo conocerá.

—¿Qué nombre me darán?

—Muchos. —Jack se levanta con unas llaves en la mano y una expresión severa en el rostro—. Es la hora —dice.

Dejan a Strider con un cuenco lleno de comida, y utilizan una camioneta en lugar del sedán, lo que tiene sentido, ya que resulta que la mayor parte del trayecto discurre por terreno no asfaltado. Al cabo de media hora, giran bruscamente colina arriba y avanzan por una senda dando bruscas sacudidas, con las ramas de los árboles arañando las ventanillas. Salen a la parte posterior de un granero.

Evan sigue a Jack al interior del granero, que huele a heno y estiércol. Jack empuja la pesada puerta para cerrarla una vez han entrado. Solo hay una lámpara que cuelga balanceándose ligeramente sobre los establos, arrojando una luz insuficiente.

Evan nota que se le acelera el corazón, y mira a Jack, pero este no le devuelve la mirada.

Se oye el crujido de unas botas al pisar heno. Un hombre fornido surge de las sombras con una densa barba que le cubre el rostro rubicundo. Empuña un cuchillo curvo. Más que sonreír, enseña los dientes.

—Hola, hijo —dice—. Estoy aquí para darte una lección sobre el dolor.

Un sordo zumbido de miedo recorre a Evan de los pies a la cabeza. El diabólico cuchillo oscila en la robusta mano del hombre, reflejando la luz que se filtra por las rendijas de la puerta.

El rostro cuadrado de Jack se vuelve hacia Evan.

—El Primer Mandamiento: «No des nada por supuesto» —dice bruscamente.

El barbudo hace girar el cuchillo con maestría y se lo tiende a Evan por el mango. Dice algo, pero Evan no distingue las palabras a causa de los fuertes latidos de su corazón.

—Coge el cuchillo, hijo —vuelve a decir.

Evan lo coge con dedos temblorosos. Luego mira a Jack. ¿Y ahora qué?, piensa.

—Hazte un corte en la palma de la mano —dice el barbudo.

Evan mira el cuchillo curvo y luego al hombre.

—Oh, por amor de Dios —dice este, arrebatándole el cuchillo. Aprisiona la muñeca de Evan con su gruesa mano y luego hunde la punta de acero en la suave piel de la palma.

Evan suelta un pequeño grito.

—¿Te ha dolido? —pregunta el hombre.

—Sí, ha...

El hombre abofetea a Evan con fuerza. El muchacho se tambalea hacia atrás con la cara ardiendo.

—Ya no te duele, ¿verdad? La mano.

Evan se queda mirándolo sin hablar. Le pitan los oídos.

—¿Te duele la mano? —Cada palabra cae lentamente como pesadas piedras.

—No. Me duele la cara.

El hombre vuelve a enseñar los dientes; una raja por sonrisa.

—El dolor es relativo. Subjetivo. Un padrastro te duele hasta que alguien te da una patada en los huevos. Voy a enseñarte la diferencia entre dolor físico, dolor fisiológico y dolor que «se siente».

Agarra la otra muñeca de Evan y levanta el cuchillo. Evan da un respingo, agacha la cabeza, y el dolor de la mano herida vuelve a cobrar vida. El cuchillo no desciende. Los ojos del barbudo siguen fijos en los de Evan.

—Esperar el dolor conduce al miedo, y el miedo aumenta el dolor —explica—. Esperar el alivio del dolor aumenta los opioides en el cerebro, hace que cese el dolor. El modo en que tu mente reacciona ante el dolor determina cuánto dolor sientes en realidad.

La voz de Jack llega hasta Evan desde algún punto cercano.

—El dolor es inevitable —dice—. El sufrimiento es opcional.

Evan se suelta de un tirón. La otra mano gotea sangre. Percibe a Jack a su lado, sin hacer nada, y nota una ardiente sensación de estar siendo traicionado.

Pero Jack sí hace algo: observa. Y Evan comprende que está siendo sometido a otra prueba como las que ha pasado antes. Comprende que su reacción será determinante, que se trata de la prueba más importante de todas.

Antes de que Evan pueda decir nada, el barbudo se le adelanta.

—Debes aprender a controlar los centros cerebrales que se activan cuando tu cuerpo detecta dolor. Domina tu corteza insular, distánciate de la sensación concentrándote en la respiración. Voy a enseñarte a ocuparte del dolor, a meterlo en una caja, a poner la caja en un estante y a seguir con lo que coño estés haciendo.

La garganta de Evan emite un ruidito audible al tragar saliva.

—¿Cómo va a hacerlo?

La barba del hombre se eriza de nuevo alrededor de una sonrisa.

—La práctica lleva a la perfección.

Evan se vuelve hacia Jack, mirándolo a los ojos por primera vez, y cree percibir un asomo de guiño en su rostro, un leve voto de confianza. O quizás Evan se lo ha imaginado.

El olor a heno húmedo impregna el aire. Evan contiene la respiración en los pulmones hasta que le arden. Luego suelta el aire. Volviéndose hacia el barbudo, extiende el brazo y abre la otra mano, ofreciendo su palma prístina.

—Entonces, ¿a qué está esperando? —dice.

El móvil de Morena sonó en la oscuridad, sacando a Evan de su ensoñación. Lo cogió del muslo sobre el que reposaba.

Un mensaje de texto: ESTOY AQUÍ FUERA. ¿LA TIENES PRE-PARADA?

Respirando el hedor de la jaula del loro, Evan escribió la respuesta con el pulgar: EN EL DORMITORIO.

Instantes después le llegó la réplica del detective Chambers: BIEN. AHORA VETE. QUIERO ESTAR SOLO CON ELLA.

Al otro lado de las cortinas de color lavanda se oyó un coche acercándose, un pesado modelo americano, a juzgar por el ruido que hacía. Se quedó al ralentí unos instantes, emitiendo el motor un grave gruñido, luego se hizo el silencio. Los ruidos del barrio volvieron a llegar al dormitorio: alguien que reía en uno de los jardines, un anuncio que soltaba frases en español como una metralleta en una radio estentórea, un avión que sobrevolaba la zona. Y luego el crujido de pisadas acercándose a la casa.

Evan se preguntó con qué frecuencia habría oído Morena aquellos pasos mientras esperaba en su habitación.

El loro estaba cada vez más inquieto.

—¡No, porfa! ¡No, porfa, porfa!

Las pisadas concluyeron con el sonido de una llave en la cerradura de la puerta, y luego los goznes chirriaron. Las tablas del suelo crujieron. Más cerca, cada vez más cerca.

El picaporte de la puerta del dormitorio se movió arriba y abajo. Estaba cerrada.

Una voz ronca llegó a través de la delgada puerta.

—Sé que estás asustada, Carmen, pero sé muy amable. —El roce de una palma sobre la madera—. La primera vez no tiene por qué doler. Sé cómo hacerlo. —El picaporte volvió a moverse—. Sé cómo cuidar de ti.

Evan dejó a un lado el móvil de Morena y empuñó la pistola que reposaba sobre el otro muslo.

De las brumas de sus recuerdos surgió otro de los aforismos de Jack: «Problema grande, bala grande, agujero grande.»

—Vamos. Te he traído flores. Abre y deja que te las enseñe.

El picaporte se movió con más brusquedad. El loro graznó y graznó. La mano de Evan se cerró en torno a la cuerda.

—Me estoy cansando de juegos, niña. Abre. Abre la puta puerta ahora mismo o...

Suavemente, Evan tiró de la cuerda, que se tensó haciendo que el picaporte bajara y la puerta se abriera con un ruido sordo.

La voz de Chambers sonó de nuevo tranquila.

—Eso es. Buena chica.

La hoja crujió al abrirse hacia dentro, empujada por una manaza. Apareció a la vista un brazo cuyos músculos resaltaban bajo la manga enrollada. El rostro de Chambers emergió en la oscuridad mientras él escudriñaba la habitación con ojos entornados. Cara con manchas, bien afeitada, pelo muy corto, mirada dura.

Chambers avanzó haciendo crujir el plástico que cubría el suelo. Su rostro se demudó.

—¿Quién demonios eres tú?

Bajó la vista y solo entonces vio la lona desplegada bajo sus pies. Cuando alzó la vista, su expresión había cambiado.

—Oh —dijo—. Oh, no...

7

Quién es quién en el zoo

—¿Quieres saber lo que va a ser la hostia? —preguntó Tommy Stojack, rodeando la mesa de trabajo y dando la última calada a un Camel Wide—. Muy pronto podré imprimirte un arma, colega. Introduces un programa y el material y la impresora te escupe un molde. Me encantará ver a esos mamones de Washington tratando de regular eso. —Se sacó el cigarrillo de bajo su mostacho de motero y pasó la colilla por un grifo del fregadero antes de depositarla entre otra docena de colillas que flotaban en una jarra de cerveza llena de agua. Una pavesa perdida podría convertir el taller en el cráter de un meteorito—. Pero, oye, no metamos miedo a la masa de borregos, ¿no?

Evan lo siguió por el sombrío taller, que parecía más bien una guarida medieval con máquinas inactivas, espadas afiladas y cajas llenas de armas. El sol de Las Vegas se notaba a través de las paredes, y el aire olía a pólvora y grasa para armas. A Evan le picaba la cuchillada del brazo a causa del calor. Notaba el cosquilleo en la piel que iba cicatrizando y repelía los trozos secos de Super Glue.

Tommy personalizaba armas. Especializado en investigación y desarrollo, trabajaba para varios grupos de operaciones encubiertas autorizadas por el gobierno, aunque nunca hablaba de ello directamente. Por su jerga y sus modales, Evan adivinaba que había aprendido el oficio en las Fuerzas Especiales de la Marina. Se habían conocido unos siete años atrás a través de una laberíntica maraña de conexiones, y él y el armero de nueve dedos habían desarrollado lentamente una buena relación. Resultaba difícil que surgiera la confianza sin que se produjera ningún intercambio de información personal y, sin embargo, tras dar vueltas uno alrededor del otro como tiburones cautelosos en el transcurso de varios encuentros secretos, habían acabado por entenderse. De algún modo, mediante frases crípticas y referencias incisivas, se habían hecho una idea de la ética de cada uno y habían descubierto que eran similares.

—Tiene sus inconvenientes, por supuesto —prosiguió Tommy—. Lo de imprimir armas, me refiero. Problemas de control de la calidad. Pero, oye, ¿a ti qué más te da? Tú solo aprietas el gatillo. Con que disparen ya te vale, ¿no? —Guiñó un ojo, y señaló con un gesto la pegajosa cafetera que había sobre la encimera detrás de Evan—. ¿Qué tal si me sirves una taza caliente y nos ponemos manos a la obra?

Tommy fabricaba muchas de las armas de Evan. Tenía acceso a armazones de pistola de fábrica sin números de serie, por lo que podía proporcionarle armas esterilizadas, es decir, que técnicamente no existían.

Pero ese día, la mañana después de haber matado a un poli corrupto, Evan precisaba de un servicio distinto.

Alargó la mano para coger su pistolera Kydex de cadera, moldeada con la forma del arma. La Wilson 1911 se soltó con un clic. Hizo girar la pistola de lado y se la tendió a Tommy.

—Necesito que derritas el cañón y el percutor.

—Has disparado plomo.

—Ajá.

—¿Le ha dado a alguno de los malos?

—A uno.

—Y el Señor dijo: «Velad por la equidad y practicad la justicia.»

Los nueve dedos de Tommy se movieron a la velocidad de un crupier, desmontando la Wilson sobre su mesa de trabajo. Se puso unas gafas protectoras de soldador, encendió el soplete y redujo cañón, percutor y extractor a escoria. Luego montó piezas nuevas en el armazón de la pistola de Evan y le devolvió el arma.

—*Voilà* —dijo—. Vuelve a ser una pistola fantasma. Igual que tú.

Evan le introdujo un nuevo cargador, dejó que la corredera se desplazara hacia delante y fue a guardarla en su funda, pero Tommy lo detuvo.

—¡So, vaquero! —Señaló el tubo de 120 centímetros que había entre las sombras y se utilizaba para probar armas. Estaba lleno de arena y tenía un ángulo de inclinación de cuarenta y cinco grados.

Equipado con protectores para ojos y oídos, Evan disparó por la boca del tubo. Vació un cargador entero y los chasquidos metálicos amortiguados por la arena resonaron por toda la estancia.

Asintió y volvió con Tommy, que apuró su café y, tras abrir una lata de tabaco de mascar Skoal, se metió un buen trozo tras el labio inferior. Evan había conocido a muchos hombres con hábitos extravagantes, pero aún no había visto a nadie que saltara de un estimulante a otro con la facilidad y el entusiasmo de Tommy.

—Sé que prefieres quemar pólvora, pero si alguna vez tienes que pelear tan cerca que le huelas el mal aliento... —Tommy agarró una recia navaja de su mesa de trabajo y se la tendió a Evan—. Acabo de recibirlas. Seguro que te va bien modernizarte.

Evan desplegó la hoja. Acero S30V tratado térmicamente, empuñadura de titanio y G-10, punta plana para perforar chalecos antibalas. Era un modelo de las Fuerzas Especiales de la Marina, fabricado por Strider. A Evan no se le daba mal la esgrima con arma blanca, pero no era un experto. Cualquier adversario que dominara realmente aquella forma de lucha filipina podría cortarlo en pedacitos. Por eso siempre llevaba pistola en las peleas a cuchillo.

—Gracias —dijo.

—Sé que te gustan las Strider.

—Tuve un perro con ese nombre.

—No te imagino siendo niño —repuso Tommy.

—Valla blanca, manzano, pelota de béisbol infantil.

Con una sonrisa de suficiencia, Tommy se dejó caer en una silla, haciéndola rodar sobre el resbaladizo suelo de hormigón, hasta que se detuvo cerca de lo que parecía un viejo mortero de infantería. De una caja de madera sacó un proyectil de color verde militar, grueso como su antebrazo.

—¿Qué tal si vamos al desierto y jugamos a dardos de mayores?

—Tentador —dijo Evan—. Pero tengo que regresar.

—Vale. Unos cuantos billetes en mi bolsillo y podrás darte el piro.

Evan le entregó un fajo doblado de billetes de cien dólares, y Tommy lo arrojó sobre la mesa de trabajo sin contarlos. Evan se dirigió a la pesada puerta metálica. Cuando estaba cerca, sintió el impulso de agacharse para comprobar que la cámara de seguridad colocada junto al marco estaba realmente desconectada, como habían acordado.

Lo estaba.

Lanzó una mirada de disculpa a Tommy.

Tommy alzó la vista, cogido in fraganti mientras contaba los billetes.

Ambos hombres sonrieron avergonzados.

—Mejor asegurarse, ¿eh, hermano? —Tommy escupió un trozo de tabaco y se metió el fajo en el bolsillo de la camisa—. Nunca se sabe quién es quién en el zoo.

8

Intacta

El olor de la parrilla se mezclaba con el de los gases de tubo de escape, haciendo más denso el aire en torno a las astilladas mesas de picnic dispuestas sin gracia frente al Benny's Burgers. En el interior, había clientes esparcidos por los reservados y las mesas para dos, pero el mortífero calor de Los Ángeles disuadía a cualquiera de comer fuera, en el deteriorado cuadrado de hormigón que pasaba por terraza.

Evan se sentó en el banco de una mesa de cara al restaurante. A través de las ventanas observó a una niña sentada sola en el reservado de un rincón, coloreando con ceras, asomando la lengua en una muestra de concentración.

Evan pensó en lo joven que era en realidad una niña de once años.

Instantes después, Morena salió reculando por las puertas batientes de la cocina con platos expertamente colocados en los antebrazos. Sirvió los platos, comprobó cómo estaba su hermana pequeña y luego atendió otras mesas. Al cabo de un rato, salió a la terraza, entornando los ojos para protegerse del sol, y dejó caer delante de Evan un menú plastificado y manchado de kétchup.

—¿Quiere pedir? —De pronto, reconoció la cara de Evan y dio un respingo.

—Respira. Sonríe —dijo él—. Asiente con la cabeza como si acabara de preguntarte algo.

Morena lo hizo con escaso convencimiento.

—¿Es seguro ahora? —preguntó.

—Sí.

Evan no se había dado cuenta de lo tensa que estaba ella hasta que sus hombros se relajaron y ganaron en anchura. Morena bajó el bloc y el bolígrafo, y él vio la cicatriz roja en el brazo por la quemadura del cañón al rojo de la pistola del detective Chambers.

—¿Podemos volver? —preguntó ella—. ¿Recoger nuestras cosas?

Evan le había dicho que se fuera con Carmen a casa de alguna amiga hasta que él volviera a ponerse en contacto. Solo había pasado una noche, pero en el rostro de Morena veía que para ella había sido una eternidad.

—Sí —respondió.

—¿Puede usted ocuparse de *Pokey*? Era de mi mamá.

Tardó un momento en comprender. El loro.

—Algo se me ocurrirá —dijo.

—¿Qué ha pasado con él?

Evan se encogió de hombros. Fue un gesto leve, pero ella lo entendió.

—¿Y si creen que lo hice yo?

—Tenía muchos enemigos —respondió Evan, pero ella no pareció convencida—. Cuando aparezca —añadió—, quedará claro que ninguna chica de diecisiete años pudo haberlo hecho.

Su visión periférica captó el rostro de Carmen a través del cristal, pasando del perfil a la vista frontal. Volvió la vista hacia ella y, en efecto, Carmen había dejado de colorear para observarlo. Debió de notar su mirada, igual que él había notado la suya, porque rápidamente volvió a sus ceras.

Evan cogió el menú y fingió repasarlo.

—Ahora tengo que irme —dijo a Morena—. He de preguntarte una cosa. Solo una. Así que escúchame atentamente, por favor.

—Vale. Lo que sea. —Morena volvió a contener el aliento.

—Encuentra a alguien que me necesite. Dale mi número: 1-855-2-NOWHERE.

—Lo recuerdo. Claro que lo recuerdo.

—No importa el tiempo que tardes. Importa que encuentres a alguien en tan mala situación como estabais tu hermana y tú. Alguien desesperado, sin salida. Háblale de mí. Dile que contestaré su llamada.

Morena reflexionó un momento.

—¿Eso es todo?

—Eso es todo.

—¿No hay nada que pagar?

—No.

Ella lo miró con incredulidad. Siempre era así. Y Evan sabía que ella se aplicaría a la tarea y haría honor al compromiso, como todos los anteriores a ella. Evan jamás se había puesto en contacto con ninguno de ellos una vez completada su misión, y sin embargo la siguiente llamada siempre se había producido.

—Vale. O sea, lo haré encantada, créame, pero... —Bajó la vista a los cordones sin atar de sus zapatillas de imitación.

—¿Qué?

—¿Por qué no busca usted mismo a más gente?

—Si la buscara yo, encontraría siempre al mismo tipo de personas en el mismo tipo de situaciones. ¿Entiendes?

El rostro de Morena permaneció inexpresivo, con las cejas depiladas arqueadas e inmóviles.

—Cuando las buscan otros —dijo Evan, probando de nuevo—, encuentran personas que necesitan mi ayuda a las que quizá yo no encontraría.

—¿Porque vamos a sitios distintos? ¿Con gente distinta?

—Sí. Y porque has experimentado cosas que yo no he vivido. Lo que significa que ves cosas que yo no veo. —Dejó el menú sobre la mesa—. Así que necesito tu ayuda como tú necesitabas la mía.

Lo que no añadió fue que el acto de ayudar en sí mismo fortalecía, era incluso curativo. Evan quería que Morena tuviera algo que hacer, que se concentrara en una tarea importante. Tendría que buscar y evaluar y finalmente intervenir para darle una oportunidad a alguien maltratado e indefenso. Y cuando completara su tarea, cuando entregara aquel número imposible de rastrear, ella se encontraría al otro lado de la ecuación, ya no sería una víctima, sino una líder.

La curación total era un mito, pero esa tarea podría ayudarla a subir el siguiente peldaño de la escalera.

—Entonces encontraré a alguien —dijo ella—. Lo haré deprisa. Quiero dejar todo esto atrás lo más rápido posible. No se ofenda.

—No te preocupes. Hazlo rápido, pero hazlo bien.

—Descuide.

—Dale mi número solo a una persona. ¿Comprendes? Solo una. Luego olvida el número para siempre. Esto es un servicio de una vez, no una línea de ayuda.

Ella se mordió el labio inferior.

—Entonces, ¿ya está?

—No del todo. Tu padre biológico. Tenías razón. Murió hace unos años. Tenía algunos bienes, sin reclamar. Una cuenta corriente con 37.950 dólares. Tú también eres titular de la cuenta.

—No, no lo soy.

—Ahora sí.

Morena se metió el bolígrafo detrás de la oreja, dejó caer el bloc en el bolsillo del delantal y soltó un resoplido de incredulidad.

—¿Cómo?

Evan sonrió.

—El banco enviará una tarjeta a tu nombre a la dirección de tu tía. Tu padre tenía un puesto sindical que incluía un pequeño seguro de vida. Un pago único de cincuenta de los grandes, que nadie ha reclamado. Ahora tú eres la beneficiaria. Con eso podrás empezar de nuevo. Dentro de dos meses cumplirás los dieciocho. Puedes pedir la emancipación o quedarte en casa de tu tía hasta entonces. Has recuperado tu vida. —Evan se puso en pie y se apartó de la mesa—. Ahora sí hemos terminado.

Evan percibió de nuevo un movimiento al otro lado del cristal y al mirar vio a Carmen mirándolos.

—Has cuidado bien de tu hermana —dijo—. Deberías estar orgullosa de ti misma.

Los ojos de Morena se humedecieron. Pestañeó varias veces rápidamente y saludó a su hermana brevemente con la mano.

Carmen alzó la mano para devolverle el saludo, dejando ver la piel intacta de la cara interior del brazo.

Cuando Evan se alejó, Morena se quedó con los nudillos contra los labios, tratando de recobrar la compostura. No le había dado las gracias.

No hacía falta.

La tarde del día siguiente, mientras hacía la ronda de sus pisos francos, Evan se pasó por Boyle Heights y dio una vuelta alrededor de la manzana de Morena. Las jóvenes madres estaban allí, en el jardín del otro lado de la calle, moviendo los cochecitos mientras fumaban. Aparcó una calle más allá y llegó a casa de Morena por la parte de atrás.

Las sillas de jardín y los colchones del dormitorio seguían allí, pero la ropa de cama había desaparecido y el armario estaba vacío. La pecera sucia seguía teniendo su pegatina de Elmo. Evan miró detrás de la puerta y vio que las chicas se habían llevado la trompeta, lo que le produjo un inesperado destello de felicidad.

—¿Zanahoria? —graznó el loro—. ¿Porfa, porfa? ¡No, porfa! ¿Zanahoria?

Se coló en la habitación vacía e hizo una llamada anónima a la Protectora de Animales para pedirles que enviaran a alguien a aquella dirección. Luego fue a la sala y se dirigió al diminuto hueco de la cocina. Lo habían limpiado y ordenado todo. En la encimera había una bolsa medio llena de alpiste sobre una nota escrita a mano, que rezaba: «No tengo dinero para el alquiler de este mes. No sé cuándo lo tendré. Lo siento. Espero que lo entienda.»

Evan contempló la nota un momento, luego la arrugó y dejó en la encimera seis billetes de cien dólares.

Dio de comer al loro antes de marcharse.

9

Un maldito santo

El cubito de hielo quemaba la yema de los dedos de Evan cuando giró el grifo de la ducha y entró en la Bóveda por la puerta secreta. Se dirigió a la mesa de metal laminada y dejó el cubito suavemente entre las hojas de la diminuta planta de aloe vera. *Vera* pareció agradecérselo.

Se metió el RoamZone negro en el bolsillo, aunque no iba a sonar pronto. Solo hacía cinco días que le había descerrajado tres balas al detective William Chambers. Morena Aguilar tardaría un tiempo en encontrar al siguiente cliente. El intervalo más corto entre el final de una misión y la siguiente llamada había sido de dos meses. Era la ocasión de Evan para descansar brevemente y relajarse.

Pensó en ir en coche hasta Wally's Wine & Spirits, en Westwood Boulevard, para comprar una botella de vodka Kauffman Luxury Vintage. Destilado catorce veces y filtrado otras dos, una con carbón de abedul y la otra con arena de cuarzo, se hacía con el trigo de una única cosecha anual, lo que lo convertía en uno de los pocos vodkas de cosecha concreta, como el vino o el cava. El precio era quizás excesivo, pero el licor era el más puro y límpido que había probado en su vida.

Se puso un suéter, cogió las llaves y bajó en el ascensor. Inevitablemente este se detuvo en la sexta planta y Evan olió el perfume floral antes incluso de que las puertas se separaran para que entrara la señora Rosenbaum.

Evan se preparó para oír nuevas historias sobre su amado Herb, que en paz descanse, pero Ida se limitó a lanzarle una mirada cáustica por encima de sus gafas rosa y a anunciar:

—Tengo entendido que últimamente sale a escondidas de casa de Mia Hall a horas intempestivas.

El honorable Pat Johnson del 12F, actuando con muy poca honorabilidad, debía de haber esparcido el rumor.

Evan imaginó la esbelta botella en forma de pera del vodka Kauffman, su recompensa si lograba superar aquel trayecto en ascensor y el tráfico de la hora punta de la tarde.

—No, señora.

Ella resopló.

—Ya tenemos bastantes problemas por aquí, con esa pudrición por hongos nada menos. ¿Se lo puede creer? ¡Aquí en Castle Heights! Todo el marco de la puerta de mi apartamento se está cayendo a pedazos. Diez quejas en dos meses, ¿y cree que ese inútil de encargado ha hecho algo al respecto?

—No, señora.

—Bueno, pues mi hijo va a venir por vacaciones con su mujer y mis dos preciosos nietos. Y ha dicho que si no me han arreglado la puerta para entonces, lo hará él mismo. ¿Se lo imagina? Un socio principal de una importante firma contable de New Brunswick ¿haciendo de carpintero para mí?

Por suerte para Evan, llegaron al vestíbulo, y cuando Ida se detuvo junto a su buzón, él se escabulló por la escalera del aparcamiento. Acababa de rodear la columna que ocultaba su camioneta a la vista, cuando una voz lo llamó a su espalda.

—¡Espere! ¡Evan!

Él se dio la vuelta y vio a Mia corriendo trabajosamente hacia él con sus zapatos de tacón medio, vestida aún con la ropa del trabajo.

Se detuvo y se miró los zapatos.

—A la mierda —musitó, se los quitó de un tirón y siguió corriendo hacia él descalza, con medias—. Perdone, sé que esto es un poco raro, pero ¿puede prestarme su camioneta?

Evan se quedó mudo de asombro.

—Esa mujer del 3B me ha bloqueado con su estúpido Range Rover. Beth no sé qué.

—¿Pamela Yates?

—Eso. Lo que sea. Las Beths y las Pamelas son todas iguales. Todo el mundo lo sabe. —Mia llegó a la altura de Evan y medio resbaló con un pie en una mancha de aceite—. Tengo que ir a buscar a Peter a casa de mi hermano en Tarzana. No hace más que ir de acá para allá, ya lo sé, pero el niño no pasa mucho tiempo con... bueno, con modelos de conducta masculinos. Vaya, qué frase tan anticuada. Pero usted ya me entiende. Solo he venido a casa para dejar unos expedientes y salir corriendo, y ahora... fíjese. —Agitó un brazo para señalar el SUV que arrinconaba a su Acura—. No encuentro a Beth por ninguna parte. —Solo entonces pareció fijarse en las llaves que Evan llevaba en la mano—. Oh. ¿No viene, se va? ¿Adónde?

Él parpadeó una vez, dos.

—A comprar vodka.

—¿Eso se considera una salida? Qué vida. Mire, ¿podría por favor prestarme la camioneta para ir a recoger a mi hijo? De regreso le compraré el vodka. ¿Cuál le gusta? ¿Absolut? ¿Smirnoff?

Él se la quedó mirando.

El móvil de Mia sonó con la melodía de *Snoopy*. Ella se apresuró a contestar.

—Ya voy, Walter. Estoy de camino. —Colgó—. Venga —suplicó a Evan—, le prometo que no me estrellaré. Y si lo hago, me llevaré a juicio a mí misma.

—No presto nunca mi camioneta.

—¿Por qué? ¿Tiene cocaína escondida en el hueco de las ruedas?

Evan miró la puerta que conducía al vestíbulo, deseando que Pamela Yates apareciera por allí milagrosamente, pero la puerta permaneció tercamente cerrada.

—Vamos —dijo ella—. Es casi una emergencia.

Evan esbozó una sonrisa forzada.

—Ya la llevo yo.

—Oh, mierda —exclamó Mia.

El pie sucio de aceite había manchado la inmaculada esterilla del lado del pasajero de la camioneta. Evan intentó evaluar los daños sin resultar demasiado obvio.

—No pasa nada —dijo.

Sin embargo, Mia no miraba el pie, sino el móvil.

—Tengo una llamada perdida del trabajo. —Utilizó la marcación rápida mientras indicaba a Evan que se metiera por la 405, que estaba tan atestada como un aparcamiento.

Conducir en medio del tráfico. Hasta Tarzana. Para recoger a un niño.

Las cosas no hacían más que mejorar.

A su lado, Mia hablaba por el móvil con tono severo.

—Aquí la fiscal de distrito Mia Hall. Necesito esa información inmediatamente. —Colgó, se reclinó en el asiento y suspiró—. Gracias. De verdad. Me ha salvado la vida.

Mia pulsó varias veces el botón para bajar la ventanilla, y no ocurrió nada.

—¿Por qué no baja? —preguntó.

Porque no había sitio para el cristal después de que Evan hubiera colocado blindaje de Kevlar dentro del panel de la puerta. Las ventanillas en sí eran de vidrio laminado de seguridad. La camioneta Ford F-150 tenía la suspensión reforzada para compensar el peso añadido y, como vehículo estrella en Estados Unidos durante décadas, tenía la ventaja añadida de pasar desapercibida prácticamente en cualquier parte. Además, Evan había realizado otras modificaciones, como desactivar el bloqueo de seguridad de las puertas, quitar los airbags e inutilizar los sensores de los parachoques que cortan la electricidad que llega a la bomba de gasolina en caso de colisión. Para salvaguardar el radiador y el intercambiador térmico, que eran vulnerables, había añadido un protector delantero. Si una rueda pinchaba o recibía un disparo, los neumáticos eran antipinchazos y se sellaban por sí solos con un compuesto adhesivo especial distribuido internamente en cada rotación, y si esto fallaba, había incluso un «segundo neumático» oculto en el núcleo. En la parte posterior, la plataforma estaba ocupada por cajas fuertes planas y rectangulares que proporcionaban un espacio de almacenamiento seguro y pasaban desapercibidas al ser más bajas que la puerta trasera. Al igual que Evan, el vehículo estaba preparado para diversas contingencias extremas sin llamar jamás la atención.

Mia volvió a pulsar el botón de la ventanilla.

—¿Y bien?

—Está roto —contestó él.

—Ah. —La mirada de Mia se posó en la manga del suéter de Evan—. ¿Y la mancha? ¿La de la semana pasada?

Evan tardó un momento en comprender que hablaba de la sangre que había empapado el suéter cuando iban en el atestado ascensor. ¿Qué podía contestar? ¿Que tenía una docena de jerséis negros siempre a mano?

—La limpié.

—Que ha limpiado una mancha de zumo de uvas, dice. —Mia lo miró con escepticismo, y luego se arrellanó en su asiento, percatándose por fin del denso tráfico—. Vaya —dijo—. ¿Por qué no ha ido por Sepulveda?

Evan aguardaba aparcado frente a una pequeña casa con exterior de tablillas, con el motor encendido. Por fin Mia salió de la vivienda de su hermano seguida de Peter, al que aún se le notaban las calvas a los lados por el incidente de la cinta adhesiva. La mochila que llevaba era casi tan grande como él y botaba sobre sus hombros amenazando con derribarlo. Cuando Mia le ayudaba a meterse en el reducido asiento posterior de la camioneta, sonó su iPhone con la tonada de *Tiburón*. Mia miró la pantalla con el ceño fruncido, y luego lo agitó en dirección a Evan.

—Lo siento. Es la llamada que esperaba. Confidencial.

—La verdad es que yo tengo que...

—Comprar vodka, lo sé. ¿Me permite un segundo?

Antes de que él pudiera responder, ella ya se había alejado.

Silencio en el asiento posterior. Evan miró a Mia, que se paseaba por el jardín ya parduzco de su hermano, con el móvil pegado a la oreja, gesticulando profusamente. No daba la impresión de que la llamada fuera a acabarse pronto.

Tuvo que ladear el espejo retrovisor para ver a Peter. Carraspeó.

—Tu mamá tiene siempre mucho trabajo, ¿eh?

—Sí. Encierra a asesinos y eso. Hay un tipo, ¿sabes? Disparó a alguien. ¿Cómo se puede disparar a alguien?

—Dos veces en el pecho, una vez en la cabeza si llevan chaleco antibalas.

Peter tragó saliva.

—Quería decir que cómo alguien puede matar a alguien.

«Oh.»

—Con práctica. Mucha práctica, imagino.

—No entiendo a la gente que hace daño a otra gente. —Peter se sujetó el brazo con cautela, y la manga de la camisa se deslizó hacia arriba, dejando al descubierto un moretón en el bíceps.

Evan pensó en las heridas del niño las últimas veces que lo había visto, el rasguño de la frente, el codo despellejado, y sumó dos y dos. Se volvió hacia atrás y señaló el moretón con una inclinación de la barbilla.

—Eso no es de jugar a baloncesto, ¿verdad?

Los grandes ojos negros del niño lo observaron, formándose una opinión de él. Luego negó con la cabeza.

—Ha sido Josh Harlow —explicó con voz áspera—. Uno de quinto. ¿Qué se supone que debo hacer?

—Dale en la rodilla.

—¿En serio?

—Si es más alto, sí. Pero era una broma. Lo de que le des, quiero decir.

—Oh. Entonces, ¿qué debo hacer?

—No lo sé. Pregúntaselo a tu madre.

—Ya, claro.

Mia se encontraba al otro lado de la calle, de espaldas a ellos, agitando un dedo en el aire, sumida en el conflicto en que parecía haberse convertido la llamada de trabajo. Evan tamborileó sobre el volante mostrando su impaciencia. Se preguntó dónde estarían Morena y Carmen en aquel preciso instante. De camino a casa de su tía, o quizá ya habían llegado allí. A salvo. Pensó en el modo en que el brazo de Chambers se había levantado bruscamente al caer él sobre la lona de plástico, iluminada su expresión por la rápida sucesión de destellos de los tres disparos: sorpresa, luego miedo, luego la terrible comprensión de lo que estaba ocurriendo.

Peter había dicho algo.

Evan alzó la vista hacia el retrovisor.

—¿Qué?

—Cada vez que se mete conmigo, pienso que voy a hacer algo. Que voy a defenderme. Pero nunca lo hago.

Evan sintió un hormigueo, el ansia de cambiar de conversación, aquella casa, Tarzana, volver a su casa, a su cocina impoluta, y agitar un Martini en la coctelera con tanta fuerza que al verterlo dejara una película de cristales de hielo sobre la superficie. Peter hacía rebotar los talones apáticamente en el asiento, emitiendo un sonido sordo y descorazonador. Evan miró al niño y notó una punzada en el pecho.

Respiró hondo.

—¿Sabes cuáles son las tres mejores palabras que hay en el mundo?

Peter volvió la vista hacia él.

—«La próxima vez» —dijo Evan—. Todo puede cambiar. Y no solo para mejor, ¿entiendes? Puedes ganar la lotería o que te atropelle un APC.

—¿Qué es un APC?

—Un transporte blindado de tropas.

—Ah.

—Pero lo importante es que «la próxima vez» significa que el mundo entero se abre ante ti. «La próxima vez» es una posibilidad. «La próxima vez» es la libertad.

Mia abrió la puerta del copiloto, subió al vehículo y dio un golpecito de impaciencia sobre el salpicadero.

—¿Listo para irnos?

Peter dormía en brazos de Mia, que intentaba salir del ascensor con él a cuestas y llegar hasta su apartamento. Cuando llegaron a la puerta, Mia ladeó la cadera hacia Evan.

—Las llaves están en mi bolso —le dijo en voz baja—. Deprisa. Deprisa.

Un bolso de mujer, lleno de objetos íntimos. Evan vaciló un momento antes de sumergir la mano en territorio extraño.

—No; en el bolsillo lateral. El otro bolsillo lateral. No, esas son las llaves del trabajo. Sí, esas. Estupendo. Muy amable.

En cuanto la llave giró en la cerradura, Mia se dio media vuelta para entrar dando un empujón a la puerta, dejando las llaves colgando de la cerradura. Evan las sacó y entró detrás para dejarlas en algún sitio.

—Lo siento —susurró ella con voz ronca por encima del hombro—. Pase un momento. Ah, pero no use ese cuarto de baño. —Señaló la puerta del aseo con un movimiento de la barbilla—. Resulta que la plastilina no se va por el váter.

Mia desapareció en el dormitorio de Peter, dejando a Evan de pie en la sala. Evan dejó las llaves y dio media vuelta para marcharse silenciosamente, pero entonces se fijó en un pósit pegado junto al teléfono de pared. Era una de las notas manuscritas de Mia de aquel libro que había mencionado: «Dedícate a lo que es importante, no a lo que es conveniente.»

Qué diferentes eran aquellas reglas de los Mandamientos por los que él se regía. Escritos con letra femenina, pegados en paredes y neveras. ¿Qué había dicho Mia? «Da mucho trabajo educar a un ser humano.» Reflexionó sobre aquellas vidas alternativas que vivían según un código distinto, un camino que jamás había tomado, que jamás se había iluminado. Leyó el pósit de nuevo y se dijo: «Qué demonios.»

En lugar de marcharse sin decir nada, se sentó en el sofá, esperando en el silencio del apartamento.

Unos minutos más tarde, Mia salió de la habitación de Peter, estirando la espalda.

—Madre mía. Tengo que impedir que este niño siga creciendo.

Mia pasó por la cocina y se dirigió al sofá con dos copas de vino, una de las cuales tendió a Evan.

Luego se sentó en los cojines junto a él.

—Es un chico muy bueno, gracias a Dios. —Tomó un sorbo y frunció los labios.

Evan percibió que tenía algo más que decir, de modo que siguió callado.

—Mi marido y yo no podíamos tener hijos, así que lo adoptamos un año después de casarnos. —Se inclinó para dejar la copa en la mesita, y su falda se deslizó unos centímetros por encima de las rodillas—. Acabábamos de comprar esta casa cuando... —Se recogió los rizos en la nuca y con la goma que llevaba en la muñeca se hizo una coleta—. Cáncer de páncreas. No era así como se suponía que iba a acabar la historia, ¿sabe? —Se dio unas palmadas en las rodillas—. Pero así es como acabó.

En la pared opuesta había una luz nocturna de emergencia junto al suelo que la iluminaba desde atrás, difuminando su densa melena castaña, tiñendo levemente el contorno. Evan percibió la delicada curva de la base del cuello, la marca de nacimiento que tenía en la sien, el modo en que se juntaban sus labios carnosos. Se había fijado en muchos aspectos de Mia en otras ocasiones, pero nunca en esos.

—¿Se arrepiente?

—¿De haberme casado? Jamás. —Frunció los labios en gesto pensativo—. Le diré de qué me arrepiento. No de las discusiones, porque todo el mundo necesita discutir, sino de las discusiones estúpidas. Quiero decir, «¿has adoptado un tono condescendiente conmigo durante la cena?» «¿No te dije que apuntaras aquello en el calendario?» De la manera estúpida en que una cosa llevaba a la otra. Y luego todo un día para romper el hielo. Tanto tiempo desperdiciado... —Meneó la cabeza, y la luz arrancó reflejos de sus cabellos—. No me malinterprete. Fue un matrimonio real, con problemas reales, por supuesto, pero nos queríamos. Oh, cómo le quería. Un tío puede querer a millones de mujeres. Pero un hombre, un hombre, un hombre ama a una mujer de un millón de maneras. —Alargó la mano para coger la copa de vino—. Dios, pero ¿qué digo? Habría sido mucho más fácil si simplemente me hubiera abandonado. Si se hubiera fugado con alguna secretaria.

—¿Aún hace esas cosas la gente?

—No creo. —Dio otro sorbo—. Pero ¿morirse? —Mia sacudió la cabeza—. Es una tortura, porque nunca ha muerto del todo en realidad. Es un mártir. Un maldito santo. En mi mente es perfecto.

—Tiene suerte —dijo Evan.

Mia lo miró a los ojos por primera vez desde que se había sentado. El aire acondicionado les refrescaba la nuca, y una luz zumbaba en la cocina, y más lejos Evan oía el ascensor poniéndose en movimiento.

—Dios —dijo ella—. No paro de hablar. Supongo que eso es lo que hace la gente cuando está con usted. Llenar el silencio.

La mirada de Evan había descendido ligeramente hacia los labios de Mia, y percibía que ella también le miraba los suyos.

Un zumbido surgió del bolsillo de Evan, tan fuera de lugar que al principio él no se dio cuenta de lo que era.

El teléfono negro.

Sonando.

Cinco días después de completar su última misión. Morena le había dicho que quería moverse deprisa, pero era demasiado pronto. Solo podía significar una cosa.

Algo no iba bien.

El teléfono nunca había sonado en presencia de otra persona. Él no era muy sociable, y las llamadas eran escasas.

Se dio cuenta de que se había puesto rígido en el sofá, sentado al lado de Mia. Sacó el RoamZone del bolsillo y se puso en pie.

—Lo siento —dijo—. Tengo que irme.

Ya se había vuelto hacia la puerta cuando se percató, *a posteriori*, de la expresión dolida de Mia.

Respondió al móvil una vez en el rellano.

—¿Necesita mi ayuda?

—Dios, sí, por favor. —Una voz femenina—. Van a matarme.

10

Intriga de novela de misterio

Evan sintió una punzada de desconfianza. Advirtió que apretaba el móvil con fuerza contra la mejilla y relajó la mano.

—¿Dónde ha conseguido este número?

—Por una chica. Una chica hispana. —La mujer respiraba ruidosamente, provocando ráfagas de ruido estático en la línea—. ¿Es usted el Hombre de Ninguna Parte? ¿De verdad?

Para mantener la señal, Evan subió por la escalera del noreste, con prisa pero con paso leve para mantener la voz firme.

—¿Cómo se llama esa chica?

—No lo recuerdo. Espere, Miranda algo. No... Morena. No quiso decirme su apellido.

—¿Qué aspecto tenía?

—Pelo recogido atrás. Flaca. Cejas depiladas.

—¿Alguna marca en los brazos?

—Una cicatriz, de una vacuna, quizás.

Evan se tranquilizó un poco. Recordaba las palabras de Morena: «Lo haré deprisa. Quiero dejar todo esto atrás lo más rápido posible.» Pero aun así...

—¿Cómo se llama usted? —preguntó.

—No quiero darle mi nombre. Los tipos que me persiguen van muy en serio. ¿Cómo sé que no está con ellos? ¿O con esa chica que me envió? Podría ser una estratagema. —Hablaba precipitadamente, atropellándose.

—¿Qué quiere hacer entonces?

—No lo sé. No lo sé. Dios, ¿cómo demonios he llegado hasta aquí?

Evan subió unos tramos más, manteniendo el móvil pegado a la oreja, guardando silencio para que ella lo llenara, para sonsacarla. Dadas sus sospechas, quería más datos: un cambio de tono, ruido de fondo, una cadencia que sugiriera que sus palabras eran ensayadas. De no ser porque oía su rápida respiración, habría creído que le había colgado.

Llegó al ático y avanzó rápidamente por el rellano en dirección a su puerta.

—Pues encontrémonos en algún sitio público, supongo —dijo ella—. Donde no pueda hacerme nada.

—Público.

—Sí. Algo como un restaurante lleno de gente. ¿Oiga? ¿Sigue ahí?

Evan entró en su apartamento y apoyó la espalda en la puerta cerrada.

—La escucho.

—En la Bottega Louie. En el centro. Mañana a mediodía. Llevaré gafas de sol con lentes ámbar, dentro también.

Colgó antes de que Evan pudiera responder.

No le gustó nada todo aquello.

No le gustaba no saber el nombre del cliente. No le gustaba que ella hubiera elegido el lugar de la cita. No le gustaba aquella intriga de novela de misterio, lo bastante elaborada como para que pareciera una trampa. Pero ¿en serio alguien que pretendiera acabar con él utilizarían un ardid tan trillado? Era una maniobra copiada de infinidad de películas de Hollywood, lo que indicaba inexperiencia. O quizás era más retorcido y pretendía «parecer» torpe para pillarlo con la guardia baja.

Evan había elevado su habitual nivel de precaución, cambiando la camioneta por un Chrysler blanco que tenía guardado en el piso franco cercano al aeropuerto. Se encontraba ahora al volante del discreto turismo, en la cuarta planta del aparcamiento al aire libre. Utilizaba prismáticos militares para vigilar la Bottega Louie, el punto de encuentro situado al otro lado de la calle, en West Seventh.

La mujer quería un lugar público y atestado, y desde luego aquella exclusiva pastelería lo era. Clientes con informales atuendos para ir a trabajar abarrotaban los novecientos metros cuadrados de suelo de mármol que se extendían desde la barra barroca hasta el horno de ladrillo. Otros aguardaban junto a los mostradores que servían para llevar cerca de la puerta, profiriendo exclamaciones sobre las suntuosas hileras de mostachones.

Una mujer que llevaba gafas de sol ámbar bebía agua en una mesa junto a uno de los ventanales de la pastelería. Evan había probado en tres niveles distintos del aparcamiento hasta dar con el ángulo adecuado para un francotirador, y allí estaba.

O bien la mujer no tenía nociones tácticas, o se estaba ofreciendo como cebo.

Parecía cerca de los cuarenta y era realmente atractiva, aunque resultaba difícil verle bien la cara tras aquellas enormes gafas. Se había recogido los lustrosos cabellos negros, teñidos, justo por debajo de la coronilla, como una cortina que terminaba en forma redondeada a la altura de la nuca. El pintalabios carmín contrastaba vivamente con su piel de porcelana. En la muñeca derecha llevaba varias pulseras hechas de tiras de cuero, cuentas y vistosos trenzados. Sus uñas, pintadas de un intenso tono berenjena, tamborileaban nerviosamente sobre la mesa. El flequillo alto y desigual disipaba la imagen de hípster.

Evan incrementó los aumentos para enfocar directamente un tatuaje que la mujer tenía detrás de la oreja. Era una miniconstelación de tres estrellas con una disposición asimétrica extrañamente agradable. Evan repasó su base de datos mental, pero no recordó ningún símbolo militar o de bandas que coincidiera. Así pues, no era más que otro toque personal.

El lenguaje corporal de la mujer era tenso y reservado, con los brazos cruzados, de espaldas al bullicio de la pastelería. Bajo la mesa, una rodilla no dejaba de moverse arriba y abajo.

O bien estaba nerviosa, o era una excelente actriz.

Evan consultó su reloj de bolsillo y luego marcó un número en el móvil.

La encargada contestó tras el segundo tono.

—Bottega Louie.

—¿Podría hablar con Fernando Juárez, por favor?

—¿Fernando Juárez? ¿Quién es?

—Uno de los empleados que trabajan ahí. Se trata de un asunto importante relacionado con su devolución de Hacienda.

—Ah. De acuerdo. Espere un momento.

A través del retículo milimetrado de los prismáticos, Evan observó a la encargada rodear las mesas hasta la barra para hablar con el barman. Luego su atención se desvió hacia un hombre que apilaba botellas. El mismo hombre se había tomado un descanso para fumar en el callejón antes del primer turno, dando a Evan la oportunidad de acercarse con una nota doblada y un billete de cien dólares nuevecito.

La encargada le tendió a Fernando Juárez el teléfono inalámbrico. Observándolo, Evan vio la boca del hombre moverse antes incluso de que su voz le llegara por el móvil.

—¿Sí?

—Repita conmigo: «Sí, de acuerdo. Me ocuparé de ello cuando llegue a casa.»

—Sí, de acuerdo. Me ocuparé de ello cuando llegue a casa.

—¿Recuerda nuestro trato?

—Sí.

—Está sentada en la mesa veintiuno. Ahora es el momento.

—Gracias.

Fernando colgó. Terminó con las botellas, limpió la barra, luego se acercó a la mujer de las gafas de sol y le entregó la nota. Evan vio cómo ella la desdoblaba.

La nota le indicaba que saliera del restaurante y se dirigiera al quiosco del otro lado de la calle.

Mientras leía las instrucciones, la mujer se encorvó como asaltada por una súbita paranoia. Sus lacios cabellos le azotaron las mejillas cuando volvió la cabeza a derecha e izquierda, mirando en torno al local, examinando a los clientes. Evan observó su rostro. Estaba asustada. Bebió un trago de agua para tranquilizarse, luego recogió sus cosas y salió apresuradamente.

El tráfico era denso en Grand Avenue, una de las vías principales del centro de la ciudad, y la mujer tuvo que esperar para poder cruzar al otro lado. Evan la siguió con los prismáticos. Cuando ella se acercó al quiosco, él marcó otro número. El quiosquero, que estaba sentado en un taburete alto leyendo un ejemplar de *La Opinión*, descolgó un cascado teléfono sujeto con cinta aislante.

—Hola —saludó en español—. L. A. News 'n' Views.

—Una mujer con gafas oscuras se está acercando. Por encima de su hombro izquierdo. Ahí. ¿Podría hablar con ella un momento, por favor?

El hombre miró a la mujer, se encogió de hombros con indiferencia y le tendió el auricular.

—Para usted —dijo, y volvió a su revista.

La mujer se alejó todo lo que daba de sí el cordón del teléfono.

—¿Qué significa esto?

—Yo tampoco estoy seguro de poder confiar en usted. Nos encontraremos en un restaurante abarrotado, pero no lo elegirá usted. ¿Ve ese autobús que se acerca? Dentro de un minuto y medio se detendrá en la parada que hay una manzana más hacia el sur. La llevará a Chinatown. Bájese en Broadway con College. El Lotus Dim Sum está en Central Plaza. Nos veremos allí. Vaya.

Ella alzó la cabeza bruscamente para ver el autobús que avanzaba resoplando.

—¿Y si no voy?

—Entonces no podré ayudarla.

Esta vez colgó él primero.

Evan había tomado muchas precauciones, pero ahora había llegado el momento más vulnerable, donde ya no quedaba nada más que acercarse a ella. La mujer estaba sentada en un lado del bullicioso restaurante, de espaldas a la vidriera. Langostas y peces se movían apáticamente en acuarios, y los carritos llenos de platos de comida cantonesa iban de un lado a otro dejando una estela de vapor y aromas tentadores.

La camisa Woolrich de Evan tenía falsos botones de adorno, y en realidad la pechera se unía mediante imanes que cederían fácilmente si necesitaba acceder rápidamente a la pistola que llevaba a la cadera. Sus pantalones de camuflaje eran tácticamente discretos, con bolsillos interiores que ocultaban cargadores suplementarios y su navaja Strider, sin que se notaran los bultos. Llevaba botas originales de SWAT, más ligeras que las zapatillas deportivas, que no parecían nada especial disimuladas bajo los pantalones.

No podía estar más preparado.

Cuando se abría paso entre los obstáculos de camareros y carritos, la mujer levantó la cabeza bruscamente y dejó de morderse la uña del pulgar. Evan vio su propio reflejo en las lentes ambarinas de sus gafas. Un tipo corriente de constitución corriente, el tipo de hombre que se olvida fácilmente.

—Cambie el sitio conmigo —ordenó.

La mujer ahogó una exclamación de sorpresa, luego obedeció.

El escaparate dejaba la espalda de Evan vulnerable, pero él prefería estar de cara al restaurante y, sobre todo, prefería sentarse donde ella (y cualquier cómplice que pudiera tener) no hubiera previsto que se sentara. Como dictaba el Noveno Mandamiento: «Juega siempre al ataque.» Nunca había quebrantado un Mandamiento y no iba a empezar a hacerlo ahora.

Se acomodaron en las curvilíneas sillas metálicas, mirándose el uno al otro cautelosamente.

El pálido rostro de la mujer era casi luminoso. Movió aquellos labios tan rojos y luego los frunció en una expresión de inquietud. Su atractivo habría distraído a Evan, de haberse encontrado él en disposición de ser distraído.

—Dígame su nombre —pidió.

Ella se miró las manos.

—Escuche —dijo Evan—. Si yo quisiera hacerle daño ya sabría su nombre, ¿no cree?

—Katrin White —respondió ella sin levantar la vista.

—Y también sabría por qué ellos, o nosotros, tratamos de hacerle daño.

Un carrito se detuvo junto a su mesa. Evan señaló sin mirar y varios platos aterrizaron sobre el mantel almidonado.

—Debo dinero a personas peligrosas. Mucho dinero.

—¿Cuánto?

—Dos punto uno. —Se rascó el cuello, manteniendo la vista fija en la comida, que no había tocado—. Es un problema de Las Vegas.

—Es adicta al juego.

—Eso no significa que merezca morir.

—Nadie ha dicho eso.

—Bueno —dijo ella—, alguien sí lo dice.

Un tipo con una camisa holgada entró en el restaurante y Evan lo observó fijamente. Sus miradas se cruzaron un instante, y luego un hombre mayor con traje a medida pasó por delante del tipo en dirección al atril de recepción. Cuando la vista quedó despejada de nuevo, el hombre de la camisa holgada saludaba a una mujer con quien seguramente había quedado para comer.

Evan volvió a centrarse en Katrin.

—¿Qué casino?

—Es un tugurio clandestino. No tiene sitio fijo. Sin nombres ni dirección, nada. Les das tu número, ellos te llaman y te dicen dónde ir. Tienes que pagar para entrar.

—¿Mínimo?

—Un cuarto de millón. Luego te financian.

—Puede descontrolarse rápidamente.

—¿A mí me lo va a decir? —La rodilla de Katrin se movía bajo la mesa igual que en Bottega Louie, y Evan se preguntó cuánto tiempo llevaría así de nerviosa. Se le notaba el estrés en el semblante tenso—. Cuando esos tipos quieren dar ejemplo, lo hacen a lo grande. A un hombre de negocios japonés lo despellejaron vivo. Al menos estuvo vivo una buena parte. Y ahora... —su voz se quebró— tienen a mi padre.

Se pasó un dedo por debajo de las enormes gafas, primero por un lado y luego por el otro.

—Lo único que tengo es un número de teléfono —prosiguió al cabo de un momento—. Me dijeron... me dijeron que tengo dos semanas para pagar.

—¿Cuánto hace de eso?

—Diez días. —Los delicados hombros de Katrin temblaban—. Es culpa mía que esté metido en esto. No tengo el dinero y van a matarlo.

—Nunca he perdido a ningún cliente —le dijo Evan.

—¿Nunca?

—Nunca.

Las gafas de sol volvieron a reposar sobre el puente de la nariz, y en ellas Evan captó el reflejo de un destello de luz que atravesó el cristal a su espalda. Instintivamente se irguió. Un carrito pasaba en ese momento por su lado. Evan estiró el pie y lo detuvo en seco, haciendo que platos y vaporeras de bambú entrechocaran ruidosamente. El camarero le mostró su descontento a gritos, pero Evan no le escuchaba.

En el lateral de acero inoxidable del carrito vio un reflejo distorsionado del edificio de apartamentos de tres plantas que había al otro lado de la calle. En una ventana del tercer piso, el sol se reflejaba en un círculo perfecto de luz.

La mira telescópica de un francotirador.

Evan agarró a Katrin por la delgada muñeca. Cuando tiraba de ella hacia un lado, una bala pasó rozándole la oreja y abrió un agujero en el sólido respaldo de cromo de la silla vacía, en el punto donde se encontraba el corazón de Katrin hacía un instante.

Tumbado sobre el metal caliente del carrito volcado, Evan pensó que, por primera vez en su vida profesional, estaba jugando a la defensiva.

11

¿Y ahora qué?

La primera norma cuando te disparan: «Sal de la X.»

Evan rodó sobre el carrito de comida volcado, tirando de Katrin para apartarla de la vidriera cuando otras dos balas astillaron la mesa. No se oyeron los sonidos de un fusil pequeño, sino los nítidos chasquidos de un calibre mayor, 30 o más. Los ecos de las detonaciones resonaron por todo el local, creando un efecto de salón de espejos tan desconcertante como perturbador. Evan llevó a Katrin prácticamente a rastras hacia el centro de la sala, intentando apartarse de la mira del francotirador.

Los demás clientes se lanzaron en estampida hacia las salidas. Evan sujetó a Katrin por el brazo para abrirse paso entre el tumulto, derribando de un empujón otro carrito, lo que lanzó por los aires una lluvia de cerdo bao. Con la mano libre hizo saltar los imanes de la camisa y empuñó la pistola.

Un trozo de suelo saltó de un disparo a su estela, y las esquirlas de baldosa les golpearon las pantorrillas. Cuando finalmente se encontraron fuera de la zona de peligro, una mujer mayor cayó, hincando una rodilla, y estuvieron a punto de pisotearla, pero una oleada de cuerpos la aupó de nuevo y la marea humana se la llevó consigo por una puerta lateral. El agudo berreo de un bebé se hizo oír por encima de los gritos.

—¡Le han seguido! —chillaba Katrin—. ¿Es usted responsable de esto?

Evan no le hizo caso. Solo importaba la ruta de escape. Por

encima de los hombros de los que huían, un solo rostro miraba hacia el interior del restaurante, un hombre que permanecía extrañamente quieto en medio de la marabunta.

No era el tipo de la camisa holgada. Era el hombre mayor del traje a medida.

La cabeza y la parte superior del torso eran visibles, el resto de su cuerpo era una sombra borrosa tras los acuarios que separaban el vestíbulo del restaurante propiamente dicho. El hombre alzó una mano que empuñaba una pistola. El cañón destelló y una mujer que estaba delante de ellos chilló y giró ciento ochenta grados. Del hombro cubierto por la blusa brotó una lluvia carmesí.

Aunque Evan y Katrin se habían detenido en seco, la frenética multitud los empujaba hacia el hombre del traje. No había modo de retroceder. Había demasiada gente para devolver los disparos. Al tirador le daban igual los daños colaterales.

Evan echó a Katrin contra el suelo y dio una voltereta hacia delante sobre un hombro. Terminó el giro golpeando la base del acuario de las langostas con los pies. El acuario era más pesado de lo que esperaba, y notó la onda expansiva en las piernas tras el golpe, pero el cristal dejó escapar un sonoro chasquido que sonó prometedor. El agua salpicó el rostro de Evan. Pestañeó con fuerza, vio al tirador cerniéndose sobre él, apuntándole.

Entonces el acuario se vino abajo.

El hombre levantó los brazos y el arma disparó una vez al techo, y luego fue arrastrado por decenas de litros de agua verdosa. Las langostas se retorcían en el suelo mojado, sujetas las pinzas con cinta azul. Barrido hacia el centro del vestíbulo, el tirador trató de recuperar su pistola arrastrándose a cuatro patas. Los últimos clientes salían apresuradamente. El hombre alargó la mano entre las piernas que corrían y finalmente recogió la pistola. Se dio la vuelta para ponerse en pie, pero Evan lo golpeó desde arriba con un violento gancho. Los dos primeros nudillos del puño de Evan aplastaron la sien del hombre, donde el hueso temporal es especialmente fino, por lo que se hundió fácilmente bajo el bien asestado golpe.

El hombre cayó y su mejilla chocó contra el suelo. Sus manos y pies se sacudieron en un postrer estertor. Eran los últimos impulsos que enviaba su cerebro.

Evan dio media vuelta y encontró a Katrin de pie tras él, jadeante y con el rostro pálido.

—¿Está muerto?

—Sígame. No se separe.

Evan siguió apuntando con la pistola al suelo mientras empujaba la doble puerta principal del restaurante para salir a la iluminada plaza. Banderines rojos y amarillos sujetos por cuerdas se agitaban por la brisa sobre sus cabezas, y un olor a incienso impregnaba el aire. Transeúntes aterrorizados pasaban rápidamente por su campo de visión, dispersándose en todas direcciones. Evan se centró en un monovolumen de alquiler aparcado justo delante, bloqueando un callejón, con las luces de emergencia encendidas. La puerta trasera estaba abierta y había unas cajas apiladas en el suelo.

El vehículo bloqueaba el ángulo de visión del francotirador, pero Evan no quería darle tiempo a cambiar de posición. Agarrando a Katrin por el brazo, corrió entre la multitud en dirección a la hilera de tiendas del otro lado de la calle y el callejón bloqueado. Las mejillas de Katrin estaban encendidas por el pánico. Un mechón de cabellos negros se le había quedado pegado a la comisura de la boca.

—Espere —dijo ella—. ¿Adónde vamos? No hay ningún sitio...

Evan pulsó el mando a distancia que llevaba en el bolsillo, y la puerta delantera del monovolumen se deslizó hasta abrirse. Empujó a Katrin al interior y se metió él también. Había dejado los asientos traseros abatidos precisamente para una contingencia como aquella. Volvió a accionar el mando y la puerta se deslizó hasta cerrarse, momento en que recibió el impacto de una bala de fusil. El francotirador los había encontrado. Otro disparo impactó en la puerta, abriendo un agujero por encima de sus cabezas, que mantenían agachadas. El sonido de metal contra metal era ensordecedor: el francotirador disparaba con rapidez. Si no querían recibir plomo o metralla, tendrían que abandonar el monovolumen.

Evan abrió la puerta corredera del otro lado y saltó al atestado callejón tirando de Katrin para que aterrizara encima de él. A sus espaldas, el monovolumen se balanceó y las ventanillas saltaron por los aires.

Desesperada y llorosa, Katrin se tapó los oídos con las manos.

—Déjelo para más tarde —le ordenó él.

Echaron a correr por el angosto callejón, rozando las paredes. La ventana trasera de una cocina expulsó aire caliente con olor a pescado. Llegaron al cruce del final del callejón y viraron a la derecha. A seis pasos se encontraba el Chrysler de Evan, apuntando en dirección a Hill Street, una calle principal. Subieron al turismo y salieron disparados hasta mezclarse con el tráfico.

Los ojos de Evan iban de la calle al retrovisor y viceversa. La respiración de Katrin era jadeante.

—¿A quién le dijo que iba a encontrarse conmigo? —preguntó Evan.

—A nadie.

—¿Desde qué teléfono llamó?

Ella metió la mano en el bolsillo de los tejanos y sacó una BlackBerry.

—Con este, pero...

Él se la arrebató, la arrojó por la ventanilla y observó por el espejo lateral como se hacía trizas.

—¿Qué hace? Esa era la única forma de que se pusieran en contacto conmigo los que tienen a mi padre...

—Ahora mismo no queremos que se pongan en contacto con usted.

—Le han seguido.

—No —repitió él—. No me han seguido.

—¿Cómo lo sabe?

Con un chirrido de frenos, Evan metió el coche en el aparcamiento de una tienda de licores y aparcó detrás del edificio.

—Salga.

Evan bajó también y sacó del maletero una vara negra con el extremo circular. Empezando por el rostro, Evan recorrió con la vara todo el cuerpo de Katrin, buscando dispositivos electrónicos en su torso, brazos, piernas y zapatos. El detector no mostró nada. A ella le resbalaban lágrimas por las mejillas y temblaba. Él la hizo girar y le escaneó la espalda. Estaba limpia.

—Suba al coche.

Ella obedeció.

Evan sacó el coche marcha atrás, cruzó la calle y enfiló la 110.

—¿Y ahora qué? —preguntó ella, nerviosa.

Por una vez, Evan no tenía una respuesta preparada.

12

El trabajo de una mujer

—Eres cara —dijo Dan Reynolds mientras con paso lento e insinuante seguía a la mujer que lo conducía por el pasillo del hotel.

Candy McClure no aminoró el paso.

—Lo valgo —replicó.

El diputado Reynolds, vicepresidente del Comité de Sanidad, había logrado amasar gran cantidad de fondos para la reelección al tiempo que defendía acérrimamente a los pacientes. Era una mezcla que lo convertía en un político atípico. Sus inclinaciones sexuales también lo eran.

Lo que tenía algo que ver con la bolsa de piel negra que colgaba del hombro de Candy, que llevaba abundante laca en los cortos cabellos de color platino. Medias de rejilla azul marino cubrían sus musculosas pantorrillas, pero el vestido era realmente caro, un modelo de tweed sin tirantes hasta la rodilla, entallado para resaltar su firme y voluptuosa figura. Lo había elegido porque era fácil quitárselo gracias a la cremallera de la espalda.

Las alfombras de estampado floral del pasillo amortiguaban el sonido de sus pasos. Por supuesto, Candy había elegido la habitación más retirada, la del extremo del ala más alejada de la propiedad. Era diciembre, y el pintoresco hostal, a unos kilómetros del lago Arrowhead, tenía pocos huéspedes. Había nevado poco y aún faltaban unas semanas para las vacaciones. La baja ocupación les favorecía. Iban a hacer bastante ruido.

Reynolds aceleró el paso para intentar ver el esquivo rostro de la mujer. Después de registrarse, Candy lo había hecho pasar por una entrada posterior, tal como habían acordado. Como político de cierta relevancia, no podía permitirse que lo vieran. Ni en aquel sitio ni con aquella mujer.

Del dedo de Candy colgaba una gran llave cobriza. Sus uñas, cortas y sin manicura, eran el único aspecto de su imagen que no había recibido el adecuado tratamiento femenino. Su trabajo requería un uso intenso de las manos.

Reynolds señaló la pesada bolsa.

—¿Te echo una mano con eso?

—¿Te parece que no puedo con ella?

Su tono de voz excitó a Reynolds.

—Estoy impaciente por ver lo que llevas ahí.

—Pues tendrás que esperar.

La impaciencia de Reynolds alcanzó sus mejillas y su respiración se agitó. Candy empujó la puerta para entrar en el dormitorio, que tenía un vomitivo estilo country chic de Laura Ashley, todo popurrís y almohadones con volantes y acuarelas de gansos. Una cama con dosel dominaba la habitación. La puerta corredera del baño estaba abierta y dejaba ver una bañera de cobre.

Candy había elegido aquel lugar por esa bañera precisamente.

La bolsa sonó con un ruido metálico cuando ella se la quitó del hombro y la dejó en el suelo de parquet. Abrió la cremallera y sacó una sábana de látex ajustable. Él intentó atisbar por encima de su hombro para ver qué más había en la bolsa, pero ella la cerró y le dio una bofetada. Reynolds se tocó con los dedos la enrojecida mejilla, y emitió un ahogado gemido de placer.

Candy cerró las contraventanas de madera. Luego quitó la ropa de cama y colocó la sábana de látex encima del colchón. Finalmente se volvió hacia él.

—Desnúdate.

Él obedeció. Tenía la constitución de un ex atleta, algo fofo en la cintura. La pernera del pantalón se le enganchó en el talón y estuvo a punto de trastabillar por la impaciencia.

—Tenemos que establecer una palabra de seguridad —dijo—. La mía es «alcachofa».

—Ingeniosa.

—Abrasiones, fuego y control de la respiración quedan descartadas. Todo lo demás me parece bien.

—Lo tendré en cuenta. Siéntate.

Reynolds se sentó en la cama. Ella le ató muñecas y tobillos a los cuatro postes de la cama.

—Suelo empezar con unos preliminares...

—Eso está bien —dijo ella, y le metió una pelota roja en la boca.

La cara de Reynolds pareció hincharse, pero Candy percibió la jubilosa expectación bajo la tensión de su postura. Sabía hacer pocas cosas, pero las hacía magistralmente. Una de ellas era interpretar a los hombres.

Candy se había criado en Charlotte, Carolina del Norte, con un nombre distinto, y su infancia había sido un desfile de machos inútiles, desde el típico padre ausente a los habituales padres de amigas que no hacían más que manosearla. Prácticamente se había criado sola. A los dieciséis se había sacado el carnet de conducir y, semanas más tarde, tras un estratégico encuentro amoroso con un granujiento empleado del Departamento de Tráfico, también se había hecho con el carnet para conducir autobuses. El salario estaba bien, pero las prácticas eran un asco. El señor Richardson, con su rancio aliento a café y su bigote de morsa. Tras cada pequeña equivocación que cometía, él declaraba: «Acabas de matar a un niño.» Los neumáticos tocaban la línea amarilla de puntos: «Acabas de matar a un niño, princesa. Sujeta bien el volante.» Si frenaba con demasiada brusquedad: «Has matado a otro niño, cariño. Suave con ese pedal.»

Hombres. Cómo les gustaba dar órdenes.

Bueno, ahora las daba ella.

El espejo de pie de roble que había en un rincón reflejaba su imagen como una diosa al pie de la cama. Candy dobló el brazo hacia atrás y se bajó la cremallera del vestido desde los omóplatos hasta más abajo de la cintura. Dejó caer el vestido. En la cama, Reynolds reaccionó con cuerpo y mente. ¿Quién podía culparle?

Candy se acuclilló para rebuscar en la bolsa de piel, ofreciéndole una desvergonzada visión de su trasero. Era una obsesa de la buena forma física, y sabía exactamente cómo era su aspecto desde todos los ángulos.

Finalmente sacó un gorro de piscina.

A pesar de la pelota de goma incrustada en la boca, la expresión de Reynolds demostró su sorpresa y sus ganas de seguir adelante.

Candy se puso el gorro y unos guantes quirúrgicos azules. A continuación sacó una batidora industrial y la dejó en el suelo. Dada su situación, resultaba difícil interpretar cómo se sentía Reynolds, pero no estaba tan alerta como antes.

El móvil de Candy sonó de pronto en la bolsa con el estribillo de *Venus*, el tono de llamada que reservaba para una cosa.

El sonido del siguiente trabajo que le esperaba.

Por supuesto, ella prefería la versión de Bananarama: *«I'm yer Venus... I'm yer fire... At your desire.»*

Alzó un dedo enfundado en látex azul para indicar a Reynolds que aguardara.

Cuando llamaba el gran hombre, todo lo demás quedaba en suspenso, por embarazosa que fuera la situación que tuviera entre manos.

—¿Sí? —respondió.

—¿El paquete está neutralizado? —Danny Slatcher tenía la voz de un gerente de categoría media, insulsa y gutural. Aparte de su tamaño, semejante al de un oso, también él tenía un aspecto aburrido. Camisas abotonadas hasta el cuello, cinturones vulgares, pelo color arena con esa raya al lado típica de hombre blanco, e incluso un indicio de michelín en la cintura. Candy nunca había tenido claro si su aspecto era auténtico o un mero disfraz. El único atractivo que le veía era su mortífera capacidad. Cuando la cosa se torcía, se transformaba, era todo precisión y coordinación, ira latente, músculos tensos que lanzaban cuerpos y muebles por los aires, girando como peonzas. Le había permitido que la follara una vez, tras un trabajo doble, todavía con el subidón de adrenalina, y una vez había sido suficiente. Se encontraban en la azotea de un balneario de Tamarindo, en medio de los truenos que hacían vibrar las tejas, y el olor a pólvora y sangre fresca que subía desde el balcón de más abajo. Pero para un hombre, «una vez» suponía una invitación permanente. Candy le había permitido a Slatcher una cata, y él había guardado aquel recuerdo durante años, dejando que envejeciera como el vino, fantaseando con descorcharlo una vez más.

Candy empezó a sacar sus útiles de la bolsa y a depositarlos junto a la batidora industrial. Sierra de arco. Gafas protectoras. Hacha pequeña.

En la cama, Reynolds empezó a emitir sonidos ahogados.

—Estoy en ello —respondió Candy.

—Bien —dijo Slatcher—. Acaba de fallar un trabajo más importante.

—Entonces está claro que se lo encargaste al equipo equivocado. —Candy sacó un largo rollo de lona negra, lo depositó en el suelo y le dio un empujón con el empeine. El rollo rodó suavemente sobre la tarima, convirtiéndose en una ancha franja protectora.

Slatcher carraspeó.

—Los supervisé yo personalmente.

—No son como yo.

Con cuidado, Candy sacó de la bolsa dos tarros de ácido fluorhídrico concentrado, eficaz para disolver huesos. Debía guardarse en recipientes de plástico, dado que era capaz de perforar cualquier cosa, desde el hormigón hasta la porcelana, el material del que están hechas la mayoría de bañeras americanas. La bañera de cobre también reaccionaría con el ácido, claro, pero simplemente reluciría más, limpia de manchas de óxido. Al final del día, Candy McClure sería otra considerada huésped que dejaba una habitación más limpia de lo que la había encontrado.

Desde la cama llegaban los sonidos de Reynolds agitándose, presa de la expectación.

—He perdido un hombre —dijo Slatcher.

—Eso te pasa por enviar a un hombre a hacer el trabajo de una mujer.

En la frente de Reynolds se veía una vena hinchada. Intentaba decir algo a pesar de la pelota que lo amordazaba, pero ella había sujetado las tiras con firmeza.

Candy dejó los tarros en el suelo y luego se metió un mechón suelto bajo el gorro de piscina. No dejaría ADN. Ni de él ni de ella.

—Vente aquí —dijo Slatcher.

Al oír su tono, desapareció la actitud jocosa de ella. Candy calculó el contorno del hombre desnudo, el tamaño de la bañera, la situación del tráfico montaña abajo. Cuatro horas y pico. Cogió el hacha y se dirigió a la cama.

—Voy —dijo.

13

Profesionales

Evan eligió un motel de categoría media en una zona poco agradable de Santa Mónica, a varios kilómetros de la playa. Con Katrin cogida de su brazo en el papel de esposa apabullada, se registró utilizando un carnet de conducir falso y pagó con una tarjeta de crédito vinculada a una cuenta bancaria que no podía rastrearse. Reservó tres habitaciones en la planta baja, conectadas interiormente, para su extensa familia, que llegaría en cualquier momento. Luego condujo a Katrin a la habitación que estaba en el centro de las tres, y aguardó en una desvencijada silla a que ella se aseara en el cuarto de baño. El agua del lavabo corrió un buen rato. Cuando ella salió, sus ojos enrojecidos resaltaban en su piel de alabastro.

Se sentó en la cama y apretó las manos entre las rodillas.

—Dios —dijo. Miró el pequeño escritorio sobre el que Evan había depositado un fajo de billetes y un móvil desechable, y emitió un sonido gutural.

—No salga de esta habitación. La comida la pide al servicio de habitaciones. Que la dejen fuera, deslice el dinero por debajo de la puerta. No use el móvil más que para llamarme. ¿Entendido?

—Esto no es real, no puede ser real. Tenemos que llamarlos y preguntar por mi padre, y ahora ellos no pueden llamarme porque usted me arrebató el móvil y...

—¿Dónde la abordó Morena?

Katrin balanceó la cabeza levemente, como para aclararse las ideas.

—Estaba apostando a la ruleta. Una apuesta de mierda, lo sé, pero no me quedaban más que mil dólares... Necesitaba un milagro. Pensé que si Dios o el karma o lo que sea estaba de mi parte, podría ganar diez mil. Y luego otra vez. Y otra. Hasta que tuviera dos millones cien mil y pudiera salvar a mi padre. —Se le llenaron los ojos de lágrimas y tuvo que interrumpirse—. No sabía qué hacer. No tengo nada. No puedo conseguir ese dinero. Mire, creo que debemos ponernos en contacto con esos tipos, en serio...

—¿Cómo la eligieron a usted?

—¿Cómo cree? Debía de parecer una puta loca, porque estaba como una puta loca. Y entonces se acercó esa chica que no parecía tener edad para estar allí. Y me dijo: «¿Tiene problemas?» Como si me estuviera buscando.

La tía de Morena vivía en Las Vegas, y ella había dicho que se iría allí con su hermana Carmen. ¿Qué mejor lugar que un casino para encontrar a alguien desesperado?

—¿Y sabe cuando a veces alguien te hace una pregunta que no quieres oír en el momento más inoportuno? —siguió Katrin—. Me eché a llorar. Luego nos sentamos a una mesa y ella me contó su historia. Y yo le conté la mía. Bueno, una parte. Lo suficiente. Y ella me dio su número. No sabía qué pensar, si podía confiar en ella. Volví conduciendo a Los Ángeles, dándole vueltas. Hasta que me decidí y le llamé.

—¿Le contó su historia a ella? ¿A una persona a la que acababa de conocer?

—Una versión de mi historia, como le decía. —Katrin irguió la cabeza y Evan vio que una expresión acerada asomaba a sus verdes ojos—. Un momento. ¿Esto es una especie de prueba? ¿Después de lo que acaba de ver? ¿Cree que me inventé ese tiroteo? ¿En serio no confía en mí?

—Si no confiara en usted, no estaría aquí.

Ella tragó saliva, haciendo un ruidito gutural.

—No cabe duda de que intentan matarla —añadió Evan—. Solo necesito entender qué ocurrió exactamente.

Ella se levantó y él hizo lo mismo.

—¿Qué hay de mi padre?

—Ya llegaremos a eso.

—Dijeron... dijeron que no podía contárselo a nadie. Y yo voy y le llamo a usted y mi padre podría estar muerto... —Retorció con fuerza la falda, como si intentara superar un violento impulso—. Tenemos que llamarlos. Tenemos que...

Él la agarró suavemente por los brazos e hizo que retrocediera un paso.

—Para empezar no debemos hacer nada. Si no hacemos nada, no puede ocurrir nada. Ahora la adrenalina está por las nubes, todo el mundo está nervioso, sobreexcitado, tenderá a cometer equivocaciones. Dejemos que se calmen, que se tranquilicen. Llamaremos mañana y negociaremos la liberación de su padre.

—Esos no quieren negociar nada. No aceptan ningún trato. —Observó la habitación, como si se fijara por primera vez en la colcha estampada y los horribles cuadros al pastel—. Todo esto ha sido un error. Debo irme. Recogeré mi coche y... y...

—No irá a ninguna parte. No es seguro abandonar esta habitación. El francotirador sigue por ahí. Actuaba con otra persona por lo menos. Puede que haya más.

—El tipo al que usted mató. ¿Lo vio? Aún tenía un ojo abierto... —Apretó los labios rojos para evitar que temblaran—. ¿Y cree que puede haber otros?

—Tal vez.

—¿Un francotirador no es suficiente?

—No permitiré que le toquen un pelo.

—No me preocupa mi pelo. —Entonces ella hizo algo inesperado: se echó a reír abriendo mucho su hermosa boca, medio oculta tras una mano. Unos mechones de su negro pelo le cayeron sobre los ojos, pero no los apartó. La cáustica carcajada se esfumó tan rápido como había surgido.

Volvió a sentarse en la cama y Evan se sentó en la silla de madera.

—A mi padre se le rompió el corazón cuando me casé con aquel capullo —contó ella—. Él me advirtió que no saldría nada bueno de eso. Aunque no creo que esperara algo como esto.

—¿Su marido está involucrado en esto?

—Mi ex. Y no. —Tomó aire y contuvo un momento la respiración—. Estuvimos cinco meses casados. Si no fuera tan típico, debería sentirme avergonzada. Adam Hamuel, magnate inmobiliario. Proyectaba urbanizaciones en Boca Ratón, ese tipo de cosas. Estaba siempre muy ocupado. Acuerdos sobre terrenos, permisos de construcción, otras mujeres. —Pasó una mano por la colcha de chintz—. Así que cuando él viajaba, yo jugaba. Mi padre me enseñó a jugar al póquer. —Se humedeció los labios—. Mi madre murió joven, así que fue mi padre quien me lo enseñó todo. A jugar al béisbol. A conducir. Pero lo que mejor se le daba eran las cartas.

—¿Cómo se llama? Su padre.

—Sam. Sam White. —Parpadeó para contener las lágrimas—. Justo antes de casarme, mi padre se mudó a Las Vegas, y yo iba a visitarle y jugaba y jugaba. Y por un tiempo, cinco meses, tuve dinero. Más dinero de lo normal, quiero decir. Adam siempre me decía que no me preocupara, que no podía gastar lo suficiente para que se notara la merma en sus ingresos. Así que no me preocupé. Jugaba en aquellas partidas clandestinas, y bebía alcohol gratis y gastaba mi línea de crédito. Una estupidez, ¿verdad?

—No, si se tiene en cuenta su situación entonces.

Ella respiró profundamente.

—Un día, en casa encontré un tanga con estampado de leopardo entre los cojines del sofá, y ya no pude fingir más que no sabía nada. Le pedí explicaciones y él se fue y pidió el divorcio al día siguiente. Yo había firmado un contrato prematrimonial, así que no tuvo más que cerrarme el grifo. Todo el dinero está metido en fideicomisos familiares, cuentas en paraísos fiscales, esa clase de cosas. El dinero se puede esconder donde nadie pueda encontrarlo.

Evan asintió levemente.

—Así que ahora tengo una gran casa en Brentwood de la que ni siquiera puedo pagar la factura de la calefacción, y mucho menos la hipoteca, un reluciente Jaguar alquilado que me van a quitar cualquier día, y una línea de crédito de dos millones cien mil dólares que le debo a un tipo del otro lado de una línea telefónica. Si no pago matará a mi padre.

—¿Qué teléfono?

Ella recitó un número de marcación directa, como el suyo, que él memorizó.

—No tengo nada —añadió ella—. Se lo dije a ellos, pero no me creen. Fíjese dónde vivo. Yo tampoco lo creería. —Se dejó caer en la cama y se apartó el pelo de los ojos con un resoplido—. Todo es culpa mía. Cometí un estúpido y maldito error y mi padre lo está pagando. Quizás ahora mismo. ¿Tiene la menor idea de cómo me siento?

«El rojo resplandor del letrero de un ascensor. La mano callosa de Jack en la mejilla de Evan. El olor dulce a serrín mezclado con algo más.»

—Sí —dijo Evan.

—Ojalá no me hubiera sacado viva del restaurante. Ojalá me hubieran matado de un tiro. Así habrían soltado a mi padre.

—¿Cómo sabe que no habrían matado a su padre igualmente?

—Oh, déjeme hacerme la mártir al menos un momento.

—Avíseme cuando termine.

Una leve sonrisa dio firmeza a los labios de Katrin.

—He terminado.

—¿Qué puede contarme de esos casinos ambulantes?

—Como ya le he dicho, no sé gran cosa. Se juega la variante Texas Hold'em en sótanos de restaurantes, suites alquiladas, sitios así. Había encargados de la seguridad y crupieres, pero nunca vi a ninguno de los que están detrás de todo. Incluso los jugadores usábamos nombres falsos. Era imposible saber nada. Son lo bastante listos como para no dejar un rastro.

—¿Cómo la encontraron?

—La gente te encuentra en Las Vegas. Estaba en una mesa. Se acercaron a mí.

—¿Tal cual?

—Mi juego impresiona.

Evan le pidió que repasara cualquier detalle que recordara sobre los lugares donde había jugado.

—¿Cómo descubrió lo del hombre de negocios japonés al que mataron? —preguntó luego.

—Me enviaron una foto al móvil. Se borró sola unos segundos después. —Katrin alisó una arruga invisible en la colcha—. Unos segundos fueron más que suficientes.

—Me dijo que lo habían despellejado. Pero nosotros nos enfrentamos con un francotirador, quizá con un equipo. ¿Por qué han cambiado el modo de operar?

—Ni idea. No es que sea una experta en estos temas.

Al ponerse en pie para salir, Evan comprendió que ya conocía la respuesta a su pregunta. Dada la cuantía de la deuda de Katrin y que ella no había pagado a su debido tiempo, habían pasado al siguiente nivel.

Habían contratado a profesionales.

14

Que su sueño se convierta en realidad

Ataviada con un ajustado vestido, Candy McClure aguardaba en la parada del autobús de Ventura Boulevard; la bolsa de piel descansaba cerca de las finas puntas de sus botas de vinilo, que le llegaban por encima de las rodillas. Le lanzaban silbidos desde los coches que pasaban, que ella disfrutaba igual que el sol matinal. Un autobús llegó siseante a la parada, y de él bajó un grupo de aspirantes a pandilleros. Pasaron por su lado arrastrando los pies, todos con pantalones holgados y camisas de franela abrochadas hasta el cuello. El líder, que la tomó, no sin cierta razón, por una puta, se volvió para agitar las caderas hacia ella.

—Eh, Catwoman, ¿quieres jugar con esto?

—Me encantaría —repuso ella, y alargó la mano, lo agarró por los huevos a través de los vaqueros caídos y apretó.

Él emitió una especie de relincho cuando ella lo hizo girar y lo depositó en el banco de la parada. Lo tocó como un instrumento, apretando a voluntad, provocando que emitiera sonidos diversos, mientras sus amigos los rodeaban en círculo en una especie de pánico animal. Cuando Candy lo soltó, el chico cayó a la acera hecho un guiñapo. Había logrado sacarle unas cuantas lágrimas auténticas a juego con las que él llevaba tatuadas en el rabillo del ojo.

Chicos.

Él se puso de rodillas con dificultad y luego acabó más o menos de pie pero encorvado.

—Gracias —dijo Candy, comprobando que sus uñas postizas seguían intactas—. Buena sesión.

Los amigos del chico se lo llevaron calle arriba.

Unos minutos más tarde, un Scion alquilado se detuvo frente a ella y la ventanilla bajó. Al volante, Danny Slatcher se ocultaba tras unas gafas de espejo y un bigote importado de los ochenta. Su imagen se habría realzado con un vehículo más grande.

—Ya era hora —dijo ella.

Él extendió su largo brazo sobre el asiento del pasajero para abrirle la puerta.

—Sube. Y cámbiate. Pareces una puta.

Y él parecía un vendedor de seguros, que era lo que pretendía, supuso Candy.

—Vaya —dijo, subiendo al coche—. Un Scion morado cutre. Como en la canción.

—¿Qué canción?

—De Train —explicó ella—. *50 Ways to Say Goodbye*. —En el suelo del coche había una bolsa marrón de papel que contenía su nuevo atuendo. Mientras él conducía, ella se cambió de ropa—. Trata de un tío que imagina maneras extrañas de morir para su novia y así él no tendrá que...

—¿Te has ocupado de nuestro estimado diputado? —preguntó él.

—Ajá.

Diez manzanas más adelante, cuando Slatcher aparcó frente a uno de los cochambrosos moteles para turistas que había junto a la 101, cerca de los estudios de la Universal, Candy salió del coche como una mujer nueva. Llevaba alpargatas, una falda informe con la cintura demasiado subida, y una blusa holgada con volantes que ocultaban su voluptuosa figura.

Slatcher sacó su robusto cuerpo del coche. Era alto, uno noventa de estatura. No tenía cuerpo de atleta, sino más bien forma de pera como la de una muñeca rusa. Su amplia cintura siempre sorprendía a Candy y, sin embargo, no había pliegues de grasa, solo una masa firme de músculos, un vientre duro que abultaba bajo la camisa de golfista a cuadros grises y marrones que llevaba. Sus tejanos azules fruncidos contribuían también a la estética de forastero, igual que las gafas de sol Oakley que llevaba en lo alto de la cabeza.

Sacó tres maletas Victorinox de nailon balístico del maletero de apertura automática y las dejó en el suelo. Bruscamente, tendió a Candy una flexible pamela, que ella se colocó suavemente sobre su peluca de estilo Farrah Fawcett. El ala del sombrero se agitaba en torno a su cabeza como una confirmación del mal gusto de los turistas para la moda playera.

Candy subió el asa de una de las maletas, la ladeó para apoyarla en las ruedas y notó su peso al hacerla rodar. Slatcher y ella se encaminaron a la diminuta recepción como asistentes de vuelo desparejados.

Su entrada se anunció cuando abrieron la puerta y sonó una campanilla, unos alegres cascabeles sujetos sobre el marco. Una mujer de flácida papada levantó la vista del libro de bolsillo que leía.

—Bienvenido al Starry Dreams Motel —dijo.

—¡Cielo santo! —exclamó Candy, secándose con el brazo el sudor del trozo de frente que quedaba expuesto entre las enormes gafas de sol, el peinado cardado a lo Farrah Fawcett y el ala de paja que ocultaba gran parte del rostro—. Qué calor tan seco.

—¿De dónde son ustedes?

—Charleston —respondió Candy—. Tenemos una reserva a nombre de Miller.

—Ah, sí. Los he puesto en la ocho.

—¿Podrían ponernos almohadas hipoalergénicas, por favor?

Candy apoyó un codo en el mostrador.

—Ya sabe lo que se dice. Ya no hay hombres como los de antes.

Slatcher soltó el típico gruñido de marido fastidiado.

La mujer activó dos llaves magnéticas y se las entregó.

—¿A qué hora es el desayuno? —preguntó Slatcher—. Queremos ir temprano a los estudios de la Universal.

—El café y las pastas están disponibles desde las seis de la mañana.

—Válgame el cielo —resopló Candy—. Espero que no tengamos que levantarnos tan temprano.

—Son tres horas más para nosotros —dijo Slatcher—. Serán las nueve.

—Fíjese —dijo Candy, agarrando la maleta para dirigirse a la puerta—. También sabe sumar.

En cuanto entraron en la habitación, Candy se quitó el sombrero, lo lanzó sobre una de las camas y se liberó de la peluca. Se rascó la cabeza.

—Joder —dijo—. Esa mierda da calor.

Abrieron las maletas, sacaron pistolas, cargadores y cajas de municiones y lo desplegaron todo sobre la colcha estampada en flores. Candy inspeccionó la recámara y el calibre del cañón de una Walther P22.

—Y esa tipa, Katrin White, ¿qué usamos contra ella?

—Usamos a Sam.

—Al que tenemos en nuestro punto de mira.

—Sam —dijo Slatcher— está controlado.

—Entonces, ¿por qué la White ha desaparecido del mapa?

—Porque él se ha hecho con el control de la situación.

—¿El Hombre sin Nombre?

—En efecto. Mató a uno de los que suelo contratar.

—¿Kane?

—Ostrowski.

—¡Jo! —exclamó ella. Nunca le había gustado Ostrowski.

—He traído un equipo para que nos ayude —dijo Slatcher—. Ex miembros de Blackwater.*

—Hurra.

—Ese tipo es muy peligroso.

—Ya me lo imagino.

—No quiere que lo encuentren.

Candy abrió la cremallera de su bolsa.

—Bueno —dijo, sacando un tarro de ácido fluorhídrico—, entonces hagamos que su sueño se convierta en realidad.

* Empresa privada paramilitar que ofrece servicios de seguridad y entrenamiento militar. Contratista habitual del Departamento de Estado y de la CIA. Actualmente se denomina Academi. *(N. de la T.)*

15

Tic, tic, tic

Lo verificó todo.

Katrin White, el divorcio de Adam Hamuel, la madre muerta, el padre en Las Vegas, incluso el entramado bizantino de fideicomisos familiares en el que se había esfumado el dinero de su ex marido.

Lo que no pudo verificar fue el número de marcación directa que tenía Katrin para ponerse en contacto con los secuestradores. Instalado en la Bóveda, mordisqueando una ácida manzana Granny Smith, Evan siguió el rastro de los once dígitos a través de varias centralitas electrónicas por las que iban pasando de un lado a otro del globo, y luego se desvanecían en el limbo de internet de una manera frustrantemente familiar.

Era tan imposible dar con los secuestradores rastreando su número como encontrarlo a él con el suyo.

El tiempo corría en su contra. No tenía sentido dar vueltas por Las Vegas buscando un sitio de póquer clandestino y ambulante. Evan tenía que ponerse en contacto con el francotirador y su gente cuanto antes. No quería que su irritación se convirtiera en rabia y luego en desesperación.

Se pasó las manos por la cara y miró a *Vera*. Desde su nido de guijarros azul cobalto, la planta no le ofreció respuesta alguna. En lo más recóndito de su cerebro oía el tic, tic, tic de la paranoia. Su mirada se desvió de la pequeña planta al móvil RoamZone que descansaba a su lado. Le quitó la tarjeta SIM, la aplastó con el tacón del zapato y la sustituyó por una nueva. Luego entró en la red y movió el servicio telefónico de Jiangsu a Bangalore.

Antes había obtenido las huellas dactilares de Katrin de la manija de la puerta del Chrysler, que había limpiado antes de abordarla en Chinatown. Por las bases de datos, Evan sabía que Katrin era quien decía que era, su historia resistía todas las comprobaciones. Sin embargo, en honor al Primer Mandamiento, volvió a revisarlo todo, sumergiéndose en su registro de la Seguridad Social y en sus cuentas bancarias, buscando el mínimo desliz, la mínima señal de alarma.

Nada.

Aunque Katrin se había mostrado estoica cuando la dejó en el motel, Evan había visto el miedo en sus ojos. Había regresado para llevarle comida, artículos de aseo y ropa nueva, lo que a ella pareció resultarle vagamente divertido. Luego Evan había vuelto a Chinatown.

Al menos diez patrullas de la Policía se habían congregado en el local con las luces centelleando, además de varios vehículos sin distintivos. Los ventanales rotos del Lotus Dim Sum formaban una hilera de bocas desdentadas, con los trozos de cristal todavía esparcidos por la acera. Un enjambre de polis había tomado el edificio de apartamentos que había al otro lado de Central Plaza. Evan aminoró la marcha cuando conducía por Broadway, y distinguió a un grupo de detectives en el balcón del apartamento del tercer piso, centrados en el punto donde él había captado el destello de la mira telescópica. Tendría que esperar para echarle un vistazo a la escena del crimen. Pasó de largo y luego cambió de coche en un piso franco, antes de volver a su casa.

Ahora, en la Bóveda, dio un último mordisco a la manzana y arrojó el corazón a la papelera del rincón. Falló y el húmedo resto cayó al suelo de hormigón. Evan miró fijamente el díscolo corazón de manzana, con la mandíbula apretada. Luego se levantó, lo recogió y limpió el suelo.

Cuando volvió a dejarse caer en la silla, sus ojos captaron a un hombre robusto de pelo canoso en una de las ventanas abiertas en el ordenador. Con un clic de ratón, Evan agrandó la foto de Tráfico.

Sam White. El padre de Katrin.

Rehén en aquel mismo instante de hombres que no temían disparar en un restaurante atestado a plena luz del día.

Sam esbozaba una media sonrisa que le formaba arrugas en los ojos, y tenía la piel curtida por el sol. Había trabajado como encargado de obra y se le notaba. Era un tipo con el que apetecía compartir una cerveza y ver un partido. Alguien que te enseña a jugar al póquer.

Evan había hecho que Katrin tomara todas las medidas habituales: cambiar el sitio de encuentro, un trayecto en autobús —no su coche—, cambiarle el sitio en la mesa del restaurante. Una serie de movimientos destinados a mantenerla a ella en vilo y a él seguro. Pero estaba claro que también habían despertado el interés del francotirador o de los hombres que lo habían contratado.

Era obvio que cualquier encuentro tan cuidadosamente orquestado iba en contra de sus deseos y directrices.

Las palabras de Katrin resonaron en su cabeza, provocándole una punzada: «Y yo voy y le llamo a usted y mi padre podría estar muerto.»

A Evan le latían las sienes. Las paredes de la Bóveda retenían algo de humedad, lo bastante como para que la notara en los pulmones al respirar. A través del conducto de ventilación le llegaba el olor a alquitrán desde la azotea. Se quedó inmóvil, mirando fijamente la foto del padre de Katrin. Pensó en el cajón con falso fondo de la cómoda y en lo que contenía.

«Nunca lo conviertas en algo personal.»

Simplemente arréglalo.

Al día siguiente llamaría a los secuestradores de Sam. Esa noche le daría tiempo a todo el mundo para que durmiera y se tranquilizara, y luego se enfrentaría a ellos a la luz de un nuevo día. De una manera u otra, se enfrentaría a ellos.

Salió de la Bóveda por la ducha y volvió a la sala para sentarse a meditar, dejando la pistola en la alfombra junto a él. Cruzó las piernas, se relajó para notar los músculos, el tirón de los huesos, su peso contra el suelo. Entornó los párpados y, al otro lado de las persianas, las luces de la ciudad pasaron rápidamente como cometas naranjas y amarillas.

Hizo un inventario de los pequeños dolores del día, empezando por los pies y subiendo luego por el resto del cuerpo. Un corte en la pantorrilla causado por un trozo de cristal de la vidriera rota. Una magulladura en la cadera izquierda. Una molestia en la articulación del hombro.

El dolor era intermitente en esos puntos, cálido, palpitante. Se concentró en los puntos dolorosos, respiró hacia ellos, los alisó con cada exhalación como con un rodillo. Y entonces desaparecieron, todo desapareció menos su pecho subiendo y bajando y la sensación de frío en las fosas nasales.

La respiración era su sostén.

No había nada más que su cuerpo y el aire frío que lo recorría, alimentando la sangre de sus venas, centrándolo allí en aquel momento, midiendo su vida por cada respiración. Durante un rato se dejó llevar con la mente en blanco, consciente de todo pero sin pensar.

Y luego perdió el hilo del presente, como si tropezara, y en una vertiginosa espiral volvió veinticinco años atrás.

16

Los dos lobos

Durante el camino a casa desde el oscuro granero de Virginia, Jack expone ciertos hechos, sirviéndoselos a Evan como una comida bien ganada.

—Eres parte de lo que se llama Programa Huérfano. Tú te muestras excepcionalmente sereno y equilibrado ante lo desconocido. Te hemos seleccionado para el programa precisamente por esas cualidades. Hay otros como tú. Nunca los conocerás. —*Sus grandes manos dominan el volante, el vehículo, la carretera*—. Recibirás un entrenamiento impecable para tu profesión.

—¿Cuál será mi profesión?

—Armas —*responde Jack.*

La camioneta tamborilea sobre los rieles al cruzar unas vías de tren. El asiento de vinilo se ha calentado bajo las piernas de Evan. La cabeza empieza a darle vueltas, como si estuviera en un sueño. Pero no es una pesadilla.

—¿Armas para qué? —*pregunta al fin.*

—Para operaciones individuales encubiertas.

Jack parece olvidar que Evan es un niño. O quizá le habla así, con ese inalcanzable vocabulario, para que se esfuerce y se esfuerce. Evan reflexiona un momento, tratando de averiguar qué puede querer decir.

—¿Como un espía?

Jack baja la barbilla a modo de asentimiento.

—Como un espía. Pero serás diferente de otros atacantes.

«*Atacantes.*» A Evan le gusta la palabra.

—Serás un monigote —prosigue Jack—. Alguien prescindible. Solo tendrás la información necesaria. Nada que nos relacione. Si te pillan, estarás solo. Te torturarán y podrás contarles todo lo que sepas, porque no les será de ninguna utilidad. Irás a sitios prohibidos y harás cosas prohibidas. Todo el mundo a todos los niveles negará conocerte, y no será enteramente falso. Tu propia existencia es ilegal.

—Un huérfano —dice Evan.

—Eso es. Esta es tu última oportunidad para tirar de la anilla del paracaídas, así que piénsatelo bien. Si mueres, morirás solo y nadie conocerá tu sacrificio. Nadie excepto yo. No habrá gloria, ni desfiles ni nombre en un monumento. Esta es la elección que debes hacer.

Evan piensa en el lugar del que procede: zapatos de segunda mano, comida enlatada, techos bajos y habitaciones minúsculas. Jack Johns parece el portal hacia un mundo vasto y abierto de par en par, un mundo que Evan siempre había imaginado que existía en algún lugar inalcanzable. Pero quizá sí había un sitio así incluso para alguien como él.

Evan se toca el corte en la palma de la mano que le ha hecho la hoja curva.

—Suena bien —dice.

Jack lo mira. Vuelve a mirar la carretera.

—Solo estoy yo. Yo soy tu supervisor. Soy la única persona que sabrá quién eres. Yo te protegeré. Pase lo que pase. —Los árboles pasan rápidamente por la ventanilla sobre la que se recorta su tosco perfil—. Tú y yo somos lo único que tenemos. ¿Lo entiendes?

Evan contempla el follaje que azota el exterior del vehículo.

—Creo que sí.

—Las respuestas ambiguas no son respuestas, Evan.

—Sí. Lo entiendo. —Se mira los brazos, salpicados de marcas de pinchazos—. Entonces, ¿voy a hacer más entrenamiento con ese tipo?

—Con él y con otros. No les revelarás tu nombre en ninguna circunstancia. Te conocerán simplemente como «Huérfano X».

—¿X como la letra o como el número diez?

Jack parece complacido con la pregunta.

—La letra.

—Entonces ¿hubo veinticuatro huérfanos antes que yo?

—Sí.

—¿Qué ocurrirá cuando se queden sin letras?

Jack se echa a reír. Es la primera vez que Evan le oye reír. Es una risa profunda que emerge del pecho.

—Entonces supongo que pasarán a los números. —Jack adelanta una ranchera con paneles de madera en la que viaja una familia de excursión dominguera—. Te encomendaré a un único instructor cada vez. Al principio de tu entrenamiento, nunca estarás solo con un instructor. Yo siempre estaré ahí. Igual que hoy.

—Ya, pero nunca seré tan bueno controlando el dolor como ese tipo.

Jack frunce el ceño en gesto reflexivo.

—No tienes por qué —dice al fin—. Solo tienes que hacerlo mejor que la última vez. —Mira a Evan—. ¿Sabes cuáles son las tres mejores palabras que se pueden decir?

Evan no tiene ni idea.

—«La próxima vez» —dice Jack.

Evan no está muy convencido.

—Has leído la Odisea, ¿no? —pregunta Jack.

—No.

—Pronto arreglaremos eso. —Jack se muestra descontento. Luego añade—: Odiseo no es un guerrero tan hábil como Aquiles. No es un arquero tan bueno como Apolo, ni tan veloz como Hermes. De hecho, no es el mejor en nada. Sin embargo, en conjunto, no tiene rival. «Hombre de múltiples tretas.» —Los ojos de Jack pasan del retrovisor interior a uno lateral y luego al otro—. Tu trabajo consistirá en aprender un poco de todo de personas que lo saben todo sobre una cosa.

Los años siguientes de Evan se dedican precisamente a eso.

Un maestro japonés irritantemente imperturbable, incluso cuando lanza sus devastadores ataques, le enseña lucha cuerpo a cuerpo. No hay cinturones, ni dojos,* ni trajes blancos especiales;

---

* En japonés significa «lugar de la vía». Es el lugar donde se practican artes marciales o meditación zen. Lo dirige un maestro o *sensei*. (N. de la T.)

es un arte marcial sucio, las llaves más destructivas, un poco de lo mejor de cada arte marcial. En el garaje de Jack, Evan recorre el globo en una única pelea. Es el receptor de una ofensiva a nivel mundial. Un teep (patada frontal) de boxeo tailandés para interceptar su derechazo conduce a un bil jee (meter los dedos en el ojo) de wing chun chino, que le hace tambalearse. Antes de que pueda recuperar el equilibrio, un golpe de pencak silat indonesio con la mano abierta en la oreja hace que vibre todo su sistema nervioso. Medio cegado por el zumbido, se prepara para lanzar un golpe, pero el maestro le propina un gunting (codo hacia arriba) de kali filipino combinado con un bloqueo de la mano, haciendo que el puño del muchacho se estrelle contra la parte interior del codo. Evan cae de culo al suelo por la fuerza de la sabiduría colectiva de cuatro culturas destilada en un único combate.

Evan no sabe qué parte del cuerpo le duele más.

El maestro se inclina ante él respetuosamente.

Evan se limpia la sangre de los labios.

—¿Este tipo no pierde nunca los estribos?

—No lo necesita —dice Jack, que está sentado a un lado, en una tumbona de playa, leyendo un gastado ejemplar de Lincoln, de Gore Vidal.

Evan agacha la cabeza, babeando sangre en la palma de la mano.

—La próxima vez —dice Jack, y se levanta para entrar en la casa.

Las veladas las pasan en el estudio con sus grandes estanterías de libros y sus paredes verde oscuro, donde Jack dirige lo que él llama «estudios sociales y culturales». Evan aprende normas, etiqueta, historia, sensibilidades. Cómo reaccionar si accidentalmente pisa a alguien en el metro de Moscú. Lo que piensan los armenios de los turcos. El modo correcto de ofrecer tu tarjeta de visita en China. Cómo pronunciar las erres guturales del francés. También le da clases de dicción para erradicar hasta el último vestigio del habla de East Baltimore, hasta que el acento de Evan es tan indeterminado como el de un locutor de noticias del Medio Oeste. Muy pronto habla sin ofrecer más información con sus palabras que la que él decide dar.

A medida que pasan las estaciones, Evan se acostumbra al trayecto de cuarenta y cinco minutos hasta Fort Meade. Jack entra siempre por una verja posterior donde la garita del guardia se ha dejado claramente vacía previendo su llegada. La mayoría de las actividades se realizan dentro o cerca de una serie de hangares clandestinos situados en una zona retirada y boscosa de la base militar. Un comandante medio loco con un feo revoltijo de tejido cicatrizado por barbilla lo obliga a darlo todo, enseñándole a moverse bajo fuego real. Evan utiliza tácticas de evasión para dirigirse a cubierto, zigzagueando entre los árboles a los que las balas arrancan trozos de corteza por encima de su cabeza. Los jubilosos bramidos del comandante lo persiguen como fantasmas entre las ramas.

—¡Estamos en clase, X! Utiliza el músculo de la memoria. ¡Tal como te entrenas ahora actuarás después!

Un día, frustrado con los movimientos evasivos de Evan, el comandante le da un manotazo en la nuca. Jack surge de la nada y se encara con él.

—Hágale todo el daño que quiera si es para entrenarle. Pero si vuelve a ponerle una mano encima por ira, haré que el resto de la cara le quede a juego con la barbilla. ¿Me ha comprendido?

Los ojos del comandante recobran una súbita claridad.

—Sí, señor —dice.

Durante el trayecto de vuelta, Evan dice:

—Gracias.

Jack asiente. La camioneta avanza traqueteando por el camino lleno de baches. Por la rejilla de ventilación del salpicadero entra aire caliente. Jack parece prepararse para decir algo.

—Sé que los detalles de tu origen son... difusos. Si es importante para ti, podemos realizar una prueba genética, averiguar tu genealogía, quién eres.

Esta posibilidad deja mudo de asombro a Evan. Jack parece percibir que no es un buen momento para presionarle y aguarda.

Finalmente Evan se aclara la garganta.

—Sé quién soy —afirma—. Soy tu hijo.

Jack emite un sonido ahogado de asentimiento y gira la cabeza hacia el otro lado, quizá para que Evan no le vea la cara.

El ritmo de entrenamiento es implacable. Evan aprende a forzar cerraduras, a escalar alambradas de púas, a descender en rápel desde lo alto de árboles, vallas, muros. Trabaja con un ingeniero de vigilancia electrónica de la vieja escuela, al que irrita con su dificultad para dominar los circuitos, y con un pirata informático adolescente al que frustra con la lentitud con que procesa la información. Le han enseñado cómo abordar a las personas, cómo encontrar y explotar sus debilidades. Para evitar delatarse con expresiones o gestos, domina el arte de permanecer inmóvil mientras habla o escucha. Cada vez que levanta las manos, el especialista en interrogatorios le propina un doloroso golpe en los nudillos con una lima metálica; al final Evan permanece sentado como si tuviera las muñecas atadas a los brazos de la silla. Un psicólogo delgado como un palo lo somete a andanadas de tests con preguntas esotéricas: ¿Has engañado o traicionado alguna vez a una persona querida? No. ¿Alguna vez has mantenido relaciones sexuales con un animal? No. ¿Dónde termina la lealtad? Cuando alguien te pide que mantengas relaciones sexuales con un animal. En su rincón, Jack escupe el café que acaba de beber.

Evan dispara de pie, de rodillas o tumbado, a blancos que se encuentran desde siete hasta trescientos metros de distancia. Después del entrenamiento con blancos convencionales, su instructora de tiro le hace pasar a las siluetas humanas, luego a fotografías de cuerpo entero de mujeres y niños. Cuando Evan vacila, ella le dice: «La gente no va por ahí con una diana en la cabeza y el pecho. Sé un hombre, X.» Para los ejercicios de francotirador, la instructora viste maniquíes con ropa, luego hace agujeros en unas coles, las llena de kétchup y las coloca a modo de cabeza. Luego vuelve al sitio del campo de tiro donde aguarda Evan.

—*Cuando aprietes el gatillo* —dice— *quiero que veas una cabeza explotar.*

Mientras él apunta, ella le suelta el sermón.

—*Mantenemos la muerte a distancia, X. Hospitales y residencias de ancianos la mantienen fuera de la vista. La comida nos llega pulcramente envasada. Se conserva en el frigorífico. Antes, cuando uno quería pollo iba al corral y le retorcía el pescuezo a uno.* —*El olor de su desodorante le llega a Evan con la brisa, con un toque cí-*

trico y sorprendentemente femenino. Provoca cierta reacción en su cuerpo de dieciséis años—. Mi padre era coronel, quería que yo comprendiera que los mataderos hacen nuestro trabajo por nosotros. Cuando yo tenía tu edad más o menos, me llevó a uno. Solo nosotros y un machete y el horror humeante de una tarde viendo la Muerte en ojos en blanco.

Evan dispara y una col se convierte en una bruma roja.

—Bien hecho —dice ella.

Más tarde, ella se sujeta una naranja sobre un ojo con cinta de embalar, y ordena a Evan que la derribe y hunda el pulgar en la naranja.

—Bien —dice, jadeante, tirada en el suelo, echando su cálido aliento en el cuello de Evan—. Ahora mueve el pulgar. Cúrvalo como un anzuelo. Y saca todo lo que puedas. —Él lo hace y ella chilla y patalea. Evan se detiene, avergonzado. Ella lo mira furiosa con el ojo descubierto—. ¿Crees que va a ser agradable o delicado?

Evan recobra la compostura y hunde de nuevo el pulgar en la pulpa.

Esa noche durante la cena, Evan se toca las salpicaduras de pulpa seca que tiene en la manga y aparta el plato de comida.

Jack no necesita levantar la vista.

—¿Qué?

Evan le habla de la naranja, el pulgar, los gritos de la instructora, cómo se había echado sobre ella, sujetándola, respirando su aliento.

Jack se reclina y se cruza de brazos.

—Tenemos que enseñarte a matar en el calor del momento. Y con la fría calma de la premeditación. Tienes que vivir ambas cosas de modo diferente. Lo que significa que has de entrenar para ellas de modo diferente. No solo a la distancia de un francotirador. No solo a corta distancia. Sino también cara a cara, mirándose a los ojos.

—¿Para que aprenda a tratar a las personas como objetos que debo romper?

—No. —Jack deposita su vaso de agua sobre la mesa—. Según la creencia popular, hay que deshumanizar al enemigo. Amarillos, *cabezas cuadradas, moros, judíos. Puede que sea más fácil a corto plazo, pero ¿a largo plazo? —Sacude la cabeza—. Respeta siempre la vida. Así aprenderás a valorar la tuya. Lo más duro no es convertirte en un asesino. Lo más duro es conseguir que sigas siendo humano.*

—¿Eso es lo que se les enseña a los otros huérfanos? —pregunta Evan.

Jack enrolla unos espaguetis en el tenedor, contempla la bola de pasta, la deja en el plato. Desvía la vista hacia el retrato de su mujer que hay sobre la repisa de la chimenea, una en que está en una playa exótica de arena negra metida en el agua hasta las rodillas, riendo, con el vestido estival mojado y pegado a los muslos. Jack se limpia la boca.

—No. —Es una especie de confesión.

—¿Por qué no?

—Es muy difícil. —Jack aparta su plato unos centímetros con el dorso de la mano—. En una leyenda cheroqui, un anciano le habla a su nieto sobre la batalla que se libra en el interior de cada persona.

—Los dos lobos.

—Eso es. Un loco es ira y miedo, paranoia y crueldad. El otro es bondad y humildad, compasión y serenidad. Y el chico pregunta a su abuelo: «¿Qué lobo gana?» ¿Recuerdas la respuesta?

—Aquel al que alimentas.

—Eso es. ¿Y cuál es nuestro desafío? —Jack dobla su servilleta y limpia un resto de salsa Alfredo del borde de su plato. Luego mira a Evan a los ojos—. Alimentarlos a ambos.

Unos golpes insistentes en la puerta del apartamento sacaron a Evan de su meditación. Para cuando su mente se hallaba de nuevo en el presente, él ya se había puesto en pie sobre la alfombra turca, pistola en mano, mirando la puerta cerrada del apartamento y a quienquiera que aguardara tras ella.

17

Pedazos rotos

Volvieron a oírse los apremiantes golpes, resonando en las superficies duras y en el alto techo. Ocho silenciosas zancadas llevaron a Evan junto a la jamba de la puerta. Había rellenado la mirilla, ya que las mirillas de las puertas proporcionan escasa protección frente a balas y punzones, pero había instalado una cámara estenopeica en el rellano, oculta en un conducto del aire acondicionado. Con un nudillo apartó un tapiz de seda de un Buda tailandés que colgaba de la pared, poniendo al descubierto un monitor de seguridad empotrado.

Evan observó la imagen de alta resolución. Una camiseta ceñida en torno a una silueta femenina. Una alborotada melena ondulada. Un puño, que en ese momento no estaba golpeando la puerta, sino apoyado en la cadera ladeada en actitud de airada impaciencia.

Mia Hall, 12B.

Evan dejó escapar el aire, metió la pistola Wilson Combat en el bolsillo de un abrigo que colgaba de una percha de níquel cepillado, y alargó la mano hacia el pomo.

Mia entró antes de que la puerta se abriera del todo.

—¿«Dale en la rodilla»?

—Oh.

—Claro, oh. Oh, porque en lugar de pasar la tarde en los tribunales, la he pasado en el despacho de dirección del Roscomare Elementary. —Se cruzó de brazos, una postura de madre de admirable eficacia—. ¿De verdad le dijo que era así como debía tratar a un abusón?

—Estaba bromeando.

—Tiene ocho años. Le admira. Tiene que venir y decirle que los problemas no se solucionan mediante la violencia. —Su expresión dejaba claro que no se trataba de una petición.

Detrás de la puerta parcialmente abierta, la empuñadura negra mate de la pistola asomaba ligeramente por el bolsillo del abrigo. Evan la metió del todo con una palmada, salió y siguió dócilmente a Mia.

Uno de los ojos de Peter miraba a Evan con seriedad, el otro estaba cubierto por una bolsa de guisantes congelados. Estaba acostado sobre un montón de almohadas en una cama con forma de coche de carreras cubierta de sábanas de Harry Potter. Un mechón de pelo le sobresalía en un extraño ángulo. Era el pelo que le crecía después del accidente del parche pirata y la cinta de embalar. Evan y Mia se cernían sobre él como si estuvieran administrándole la extremaunción.

Peter bajó los guisantes y dejó al descubierto un ojo hinchado y veteado de capilares rotos. Impresionaba verlo, pero no era nada grave. No obstante, Mia ahogó un gemido.

Peter sonrió a Evan mostrando sus prominentes paletas.

—La próxima vez, ¿verdad?

—No —dijo Mia—. Nada de próxima vez. No es así como se hacen las cosas, Peter. La próxima vez tu elección será mejor y no hará que acabemos en el despacho de la señora DiMarco. Dígaselo, Evan, por favor.

La habitación olía a plastilina, pasta de dientes y chicle. Una pegatina dorada de un correcaminos brillaba sobre una carpeta escolar que había en el suelo. Era de la escuela ROSCOMARE ROAD ELEMENTARY. Un trío de globos, cada uno con el logotipo de una tienda de zapatos para niños, iba chocando contra el techo. Sobre el escritorio, una figura de Lego yacía sobre un lecho de pañuelos de papel junto a varios bastoncillos de algodón y un tubo de Super Glue, a punto de sufrir una especie de cirugía primitiva.

Bajo la salida del aire acondicionado ondeaba un dibujo de los tres monos sabios, sujeto por una chincheta. Para Evan era como si hubiera aterrizado en otro planeta.

Se aclaró la garganta.

—Pelearse es malo —dijo.

Mia lo miró a través de la melena que le tapaba la cara, decepcionada al parecer, pero animándole a seguir.

—El mejor método para resolver conflictos —continuó Evan— es poder contarlos.

Mia emitió un sonido de consternación que pareció englobarla a ella, a Evan y a todo el cuarto.

Sonó la melodía de *Tiburón*. Mia sacó su iPhone del bolsillo y se puso tensa.

—Lo siento. Se trata de un grave problema del trabajo. ¿Podría...?

Evan asintió y ella salió del cuarto al tiempo que respondía al móvil. Él se fijó en que había dejado la puerta abierta. Peter lo miraba expectante. ¿Qué demonios hacía allí?, se preguntó Evan. Sus pensamientos se desviaron hacia Katrin, encerrada en la habitación del motel esperando la salida del sol y el regreso de Evan, con su padre retenido como rehén en aquel mismo instante. ¿Estaría atado? ¿Amordazado? ¿Le habían dado una paliza?

Recorrió el cuarto con la mirada en busca de inspiración. No la halló. Sobre el escritorio había una foto familiar con marco. Peter era un rollizo recién nacido, Mia llevaba un corte de pelo de otra época, el marido llevaba gafas y lucía una sonrisa afable. Un pósit adherido al alféizar de la ventana recordaba otra de las normas de aquel tal Peterson: «Como mínimo mejora una cosa en cada sitio al que vayas.»

Evan cerró los ojos y recordó cuando él mismo era un niño. Recordó el modo en que se movían levemente los labios de Jack cuando trataba de llegar al fondo de una cuestión, como si buscara las palabras. Agarró la insegura silla del escritorio, le dio la vuelta y se sentó en ella de cara al respaldo.

Respiró hondo.

—Mira —dijo—, no sé cómo te sientes tú, pero a mí me cabrea lo que te ha hecho ese chico.

Peter se miraba las manos, toqueteando el borde de las sábanas.

—Seguramente ha ido a por ti, has intentado defenderte y te ha pegado en la cara. Es injusto y es un asco.

Peter no levantó la vista.

—Ojalá pudiera defenderme yo solo —dijo por fin con la voz a punto de quebrarse.

—Puedes. Solo que no eres lo bastante mayor para hacerlo con los puños. Así que, ¿por qué no utilizas la inteligencia, te alejas de ese chico y te quedas siempre cerca de algún profesor? No hay nada malo en sortear la situación. ¿De acuerdo?

—De acuerdo.

—Y si eso no da resultado, siempre puedes echarle líquido desatascador en la botella de agua.

Peter sonrió y levantó un puño. Evan lo entrechocó con el suyo y luego salió del cuarto.

El televisor sin sonido parpadeaba sobre un paisaje de juguetes y ropa sucia de un cesto volcado caóticamente sobre uno de los cojines del sofá. Una bandeja con la cena había caído del sofá al suelo, donde se habían esparcido los trozos de un plato y un cuenco rotos.

Mia no estaba a la vista.

Evan avanzó por el pasillo, llamándola por su nombre. La puerta del dormitorio principal estaba abierta, pero cuando él entró, lo encontró vacío. Oyó a alguien que se sorbía la nariz ruidosamente en la oscura abertura del vestidor.

—¿Mia? —Evan abrió más la puerta del vestidor y la vio sentada con la espalda apoyada en una columna de cajones, secándose la cara y aferrando el omnipresente iPhone.

—Lo siento. Yo solo... Lo siento. A veces...

—¿Puedo entrar?

—Por favor.

Evan se apoyó en la pared, junto a las blusas colgadas, y se deslizó hacia abajo para sentarse delante de ella. Mia calzaba unas zapatillas de conejitos. Eran rosas y acolchadas, con un corazón y grandes letras cosidas que la proclamaban LA MEJOR MAMÁ DEL MUNDO. Al verlas, Evan sintió algo más profundo que mera diversión. Le sorprendió darse cuenta de que le gustaba aquella casa donde los cuchillos se usaban para untar la mantequilla y el Super Glue para reparar juguetes.

—Siento haber sido tan borde antes —dijo ella—. En su casa.

—Solo estaba siendo protectora.

—Una cosa le digo: criar un hijo no es para cobardes.

—No. No lo parece.

—Y con el trabajo como está ahora... —Exhaló un suspiro. El flequillo volvió a caer sobre la frente—. A veces tener que enfrentarme a todo sola me supera. Y sé que es patético con todo lo que tengo, pero...

Evan vio que su expresión cambiaba.

—Lo hice todo bien —dijo Mia—. Estudié mucho, trabajé mucho, fui una buena esposa. Lo sé. Tengo que madurar, ¿verdad? Parezco una ingenua que se cree con derecho a todo, pero joder. Se suponía que iba a funcionar. Mejor que esto. —Agitó una mano señalando el vestidor, las pesadas mangas de los abrigos, las perchas metálicas, el montón de jerséis que combaban el estante superior—. Tengo una imagen fantasiosa de mí misma en la que puedo con todo. Pero nunca consigo que se haga realidad. ¿Por qué no?

Evan no estaba acostumbrado a aquella clase de problemas, importantes pero no graves, prosaicos pero no triviales. Dificultades cotidianas. Un niño sin padre. Una cisterna estropeada. Guisantes congelados para reducir la hinchazón. Mia lo miraba con aire expectante y Evan comprendió que debía responderle.

—Supongo que todo es cuestión de disciplina y concentración.

Ella emitió un suspiro cortés.

—Puede que a usted se lo parezca —dijo, manteniendo un tono amable—, porque no hay nadie más en su vida. Me refiero a alguien que esté en su vida siempre. Las personas son complicadas. Las relaciones no son lineales. Te patean el culo. Te obligan a desviarte, a dar marcha atrás, a cambiar. No se puede ser perfecto a menos que uno esté solo, y entonces ¿sabe qué? Pues que estás solo, así que sigues sin ser perfecto.

Una imagen acudió a la mente de Evan: Jack trajinando en la

granja por la noche, quitando motas de polvo con el pulgar, alineando objetos, apilando los salvamanteles y las servilletas de tela con la precisión de una línea de montaje. Evan siempre había considerado aquellos rituales nocturnos como una demostración de temple, la práctica casi religiosa de ordenar la habitación, la casa, el universo.

—Quizá nada de lo que consideramos importante importa en realidad —dijo Mia—. Quizá sean las pequeñas cosas las que cuentan, poco a poco, hasta que construyen algo que ni siquiera sabías que estabas construyendo. Turnarse para llevar a los niños al cole. Preparar almuerzos. Sentarse junto a la cama de un hospital noche tras noche... —Sus ojos brillaban en la penumbra—. Pero también es lo que te roba la energía. —Echó la cabeza atrás para evitar que cayeran más lágrimas—. Me da miedo no ser capaz de solucionar sola todo lo que se me viene encima. Todo el lío que es la vida. Me da miedo ser demasiado sensible, demasiado frágil. Que siga siempre igual y que no tenga lo que hay que tener para arreglar las cosas.

—No es frágil —le aseguró Evan—. No tiene miedo de mostrar sus fisuras.

—Fantástico. —Un esbozo de sonrisa—. Tengo fisuras. —Alargó el brazo hacia Evan—. Ayúdeme a levantarme.

—¿Está preparada para salir de aquí?

Ella ladeó la cabeza.

—Hay todo un caos que limpiar y ropa sucia para lavar, y ya estoy preparada para cumplir con mi tarea.

Evan se levantó, le cogió la mano y tiró de ella. Mia se levantó como si fuera una pluma. Por un momento se encontraron uno junto al otro, estómago contra estómago, en el pequeño vestidor. Los ojos de Mia en la barbilla de Evan, su leve aliento soplando en el cuello de él. Entonces ella se adelantó, rozándolo y dándole una palmada en el costado. Salieron del dormitorio juntos. En la sala de estar, Mia apagó la televisión y empezó a doblar la ropa del sofá.

Evan se dirigió a la puerta del apartamento y pensó de nuevo en la lección vital que Mia había escrito y pegado en la pared para su hijo: «Dedícate a lo que es importante, no a lo que es conveniente.» Esta pequeña frase hizo que se detuviera. Miró hacia donde estaba el pósit y lo volvió a leer, preguntándose si los Mandamientos eran inmutables y cerrados, o si se podían añadir nuevas reglas a placer. Una vez más recordó a Jack revisando la casa a oscuras, ordenando, realizando ajustes invisibles que volvería a hacer la noche siguiente y la siguiente. La granja, tan segura y limpia y de una austeridad reconfortante, siempre le había parecido algo intemporal. La casa de Mia le provocaba la impresión opuesta. Con sus huellas de manos y sus retratos familiares, parecía contener entre sus paredes todo el brutal ciclo de la vida; sin embargo, también contenía una comodidad distinta. Aunque la idea concreta se le escurrió entre las manos antes de que Evan pudiera asirla, percibía de algún modo que aquella clase de comodidad no podía existir sin la realidad brutal de la vida.

Con el rabillo del ojo, percibió a Mia agachándose sobre la bandeja caída. Se acercó a ella para ayudarla a recoger el desaguisado.

18

Míralo bien

En torno a la época en que Evan cumple diecisiete años, surge una amenaza que le permite conocer de cerca los riesgos de su profesión en la vida real. A Jack le llega la noticia de que un archivo de una base de datos clasificada puede correr peligro. Echando mano de una tenacidad forjada durante sus primeros tiempos como sargento de infantería, se encierra en la casa y permanece setenta y dos horas en el oscuro vestíbulo, delante de la puerta principal, sentado en un taburete de madera con un fusil sobre las rodillas, del que solo se aparta para beber de un termo y hacer sus necesidades. Una llamada telefónica desde un número oculto le indica que la amenaza, si es que ha existido, ya ha pasado.

Jack devuelve el taburete de madera a su lugar en la cocina y llama a Evan a su lado. Echa unas sobras de pavo en un plato, luego se sirve un vodka con hielo. Se apoya en el fregadero, bebida en mano, con expresión pensativa; su vigilia le ha concedido tiempo en abundancia para la contemplación.

—Tengo que enseñarte cómo funciona todo esto, porque el conocimiento es poder, y no quiero que corras los riesgos que afrontarás sin tener poder. Nuestro programa es una operación antiséptica, totalmente clandestina, que se desarrolla con fondos reservados. El dinero procede directamente del erario público. Se imprime y se envía directamente y es imposible de rastrear. Lo que significa que tenemos un presupuesto ilimitado. Lo dirige el De-

partamento de Defensa, hilando la aguja a través de un agujero en el Departamento de Interior.

—¿El Departamento de Agricultura?

—Exactamente. Direcciones territoriales, parques nacionales. ¿Quién va a buscar ahí?

Jack procede a exponer las disposiciones secretas. Cuentas bancarias en varios continentes. El dinero se mueve a través de un agente contratante en Aberdeen, Maryland, que ni siquiera sabe qué está contratando, y luego se distribuye. Apartados de correos, transferencias imposibles de rastrear, cambios de divisas. Abogados en despachos diminutos, ocultos en edificios colmena que albergan a joyeros, centros de llamadas, agencias de viajes fraudulentas. Escritorios y teléfonos y nada más.

Evan escucha atentamente, alargando de vez en cuando una mano por debajo de la mesa para que Strider pueda lamer el pavo de su mano. Jack finge no darse cuenta. La única indisciplina que se permite es la relacionada con el perro.

—¿Está previsto que me cuente todo esto? —pregunta Evan.

—No.

El Sexto Mandamiento: «Cuestiona las órdenes.»

A la mañana siguiente, Evan regresa de correr y se encuentra en el sendero de entrada un Acura Integra rojo con un Jesús bamboleante pegado en el salpicadero.

Entra en casa, perplejo. En el aire persiste un leve aroma a jazmín, tan anómalo en el vestíbulo de paredes revestidas de madera como una boa de plumas en un marine.

Jack aguarda en el estudio. En el tocadiscos suena María Callas cantando Suicidio. Cuando la sombra de Evan irrumpe en la habitación, Jack levanta la vista.

—No puedes perder la cabeza por las mujeres, por el sexo. Y eso significa que tienes que acostumbrarte a ello. Es una profesional, es limpia, y vas a tratarla con amabilidad y consideración. ¿Has comprendido?

Evan asiente.

Jack vuelve a sumirse en la lectura del tercer volumen de Historia de los pueblos de habla inglesa de Churchill.

Arriba, la puerta del cuarto de Evan está entornada, lo bastante para que se vea parte de la cama. La sábana se mueve. El cuerpo desnudo de una mujer aparece rodando sobre la cama. Evan vislumbra una sombra entre unas piernas blancas como el marfil y siente que se le acelera el pulso.

Al día siguiente, Evan hace flexiones en la barra oxidada que hay junto a la pila de leña, forzando los bíceps. Jack bebe café y su aliento es visible en el aire.

—Respetar a las mujeres es esencial —le dice Jack—. Los derechos de las mujeres y la prosperidad económica de un país están claramente relacionados. Tratar correctamente a las mujeres no es solo una elección moral, que lo es, o un valor propio de este país, que también lo es. Es un imperativo estratégico, y siempre, siempre predicarás con el ejemplo a ese respecto.

Evan asiente con un gruñido y se deja caer al suelo desde la barra. Cuando sube a su habitación, hay dos mujeres esperándole en la cama.

Su educación dentro y fuera de las sábanas se intensifica. Para cuando cumple los dieciocho años, mide un metro ochenta y pesa ochenta kilos de moldeados y esbeltos músculos. No es ni demasiado alto ni demasiado corpulento ni se le ve fuerte en exceso. Podría desaparecer en medio de una multitud. La mitad de los hombres de un bar cualquiera pensarían que podrían vencerlo en una reyerta. Es la situación ideal.

Una fría mañana de otoño, Jack da por terminada la instrucción de Evan en el campo de tiro. Hace mucho que no están ellos dos solos sin ningún instructor.

Evan ajusta la elevación de la mira para compensar la trayectoria balística.

A su lado Jack se lleva los prismáticos a los ojos.

—Ella dice que ahora eres casi tan buen tirador como Huérfano Cero.

—Pensaba que solo éramos letras.

—Cero es el apodo de Huérfano O.

Evan expulsa el aire a través de sus labios fruncidos, aplica una presión constante al gatillo. La culata le golpea en el hombro y aparece un orificio centrado en la diana roja situada a seiscientos metros cuesta abajo.

—¿Quién es Huérfano O? —pregunta Evan, volviendo a acoplar el ojo contra la goma protectora de la mira.

—Un huérfano activo. Algunos dicen que el mejor. Hasta llegar tú.

Evan vuelve a disparar.

Enojado, Jack deja caer los prismáticos entre las quebradizas hojas.

—Concéntrate, Evan. No le has dado siquiera a la maldita diana.

—Míralo bien —dice Evan.

Jack vuelve a levantar los prismáticos. Ve la marca en forma de medialuna, donde la segunda bala ha empujado hacia fuera el borde izquierdo del orificio.

Dos balas, un orificio.

Jack asiente con su cabeza de bulldog y emite un sonido gutural. Cuando Evan lo mira, una especie de filtro indetectable hasta entonces cae de repente y Evan percibe que Jack ha envejecido desde su lejano primer encuentro, cuando detuvo su coche en el área de descanso donde habían dejado a Evan siete años atrás. La carne parece más pesada, tirando hacia abajo de la ancha mandíbula, y en cierto sentido su mirada es más humana. Y este Jack, un hombre de casi sesenta años con más camino recorrido a su espalda que camino abierto por delante, conmueve el lado vulnerable de Evan que él mismo no sabía que tenía.

—Cuando murió Clara —dice Jack sin apartar los ojos de la diana— no veía nada. Solo los espacios que ella había ocupado. —Mueve los labios y luego traga saliva—. Hasta que llegaste tú.

Su boca se vuelve firme y una vez más se convierte en el receptor de béisbol, cuadrado y blindado, inmune a las colisiones. Se levanta y sus botas hacen crujir el mantillo al volver a la camioneta. A su cara asoma una leve sombra de temor.

—Estás listo —dice.

Evan abrió los ojos a la suave luz matinal de su dormitorio y se quedó tumbado en su cama flotante, mirando al techo, con las palabras de Jack resonando aún en su cabeza.

Hacía mucho tiempo que estaba listo. Se preguntó cuál había sido el coste para él.

Y luego se levantó.

Había llegado el momento de que Katrin y él llamaran.

19

El coste de la publicidad

—Estoy asustada.

Sentada en el borde de la cama del motel, Katrin estiraba el dobladillo de la camiseta que le había llevado Evan, demasiado grande para ella. Sus cabellos, húmedos todavía de la ducha, caían formando una corta melena de ángulos rectos. Sus iris, un mar verde cristalino, parecían aún más claros en ausencia de delineador. Lanzó a Evan rápidas miradas de reojo, aplastando sus puños una y otra vez entre las rodillas.

Evan acercó una silla y se sentó frente a ella.

—Todo irá bien.

—¿Cómo lo sabe?

—Siempre ha sido así.

El aire del cuarto, húmedo todavía por la ducha, resultaba opresivo y tenía el olor a hospital del jabón barato del motel. Evan había llegado hacía unos minutos y había encontrado a Katrin paseándose por el pequeño espacio, mordiéndose la uña del pulgar, pintada de color oscuro. Ahora volvía a coger la holgada camiseta, tirando hacia abajo del escote en V y dejando al descubierto la parte superior de los pechos. Tenía los nervios de punta y las extremidades inquietas. Su ansiedad luchaba por escapar de los confines de su cuerpo.

El negro maletín de Evan descansaba sobre la cómoda, junto al televisor, anulando así cualquier dispositivo de vigilancia que pudiera haber. Evan introdujo un código en el cierre del maletín, lo que desactivó el inhibidor de banda ancha y alta potencia.

Era el momento de hacer la llamada telefónica.

Katrin lo percibió y recogió el móvil de prepago que había en el colchón junto a ella. Se lo apretó contra los labios y cerró los ojos como si rezara.

Evan sacó su RoamZone.

—Usaremos el mío —dijo—. No se puede rastrear.

Ella asintió.

—Espere un momento. Solo un momento. —Respiró varias veces. Abrió sus grandes ojos, desbordantes de miedo—. De acuerdo.

Evan marcó y puso el altavoz. Dejó el móvil en una esquina de la cama entre Katrin y él.

Mientras sonaba, Katrin se retorcía las manos.

Contestó un hombre.

—¿Quién es?

—¿Tiene a Sam? —preguntó Evan.

—Aquí delante.

A Katrin se le escapó un gemido ahogado.

—Prueba de vida —dijo Evan—. Luego discutiremos los términos.

Un sonido de pisadas y luego una ronca voz masculina:

—¿Sí? ¿Katrin?

—¿Papá? —Parpadeó y las lágrimas resbalaron por sus mejillas de marfil—. Estoy aquí.

—Hola, cariño.

—¿Te han hecho daño?

—Estoy bien.

Ella se enjugó los ojos.

—Siento no haberles hecho caso. Siento haber pedido ayuda.

—Cariño, quiero que sepas... quiero que sepas que no te culpo por nada de todo esto. Estés con quien estés, espero que te proteja. Espero que...

Se oyeron protestas cuando alguien le arrebató el teléfono. Volvió la voz del primer hombre.

—No siguió nuestras instrucciones.

—Eso ha sido culpa mía —dijo Evan—, pero estoy dispuesto a negociar la liberación de Sam. Tengo dinero y tengo...

—No queremos dinero. Ya no. No se han obedecido nuestras instrucciones.

—¡Espere! —exclamó Katrin—. Podemos arreglarlo. Podemos empezar de nuevo.

—Será el coste de la publicidad —dijo el hombre—. Para la próxima vez.

Sonó un único disparo.

Luego el ruido sordo de un peso muerto al golpear el suelo.

Evan se levantó de la silla y casi tiró el teléfono de la cama. Se quedó mirando el aparato con incredulidad. Los sollozos de Katrin le llegaron como muy lejanos.

—¡Sam! ¿Sam? Oh, no. ¡No!

La voz volvió a oírse, penetrando el zumbido causado por la conmoción que llenaba la cabeza de Evan.

—Esa zorra será la siguiente. Luego tú.

La línea se cortó.

El zumbido se hizo más intenso hasta que ahogó cualquier otro sonido. Evan había cometido un error de cálculo, el primero en ocho años. Le vino a la mente aquella noche como un enjambre de sensaciones: las agitadas aguas de color pizarra del Potomac, un manto de flores de cerezo bajo los pies, un cálido olor a cobre impregnando el aire lleno de serrín del húmedo garaje.

Los sollozos de Katrin resonaron en sus oídos, atrayéndolo de vuelta a su cuerpo sacudido por la conmoción. Tenía las manos manchadas de la sangre de su padre, como si le hubiera disparado él.

Cuando Evan quiso recoger el teléfono, se dio cuenta de que le temblaba la mano por primera vez desde que pudiera recordar. La habitación dio una vertiginosa sacudida cuando el Cuarto Mandamiento se apagó.

Ahora era algo personal.

20

Rojas manos

Evan se quedó allí todo el día mientras ella lloraba, pero no se atrevió a abrazarla. Al caer la noche, Katrin lo atrajo hacia la cama y se acurrucó contra su pecho igual que una niña. Las tres estrellas tatuadas asomaban por detrás del lóbulo de su oreja. Sus dedos, descansando sobre el pecho de Evan, estaban cargados de anillos, y llevaba varios brazaletes que rodeaban su esbelta muñeca como serpientes cuando movía la mano. Su respiración era irregular de tanto llorar. Evan le apoyó una mano en el costado, sobre sus frágiles costillas. Cuando el brazo de ella rozó sus nudillos, notó su piel suave y tersa.

—Ahora me encontrarán a mí —dijo Katrin—. Y me matarán.

—No. —Evan miraba fijamente el techo estucado—. No lo harán.

—¿Por qué habría de creerle? —Su voz no tenía el menor reproche.

—Porque no van a estar por aquí mucho tiempo.

Evan le acarició el pelo suavemente hasta que se quedó dormida. Luego salió con sigilo. A ella ya le había dicho que tenía que resolver algunos temas y que volvería por la mañana.

Regresó de nuevo a Chinatown. Treinta y seis horas más tarde, el edificio de apartamentos seguía siendo la escena activa de un crimen, con demasiada gente pululando para que pudiera introducirse allí. Estaba impaciente por investigar el lugar desde el que había disparado el francotirador, por situarse donde se había situado él, por respirar el mismo aire y ver qué averiguaba.

El sonido del disparo no abandonaba a Evan, dando vueltas en su cabeza una y otra vez. Sam White, con su piel curtida por el sol y arrugas en las sienes. Las últimas palabras para su hija: «Estés con quien estés, espero que te proteja.» Evan imaginaba la escena al otro lado de la línea telefónica. El retroceso de la pistola, la sacudida de la cabeza, el escueto punto negro como orificio de entrada. Y luego ese típico cuerpo desplomado una vez le ha abandonado la vida, la cascada espasmódica de extremidades, el cuello flácido, el contorno pintado con tiza en el suelo.

Una vez en el ascensor de su edificio, Evan se encontró junto a la señora Rosenbaum, que aferraba su diminuto monedero contra el estómago como para mantener a raya a los rateros.

—Dos días más —dijo, levantando un par de dedos arrugados como pasas por si Evan necesitaba una ilustración visual—. Faltan dos días para que venga mi hijo a visitarme con mis nietos. Él me arreglará la puerta, no le quepa duda. Y entonces podré decirle a ese inútil del encargado...

La voz del teléfono seguía sonando en la cabeza de Evan, ahogando las palabras de la señora Rosenbaum: «No queremos dinero. Ya no.»

El ascensor subió con un crujido. Evan percibió la mirada de Ida, que estiraba el cuello para mirarlo.

—¿Se encuentra bien? —preguntó ella.

Él alcanzó a asentir.

—Está ahí plantado respirando. Ni siquiera suelta sus habituales tonterías de «sí, señora; no, señora». ¿Está seguro de que se encuentra bien?

—Sí, señora.

—Al menos ahora lo dice.

—Creo que este es su piso.

—Ah. Bien.

Evan disfrutó del silencio durante el resto de la ascensión. Entró en su apartamento y fue derecho al frigorífico. Luego agitó un Martini U'Luvka durante tanto rato que las palmas se le pegaban al acero inoxidable de la coctelera. Sirvió la bebida en un vaso con más hielo. Ansiaba notar el frío antiséptico, y que los dientes le dolieran tanto como las rojas manos.

«Un único disparo. Y el ruido sordo de un peso muerto.»

«¿Papá? No. No. ¡No!»

El vaso le tocaba los labios. Respiraba los vapores penetrantes, los saboreaba con la lengua.

Enviar a un equipo de asesinos de alto nivel por una deuda de dos millones cien mil parecía excesivo, pero estaba claro que aquellos tipos de Las Vegas estaban dispuestos a tomar medidas drásticas para demostrar al siguiente perdedor lo que eran capaces de hacer.

«Será el coste de la publicidad. Para la próxima vez.»

Antes de darse cuenta de lo que hacía, Evan había arrojado el vaso contra el fregadero. El vaso estalló como fuegos artificiales. Los trozos de cristal y hielo reflejaron la luz, arrojando arcoíris sobre la apagada pintura azulada del techo. El estallido resonó demasiado alto entre las baldosas, el metal y el hormigón.

«Todo irá bien —le había dicho a Katrin—. Siempre ha sido así.»

Una imagen volvió a su mente: la foto de tráfico de Sam, tomada en un día corriente de una vida corriente. El cuello de una camisa vaquera. Alborotados cabellos canosos.

«Mi padre me lo enseñó prácticamente todo.»

Los pies de Evan lo llevaron por el pasillo, pasando por delante de la hilera de xilografías japonesas y la catana del siglo XIX montada en la pared. Pasó por la puerta y el dormitorio principal se abrió ante él.

«Un único disparo.»

De pronto se encontró de rodillas frente a la cómoda, abriendo el último cajón, apartando los bóxers para poner al descubierto el hueco en forma de medialuna.

«Luego el ruido sordo de un peso muerto.»

Metió la uña en el hueco y levantó el falso fondo del cajón. Sacó el fino panel de aglomerado chapado y lo dejó caer en el suelo a un lado. Todavía de rodillas y conteniendo la respiración, miró fijamente las profundidades del cajón.

En el interior había una camisa rota de franela azul, rígida por las manchas de sangre que se habían ennegrecido con el tiempo.

Una reliquia.

21

Buzón

Armado únicamente con el entrenamiento acumulado durante los últimos siete años, Evan se encuentra abriéndose camino por una nueva y traicionera realidad en terrenos traicioneros. No reconoce ninguna cara, no hay refugios seguros, no hay conversaciones en su idioma nativo. Aprende cuándo ir a la deriva, cuándo echar el ancla, cuándo proyectar una autoridad mayor a la que le otorgan sus diecinueve años. Juntos en la granja ante el reconfortante parpadeo de un fuego de abedul, Jack y él crearon un pseudónimo operativo que Evan lleva ahora como un viejo y querido abrigo. Se compone de más verdades que mentiras para facilitar que Evan se sienta identificado con él. Jack le ha enseñado la diferencia entre actuar con una tapadera y vivir una tapadera. Evan no actúa. Cree, deposita emociones auténticas sobre una base falsa.

Las misiones se suceden, demasiadas para contarlas. Evan y Jack se comunican escribiendo en el mismo mensaje guardado en la carpeta de borradores de la cuenta de e-mail de Evan. De esta forma no se transmite en realidad una sola palabra por internet, donde podría ser interceptada o captada. Evan recibe fotografías, direcciones, instrucciones desde varios países de distintos continentes. Lee, contesta, guarda o borra.

Para ser una cuenta inactiva, the.nowhere.man@gmail.com* tiene una carpeta de borradores extremadamente activa.

---

* El hombre de ninguna parte. *(N. de la T.)*

Evan liquida a un agente egipcio en una casa en Kenia, a un narcotraficante en un baño público de São Paulo, a un rebelde sirio en el almacén de una tienda de pantallas de lámparas en Gaza. En un sórdido suburbio libanés, cambia las órdenes sacando la bomba de un coche después de comprobar que su objetivo viajaba siempre con sus hijos en los asientos traseros del coche. Termina infiltrándose en un complejo blindado y disparando al hombre en la cama, una peligrosa improvisación que provoca una de las escasas censuras de Jack.

Después el 11-S trae consigo un espectacular aumento de la actividad. Evan lleva a cabo más operaciones que nunca en territorio hostil, y también se desplaza sin ser visto por España, Francia e Italia, prestando a amigos algo de ayuda no solicitada. En cierto momento (si bien el momento pasa desapercibido), su pseudónimo lo conocen agencias con siglas de tres letras en ciertos territorios. Las omnipotentes bases de datos han identificado patrones de actividad que se le atribuyen. El Hombre de Ninguna Parte: verdugo y terrorista, buscado por diversos delitos en varios países, incluyendo Estados Unidos. Pero eso no le preocupa, dado que técnicamente no existe. No existe ninguna fotografía nítida de él en ningún archivo del mundo. A medida que aumenta su leyenda en círculos especialmente oscuros, se le atribuyen erróneamente muchas misiones. Se producen incursiones para capturarlo, a menudo en el hemisferio equivocado. Dos veces al menos se asesina a un posible candidato y el Hombre de Ninguna Parte es borrado de las listas, hasta que otra acción encubierta demuestra su aparente inmortalidad.

Solo Jack lo sabe. Él es el único vínculo de Evan con la legitimidad. Para el resto del mundo y su propio gobierno, Evan es un hombre buscado. Jack recibe las órdenes de personas al más alto nivel, y allí están, respirando un aire exclusivo, disfrutando de la máxima protección. Evan es la «negación creíble»* personificada. Es un enemigo del mismo estado al que sirve y protege. Círculos concéntricos que no se tocan.

* Capacidad de altos mandos de negar cualquier responsabilidad por las acciones cometidas por otros, normalmente subordinados, ante la total falta de pruebas que confirme su participación. *(N. de la T.)*

Casi olvida que hay otros igual que él hasta una mañana invernal, cuando él tiene veintinueve años. Recibe el mensaje en un buzón* de Copenhague.

«Soy uno como tú. Quisiera conocerte. El Ice Bar, Oslo.» Y añade fecha y hora. Lo firma «Huérfano Y».

Evan permanece un rato inmóvil con la nota en la mano. Sobre el papel caen copos de nieve que no se derriten. Sabe dos cosas: que irá y que no se lo contará a Jack.

Llega mucho antes de la hora de la cita, inspecciona la manzana, el bar, entradas y salidas, escaleras y mesas. El bar tiene un recinto de paredes de cristal que va de pared a pared en el lado norte y que se mantiene tan frío como un congelador. Cerca de la puerta de este recinto cuelgan cuatro abrigos de pieles, que se ponen hombres y mujeres por igual antes de entrar. Dentro hay innumerables botellas de vodka y aguardiente en anaqueles tallados. El barman sirve el licor elegido en vasos hechos de hielo.

El resto del bar es austero y moderno. Las camareras sirven arenques en salmuera y satay de reno. Evan elige el reservado de un rincón que está a un salto de las puertas batientes de la cocina, y deja un revólver sobre el cojín del banco en que está sentado, con el cañón apretado contra el muslo, apuntando hacia fuera.

Divisa al hombre en cuanto este entra, reconocible al instante por su porte incluso diecisiete años después.

La misma cabeza pelirroja, el mismo rostro rubicundo.

El hombre se abre paso entre la multitud, se quita el grueso abrigo y se planta frente a Evan. Se miran fijamente el uno al otro. A Charles van Sciver se le eriza el vello de los brazos. Al otro lado del bar, en el congelador, un grupo de jóvenes borrachos, semejantes a osos con los abrigos de pieles, apuran sus bebidas, arrojan los vasos de hielo contra la pared de cristal, y chocan esos cinco.

—Evan. Joder, ¿no? —dice Van Sciver. Se sienta y observa la refinada decoración—. Qué lejos estamos del albergue Pride, ¿eh?

—¿Cómo encontraste ese buzón para ponerte en contacto conmigo?

* Cualquier lugar o escondite destinado al intercambio de mensajes clandestinos, previamente acordado por las dos partes. (N. de la T.)

—Nos entrenan bien. —Esboza una media sonrisa—. Te agradezco que hayas venido.

—¿Por qué en Oslo?

—Estoy aquí por una misión. —Llama a la camarera, pide dos vasos de aguardiente y vuelve su atención a Evan—. Quería ver a alguien más que no existe. Es agradable poder recordar de vez en cuando que realmente estamos aquí.

Llegan las bebidas y Van Sciver levanta la suya para brindar. Entrechocan los vasos.

—De vez en cuando oía hablar de ti durante el entrenamiento —dice Van Sciver—. Comentarios de pasada. Usaban tu nombre en clave, por supuesto, pero sabía que eras tú. Huérfano Cero y tú, los mejores de los mejores.

A Evan la idea de tener una reputación que se extiende por todo el Programa Huérfano le parece extraña. Casi tan extraña como sentarse delante de alguien con experiencias comunes. Y una historia común además. Durante la mayor parte de su vida, Evan ha funcionado sin presente y sin pasado.

—¿Tuviste supervisor? —pregunta Evan—. ¿Y una casa?

—Oh, sí, tuve todo. Mi padre era fantástico. Estableció los Dictados, un estilo de vida. Me situó en el mundo.

Evan arde de curiosidad, alentado por cada uno de los prometedores detalles, y se dice que debe contenerse, que ha de seguir en guardia a pesar de esta súbita e inesperada conexión, difícil de definir, que quizá no sea camaradería pero sí al menos una incómoda relación. Bebe el aguardiente noruego, que tiene un sabor más ahumado que su equivalente danés.

Charlan durante un rato, cautelosos pero no demasiado, rozando apenas el borde de las cosas. Historias de misiones despojadas de nombres propios. Incidentes durante el entrenamiento. Percances durante las operaciones.

El congelador de paredes de cristal que tienen frente a ellos se llena de más hombres y mujeres con abrigos de pieles, apretados en el angosto espacio, lanzando estruendosos brindis, estrellando vasos de cristal, pero Evan apenas los nota. La mesa tenuemente iluminada donde se sienta con Van Sciver parece un refugio del ruido y la juerga, un lugar tranquilo en el mundo.

Van Sciver apura su sexto chupito, pero el alcohol no parece afectarle.

—¿Lo que más me gusta? —dice—. La gloriosa simplicidad. Están las órdenes y nada más.

Evan empieza a notar cierto desasosiego que pugna por emerger y al que no consigue poner nombre.

—¿Nada más?

Van Sciver niega con la cabeza.

—Solo cumplirlas. Estuve un tiempo yendo y viniendo de Oriente Próximo, realizando acciones ofensivas. Un día me encontraba acurrucado en la ladera de una colina, detrás de una mansión, tenía un objetivo de alto valor en la mira a través de una ventana de la cocina. Un disparo difícil, a unos doscientos metros, con el viento en contra y poca visibilidad. Pero lo tenía. El problema era el niño, ¿entiendes? De unos seis años, sentado en su regazo. Y había patrullas de seguridad recorriendo la montaña, así que tenía que ir escondiéndome de un matorral a otro a intervalos. No tenía un disparo limpio en la mira si quería evitar a ese niño. Y se me acababa el tiempo. Iba a anochecer. —Se mojó los labios—. Así que enfoqué directamente al ojo del niño, ¿entiendes? Una pared craneal menos con refracción. Apunté. Luego me lo pensé. —Su manaza se cierra en torno al delicado vaso de licor. Bebe un sorbo.

Evan también ha pasado por eso, justamente en su primera misión, oculto en una infecta alcantarilla del Bloque del Este, apuntando con su rifle de francotirador a través de la rejilla de desagüe de la acera, con la mira puesta en el ojo de un inocente. Evan se inclina hacia delante.

—¿Qué hiciste?

—Disparé. —El pulgar y el índice de Van Sciver hacen girar el vaso—. Edicto Decimosegundo: «Por cualquier medio necesario.»

Evan está algo adormecido por la bebida y la revelación de Van Sciver, pero también siente una punzada de afecto por Jack. Se pregunta hasta qué punto son diferentes las reglas de Jack de las de los demás supervisores.

—¿Funcionó? —se oye preguntar.

—La bala no lo mató, pero los fragmentos de hueso sí. —Van

Sciver levanta su vaso, parece pensárselo mejor y lo deja de nuevo sobre la mesa—. Convertí el cráneo de un niño de seis años en un arma —dice con cierto orgullo siniestro—. Tenía que cumplir la misión. Y lo hice. Nosotros no hacemos preguntas. Recibimos órdenes y las cumplimos.

En los ojos de Charles hay un brillo invariable, la certeza de un auténtico creyente, y Evan siente una inesperada punzada de envidia. Qué camino tan fácil. A la envidia la acompaña una dosis de fascinación.

—¿Nunca te preguntas si...?

—¿Qué? —dice Charles, incitándole a preguntar.

Evan hace girar su vaso sobre la marca de la condensación, tratando de formular la pregunta de una manera más concreta.

—¿Cómo sabías que era un terrorista?

—Porque le pegué un tiro.

Evan intenta que no se note su reacción en la cara, pero Van Sciver debe de ver algo, porque añade:

—Así es como se juega este juego. Si no te gustan las reglas, cambia de juego. —Apura el resto de su licor y se levanta, alisándose el abrigo—. Es lo que hay, y eso es todo lo que hay.

Evan permanece sentado. Se miran fijamente un momento, y luego Evan inclina levemente la cabeza.

—Nos vemos en un sitio u otro.

Evan sabe que no habrá despedidas corteses, pero aun así, le pilla por sorpresa la brusquedad con que Van Sciver da media vuelta y se aleja. En el congelador, los juerguistas apuran sus chupitos y estrellan los vasos de hielo contra el suelo. Van Sciver zigzaguea entre las mesas y se introduce en el congelador, envuelto en la aglomeración de gente.

A través de la gran pared de cristal, Evan le observa cuando rodea el cuello de un borracho con el brazo y lo aparta ligeramente de los demás, que brindan ruidosamente con la siguiente ronda. La bebida les gotea por las muñecas y cae en los puños de los abrigos de pieles. Beben el vodka de un trago. Con una leve sonrisa, Van Sciver le susurra algo al oído al borracho, que asiente con el rostro encendido en una muestra del vínculo instantáneo propiciado por la ebriedad. Cuando la siguiente andanada de vasos de *hielo se estrella contra el hormigón, el hombre al que aferra Van Sciver sufre una sacudida. A su alrededor todos chocan esos cinco. Alguien se sube a la barra y está a punto de resbalar. Van Sciver apoya al borracho contra la pared de cristal y lo empuja hacia abajo para que quede sentado en el suelo. La espalda deja una mancha oscura en el cristal. La cabeza cae hacia delante, la barbilla sobre el pecho, y se queda inmóvil. Van Sciver le quita el sombrero a uno de los juerguistas y lo coloca sobre la cabeza gacha, caído sobre el rostro. Ya no es más que otro idiota que ha perdido el sentido. Sus amigos lo señalan, riéndose, y siguen bebiendo.*

Cuando Van Sciver abandona el congelador, su rostro rubicundo se vuelve hacia Evan unos segundos. Le guiña un ojo y desaparece entre la multitud.

Ya lo había dicho él mismo: estaba allí por una misión. Evan no tiene más remedio que admirar su fría eficiencia. Dos pájaros de un tiro.

Echa un puñado de coronas noruegas sobre la mesa y se va.

Durante los meses siguientes, el encuentro con Van Sciver no deja de pesarle. Le vienen a la memoria retazos de conversación en momentos inoportunos. «Por cualquier medio necesario... No hacemos preguntas... Porque le pegué un tiro...» En la ecuación se ha introducido una vaguedad moral y, por mucho que se esfuerza, no consigue volver a centrarse.

Y las misiones siguen apareciendo en la carpeta de borradores de the.nowhere.man@gmail.com. En verano se encuentra en Yemen, siguiendo la pista a alguien que financia a imanes radicales. En una tarde letárgica a causa del calor bochornoso, logra al fin dar con el tipo paseando por un parque. Pasan las horas mientras Evan espera a que el hombre se separe de su joven esposa. Finalmente el hombre se dirige a los sucios lavabos públicos, donde Evan lo estrangula junto a los urinarios de porcelana. Un acto cercano y desagradable. El hombre se resiste, patalea con tanta fuerza que rompe un urinario. Al terminar, la camisa de Evan no es más que un trapo roto lleno de sangre y sudor.

Después de limpiarse y regresar a su hotel, en las cadenas locales la gran noticia es la muerte de un activista de los derechos humanos cuyo rostro resulta ser el del hombre al que Evan acaba de liquidar. Se le hace un nudo en el estómago, el miedo sordo de la paranoia. ¿O es la duda? Dudar es algo que no se puede permitir.

Pide ponerse en contacto telefónico con Jack y se le concede dos horas después. Se hace a través del nuevo protocolo estándar (de móvil desechable a móvil desechable), e inmediatamente Jack empieza a hablar de logística.

—He movido otra suma de ocho cifras a través de la Isla de Man. Se distribuirá a tu segunda línea de cuentas, y luego...

—Para —pide Evan.

Jack obedece.

—No era un financiero —explica Evan—. He visto en la televisión que era un activista de los derechos humanos.

—Son noticias, no la verdad.

—Dejémonos de máximas esta vez. Esto empieza a parecer arbitrario.

Jack suspira al otro lado de la línea.

—Esta mañana he tenido que sacrificar a Strider. Había dejado de comer. Tenía el estómago lleno de tumores.

Evan siente la pérdida en las entrañas, en la garganta.

—Lo siento.

Oye el tintineo del hielo en un vaso. Imagina al hermoso perro acercándose lentamente bajo la mesa mientras come, el tacto del hocico sorbiendo unos trozos de pavo que le ofrece a escondidas en la palma de la mano. Lo más cercano a un hermano que ha tenido Evan en su vida.

Jack interrumpe sus pensamientos.

—¿Qué intentas decirme?

La sensación de pérdida todavía envuelve a Evan. No está acostumbrado. Tarda un momento en reorientarse.

—Tal vez necesite un descanso.

—¿Me estás diciendo que quieres volver?

—Estoy diciendo que quiero un descanso.

—No puede ser. Ahora no.

—¿Ha llegado ya la siguiente misión?

—Ya está en tu carpeta.

Evan está sentado con las piernas cruzadas sobre la cama en el último piso de un hotel cochambroso. La habitación es tan pequeña que puede alargar la mano y agarrar su portátil de la tambaleante mesa de madera. Sujetando el móvil entre el hombro y la mejilla, accede a su cuenta. La ventana de guillotina está abierta, con la hoja torcida, dejando ver edificios cuadrados de color beige, cuerdas con ropa colgada. El aire es cálido y pesado en la habitación.

—Un momento —dice—. Lo estoy mirando.

Abre la carpeta de borradores y luego el único borrador de e-mail guardado. La pelota de playa gira mientras se carga la foto.

Al ver el rostro que aparece, se le corta la respiración. El ruido del tráfico se desvanece. En sus oídos no suena más que un pitido. Parpadea con fuerza apretándose el puente de la nariz con el pulgar y el índice, pero cuando vuelve a mirar, la foto pixelada sigue siendo la misma.

Charles van Sciver.

Jack interpreta su silencio como solo él podría.

—Lo reconoces.

—Sí.

—Del albergue.

—Sí. Y...

—¿Y qué?

Evan se levanta y se acerca a la ventana tratando de respirar algo de aire fresco. Pero encuentra el mismo aire: en la habitación, fuera, en todo ese árido país.

—Nos encontramos una vez. Lo sé. Sé quién es ahora.

—¿Os encontrasteis? Eso es desafortunado e irregular.

—Llámalo como quieras. Si es un huérfano como yo, ¿por qué ha acabado en mi cuenta de e-mail?

—Su tapadera se ha visto comprometida. Un par de los nuestros...

Evan detecta el pesar en la voz de Jack.

—¿Qué? —insiste.

—Se han pasado al otro lado.

—¿Tienes alguna otra información?

—No.

—Bueno, pues si quieres que vaya a por un huérfano, será mejor que lo aclares con Washington y consigas una respuesta concreta sobre los motivos.

—No hay respuestas. Ya lo sabes.

—Eso no significa que no haya preguntas. El Sexto Mandamiento. ¿O lo has olvidado?

Evan vuelve la vista hacia el portátil abierto. Ve la cara de Van Sciver, pero también a Van Sciver de joven, en las pistas de baloncesto de asfalto, a la sombra de los rascacielos de pisos de Lafayette Courts, reuniendo a un puñado de jóvenes gamberros sin nada más que tiempo en las manos y nada mejor que hacer.

—No lo haré —dice—. No mataré a uno de los míos. Crecimos juntos.

—Está muerto de todas formas —replica Jack—. Si no lo haces tú, lo hará otro.

—No me parece que eso sea un argumento moral correcto —dice Evan.

Silencio.

—Está bien —dice Jack finalmente—. Vuelve a Fráncfort. Enviarán a alguien para hacer limpieza cuando te vayas.

—Como hacen siempre.

Evan cuelga.

Tres días más tarde marca el número del siguiente móvil desechable de la lista que ha memorizado. Jack responde en la cocina. Evan oye el café que se está preparando en la cafetera eléctrica.

—Necesito verte —dice.

—Ni hablar. Estás en el punto de mira por el trabajo de Bulgaria. Podrían estar vigilándote ahora mismo.

—No.

—¿Cómo lo sabes?

—Porque me entrenaste tú.

Un silencio.

—Esta llamada es irregular —dice Jack. Para él no hay palabra más condenatoria que «irregular».

—Esta vida es irregular. Necesito verte. Ahora.

—No. Quédate en Alemania. Desaparece del radar. No lograrás entrar en el país ahora.

—Te llamo desde L Street con Connecticut Avenue.

El silencio que sigue es prolongado.

—*Puede que haya una filtración en nuestro lado. No quiero hacerme ver. Vigilo mis movimientos.*

El trabajo de Bulgaria. Una filtración. Excusas atípicas de un hombre que nunca pone excusas.

Jack no dice nada. Evan tampoco.

Al final Jack transige.

—*Hay un aparcamiento subterráneo en Ohio Drive al sur del Monumento a Jefferson. Está cerrado por obras. Estaré en la tercera planta a medianoche. Cinco minutos.*

Deja a Evan con la señal de llamada.

Cuando anochece, Evan camina a lo largo de las agitadas aguas del Potomac con las manos hundidas en los bolsillos. Los cerezos están en flor, y a él le sorprende, como siempre, el escaso aroma que desprenden. El suelo está cubierto de flores caídas.

Encuentra el aparcamiento y pasa varias veces antes de acercarse, zigzagueando entre conos naranjas y cintas de señalización. Una lámina de contrachapado se ha clavado provisionalmente con demasiada frecuencia sobre la puerta que da a la escalera norte, y se quita fácilmente haciendo palanca. Evan baja caminando de una planta a otra, sorteando hormigoneras inactivas y volquetes cargados de maquinaria. Desciende hasta la P3, inspecciona el perímetro de la oscura planta y se oculta tras una columna de hormigón para esperar. Durante más de dos horas no realiza el menor movimiento, permaneciendo tan inactivo como el equipo y los vehículos que lo rodean.

A medianoche en punto, Jack aparece de la nada en el extremo más alejado de la P3, donde, que sepa Evan, no hay escalera alguna. Claro que como truco de magia es digno de un ex jefe de sección de la CIA. Círculos concéntricos que no se tocan.

Sus pasos resuenan en el aparcamiento cuando lo atraviesa. El piloto rojo del ascensor lo baña con una luz severa, arrojando su larga sombra sobre el suelo manchado de grasa. Se detiene al descubierto, mirando hacia las sombras donde se oculta Evan.

—¿Y bien? —dice.

Evan emerge entre las sombras. Se abrazan. Jack lo retiene un momento. Hace veintiséis meses que no se ven; la última vez fue un encuentro de quince minutos en una cafetería de Cartagena.

Los años han vuelto algo más flácidas las mejillas de Jack, pero se le ve todavía en forma, sin kilos de más. Lleva la camisa de franela azul arremangada, dejando ver los brazos, tan musculosos como siempre. Brazos de receptor de béisbol.

Cuando se separan, Evan echa un vistazo a la planta del aparcamiento. Se aclara la garganta.

—Lo dejo —dice.

Jack lo mira, evaluándolo.

—Esto no se deja nunca. Ya lo sabes. Sin mí no eres más que...

—Un criminal de guerra. Lo sé. Pero pasaré a la clandestinidad. El Plan Niebla.

El nombre, un juego de palabras con su apellido,* se había convertido en una clave entre ellos.

—No podemos hablar de esto, ni aquí ni ahora —dice Jack—. ¿Me entiendes? Sé que crees que trabajas tú solo ahí fuera. Pero yo te proporciono cierta protección. Una llamada al sitio adecuado, un amigo en el control de pasaportes. Yo soy la única persona que...

Evan se siente presa de una oscura claustrofobia que le atenaza el pecho, ahogándole.

—¡No puedo seguir haciéndolo!

Sus bruscas palabras resuenan en las paredes y columnas de hormigón. Evan no recuerda cuándo fue la última vez que permitió que el tono de su voz traicionara sus emociones. Se seca la boca, aparta la vista.

Jack parpadea. Mira a Evan como nunca lo ha mirado antes, como un padre que se da cuenta por primera vez de que su hijo ya no es un niño. Sus ojos están húmedos, sus labios se mantienen firmes. No va a llorar, pero por su expresión parece a punto de hacerlo.

—Quería que no vieras solo el blanco y el negro. Quería que siguieras siendo... humano. En eso, quizá te he fallado. —Vuelve a parpadear, dos veces, con su cuadrada cabeza inclinada, apuntando hacia los zapatos de Evan—. Lo siento, hijo.

Demasiado tarde, percibe el retumbar de un vehículo en mar-

---

* Su apellido, Smoak, se pronuncia igual que *smoke*, «humo, niebla». (*N. de la T.*)

cha a través de las suelas de los zapatos. Se pone tenso. Se oye el rugido de un motor y unos faros barren la pared norte como la luz de la torre de vigilancia de una prisión. En el extremo más alejado de la planta del aparcamiento, un SUV negro aparece descendiendo velozmente por la rampa circular desde la segunda planta, derrapando y provocando una cascada de chispas.

Dos armas disparan por las ventanillas abiertas. Jack agarra a Evan por el brazo y tira de él para esconderse tras una columna. Las balas pulverizan el hormigón a escasos centímetros de su cara. Evan empuña su Wilson y rueda apoyándose en la columna para emerger por el otro lado y adoptar la postura weaver, sujetando el arma con una mano, usando la otra mano de apoyo y colocándose de medio lado con un pie más avanzado que el otro, con lo que se ofrece un blanco menos fácil. Cuando el SUV avanza a toda velocidad contra ellos, Evan dispara contra el parabrisas.

Una bala pasa tan cerca que nota su calor en un lado del cuello, pero sus manos siguen firmes, apuntando con precisión. No ve nada a través del parabrisas, todavía no, pero dispara sobre los dos asientos delanteros y quienquiera que los ocupe. El rugido del SUV disminuye, las ruedas aminoran la velocidad. Evan deja caer el cargador vacío, introduce otro, sigue disparando incluso después de que los ocupantes del coche hayan sido abatidos, incluso después de que el vehículo aminore la marcha. El amplio capó se acerca, el parachoques delantero roza las rodillas de Evan y el SUV finalmente se detiene.

La luz roja del ascensor ilumina el interior, dos cuerpos acribillados y caídos sobre el salpicadero. Piel y huesos.

Evan oye un gorjeo a su espalda: Jack, desplomado en el suelo contra la columna, la camisa de franela azul empapada en el hombro. La sangre es brillante, arterial. La mano de Jack aprieta la herida y la sangre la cubre de manera tan uniforme que parece como si se hubiera puesto un guante carmesí.

En apenas un parpadeo, Evan está de rodillas quitándole la camisa a Jack. La franja carmesí ha empapado también la camiseta blanca en diagonal, como una banda honorífica, y se expande por el tejido de algodón. Jack mueve la mano y un chorrito de sangre se escurre entre los dedos.

Jack dice algo. Evan tiene que ordenar a su mente que preste atención a los sonidos, que los transforme en palabras, que asigne significado a las palabras.

—Estoy muerto —dice Jack—. Me ha dado en la arteria braquial.

—Eso no lo sabes. No...

—Lo sé. —Jack levanta su callosa mano y la apoya en la mejilla de Evan, tal vez por primera vez desde que se conocen.

Por el hueco de la rampa y la rampa misma, llega el sonido de las sirenas de la Policía. Un cálido olor a cobre se impone sobre el olor dulzón del serrín.

—Voy a morir —insiste Jack—. No eches a perder tu tapadera. Escúchame. —Un paroxismo de dolor sacude su cuerpo, pero él pugna por seguir hablando—. Esto no ha sido culpa tuya. Yo he tomado la decisión de encontrarme contigo. Yo. Vete. Déjame aquí. Vete.

Evan tiene la impresión de que se está ahogando, pero entonces nota la humedad en sus mejillas y comprende lo que le ocurre a su rostro. Las sirenas están cada vez más cerca, como un coro de chillidos.

—No —dice—. No me iré. No...

Jack baja la mano ilesa al cinturón, se oye un ruido metálico y su pistola de reglamento aparece entre los dos. Apunta a Evan.

—Vete.

—No serías capaz.

La mirada de Jack es firme, lúcida.

—¿Te he mentido alguna vez?

Evan se levanta, retrocede un paso tambaleándose. Piensa en las advertencias de Jack. En el punto de mira por el trabajo de Bulgaria. Una filtración potencial. «No quiero hacerme ver.»

Y, sin embargo, Evan le había obligado a hacer precisamente eso.

Lanza una mirada de pánico al SUV humeante, a los cuerpos desplomados hacia delante, sin rostro. Vuelve a mirar a Jack, que respira con dificultad. Evan quiere quedarse allí más tiempo, pero no lo tiene. Todavía tiene la camisa de franela de Jack arrugada en la mano. Cierra el puño, estrujándola, y la sangre le empapa los *dedos. Sobre sus cabezas se oye un chirrido de neumáticos. El ruido de botas sobre hormigón.*

—Hijo —dice Jack afectuosamente—. Es hora de que te marches. —Gira el cañón de la pistola y se lo coloca bajo la barbilla.

Evan retrocede, limpiándose las lágrimas con el brazo. Da otro paso hacia atrás, y otro, y finalmente da media vuelta.

Mientras se aleja corriendo, oye un disparo.

22

Retazos de su auténtico yo

Evan volvió en sí arrodillado en el suelo de su dormitorio ante el cajón abierto de la cómoda, el cuello manchado de sangre de la camisa de Jack enrollado en torno a su mano como un rosario. El disparo pareció resonar por todo el apartamento, un sonido espectral que llenó el aire y que, sin embargo, no surgía de ninguna parte. Ese ruido lo había encaminado hacia una nueva vida. Había salido escabulléndose de aquel aparcamiento subterráneo bajo el Jefferson Memorial para emprender una nueva existencia.

Las primeras semanas tras la muerte de Jack las había pasado en una cabaña alquilada en las montañas de Alleghenies, solo con el olor a pino y el crujido de las hojas. En toda su vida solo había tenido una auténtica relación humana, y su pérdida le había dejado un vacío interior. En los huesos, el pecho, bajo las costillas, le dolía como si el daño fuera físico. En cierto modo suponía que lo era.

O bien había puesto al descubierto a Jack, o bien lo habían seguido a él. Dos hombres marcados en el mismo lugar, un encuentro público en el que Evan había insistido.

«Esto no ha sido culpa tuya. Yo he tomado la decisión de encontrarme contigo.»

A pesar de lo que intentaba Jack, sus palabras transmitían lo contrario. Evan las revivió, y le sonaron igual que cuando, siendo un muchacho, oía la voz ronca de Jack leyéndole a Shakespeare a la luz del fuego: «Y Bruto es un hombre honorable.»

Evan hibernó en la cabina llena de corrientes de aire. El dolor le absorbió toda la energía. Pasado un mes, empezó a salir de aquel brumoso sopor, y comprendió que la muerte de Jack tenía ramificaciones más allá de las puramente emocionales. El único vínculo de Evan con la legitimidad también se había desangrado en el suelo de hormigón de la P3.

Ya no tenía a su contacto principal, ni ningún otro contacto dentro del gobierno. No había nación que no lo buscara, ni siquiera aquella a la que servía. En pocas palabras, no había nada que le atara.

La voz de Jack se abrió paso en su cerebro abotargado. «Supéralo, hijo. No hay emoción más inútil que la autocompasión.»

Evan se levantó esa mañana, salió a la fresca brisa otoñal y fijó la vista más allá de las colinas cubiertas de abetos rojos. El aroma de los árboles de Navidad traspasaba el aire. Las agujas le pinchaban los pies descalzos. El viento le traspasó y él tuvo la sensación de habitar en un mundo más amplio donde tenía su propio lugar.

Su cuenta bancaria era prácticamente ilimitada, tenía una serie concreta de habilidades y nada que hacer. No había nada que le atara, pero eso también significaba que era libre.

Se fue a vivir a Los Ángeles, lo más lejos de Washington D. C. sin abandonar el país. Y se rehízo a sí mismo. Una tercera vida, con una parte pública y otra clandestina. Un pseudónimo para sus operaciones hecho de retazos de su auténtico yo. Una tapadera que le permitiera ocultarse estando a la vista. Estaba siempre preparado para una misión. Se mantenía entrenado y en forma. Nunca sabía quién podía aparecer buscándolo, qué puño podía llamar a su puerta.

Transcurrieron varios años.

Permanecía alerta, vigilante, pegaba la oreja al suelo por si oía temblores subterráneos. A través de varias fuentes le llegó la noticia de que se había desmantelado el Programa Huérfano y sus agentes se habían esparcido a los cuatro vientos. Nunca llegó a enterarse del destino de los huérfanos que se habían pasado al otro lado, pero imaginaba que los demás habían vendido sus servicios especializados al mejor postor, o se habían retirado a alguna playa de algún rincón tranquilo del mundo. A él no le atraía ninguna de esas dos opciones.

Y así fue como decidió dar a su entrenamiento un uso personal. Trabajaría por libre gratuitamente, ayudando a quienes no podían ayudarse a sí mismos. En cualquier caso, se trataba de una vocación que se ajustaba a su propio sentido de la moral. En cinco años, había llevado a cabo una docena de misiones con éxito.

Y ahora había fracasado.

«Un único disparo... El ruido sordo de un peso muerto.»

La camisa de franela azul manchada con la sangre de Jack parecía una acusación, una prueba de la pérdida sufrida ese día, como una Sábana Santa propia.

«¿Papá? No. ¡No!» No.

Evan depositó suavemente la tela rígida en el falso fondo del cajón, colocó la lámina de contrachapado que lo ocultaba en su lugar, y reordenó la ropa. El cajón se cerró con un levísimo chasquido.

No había podido salvar a su propio padre. Tampoco había salvado al de Katrin.

Ahora lo único que podía ofrecerle a ella era venganza.

Pasó junto a la cama flotante Maglev para salir del dormitorio, avanzó lentamente por el frío pasillo con las xilografías japonesas y la espada montada en la pared.

Había pedazos del vaso esparcidos por la encimera y el fregadero. Le llegó un fuerte olor a alcohol, el aroma antiséptico del carísimo vodka. Barrió los trozos de cristal. Mojó un paño de cocina y limpió la encimera. Uno de los azulejos reflectantes había sufrido una diminuta melladura. Raspó el pequeño defecto con la uña, como si así pudiera limarlo.

No se arregló.

Acababa de sentarse, respirar profundamente y prepararse para meditar, cuando un chillido vehemente lo sacó de su pacífica postura sobre la alfombra turca. En un primer momento no supo qué sonido era. El sonido se repitió, con estridencia suficiente para que le chirriaran los dientes. No era una alarma, sino el teléfono fijo, que raras veces usaba y que había instalado solo porque se requería un número local para el listín de residentes de la comunidad de propietarios.

En cuanto descolgó oyó la voz de Mia.

—¿Desatascador en la botella de agua? Pero bueno, ¿a qué venía eso?

Evan suspiró.

—Mire, ya sé que bromeaba. Él mismo me ha dicho que era una broma. Pero ¿y si se lo cuenta a un profesor? Podría considerarse una amenaza terrorista. No tiene ni idea de la locura que son ahora los colegios.

Evan apretó los labios y se los mordió. Se esforzó en relajar los músculos del cuello.

—Tiene razón.

—¿Sabe qué? No es culpa suya. Es mía. Debería... no sé.

—Lo entiendo —dijo Evan.

—Vale. —Una breve pausa—. Pues adiós.

—Adiós.

Bueno, ya estaba. Fuera complicaciones. Fuera distracciones. Evan había realizado una breve y atípica incursión en una difícil situación doméstica, y ahora podía retirarse para ocuparse de su trabajo y del considerable peligro que afrontaban Katrin y él.

«Esa zorra será la siguiente. Luego tú.»

Por la mañana se reuniría con ella. Daría con los responsables de la muerte de su padre. Y los eliminaría antes de que cumplieran sus amenazas.

Renunció a la meditación y volvió a recorrer el pasillo, notando el frío hormigón en los pies descalzos. Se dio una ducha caliente, notando el vapor ardiente en los pulmones, y luego se secó. La plataforma flotante que sostenía el colchón se balanceó suavemente cuando se metió en la cama. Despejó un espacio en su mente, un parque de su propia creación, y lo pobló con los robles de su adolescencia, los que veía por la ventana de su cuarto en la casa de Jack. Siempre había imaginado que iba saltando sobre el follaje anaranjado de una copa a otra, a doce metros del suelo. Contó lentamente desde diez hacia atrás como parte de una técnica autohipnótica para dormirse.

Acababa de llegar a cero y de quedarse frito, cuando sonó la alarma del perímetro. Una rápida sucesión de pitidos que indicaban un intruso en el exterior, en ventanas o balcones.

Evan salió de la cama y aterrizó sobre pies y manos. Unas volteretas rodando por el suelo lo llevaron hasta el cuarto de baño. Accionó la palanca del agua caliente, y entró en la Bóveda de un empujón.

Recorrió los monitores con la mirada. Nada, nada... allí. Un objeto extraño golpeando la ventana de su dormitorio.

Soltó un suspiro de fastidio cuando vio lo que era.

Tras apagar la alarma, volvió al dormitorio y levantó la pantalla protectora. Flotando en el exterior de la ventana había un globo. Con el logotipo de una tienda de zapatos para niños.

Todas las ventanas abatibles de las plantas superiores de Castle Heights se abrían solo medio metro por arriba antes de que se trabara la bisagra de seguridad. Evan había inutilizado la bisagra de su dormitorio por si necesitaba abandonar el edificio precipitadamente en caso de un ataque frontal contra su ático. Abrió la ventana completa y tiró del globo hacia dentro. Iba atado a un cordel de cometa que bajaba por la fachada del edificio. El globo tenía una nota doblada y pegada con cinta adhesiva. Levantó un extremo del papel y leyó.

«Siento haber contado tu broma a mamá. ¿Me perdonas? Di sí o no. Tu amigo Peter.»

Junto a la nota había un lápiz corto y grueso y una aguja pegados también con cinta.

Evan rechinó los dientes. Un equipo de asesinos profesionales iba tras él y tras la mujer a la que había prometido proteger. Al padre de ella lo habían asesinado. Dos Mandamientos que se habían ido al traste, y lo que faltaba. Solo le faltaba un niño de ocho años que invadiera su apartamento y su sueño con notas infantiles.

Evan cerró la ventana, atrapando el cordel del globo, y volvió a la cama. Se echó las mantas por encima y levitó en la oscuridad sobre su colchón flotante, despegado del mundo. Contó hacia atrás empezando por diez, pero no se durmió. Cerró los ojos y se concentró en su cuerpo, en el peso de sus huesos, en su propia y tranquila respiración. De vez en cuando oía el débil roce del globo contra el techo.

Exasperado, apartó las sábanas y fue hasta el globo. Despegó el lápiz, trazó una cruz en la casilla del «Sí», e hizo estallar el globo con la aguja. Abrió la ventana y lanzó el globo desinflado al viento. Iba a cerrar de nuevo, pero vaciló. Asomó la cabeza a tiempo para ver dos manos diminutas que asomaban por el alféizar de una ventana nueve pisos más abajo y recogían el blanco cordel.

23

Interpretar el tablero de juego

—¿Qué hace? —preguntó Katrin. Se había levantado de la silla para encararse con él con expresión implorante en la gris habitación del motel. Más concretamente, para encararse con su espalda.

Evan no dejaba de moverse, concentrado no en ella sino en la habitación, de hecho, en las tres habitaciones contiguas, de la 9 a la 11. Tenían la misma distribución: muebles robustos, puerta principal, una ventana grande en la parte frontal y otra en la posterior. Evan había abierto de par en par las puertas comunicantes de modo que, de pie en la habitación de Katrin (la 10), tenía una línea de visión a un lado y al otro del espacio abierto. Ahora quería obstaculizar esa línea de visión de manera ventajosa para él.

—Nos han encontrado antes —dijo—. No sabemos cómo. Lo que significa que no sabemos cuándo volverán a hacerlo.

Ajustó el ángulo de la puerta comunicante con la habitación del este para poder ver por la rendija entre los goznes la ventana trasera de la habitación contigua. Las finas cortinas permitían una visión borrosa de los contenedores de basura que había en el callejón, y de las delgadas ramas oscilantes de un moribundo abedul blanco. Evan había dejado su Ford Taurus gris aparcado entre otros turismos en el aparcamiento techado de un edificio de apartamentos cercano al callejón. Después del tiroteo en Chinatown había extremado sus precauciones habituales, empezando por recuperar el coche guardado en un aparcamiento adyacente al aeropuerto de Burbank.

Cerrando un ojo para obtener una mejor perspectiva, abrió la puerta un centímetro más, y luego otro. Ya estaba.

—Cada vez que uno de los dos abandona esta habitación —dijo—, aumenta el riesgo de que nos encuentren. Cada vez que estamos juntos, aumenta el riesgo de que nos encuentren.

—¿No podríamos simplemente huir? —preguntó Katrin—. Tengo el pasaporte en el bolso. Lo llevo siempre encima desde que empezó todo esto, y algo de dinero en efectivo. No es mucho, pero...

—No se puede huir de un problema como este —dijo Evan, pasando por su lado. Movió la puerta que daba a la habitación 11 hasta que le proporcionó un ángulo de visión similar al anterior. Cogió la silla de la que Katrin acababa de levantarse y la situó en el centro exacto de la habitación de modo que, cuando se sentara en ella, sacara el máximo partido de la visión que le ofrecían las rendijas entre los goznes de las puertas a ambos lados.

—¿Por qué no? —preguntó ella.

—Siempre te acaban atrapando. —Moviéndose con rapidez, Evan desplazó una de las mesitas de noche hasta la ventana de delante. Cogió su maletín de encima de la cama, lo depositó sobre la mesita, introdujo el código y levantó la tapa para que la lente estenopeica quedara frente a la fina abertura entre las cortinas—. Esos hombres son muy buenos en lo suyo. Tenemos que mantenernos escondidos, planear un contraataque, no dejarnos atraer al exterior. —Conectó el móvil RoamZone con la cámara para recibir las imágenes y movió el maletín hasta que la pantalla del móvil le mostró una imagen completa del aparcamiento delantero.

Luego se sentó en la silla de espaldas al maletín y apoyó el RoamZone contra el televisor que tenía frente a él, estableciéndose así una vista de casi 360 grados, que englobaba las tres habitaciones contiguas y el espacio exterior circundante. Por primera vez desde su llegada, Evan miró a Katrin directamente.

Se percató de lo menuda que era. Tenía la grácil constitución de una bailarina, de brazos esbeltos pero musculados, muñecas delicadas y espalda recta. Llevaba un pañuelo a modo de diadema, bajo el cual asomaba el corto flequillo. Tenía bastante rímel en las pestañas, pero sin exagerar, y sus ojos parecían cansados.

Aún se le notaba el cuello y la nariz enrojecidos, dado el contraste con su piel lechosa. Estaba claro que había llorado mucho y dormido poco, aunque había logrado mantener la compostura desde la llegada de Evan.

—Tiene razón —dijo ella—. Ahora qué más me da. Ya han matado a mi padre. —Su voz reflejaba el dolor—. Si nos quedamos... —Sus ojos se llenaron de lágrimas—. ¿Les hará pagar por lo que han hecho? —Se agachó frente a él, puso las manos sobre las de él, lo miró a la cara con sus brillantes ojos esmeralda.

—Sí.

Katrin se levantó, parpadeando para reprimir las lágrimas.

—Siempre me sale todo mal. Las relaciones, el juego, las finanzas. Sé que la culpa de todo es mía, maldita sea. Pero nunca consigo hacer bien las cosas. Siempre salgo perdiendo. Y cuando más importaba, cuando estaba involucrado Sam... —Tenía la voz ronca—. Deseaba tanto que esta vez fuera distinto... pero no lo ha sido. —Pareció volver al presente y miró a Evan, que permanecía sentado allí en la silla, con su extraña instalación de vigilancia—. ¿Y cómo tengo que llamarle? «Hombre de Ninguna Parte» es un poco forzado, ¿no? —Soltó una risa apagada—. Cuidado con ese francotirador que tiene a la espalda, Hombre de Ninguna Parte. Eh, Hombre de Ninguna Parte, ¿me pasa la sal?

—Evan —replicó él.

—¿Es su verdadero nombre?

—¿Importa?

—Evan —dijo ella, probando cómo sonaba—. Evan.

En la imagen que recibía el móvil, una herrumbrosa camioneta estacionó en el aparcamiento. Se apeó un tipo mayor de bigote blanco y ralo y se dirigió a la recepción.

—Vamos a analizar lo que ocurrió en todos y cada uno de sus aspectos —dijo Evan—, y a descubrir cómo dieron con nosotros en el restaurante. Pero primero tenemos que establecer algunos protocolos. Debería permanecer en la habitación el máximo tiempo posible. Cuando yo no esté con usted, ha de ser extremadamente cautelosa. Mantenerse alerta.

—¿Para qué?

—Por si aparece alguien que le parezca extraño.

—¿Y cómo se supone que voy a saberlo? ¿Cómo se supone que voy a descubrirlos si son tan buenos como dice?

El ruido de un motor se hizo audible a través de la pared trasera. Evan siguió la sombra del coche cuando pasó fugazmente tras las finas cortinas de las tres habitaciones del motel, una tras otra. Cuando el sonido se apagó, volvió su atención a Katrin.

—Usted juega al póquer.

—Sí.

—Cuénteme cómo estudia a sus adversarios.

—No es lo mismo...

—Dígamelo.

Katrin respiró hondo y contuvo la respiración. Luego respondió:

—Los perfeccionistas son fáciles de detectar. Siempre limpiándose las gafas. Uñas recortadas. Apilan las fichas en orden. Tienden a ser timoratos, fáciles de engañar con un farol. Cuando les falta poco para perderlo todo, juegan pocas manos. —Katrin se sentó en la cama y metió los pies bajo el trasero.

En las imágenes de vídeo, Evan vio al tipo del bigote blanco. Salía de la recepción haciendo girar una llave alrededor del dedo. El tipo se salió del cuadro, e instantes después Evan percibió la sacudida de una puerta que se abría y se cerraba en un extremo de la hilera de habitaciones.

—Los ojos te delatan, y por eso los profesionales llevan gafas de sol y gorras de béisbol —decía Katrin—. Las pupilas se contraen con una mala mano, aunque es difícil distinguirlo si no hay buena luz. La gente se queda mirando más rato cuando tienes una buena mano antes de apostar. Se dice que los mentirosos apartan la vista, que no te miran a la cara, que pestañean más, pero eso no es cierto cuando se trata de mentirosos expertos. Esos te clavan una mirada penetrante. Y hay que escucharlos también. Su discurso es más fluido cuando están confiados.

Un nuevo movimiento en la imagen de vídeo captó la atención de Evan. Un SUV entraba en el aparcamiento desde la calle que iba hacia el oeste. Se detuvo frente a la recepción, permaneciendo al ralentí. Evan volvió a mirar a Katrin.

—¿Como su discurso de ahora?

Ella casi sonrió.

—Sí, y cuando juegan tildados, apuntan con los pies hacia dentro.

—¿Tildados?

—Que pierden la confianza. Pero no siempre se puede ver debajo de la mesa, así que... —Encogió un hombro—. Lo más importante es interpretar los patrones de conducta.

Aún no había salido nadie del SUV. Evan lo oía aún al ralentí a través de las finas paredes. La lente del maletín le proporcionaba una imagen nítida en la pantalla del móvil, pero sin ángulo para ver la matrícula. Las ventanillas no eran tintadas. Había dos hombres delante, discutiendo. Nada alarmante. Todavía.

—Algunos jugadores se ponen muy agresivos y farolean a menudo, aunque no hayan tenido una sola mano buena en toda la partida. Te puedes llevar muchos botes si sabes cuándo igualar o superar sus apuestas. Y a veces lo más inteligente es marcarse un farol... y perder a propósito. Es dinero bien gastado si demuestra que eres impredecible. Hay que pensar en ello como un gasto que se traducirá en beneficios en las siguientes manos. Así es cómo se gana al póquer. No juegas con tus cartas. Juegas con las del otro.

—Y eso —dijo Evan— es lo que vamos a hacer con la gente que mató a su padre.

Ella entreabrió la boca ligeramente y Evan vio que su rostro se iluminaba al comprender.

Un Scion de color morado entró en el aparcamiento desde la calle que conducía hacia el este, seguido por un segundo SUV. Evan se inclinó hacia delante y cogió el móvil para ver mejor la imagen cuando se acercaban.

Ninguno de los dos vehículos llevaba placas de matrícula.

El Scion aparcó en el extremo del aparcamiento cerca de la calle, mientras que el segundo SUV seguía adelante.

Evan se puso en pie.

—¿Qué? —preguntó Katrin—. ¿Qué pasa?

—¿Ha hecho alguna llamada telefónica desde esta habitación?

—No.

El segundo SUV pasó junto al que estaba aparcado al lado de la recepción y enfiló el corto trecho que llevaba al callejón posterior.

—¿No ha salido? ¿Aunque fueran solo unos segundos? ¿No abrió la puerta a algún repartidor cuando pidió comida?

Evan mantenía la vista fija en la imagen de vídeo. Se abrieron las puertas delanteras del SUV y bajaron dos hombres. Musculosos, camisetas negras, de andar ligero. Llevaban el pelo al cero y, dado su porte, Evan los identificó como ex militares.

—No. ¿Qué pasa, Evan?

Los hombres se llevaron la mano a las pistoleras de la cadera, pero no desenfundaron. Se desplegaron por el aparcamiento delantero, justo cuando los faros de un coche barrían las finas cortinas de la parte posterior de la habitación 9. Era el segundo SUV, entrando en el callejón. Los estaban rodeando por delante y por detrás.

Era imposible que hubieran seguido el rastro a Evan; había tenido mucho cuidado. Lo que significaba que Katrin los había alertado. Sin embargo, no cabía la menor duda de que la bala del francotirador disparada a través de la ventana del restaurante apuntaba directamente a su corazón.

El pálido rostro de Katrin había palidecido aún más. Miró a Evan fijamente con los labios apretados formando una fina y blanca línea.

Los faros del coche se detuvieron en el callejón trasero muy cerca de la habitación 9. El amplio perímetro establecido por los hombres de delante englobaba a las tres habitaciones contiguas. Lo que significaba que seguramente alguien les había pasado el soplo.

Evan agarró a Katrin bruscamente por el brazo y la obligó a girarse para cachearla. Tanto si confiaba en ella como si no, en ese momento su obligación era protegerla. El Décimo Mandamiento, el más importante, estaba grabado a fuego en su memoria: «Nunca permitas que muera un inocente.»

No encontró nada.

—¿Qué hace? —preguntó Katrin—. Usted es el único que ha venido aquí, igual que la anterior vez. Seguro que le han seguido.

—Bajo la cama —ordenó él.

Ella obedeció y desapareció bajo la cama. El polvo que había levantado se aposentó.

Evan se situó frente a la silla, pistola en mano, escudriñando la abertura entre los goznes y la puerta que conducía a la habitación 9. Una sombra apareció en la esquina inferior de la ventana posterior: el contorno de una pistola tras la fina cortina. En el extremo del cañón se veía la silueta de un bote, un silenciador casero, seguramente hecho con un filtro de aceite. Imposible de rastrear y de un solo uso.

La herramienta de un asesino.

Una ojeada al móvil le permitió ver a los dos hombres del aparcamiento delantero inmóviles en sus puestos. Lo que significaba que el ataque se produciría por atrás, a través de las ventanas. Los hombres del aparcamiento estaban allí para encargarse de liquidar a Evan y Katrin si intentaban huir por la puerta. Volutas de gases salían por el tubo de escape del Scion, que permanecía en la entrada de la propiedad. Era la posición de vigilante de quienquiera que dirigiera la operación. ¿El tirador de Chinatown esperando a la distancia de un francotirador?

Las prioridades operativas de Evan se aclararon. Qué ángulos cubrir, a quién derribar primero, el mejor modo de salir de allí.

La respiración entrecortada de Katrin se hizo audible desde debajo de la cama, y Evan la mandó callar.

La silueta de la ventana posterior de la habitación 9 descendió hasta desaparecer de la vista. Evan aguzó el oído para detectar sus pisadas en el callejón. Levantó la Wilson y giró lentamente la mano a lo largo de la ventana que quedaba a su espalda, calculando el lento avance del tirador agachado que pasaba por debajo del alféizar de la habitación 10.

Tras un intervalo razonable, Evan detectó movimiento en la estrecha rendija que le permitía ver la habitación 11, a su derecha. Era la sombra, que volvía a ponerse en pie.

A oídos de Evan llegó el leve ruido de alguien que raspaba sigilosamente en la habitación 9, y luego oyó el chasquido amortiguado del cierre de la ventana. El compañero. Una mano enguantada en negro, espectral tras la cortina agitada por el viento, agarró la hoja de la ventana y la deslizó silenciosamente hacia arriba.

Entraban por las dos habitaciones contiguas simultáneamente.

—¿Qué sentido tiene que me llames para tenerme luego metida en el coche? —preguntó Candy.

—Que el equipo de campo realice el primer ataque —replicó Slatcher—. Yo sirvo de apoyo. Tú estás aquí para limpiar. Esa es tu especialidad.

Candy frunció los labios.

—Y yo que esperaba que pudiéramos ensuciarnos las manos juntos como en los viejos tiempos.

Apretujado tras el volante del Scion, Slatcher volvió a concentrarse en los SMS que se desplegaban ante su globo ocular derecho. O sea, en los mensajes proyectados por la lente de contacto de alta definición que llevaba puesta. Top Dog estaba hablando, y cuando él hablaba, había que escucharle.

Top Dog era un fanático de aquellos juguetitos, en especial los que mejoraban las comunicaciones seguras. El último y más importante era una tecnología que podía llevarse encima. La lente de contacto enteramente pixelada proyectaba imágenes de modo que pudieran percibirse fácilmente. Al parecer había sido condenadamente difícil moldear las células de cristal líquido para darles forma de curva esférica, pero en realidad eso no preocupaba a Slatcher. Lo que a él le preocupaba era impedir que aquel puto chisme no se le secara en el ojo en medio de una misión.

Apareció el último mensaje de TD: ¿ESTÁ LA ZONA CONTROLADA?

Slatcher levantó las manos y escribió en el aire sobre un teclado imaginario. Su respuesta apareció flotando a medio metro de su cara: SÍ. PERÍMETRO ESTABLECIDO.

Llevaba etiquetas adhesivas de identificación por radiofrecuencia (RFID) pegadas a las uñas para escribir y enviar mensajes literalmente en el aire. La provisión de recursos tecnológicos de Top Dog no parecía tener fin.

Junto a Slatcher, Candy se enroscaba el pelo en los dedos y silbaba el estribillo de *Girls Just Wanna Have Fun*.

¿SE HAN CONFIRMADO AMBOS OBJETIVOS?

TODAVÍA NO.

¿CUÁNDO?

Uno de sus hombres apostado en el aparcamiento delantero

se volvió para mirar el Scion y asintió con la cabeza. Los dedos de Slatcher se movieron a unos centímetros por encima del volante.

AHORA.

Manteniendo los ojos fijos en la sombra de la mano enguantada en la ventana de la habitación 9, Evan alargó la mano a su espalda y levantó el maletín de la mesita de noche. Pasó a la habitación 9 y se agachó para depositar el maletín silenciosamente sobre la moqueta raída, justo al lado de la puerta comunicante. El rostro ladeado de Katrin, tenso por el pánico, llenaba el hueco entre el suelo y el faldón de la cama. Estaba temblando. Sobre la cama, y a través de la puerta opuesta, la cortina de la ventana de atrás de la habitación 11 apareció ondeando a la vista, y luego volvió a caer. Habían entrado por allí.

Evan hizo un gesto a Katrin para que se tranquilizara, bajando ligeramente la mano con la palma hacia abajo. Luego volvió a la habitación 9.

El asaltante se preparaba para irrumpir. Una mano enguantada se agarró al marco de la ventana para sujetarse. Apareció una bota deslizándose entre las cortinas. Evan calculó la posición del hombre y se movió para evitar ser visto, pegando la espalda a la pared contigua a la ventana.

Tenía que evitar el menor ruido.

Si se producían disparos, si el asaltante gritaba o caía de espaldas por la ventana, los del aparcamiento irrumpirían por las puertas frontales.

Evan dejó la pistola sobre la moqueta al alcance de la mano, sacó su navaja Strider y la abrió. Solo se produjo un levísimo chasquido cuando la hoja de óxido negro quedó trabada.

El bulto amenazante del silenciador apareció entre las cortinas. A continuación surgió un hombre fornido bajo una camiseta ceñida.

Evan mantuvo su posición.

La puntera de una bota fue tanteando en busca del suelo. En la nuca de la cabeza rapada del hombre brillaba el sudor. Aferraba con fuerza la pistola, lo que resaltaba las venas de la mano y la muñeca.

Evan no tenía más que alargar el brazo para darle una palmadita en el hombro.

Un ligero temblor sacudió el suelo de madera dos habitaciones más allá: alguien entraba en la habitación 11. Evan lo intuyó más que oírlo. Sintió el impulso de reunirse con Katrin, que se ocultaba bajo la cama de la habitación 10 y a la que el segundo asaltante pronto tendría a su alcance.

Pero lo primero era lo primero.

Volvió a concentrarse en el hombre que tenía delante y desechó todo lo demás. El hombre desplazó el torso hacia delante con cuidado y apoyó el peso en el pie que ya estaba dentro de la habitación. Lanzó una rápida ojeada a la puerta comunicante abierta al tiempo que levantaba el otro pie, pero Evan seguía pegado a la pared, fuera de su vista.

La rodilla que había quedado atrás se dobló hacia el pecho del hombre y el pie pasó por encima del alféizar de la ventana. El hombre apoyó el pie en el suelo. Se irguió. Empezó a darse la vuelta.

Evan se deslizó por detrás de él, lo agarró por la nuca y le rajó la garganta con la navaja. El hombre se desplomó espasmódicamente, alineados sus cuerpos pecho contra espalda en una cerrada llave que apagó todo sonido de lucha. Evan dobló la cabeza del hombre con fuerza contra su pecho para que los pulmones no inhalaran aire, delatando así su posición. La pistola se le cayó de los dedos inertes. Evan la atrapó a medio camino del suelo al tiempo que dejaba caer el cuerpo sobre la moqueta.

Lo depositó silenciosamente en el suelo. Los talones del hombre rasparon la moqueta sin hacer ruido. Sus ojos, muy abiertos, miraron a Evan. Sus labios se agitaron, pero no emitió sonido alguno, no después de lo que le había pasado a su tráquea. El charco de sangre que brotaba de la carótida cortada se expandía, rodeando su cabeza como un halo.

Evan se desplazó sigilosamente hacia la habitación 10 y se detuvo junto a la jamba de la puerta, donde extrajo su RoamZone del bolsillo. El maletín estaba abierto en el suelo justo al lado del umbral con la lente estenopeica de la tapa enviándole una imagen ladeada de la habitación: el punto donde se unían techo y pared, cabecero de la cama, la mitad superior de la puerta que comunicaba con la habitación 11. Una cabeza pasó por la pantalla del móvil cuando el hombre entró en la habitación 10. El borde del hombro seguía en pantalla. Estaba de pie junto a la cama bajo la cual se ocultaba Katrin, pero Evan no distinguía hacia qué lado miraba.

No era lo que necesitaba ver.

Alargó el pie hacia el maletín y empujó la esquina posterior con toda la delicadeza de la que fue capaz, sin apartar los ojos de la imagen del móvil.

En el encuadre apareció un lado del cuello del hombre. Su mejilla. Un ojo. Dos. Evan veía su cabeza y poco más.

El hombre escudriñaba la habitación, sin percatarse aún del movimiento infinitesimal del maletín entre las sombras del umbral de la puerta.

La palma de Evan sudaba en torno a la carcasa de goma del móvil. Observaba la pantalla, dudando entre atacar o esperar.

De repente el hombre desapareció por la parte inferior de la pantalla.

Evan se esforzó por oír algún sonido, pero no le llegó nada. ¿Estaba buscando bajo la cama? No podía permitirse esperar para averiguarlo. Con la punta del zapato, empujó la tapa del maletín hacia abajo y la imagen de la pantalla fue cambiando hasta que apareció la colcha de la cama, una mesita con una lámpara... y luego el hombre. Estaba en cuclillas, apuntando bajo la cama y alargando la otra mano hacia el faldón de la cama para levantarlo.

En la pequeña pantalla, Evan distinguió la cabeza ladeada de Katrin, el destello de sus ojos, su boca abierta a punto de lanzar un grito. La pistola apuntó a su cabeza.

Evan dio un puntapié al maletín, que salió disparado hacia el hombre, girando sobre la moqueta, y en el móvil la imagen giró vertiginosamente. De inmediato los cuadrados tacones de las botas del hombre se hicieron más grandes en la pantalla de Evan. El maletín pareció detenerse justo detrás del hombre, que, sobresaltado, movió el pie izquierdo para girarse en redondo.

Evan dio un único y potente salto, traspasó la puerta y se abalanzó sobre el hombre, al que agarró por la mano que sujetaba la pistola cuando este la giró hacia él. Lo aferró por la parte interior de la muñeca y le dobló el brazo violentamente hacia fuera, con lo que le rompió hueso y tendón. La mano que empuñaba la navaja se alzó y la punta plana se clavó en el torso descubierto del hombro una y otra vez. Cada golpe iba a parar entre diferentes costillas.

La expresión del hombre indicaba una sorpresa mayúscula. No era carne de cañón, sino un asesino de élite, y estaba claro que morir no entraba en sus planes.

La pistola del hombre salió volando hasta la cama, donde botó dos veces. Evan tiró al hombre suavemente sobre el colchón encima de ella.

Katrin lo miraba desde bajo la cama con una expresión que Evan no consiguió descifrar en un principio. Tal vez horror.

Se llevó un dedo a los labios y ofreció la otra mano a Katrin.

Ella se tumbó de espaldas, le dio la mano y él tiró de ella para sacarla y ayudarla a ponerse en pie. Desde la cama les llegó un húmedo borboteo.

—Dios mío —exclamó ella en tono demasiado alto—. ¿Está...?

La ventana delantera explotó hacia dentro. Con el ruido de los disparos resonando en los oídos, Evan se dio la vuelta para proteger a Katrin y los trozos de cristal le llovieron sobre la espalda. Con la boca apretada contra su pecho, el grito de Katrin vibró en la piel de Evan a través de la camiseta.

Evan la empujó hasta la habitación 11. Apartó las cortinas y prácticamente la arrojó al callejón por la ventana. Luego saltó en pos de ella. Una línea carmesí cruzaba la mejilla de porcelana de Katrin, con un trozo de cristal brillando en la piel.

—Su maletín —dijo—. ¿Qué hay de...?

Él la agarró por la mano y tiró de ella en dirección al aparcamiento techado donde aguardaba el Taurus. Subieron rápidamente y Evan lo puso en marcha y enfiló el callejón. Aceleró en dirección al primer cruce, donde giró a la derecha y se detuvo con el motor al ralentí detrás de un restaurante Norms. Unos cuantos clientes salían corriendo a la calle, estirando el cuello en dirección a los disparos. Otros corrían hacia sus coches, protegiendo a sus hijos.

—¿Qué está haciendo? —se alarmó Katrin—. Salgamos de aquí a toda pastilla. ¿Por qué se detiene?

Evan levantó el pie del freno, permitiendo que el coche avanzara lentamente hasta que pudo ver el aparcamiento del motel una manzana más allá. El Scion morado seguía allí, vigilando en el extremo más alejado.

Evan sacó el RoamZone, que seguía recibiendo la imagen del maletín: la moqueta de la habitación 10 cubierta de cristales rotos.

—¿Ha reconocido a ese hombre? —preguntó.

—No.

—¿No lo había visto antes?

—No.

En la pantalla, unas botas se acercaron y luego la imagen empezó a dar vueltas hasta ofrecer un primer plano de un rostro de duras facciones. Era uno de los hombres del primer SUV. Detrás de él, colgando sobre la cama, unas piernas temblaban.

—¿Y a este? —preguntó Evan.

—Tampoco. Se lo juro.

El hombre se tocó la oreja.

«Hemos perdido a dos, Slatch. Bueno, joder, a uno y tres cuartos. González está jodido.»

La otra parte de la transmisión no resultaba audible. Detrás del hombre, una voz gritó:

«¡Despejado!»

El compañero apareció al fondo, dirigiéndose rápidamente a la habitación 11.

«¡Despejado! —volvió a bramar, y regresó corriendo a la habitación del centro—. Parece que han escapado por el callejón. ¿Quiere que los persigamos? —Ladeó entonces la cabeza, mirando directamente a la lente—. ¿Qué coño...?»

—¿Podemos irnos de aquí, por favor? —suplicó Katrin.

Evan lanzó una mirada al Scion, pero no vio nada en él, tan solo los reflejos del parabrisas. Quienquiera que se sentara al volante estaba esperando a que el equipo de campo le confirmara la presencia de los objetivos, dejando que ellos asumieran el riesgo mayor.

Habían asumido algo más que eso.

—¿A qué estamos esperando? —repitió Katrin.

En la pantalla del móvil, el segundo hombre se acercaba y se colocaba junto a su compañero. Ambos se inclinaron para escudriñar el maletín.

—A esto —dijo Evan, y tecleó una contraseña en el móvil.

Desde la otra manzana les llegó el estrépito de una explosión. La imagen del móvil se convirtió en un caos. Algunos clientes del restaurante que seguían en la calle chillaron, pero Evan no los observaba a ellos.

Vigilaba el Scion.

Por fin un hombre alto y corpulento bajó del asiento del conductor y miró hacia el otro lado del aparcamiento desde detrás de la puerta abierta del coche. Alzó las manos y agitó los dedos en el aire como si tocara un piano imaginario.

Una mujer bajó por el lado del pasajero. Sombrero grande y flexible, gafas de sol, cabellos rubios enmarañados. La hilera de habitaciones quedaba fuera de la vista, pero salía humo de donde antes estaba la 10.

El hombre y la mujer no corrieron a comprobar las consecuencias. Inspeccionaban la calle, los coches aparcados, las ventanas de los edificios vecinos. No se centraban en la explosión ni en los hombres perdidos, sino en la zona circundante. Estaban acostumbrados a tácticas de distracción, a ataques secundarios, a interpretar el tablero de juego.

El hombre corpulento paseó la mirada calle arriba en dirección al restaurante. Antes de que llegara a ellos, Evan dio marcha atrás hasta ocultar el coche tras el local, hizo un cambio de sentido y se dirigió a la autopista.

24

Cita desastrosa

Las verdes señales de la autopista 10 lanzaban destellos sobre sus cabezas. El coche circulaba a toda velocidad, alejándose de la costa. Evan tenía que llevar a Katrin a un lugar seguro, y en aquel momento cualquier sitio que no estuviera bajo su control directo no era seguro. Lo que significaba que iba a tener que hacer algo que jamás había hecho antes.

Iba a llevar a un cliente a uno de sus pisos francos.

Estaba seguro de que no lo habían seguido hasta el motel. Entonces, ¿cómo los habían localizado? Mentalmente, barajó distintas posibilidades, reviviendo algunas imágenes concretas del motel como si fueran videoclips, ralentizándolos, congelando fotogramas para repasar los detalles. Se trataba de un beneficio añadido de la meditación de la conciencia plena: dimensionaba la memoria y contribuía a aumentar la lucidez. Ese era el objetivo cuando meditaba o luchaba o levantaba el pestillo de su buzón: verlo todo como si fuera la primera vez.

Se recordó a sí mismo bajando del coche al llegar al motel. ¿Alguien sentado en un vehículo estacionado cerca de allí? No. ¿Algún turista haciendo fotos? No, solo una madre con dos niños esperando en la acera mientras el padre pagaba el parquímetro. Al registrarse él en el motel, ¿había apuntado el recepcionista el número de su matrícula? No. Detrás del mostrador de recepción había visto una cámara de seguridad en un descuidado ángulo hacia la puerta. Katrin estaba con él cuando había reservado las habitaciones. Ahora la mayor parte de las imágenes de cámaras de seguridad se almacenaban en un servidor *online*.

Así pues, si fuera Evan quien buscara a Katrin, ¿qué habría hecho? Suponiendo que su objetivo querría reorganizarse tras el intento fallido del francotirador, habría buscado todos los moteles de categoría media a baja en un radio de cincuenta kilómetros desde aquel restaurante. Habría eliminado los que carecieran de un acceso fácil a la autopista y los que pertenecieran a grandes cadenas con normas rígidas para registrarse. Luego habría accedido a las cámaras de seguridad de la recepción de los moteles restantes, y habría utilizado *software* de identificación facial en las imágenes. Para ello habría necesitado ingentes recursos y conocimientos, por no mencionar una buena dosis de buena suerte. ¿Improbable? Mucho. Pero no imposible, dependiendo de quiénes fueran los asesinos a los que hubieran contratado los de Las Vegas y de si eran unos expertos.

Y si llegaba tan lejos en sus suposiciones, ¿por qué no considerar si se habrían recuperado imágenes captadas por satélite de las manzanas que rodeaban el restaurante después del tiroteo? Su Chrysler habría desaparecido de la vista en el callejón, pero podían haberlo recuperado al salir a Hill Street. Unas manzanas más adelante, Evan había entrado con un chirrido de neumáticos en el aparcamiento de la tienda de licores para comprobar si Katrin llevaba algún dispositivo. ¿Había permanecido lo bastante pegado a la sombra que arrojaba el edificio para ocultar sus perfiles?

Evan dominó sus pensamientos, forzándose a regresar a la realidad. Si se había puesto en marcha una misión de semejante calibre, no habrían confiado la operación del Lotus Dim Sum a un único francotirador desde la ventana de un apartamento al otro lado de la calle, sino a un equipo táctico al completo. Tal escenario iba más allá incluso de su muy cultivada paranoia.

¿No era más probable que Katrin los hubiera puesto sobre aviso?

Sin embargo, ¿para qué iba ella a avisar a la gente que intentaba asesinarla?

Con la cara vuelta hacia el otro lado, Katrin iba sentada en el asiento del pasajero y se mordía la uña de un pulgar, apretando la frente contra la ventanilla. «¿Qué es lo que no me cuenta?», pensó Evan.

A Katrin se le había secado la sangre de la mejilla, y el fragmento de cristal aún brillaba en la herida. Evan se la limpiaría cuando llegaran adondequiera que fueran.

Finalmente se decidió por su casa del centro, un *loft* situado cinco pisos por encima de Flower Street con una vista parcial del Staples Center. Como todos sus pisos francos, también aquel se encontraba en un extremo, fácil de quemar si algo salía mal. La hipoteca y todos los gastos se pagaban en una cuenta bancaria a la que llegaba el dinero por transferencia desde otra cuenta, que pertenecía a una sociedad pantalla. Sus perseguidores podían seguir esa pista si querían, pero no encontrarían nada al final.

Se trataba de un apartamento de una única habitación, por lo que era la casa de Evan mejor vigilada. Las cámaras de seguridad captaban el espacio en su totalidad. Necesitaba vigilar a Katrin cuando no estaba con ella.

No podía confiar en ella.

Katrin no abrió la boca en todo el trayecto, ni siquiera cuando Evan tomó la salida del centro. Al entrar en el aparcamiento subterráneo, notó las manos agarrotadas en torno al volante. Miró de reojo a Katrin, que seguía con la cabeza vuelta. Nadie en el mundo podía relacionarlo con aquel edificio. Hasta ahora. Cada nuevo giro de aquella misión se acercaba más a su núcleo, penetrando cada vez más en su zona de seguridad.

El aparcamiento era pequeño. Las luces que colgaban del techo brillaban con tenue fulgor. Había bicicletas atadas a una barra metálica que recorría toda una pared, con candados en U colgados en los escasos sitios vacíos, rodeando ruedas delanteras a las que habían robado el cuadro de la bicicleta. Era un buen edificio, pero no demasiado. Evan encontró un sitio al fondo.

Cuando se apeó, Katrin no se movió, así que él rodeó el coche por detrás y le abrió la puerta. Ella bajó lánguidamente, ralentizados sus movimientos por la conmoción.

O lo fingía muy bien.

Aunque aquella planta estaba vacía, Evan le ajustó el pañuelo que llevaba como diadema más cerca de la cara, ocultando así la sangre seca de la mejilla. Ella lo miró sin verlo. Después de sacar una pesada maleta estanca Hardigg Storm del maletero, Evan condujo a Katrin por una escalera de la parte de atrás. Llegaron al quinto piso y a su *loft* sin cruzarse con nadie.

El *loft* tenía solo lo más esencial: un futón sobre un armazón de madera, unos cuantos platos y cacharros, un juego de toallas dobladas sobre el lavabo.

Katrin recorrió el lugar con la mirada.

—¿Qué es esto?

Evan dejó la maleta en el suelo de tarima, accionó los pestillos y levantó la tapa impermeable. Varias armas y herramientas descansaban en un revestimiento de espuma. Montó el detector de uniones no lineales.

Katrin cruzó los brazos y señaló el negro aparato con la cabeza.

—¿En serio va a escanearme otra vez? ¿Todavía no confía en mí?

Evan se incorporó con el detector en la mano.

—No lo sé.

Ella se rascó parte de la sangre seca de la mejilla con la uña.

—¿Qué es lo que cree? ¿Que llevo un micrófono oculto, un chip implantado?

—Quizá.

—Vale. Vale. —Demasiado cansada para enfadarse, Katrin se sacó un zapato empujando con el talón y lo tiró a un lado. Luego el otro. Deslizó el pañuelo que llevaba en la cabeza y dejó que cayera lentamente al suelo, luego se sacó la camiseta por la cabeza, tirando del cuello con cuidado para que no le rozara el corte de la mejilla. Echó las manos atrás, se desabrochó el sujetador y lo dejó caer—. Acabemos con esto. De una vez por todas. No tengo nada que ocultar. No tengo ningún as en la manga. —Se desabrochó el cinturón, se bajó los tejanos y los apartó a un lado con un rápido movimiento. Despojada de su vestimenta de jovencita hípster, su figura era sorprendentemente generosa. Abrió los brazos—. No tengo nada que ocultar. Escanee.

Evan la miró, esforzándose por no fijarse en sus formas voluptuosas. La herida de la mejilla no era más que un corte, pero había sangrado abundantemente, como suele ocurrir con las heridas en la cara.

Katrin respiraba profundamente, haciendo que las costillas subieran y bajaran y su rostro se encendiera. Pero no apartó la vista de Evan.

—¿Y bien?

Él se acercó y la escaneó. Las pantorrillas. La curva de las caderas hasta la cintura. Sus pechos. Los huecos de la clavícula. El borde recto del pelo en la nuca.

Luego alisó toda su ropa en el suelo y escaneó hasta la última costura y la última arruga. Aparecían nuevas tecnologías cada semana, él mismo usaba muchas de ellas, y no quería que se le pasara ningún cable o partícula de metal, por minúsculos que fueran.

El detector solo emitió su acostumbrado zumbido.

Cuando finalmente se incorporó, Katrin señaló su ropa.

—¿Puedo vestirme?

Él asintió y se volvió un poco mientras ella se vestía. El día se había deslizado hacia la noche, y las luces de la ciudad parpadeaban más allá del ventanal tintado que constituía la pared que daba al sur.

Cuando terminó, Katrin se plantó delante de él y alargó la mano.

—Me toca.

Aunque su mirada era intensa, mantenía los carnosos labios levemente fruncidos. Era el primer rasgo de humor que mostraba desde el asesinato de su padre. Evan iba a protestar, pero se lo pensó mejor y le entregó el detector.

Ella lo escaneó de los pies a la cabeza, poniéndose de puntillas para llegar hasta su cara. Cuando le pasó el cabezal circular del detector por la sien, Evan notó su respiración, suave como una pluma, en el cuello. Katrin terminó y le devolvió el detector, sin apartarse, mirándole.

—¿Ahora qué? —preguntó.

—Siéntese ahí, en la encimera. —Señaló un lugar bajo una de las luces empotradas del techo, y ella se subió dándose impulso.

Evan fue al cuarto de baño y regresó con una pequeña toalla y un botiquín de primeros auxilios. Después de mojar la toalla con agua caliente del grifo de la cocina, se acercó a Katrin. Con ella sentada en la encimera y él de pie, sus rostros se encontraban prácticamente al mismo nivel. Katrin miró la toalla y luego a él. Apartó las rodillas para que él pudiera inclinarse mejor y curarle el corte.

Era superficial, tal como él había pensado, y el fragmento de cristal era minúsculo. Con la toalla le fue dando toques en un lado del mentón y la sangre saltó a trozos. A medida que Evan iba subiendo hacia la herida, la mueca de dolor de Katrin se hizo más pronunciada. Sus ojos se desviaban nerviosamente hacia el botiquín, que contenía unas pinzas.

—Cierre los ojos —le dijo él—. Concéntrese en el dolor. ¿Qué nota?

La sangre seca que había alrededor del cristal se resistía, pero cedió finalmente ante la persistencia de Evan. Los ojos cerrados de Katrin se agitaron y ella tragó saliva.

—Como si tuviera un trozo de cristal clavado en la puta cara.

—Es un comienzo. ¿Es ardiente?

—Sí. Ardiente.

—¿Tiene color?

—Naranja —respondió ella—. Naranja y amarillo.

—¿Cambia?

—Sí. Palpita. Y luego se apaga.

—Elija una parte del cuerpo que no le duela.

—La mano —dijo ella. Su mano descansaba sobre el hombro de Evan.

—De acuerdo —dijo él, alargando la mano lentamente hacia las pinzas—. La mano. Concéntrese en ella. ¿Qué nota?

—Está fría —respondió ella—. Firme como una roca.

—¿De qué color es la mano?

—Azul cobalto.

—¿Nota todos los dedos individualmente?

Evan percibió un ligero movimiento de la mano sobre su hombro.

—Sí —dijo ella—. Sí. —Y luego—: Ahora va a usar las pinzas, ¿verdad?

—Ya lo he hecho.

Katrin abrió los ojos. Evan movió las pinzas como un joyero, y el cristal que sujetaban lanzó un destello de luz.

—Eso ha sido magia —dijo ella.

En la alacena que había junto al frigorífico encontró algunos productos básicos. Evan hirvió pasta y calentó un poco de salsa. Ella lo observaba cocinar.

—Esta es la cita más desastrosa que he tenido nunca —bromeó ella, y él sonrió.

Luego sirvió la comida en la encimera. Katrin había colgado el bolso a un lado y lo tenía abierto. Se veía una cartera abarrotada de cosas, un estuche de maquillaje con cremallera y la funda azul de un pasaporte.

Mientras ella comía, Evan pasó por su lado para acuclillarse junto a la maleta y guardar el detector de uniones no lineales.

—¿Podría beber algo?

Justo a tiempo.

La tapa levantada de la maleta ocultó su mano a la vista cuando Evan sacó un pequeño frasco de cristal de su hueco de espuma.

—Hay una máquina dispensadora en el vestíbulo —respondió—. No se mueva de aquí.

—No se me ocurriría.

Evan salió, bajó en el ascensor, metió un par de billetes en la máquina de Coca-Cola y eligió el tono más oscuro de Powerade: zumo de frutas. Usó las escaleras para subir, se detuvo en un rellano vacío y alzó el pequeño frasco a la luz. En el interior, una fina capa de lo que parecía arena negra se inclinó al ladearse el frasco. Eran microchips de silicona con trazas de cobre y magnesio. La tecnología, desarrollada por la industria biofarmacéutica, se había pirateado de una droga diseñada para controlar la diabetes que estaba en fase 2. Una vez ingeridos, los sensores se juntaban y generaban un leve voltaje cuando se estimulaban los jugos gástricos. Este voltaje enviaba una señal a la piel del paciente, donde un parche pasaba la lectura de azúcar en sangre al móvil del médico que lo trataba. La variante que había adquirido Evan transmitía en cambio la localización GPS de su portador. Si no se reponía, se deshacía en el cuerpo y salía del sistema al cabo de unos días.

Evan vertió las partículas en el botellín de plástico y lo agitó para dispersarlas hasta que se diluyeron en el oscuro líquido rojo. Luego siguió subiendo.

Cuando entró en el *loft*, Katrin estaba en la encimera, fregando los platos. Evan hizo girar el tapón del Powerade, fingiendo romper el precinto para ella, y le tendió el botellín.

Ella negó con la cabeza.

—No bebo esas cosas.

—El estrés quema electrolitos —repuso él—. Beba.

Ella lo miró un momento, luego cogió el refresco y se bebió la mitad. Ahogando un bostezo, caminó fatigosamente hacia el futón.

—Me siento como si no hubiera dormido en un mes —dijo.

Se arrebujó bajo el suave edredón blanco sin desvestirse. Evan metió el botellín en el frigorífico y se acercó al futón.

—Dejaré dinero en efectivo sobre la encimera —dijo—. Las mismas reglas que en el motel en cuanto a pedir comida a domicilio, salir, todo. Volveré en algún momento de mañana.

—Vale, entiendo —dijo ella, articulando apenas a causa del cansancio. Se tumbó de lado, dándole la espalda y mirando hacia el ventanal tintado. Al otro lado de un río de luces de coches, el Staples Center brillaba con el color de los Lakers.

Del interior del tapón del frasquito, Evan despegó un parche de color piel del tamaño de un punto, y se lo colocó en un nudillo de manera que la mitad del lado adhesivo quedara al aire. Volvió a acercarse al futón y arropó a Katrin, dejando que la mano rozara detrás de su oreja, con lo que el parche se adhirió a su piel junto a las tres estrellas tatuadas. El parche era impermeable, más fino que el film e igual de transparente. Se desvaneció completamente de la vista.

Cuando Evan se apartaba, Katrin le sujetó por la muñeca y se dio la vuelta hacia él con aire soñoliento.

—No sé cómo podré agradecérselo —dijo.

Él asintió brevemente y volvió a arroparla. Katrin se dio de nuevo la vuelta y cerró los ojos.

Al salir, Evan se llevó el pasaporte del bolso.

25

Negocios de cierto tipo

Era noche cerrada cuando Evan llegó a Northridge. La luna era un agujero de bala en la negra bóveda celeste. Recorrió la cuadrícula de calles que componían el llano terreno del valle de San Fernando, hasta llegar a un polígono industrial muy cercano a Parthenia Street. El polígono tenía un aire a estudios de cine, con edificios achaparrados esparcidos como platós de rodaje.

Los neumáticos del Taurus hicieron crujir el asfalto yendo de una empresa a otra, todas cerradas a aquella hora. Excepto una.

Un único punto de luz brillaba sobre la entrada del último edificio del complejo. Era una farola victoriana que se alzaba como atrezo en medio de un macizo de begonias. En lugar de luz, la farola sostenía un letrero retroiluminado que a su vez lucía una ilustración de una farola, bajo la cual se leía: «Restauración Artesana de Carteles», en letras antiguas. El concepto a lo Magritte resultaba apropiado, dado que la fachada de ladrillo albergaba un negocio dentro de un negocio.

Evan aparcó y pulsó el timbre de un interfono. Instantes después, la puerta se abría y él entraba. Atravesó un corto vestíbulo con paredes de color violeta donde colgaban carteles de cine negro italiano de los años cuarenta. Otra puerta, otro timbre, y se encontró en un enorme taller de trabajo.

Grandes estanterías industriales cubrían las paredes, atestadas de todo tipo de suministros. Tarros de pinturas, disolvente de cemento y de caucho, pinceles de punta fina con el mango envuelto en cinta adhesiva, espátulas y cuchillas X-Acto. Rollos de lona militar, plástico Mylar y soporte de lino fino para carteles. Un revoltijo de escuadras de soporte y bastidores para lienzos. El lugar semejaba el taller de una fábrica, con varios restauradores inclinados sobre enormes mesas cuadradas de contrachapado, trabajando sobre carteles y grabados antiguos. Eran mesas con ruedas situadas al azar allí donde había espacio libre, y llegaban tan solo a la altura del muslo, lo que permitía a los restauradores realizar su tarea con mayor comodidad.

La mayoría de los pintores estaban enchufados a sus iPods con grandes cascos en sus orejas. Todos llevaban gafas; era un tipo de trabajo que forzaba la vista. Un hombre de pelo reluciente ajustaba un arrugado póster británico de *Chacal*, de un metro por dos, entre hojas de papel secante, y luego lo deslizaba en el interior de una prensa a tornillo de hierro fundido del siglo XIX. Junto a él, en una mesa con grifo, un trabajador rociaba un póster alemán de *M, el vampiro de Düsseldorf* verde oliva con un vaporizador de insecticida modernizado, mientras su compañero limpiaba suavemente una mancha con una esponja empapada en jabón Orvus, un detergente inodoro usado para ganado y para carteles. Hacía que el agua empapara más y penetrara mejor las fibras de papel. Los dos hombres pasaron rápidamente el póster a una mesa de succión, que se puso en marcha con estrépito. Era un aspirador que absorbió la humedad de debajo antes de que pudiera extenderse.

—¡Evan! ¡Aquí! Tienes que ver esto.

Melinda Truong, una mujer ágil con una cortina de pelo negro que le llegaba hasta la cintura, se incorporó en medio de un grupo de hombres que rodeaban una mesa de trabajo, y le hizo señas para que se acercara. Mientras él se abría paso hasta ella, un televisor colgado de la pared emitía las noticias de las diez. Evan alzó la vista para ver si hablaban del tiroteo del motel, pero el reportaje era sobre un congresista desaparecido.

El círculo de trabajadores se apartó con deferencia al acercarse él. Melinda tomó su rostro entre ambas manos y lo besó en las mejillas. Llevaba un jersey ceñido, leggins y unas zapatillas deportivas de elaborado diseño en color naranja. Remetido tras la oreja llevaba un pincel fino, con el mango envuelto en cinta adhesiva rosa. En la cintura, metido en una auténtica pistolera, llevaba un aerógrafo Olympos de doble acción que parecía una pistola de rayos de 1970. La empuñadura también estaba forrada con cinta adhesiva rosa. Era la única mujer en el taller, y le daba color a sus herramientas para evitar que sus hombres las cogieran prestadas.

Melinda tiró de la mano de Evan para que se girara hacia la mesa en torno a la cual se había reunido el pequeño grupo.

—A esta pobre chica la arrancaron de la vitrina de un cine en París. Después de la guerra, se pasó años en un húmedo almacén, luego la metieron en un baúl hasta junio pasado. Nos llegó en estado crítico.

Evan observó el objeto de su afecto, un cartel de Ginger Rogers en *Una mujer en la penumbra*, metido entre láminas de plástico Mylar. Tenía múltiples rotos, agujeros y pliegues.

—Parece hecha jirones —dijo Evan.

—Deberías haberla visto antes de que llegara a nuestras manos. Tuvimos que desmontarla, limpiarla, quitarle los residuos de cinta adhesiva con Bestine. Ahora la estamos parcheando con papel *vintage*. Valdrá seis cifras cuando hayamos acabado. Su dueño estará encantado. Por supuesto a él solo le facturamos a uno veinticinco la hora. —Sus largas pestañas cayeron en un gracioso guiño—. Nada comparado con lo que se cobra por nuestros servicios «especiales».

Melinda pareció fijarse por primera vez en los empleados que la rodeaban.

—¿Y bien? —dijo ásperamente en su lengua materna—. ¿A qué estáis esperando? ¡De vuelta al trabajo!

Mientras ellos se ponían de nuevo en movimiento, Evan señaló con la cabeza un póster de *Frankenstein y el Hombre Lobo* sujeto en la mesa vecina.

—¿Y qué me dices de ese?

—¿Este muchacho? —Melinda sonrió, mostrando hileras perfectas de dientes como perlas—. Es atractivo, ¿eh? Lo han dañado y restaurado unas cuantas veces, como a la mayoría de los hombres buenos. —Soltó una esquina del póster para mostrarle el revés—. Tiene todos estos sellos de coleccionistas para establecer su procedencia. Pero...

Gritó una nueva orden hacia el otro extremo del taller, e instantes después las luces del edificio se apagaron con una serie de ruidos metálicos. Encendió el emisor de luz ultravioleta que llevaba en la mano, y los verdes y blancos del póster se volvieron súbitamente luminiscentes.

—Falso, ¿lo ves? El brillo lo delata. Hicieron una copia con impresora de tinta, la pegaron a un soporte antiguo y la estropearon intencionadamente. —Las luces volvieron a encenderse. Melinda arrancó el cartel de la mesa y Frankenstein desapareció en un archivador de anchos cajones planos. Sonrió muy ufana—. Reconozco una buena falsificación cuando la veo.

Enlazó el brazo en el de Evan y lo condujo por un pasillo posterior que olía agradablemente a petróleo.

—El negocio de los carteles, Evan, es como el Salvaje Oeste.

—Eso parece.

Entraron en un estudio de fotografía con las paredes oscuras y las ventanas cegadas para impedir reflejos mientras se hacían fotografías. Una buena excusa para tener una habitación impenetrable en la parte de atrás en la que se realizaban negocios de cierto tipo.

—¿Hace cuánto... seis meses? —preguntó ella—. ¿Has venido porque me echabas de menos?

—Por supuesto. Pero no solo eso.

—¿Necesitas otro carnet de conducir? ¿Una tarjeta de la Seguridad Social? ¿Un visado?

—No he tenido ocasión de usar los que tengo.

Los labios de Melinda se curvaron levemente hacia un lado.

—¿Me has traído una pista sobre un cartel alemán de *Metrópolis*?

Aquel era el Santo Grial de Melinda (y de cualquier otro tratante en carteles de cine), y valía más de un millón de dólares. En todo el mundo solo se sabía de la existencia de tres.

—Me temo que no. —Evan sacó el pasaporte de Katrin del bolsillo y se lo entregó.

Melinda lo miró un momento, lo cogió y pasó el pulgar por la foto. Ladeó la cabeza coquetamente.

—¿Debería estar celosa?

Después de dejar el pasaporte sobre la mesa de trabajo, abrió y cerró varios cajoncitos llenos de sellos de aduanas.

—¿Quieres que haya estado en la India? —Sacó uno de los sellos más grandes—. ¿O en las Galápagos? Este tan complejo es el que te ponen en Baltra. —Estampó el sello en un papel y se tomó su tiempo para admirar su obra.

—No. No necesito añadidos. Necesito saber si es auténtico.

Melinda enarcó sus finas cejas, pero ni siquiera entonces apareció una sola arruga en su impecable cutis. Se acercó a un microscopio binocular AmScope conectado a un ordenador para captar las imágenes. Adoptando un aire profesional, se echó la larga melena por encima de un hombro y se inclinó sobre el amplio ocular montado sobre un brazo saliente. Estudió la tapa del pasaporte, las uniones, y varias páginas bajo distintas luces especiales.

Luego pasó un rato en el ordenador, revisando las imágenes captadas. Volvió al pasaporte en sí, esta vez con una lupa, y examinó la foto centímetro a centímetro.

—Es auténtico —afirmó.

—¿Seguro?

Ella se irguió, borró las imágenes del ordenador y luego también la caché.

—Es muy difícil falsificar un pasaporte, Evan. Usan un papel imposible de reproducir.

—¿Incluso con planchas metálicas grabadas?

—Imposible —repitió ella, meneando la cabeza.

—¿Y si fuera con serigrafía a partir de una impresión de Photoshop de alta resolución?

—Ni siquiera yo podría lograr esta nitidez en el pixelado.

Eso lo decía todo.

Melinda resopló.

—Mira, quizás alguien podría reproducir la herramienta para grabado en relieve de las imágenes de seguridad, pero ¿estos hologramas? Ni hablar. Este pasaporte no tiene ningún defecto. —Sostuvo la mirada de Evan un momento más, adivinando quizá que necesitaba convencerse del todo—. No es una falsificación. No es una buena falsificación. No es una magnífica falsificación. —Le devolvió el pasaporte con un habilidoso giro de muñeca—. Es su pasaporte.

26

Nervioso

Sentado en su centro de mando personal en la húmeda penumbra de la Bóveda, Evan bebía dos dedos de U'Luvka con hielo y revisaba los vídeos de vigilancia del *loft*. Katrin tenía un sueño irregular y se agitaba presa de una desagradable pesadilla. Tenía razones para estar nerviosa.

También él estaba nervioso, y no era una sensación a la que estuviera acostumbrado.

A lo que estaba acostumbrado era a piezas de rompecabezas que faltaban, a ecuaciones que no acababan de ser congruentes, pero en este caso había algo más importante que no encajaba. No sabía cómo los habían encontrado a Katrin y a él, no una vez, sino dos. No sabía quién quería matarlos. No sabía si podía confiar en su cliente.

Rebobinó las imágenes para confirmar que Katrin no había salido del *loft*. Ni siquiera se había movido del futón. A continuación intentó recuperar las lecturas de los microchips introducidos en el sistema de Katrin para comprobar si captaba la señal GPS, pero no recibió nada. Seguramente había pasado demasiado tiempo desde su última comida, y los jugos gástricos no se habían estimulado lo suficiente para cargar las partículas sensoras en el aparato digestivo.

Sus normas exigían que se centrara en sus perseguidores. Y luego, en la gente de Las Vegas que los habían contratado.

Aparte del número de teléfono del asesino de Sam, tan imposible de rastrear como el suyo, la única información concreta de que disponía era el apodo que había oído nombrar durante el asalto al motel: «Hemos perdido a dos, Slatch.»

El monitor a la izquierda de Evan mostró los resultados del NCIC, el índice informatizado del Centro de Información Nacional contra el Crimen, el orgullo del FBI. Desde que había introducido «Slatch» en la Base de Alias, su potente motor de búsqueda y procesamiento de datos había puesto a trabajar todos esos dólares en impuestos que él no pagaba.

Finalmente aparecieron tres resultados. El primero, Julio *Slatch-Catcher* Márquez, miembro de una banda mexicana que cumplía diez años de condena en Lompoc por robo a mano armada. Debajo, Evelyn Slatch-Donovan, una madama de Hollywood vinculada con el crimen organizado. Evan los descartó a ambos y clicó en el tercero. Solo existía una foto de Danny Slatcher en las bases de datos federales, tomada por una cámara de vigilancia, en la que aparecía en un embarcadero abandonando una lancha motora, con un sombrero panamá y gafas de sol disimulando sus facciones. Pero su voluminosa figura, corpulenta y fondona, era sin duda la del hombre al que Evan había divisado en el aparcamiento del motel.

Empezó a palpitarle la vena del cuello y se le aceleró el pulso por la excitación de haber logrado una pista.

En la mano derecha, Slatcher llevaba una funda Pelican alargada del mismo tamaño que la que usaba el propio Evan para transportar un fusil. Parecía muy probable que Slatcher fuera el hombre tras la mira telescópica que había disparado a Katrin en Chinatown. Por el momento trabajaría sobre esa base.

Dos nombres aparecían como socios conocidos de Slatcher. El primero, señalado como «fallecido», había sido un banquero corrupto de las Islas Turcas y Caicos. Su expediente mostraba lo que cabía esperar de alguien que se había dedicado al blanqueo de dinero. Círculos concéntricos que no se tocan.

El siguiente proporcionaba una serie de fotos borrosas de una mujer con una espesa melena (seguramente una peluca), que conducía una Kawasaki verde y blanca sin casco. «Candy McClure.» Tal vez fuera la mujer del Scion, pero resultaba difícil dilucidarlo. No había más información sobre ella, tan solo unas cuantas fotos borrosas y un nombre.

Movió el cursor y clicó sobre el historial delictivo de Danny Slatcher.

Lo que vio cortó su entusiasmo de raíz.

«Expediente censurado.»

Dos palabras con múltiples implicaciones. Por no mencionar las complicaciones.

Se percató de que tenía los dientes apretados. Clicó en el siguiente enlace para ver el expediente de Slatcher en la base de datos de criminales violentos de la ATF, la Agencia de Alcohol, Tabaco, Armas de Fuego y Explosivos, sabiendo ya lo que iba a encontrar.

«Expediente censurado.»

Y el siguiente. Y el siguiente.

Depositó el vaso con un tintineo del cristal y miró a *Vera*, que descansaba en su montículo de guijarros de cristal. Pero la planta no tenía nada que ofrecerle.

Danny Slatcher no era un pistolero de tres al cuarto. Tampoco era un sicario de lujo de la mafia. Era algo mucho más mortífero.

A Evan no le gustaba la idea que erizaba el vello de su nuca y le revolvía los ácidos gástricos. Ahora sabía que debía ir a Chinatown, al lugar donde Slatcher se había apostado, para reconstruir el tiroteo desde el otro lado de la mira. Tanto si la Policía de Los Ángeles tenía aún el edificio acordonado como si no, Evan tenía que introducirse en la escena del crimen.

27

Al ratón y al gato

El Lotus Dim Sum parecía de nuevo a pleno rendimiento. Habían reparado las ventanas y se habían barrido los cristales rotos de la acera. Dos días después del tiroteo, el apartamento situado enfrente seguía controlado por la Policía.

Oculto entre las sombras, bajo la brillante pagoda de entrada a Chinatown Plaza, Evan observaba el apartamento de la última planta del edificio. Masticaba galletas de almendras que sacaba de su pulcro envoltorio, que llevaba en una bolsa de papel. Aunque se había puesto una fina película de Super Glue en la yema de los dedos, aún notaba claramente la textura de la harina horneada. Prefería el Super Glue a los guantes porque no llamaba la atención y le proporcionaba mayor precisión táctil. El edificio de apartamentos que había usado Slatcher parecía el más agradable en la apretada hilera que constituía Broadway. Los edificios contiguos resultaban cutres en comparación, con la pintura desconchada y los balcones sirviendo de almacenes rebosantes de bicicletas y tablas de surf, plantas secas y ropa tendida.

En sus anteriores pasadas con el coche, Evan había descubierto que Slatcher no había disparado desde una ventana, como había supuesto en un primer momento, sino a través de la puerta cristalera de un balcón. El suceso en sí (un francotirador disparando sobre un restaurante atestado y provocando una estampida) entraba dentro del ámbito terrorista, por lo que la Policía de Los Ángeles había respondido con un despliegue de fuerza en consonancia, y había puesto el edificio en cuarentena. Se veían tres coches patrulla aparcados a intervalos en la acera. Neones amarillos y rojos arrojaban su luz desde la pagoda, dibujando patrones sobre el rostro de Evan mientras esperaba y vigilaba, tratando de averiguar dónde estaban apostados los policías.

Varios permanecían en sus vehículos. Agentes de uniforme comprobaban la identidad de gente en la entrada principal, el aparcamiento, la puerta de atrás y las laterales. Dos más patrullaban por el interior y aparecían a la vista de vez en cuando en las ventanas de las escaleras. Evan cronometró sus rutinas, fijándose en que pasaban más tiempo en la tercera planta. Una agente entró en el apartamento usado por el francotirador durante su ronda, y apareció al otro lado de la puerta cristalera comprobando las habitaciones, la cocina, el balcón. No había modo humano de entrar en el edificio por medios convencionales.

Un cambio en la dirección del viento hizo que llegara hasta él el ruido de las fichas de Mahjong desde una trastienda al otro lado de la plaza. Evan se comió la última galleta, tiró el envoltorio a una papelera y se apresuró a cruzar la calle, saludando con la cabeza al poli que bebía café tras el volante de su coche patrulla.

Entró en el edificio contiguo al usado por Slatcher y subió al cuarto piso en ascensor. Desde la calle había inspeccionado el apartamento del final del pasillo, donde las luces permanecían apagadas. Una corona de acebo de plástico acumulaba polvo en la puerta. La cerradura era un insulto a su nombre; Evan la forzó con un simple pase de una tarjeta de crédito.

Por la puerta abierta del dormitorio que daba al minúsculo recibidor salía un ronquido jadeante. La vieja moqueta amortiguó los pasos cuando atravesó el apartamento hasta el balcón. El leve chasquido de la venerable puerta cristalera al deslizarse por sus rieles apenas se oyó con el silbido del viento. Sin detenerse, Evan salió al balcón, se agarró a la barandilla, giró y deslizó las manos por los barrotes hasta quedar colgado desde el cuarto piso sobre la calle. Con un ligero balanceo de las piernas se dejó caer en el balcón de abajo, aterrizando en la zona que dejaban libre una hilera de tablas de surf y una mininevera.

A través del cristal sucio de la puerta cristalera distinguió la cena que se estaba celebrando en una estancia contigua. Brindaban entrechocando copas de vino sobre una mesa perfectamente dispuesta. Se oían risas femeninas y olía a pollo asado.

Evan dio la espalda a los comensales y desvió la vista al otro lado del callejón, donde estaba el edificio del francotirador. Estaba demasiado lejos para saltar. Pero no pretendía hacerlo.

Sacó una larga tabla de surf de la hilera del balcón, la levantó y la extendió horizontalmente por encima del callejón hasta que la punta quedó trabada en el balcón de delante. Depositó la parte posterior de la tabla sobre la barandilla y luego se encaramó a ella con cuidado, preparándose para su número de equilibrista. La tabla de surf se balanceó ligeramente cuando empezó a avanzar poco a poco sobre el callejón.

Un paso cauteloso. Otro.

Desde abajo le llegó el ruido de la puerta de un coche que se cerraba de golpe. Miró el coche patrulla de la calle. El corpulento poli (al que había saludado al cruzar la calle) se había apeado del coche. Con un vaso de plástico en la mano, se metió en el angosto callejón, pasando justo por debajo de Evan, que se quedó inmóvil con los brazos levemente extendidos, como un pájaro a punto de echar a volar. La tabla se bamboleó, amenazando con caer. Evan tensó los muslos y las pantorrillas en un doloroso esfuerzo por mantenerla controlada. El poli arrojó el vaso de café en un contenedor y, tras subirse los pantalones, regresó al coche patrulla y cerró la puerta con un sonoro golpe.

Evan exhaló un suspiro.

Siguió avanzando. Unos dolorosos pasos más lo llevaron hasta el balcón opuesto. Saltó al interior, tiró de la tabla de surf y la apoyó detrás de un alto helecho con intención de recuperarla para realizar el camino inverso. Había luces encendidas en el interior del apartamento, pero no se veía a nadie. Forzó el pestillo barato de la puerta cristalera, atravesó la habitación en diagonal y salió al balcón que daba al oeste, a Broadway. Dándose impulso, saltó desde allí a otro balcón y luego a otro paralelo, pasando sin ser detectado por delante de una pareja acaramelada y luego de dos hombres adultos absortos en el juego de *Grand Theft Auto*.

Lanzó una mirada somera al otro lado de Broadway. Desde

allí tenía un ángulo de tiro perfecto para disparar contra el restaurante, pero el resto de la plaza quedaba prácticamente oculta. Los disparos posteriores de Slatcher tenían que proceder de un lugar más alto. La azotea.

Evan se dio la vuelta para mirar hacia el apartamento del balcón en el que estaba. En el cristal de la puerta alguien había cortado un círculo perfecto del tamaño de un Frisbee justo al lado del picaporte. El agujero se había realizado usando un cortador de vidrio con ventosa de succión, una de las herramientas favoritas de los ladrones. Y de los francotiradores. Evan sabía por experiencia lo útil que resultaba el hueco que se dejaba en el cristal: se evitaba la refracción de la bala y tener una puerta sospechosamente abierta, así como la corriente de aire que movía una cortina y llamaba la atención. Era evidente que el apartamento no estaba ocupado, ya que la habitación se había aspirado y limpiado para mostrarla a inquilinos potenciales. La puerta principal quedaba justo enfrente del balcón.

Evan estaba a punto de meter la mano por el agujero del cristal para correr el pestillo cuando se abrió la puerta del apartamento. Giró sobre sí para ocultarse justo cuando la agente entraba y recorría la habitación con su linterna. Evan pegó la espalda a la pared de estuco del balcón, esperando que se encaminara primero a la cocina igual que en sus rondas anteriores, pero el haz de la linterna se movió de arriba abajo, acercándose.

La agente se dirigía al balcón.

Evan dio un pequeño salto hacia arriba para aferrarse al borde plano de la azotea. El pestillo hizo un ruido metálico cuando la agente abrió la puerta del balcón. La hoja empezó a deslizarse ruidosamente. Evan levantó las piernas por encima de las manos en una variante de la rotación de un gimnasta en la barra fija. Cuando la agente salía al balcón, Evan se deslizó silenciosamente sobre el estómago y soltó el borde de la azotea. Su camisa crujió un poco al rozar la tela asfáltica granulada, y el haz de luz de la linterna se desvió bruscamente hacia el borde de la azotea, creando un efecto de ciencia ficción. El haz recorrió el borde de hormigón. A Evan le llegaba un levísimo vestigio del perfume de la mujer.

Finalmente el haz de luz descendió. Los pasos se retiraron, la puerta se cerró y Evan pudo respirar. Alzó la mirada para contemplar la clara vista de la plaza y el nítido ángulo de visión del callejón donde Katrin y él se habían metido en el monovolumen mientras les disparaban.

Así pues, después de que Evan hubiera sacado a Katrin del restaurante, Slatcher se había encaramado a la azotea y había disparado los siguientes tiros desde allí. Todavía tumbado boca abajo, volvió la cabeza. Justo al lado, sobre la tela asfáltica, se elevaba el sombrerete cónico del respiradero de la calefacción. Vio el perfil del soporte, sujeto a la azotea con tornillos. De los cuatro tornillos, dos apenas estaban atornillados.

Alguien había retirado el sombrerete y lo había vuelto a colocar a toda prisa.

Evan rodó sobre sí mismo, quitó los tornillos y levantó el sombrerete. Sacó una pequeña Maglite de uno de los bolsillos de sus pantalones de camuflaje y dirigió el potente haz de luz por el conducto que había quedado al descubierto.

En efecto, había un fusil de francotirador encajado en una junta del conducto unos diez metros más abajo.

Parecía un modelo policial McMillan de calibre 308, fácil de adquirir, difícil de rastrear por ser bastante corriente. Dejar el arma en el lugar era propio de un asesino a sueldo de élite, demasiado listo para conservar un arma que más tarde podría someterse a pruebas forenses. Cerca del cañón del fusil había un par de guantes de látex, astuta decisión, ya que los guantes de piel dejan unas huellas características. Al lado había aterrizado un objeto blanco con forma de copa. Evan se concentró en él hasta que descubrió que se trataba de una mascarilla de médico.

Sintió que la adrenalina le corría velozmente por las venas.

Antes de huir, Slatcher no solo se había deshecho del fusil y de los guantes que tendrían residuos de pólvora. El toque profesional había sido la mascarilla. De haber sido arrestado al abandonar la escena del crimen, y si le hubieran hecho un frotis nasal para detectar residuos de pólvora en la nariz, la mascarilla le habría garantizado un resultado negativo.

Un ruido sobresaltó a Evan, sacándolo de sus pensamientos:

la puerta de acceso a la azotea abriéndose de golpe. Lo habrían divisado al instante de no ser porque la puerta se abría en la dirección contraria a la que estaba él. La agente tendría que rodear la estructura de hormigón donde estaba la puerta para descubrir a Evan.

Reaccionando con rapidez, agarró el sombrerete cónico del respiradero y volvió a encasquetarlo en el conducto. Rodando ya en dirección al borde de la azotea, hizo saltar por los aires los tornillos sueltos con el dorso de la mano. Llegó rodando hasta el borde de la azotea y se agarró a él. Justo en ese momento vislumbró fugazmente la luz de la linterna que aparecía por detrás de la estructura de la puerta de acceso a la azotea.

Su peso hizo que sobrepasara el borde limpiamente. Se soltó y dobló las rodillas para amortiguar la caída al aterrizar en el balcón. Terminó justo delante del agujero cortado en la puerta cristalera.

Desde abajo le llegó el ruido de los tornillos al chocar finalmente contra la acera. Metió la mano por el agujero, abrió la puerta cristalera y la deslizó lentamente para abrirla y entrar. Al cerrarla oyó el crujido de las pisadas de la agente en la azotea. La linterna barrió el balcón a lo largo del borde de la azotea, pero Evan estaba a salvo, dentro de la casa.

Estaba tentando a la suerte con aquel pequeño juego del gato y el ratón. Tenía que moverse con rapidez. Ladeando la cabeza, revisó la zona cuidadosamente aspirada de la moqueta iluminada por la luna. Había huellas de botas de la Policía por todas partes, pero en una zona la moqueta mostraba tres marcas que formaban un triángulo.

El trípode de un francotirador.

La luz de la linterna desapareció del balcón y Evan oyó los pasos de la agente volviendo a la puerta de acceso a la azotea.

Evan inspeccionó el techo sobre las marcas de la moqueta y, como esperaba, detectó un brillo metálico. Era una grapa incrustada en el techo de gotelé. El techo era lo bastante bajo para que Evan pudiera alcanzarlo si se ponía de puntillas, y así consiguió arrancar la grapa. Debajo había un pequeño trozo de tela, un pedazo que había quedado atrapado bajo la grapa seguramente cuando la Policía científica había quitado la cortina de pantalla. El propósito de la cortina era ocultar a la vista al francotirador. Evan sostuvo el trozo de tela en alto en dirección a la ventana para que lo iluminara por detrás el resplandor de neón de la pagoda. Era muy fina, por supuesto, para que Slatcher pudiera ver y disparar a través de la tela, pero no lo bastante opaca como para impedir que el sol se reflejara en la mira y se viera el destello.

Katrin y él habían quedado en verse a mediodía. El desplazamiento hasta Chinatown los había situado en el restaurante a las doce y media, justo cuando el sol de Los Ángeles alcanzaba su cenit.

Si Evan hubiera llegado al restaurante a cualquier otra hora del día, no habría captado aquel destello. Dedicó unos instantes a pensar sobre aquel golpe de buena suerte, y luego exhaló un suspiro y volvió a centrarse en la habitación.

Finalmente se colocó detrás del punto donde había estado situado el trípode. La única foto existente de Danny Slatcher lo mostraba llevando un estuche Pelican en la mano derecha, de modo que Evan adoptó la postura de un tirador diestro con un rifle imaginario, mirando por una mira igualmente imaginaria.

Lo que vio confirmó sus peores temores; apretó la mandíbula hasta que notó que le palpitaba.

A través del círculo cortado en la puerta cristalera, tenía un ángulo de visión perfecto del restaurante. Teniendo en cuenta dónde se había sentado él, su cuerpo habría bloqueado un disparo a Katrin.

Slatcher no la apuntaba a ella.

Apuntaba a Evan.

28

Cruce infernal

Evan paseaba por el río Los Ángeles para aclararse las ideas. Era el río de aspecto más dudoso del país, apenas un hilo de agua contaminada que discurría por un amplio canal de hormigón. Había matorrales esparcidos en las orillas, y grafitis que adornaban los laterales inclinados de la cuenca. Personas sin hogar yacían como sacos de grano durmiendo, o tal vez borrachos o muertos, o simplemente exhaustos. Se hallaba en pleno centro de la ciudad y, sin embargo, hundido allí abajo, aquella depresión parecía un desolado mundo subterráneo, aislado de Dios y los hombres.

El aire de diciembre azotaba el cuello de Evan mientras él avanzaba esquivando carritos de supermercado volcados, neumáticos sueltos de semirremolques, alguna que otra carrocería de coche cubierta de musgo, abandonada por algún musculitos que había intentado imitar al Danny Zuko de *Grease*, haciendo carreras de coches cuando el río se quedaba sin agua.

Se oía el rumor del tráfico por todas partes, invisible salvo por las luces de los coches que, semejantes a sables de luz, penetraban la oscuridad que reinaba sobre el río, y por el reconfortante ruido que resonaba en las paredes de la cuenca como un murmullo primordial de sangre circulando por las venas. Evan había llegado a la zona del río que discurría bajo la intersección este de Los Ángeles, el cruce infernal entre la autopista 101, la ruta estatal 60 y las interestatales 5 y 10. En alguna parte había leído que se trataba de la intersección más transitada del mundo, que diariamente lanzaba a medio millón de vehículos por su laberinto de anillos viales.

Evan comprendió por qué había ido a aquel lugar para realizar la llamada que estaba a punto de hacer: era un recuerdo tranquilizador de su anonimato en aquella inmensa y atestada ciudad.

Las balas que se habían disparado contra el Lotus Dim Sum iban destinadas a él. Alguien había puesto a Danny Slatcher sobre su pista, en su punto de mira. Y Katrin no era el cebo. No podía ser el cebo. Porque Evan sabía calar a las personas. Jack le había enseñado cómo hacerlo, él y ocho expertos en guerra psicológica a lo largo de varios años de entrenamiento y de incontables acciones sobre el terreno después. Las lágrimas de Katrin habían sido auténticas, igual que su miedo. Lo que significaba que él la había arrastrado a ella consigo. Había arruinado su vida. Había hecho que mataran a su padre.

De las innumerables preguntas que le acuciaban, una destacaba por encima de todas: ¿quién había contratado a Danny Slatcher para que lo matara?

Sin duda, Evan se había granjeado muchos enemigos. Como agente encubierto, eran muchas las muescas que lucía en su empuñadura, y había añadido bastantes más trabajando por su cuenta. Quien pretendía asesinarlo podía ser cualquiera, desde un líder insurgente extranjero hasta un vengativo pariente de alguien a quien Evan hubiera liquidado. En cualquier caso, se trataba de alguien que llevaba tiempo desarrollando un inteligente plan, esperando y vigilando, interpretando patrones y recogiendo pistas, igual que habían enseñado a hacer a Evan durante su entrenamiento.

Evan llegó a una zona sombreada bajo un paso elevado, libre de campamentos de indigentes, prostitutas o drogatas. Un lugar aislado en pleno centro de la ciudad. A sus oídos llegaba el rumor del agua, y su olor húmedo y frío le llenaba los pulmones. Alzó su robusto móvil y marcó el número del hombre que había asesinado a Sam White.

Sonó una vez. Y otra.

Se oyó un clic, pero no habló nadie.

—¿Cuál eres? —preguntó Evan.

Silencio. Y luego una voz familiar dijo:

—¿Qué?

—¿Qué Huérfano eres?

De algún lugar de otra dimensión llegó un chirrido de neumáticos y el estrépito de una bocina. La luz de la luna rielaba en la turbia superficie del agua que discurría lentamente. Unos cuantos murciélagos agitaron las alas frenéticamente bajo el paso elevado, luego volvieron a aposentarse plácidamente en la penumbra.

Por fin la voz sonó en el oído de Evan.

—Algunos dicen que el mejor. Hasta que llegaste tú. Ahora parece ser que hay ciertas discrepancias al respecto... —una breve pausa, regodeándose— ¿no es así, Huérfano X?

Al oír su pseudónimo en voz alta por primera vez en casi una década, Evan sintió que le zumbaban los oídos. Lo habían identificado. Habían descubierto su nombre. Había llegado el momento que había estado temiendo durante dos tercios de su vida.

Evan se apartó el móvil de la boca, carraspeó, volvió a acercárselo a los labios y devolvió el favor.

—Huérfano Cero —dijo.

—En efecto.

¿Quién mejor para seguirle el rastro al Hombre de Ninguna Parte que un antiguo Huérfano? La persona que quería a Evan muerto había hecho averiguaciones en los círculos correctos y luego había contratado al mejor. Y el mejor era no solo un Huérfano como Evan, sino uno de los pocos que podía relacionar al Hombre de Ninguna Parte con el Huérfano X. Probablemente Danny Slatcher no sabía el verdadero nombre de Evan, pero comprendía los difusos contornos de la identidad de Evan igual que este comprendía los suyos.

Pensó en el expediente censurado de Slatcher. Pensó en el desmantelado Programa Huérfano, en todos aquellos agentes entrenados y ahora sin trabajo, libres de todo propósito y supervisión, abandonados a su suerte para encontrar trabajo y un significado a su vida. Pensó en el rostro de Katrin al oír el disparo a través del teléfono, y el golpe del peso muerto del cuerpo de su padre al golpear el suelo.

Evan notó que su mano apretaba el móvil con fuerza. «Nunca lo conviertas en algo personal. Nunca lo conviertas en algo personal. Nunca...»

Un negro vacío inundó su pecho, ahogando todo pensamiento racional, ahogando el sonido de los coches a su alrededor, la voz de Jack en su cabeza, los propios Mandamientos.

—No deberías haber matado a Sam White —dijo.

Colgó y se encaminó de vuelta al coche.

Danny Slatcher dejó el teléfono a un lado y recostó su corpulenta figura en el cabecero. El canapé crujió bajo su peso. Candy salió del cuarto de baño totalmente desnuda, salvo por la raída toalla del motel enrollada en torno a la cabeza, y le lanzó una mirada inquisitiva. Él no la miró.

Candy captó su expresión y volvió al cuarto de baño.

El brazo de Slatcher era tan largo que alcanzaba la redonda mesa de madera del desayuno desde la cama, sin apenas inclinarse. Levantó la delgada caja metálica y se la puso sobre el regazo.

En el interior yacían las diez uñas postizas y la lente de contacto de alta definición en sus moldes de caucho, como reliquias futuristas.

Se ajustó todo el equipo con una facilidad que encontró levemente desagradable.

El cursor virtual parpadeó en el espacio a menos de un metro de su ojo derecho, mientras esperaba a que Top Dog aceptara su petición. Finalmente el cursor pasó del rojo al verde.

Slatcher alzó las manos como un pensativo concertista de piano y luego tecleó: TENEMOS UN PROBLEMA.

29

Aparecía y desaparecía

—Espere —dijo Katrin—. Espere un momento. —Katrin dio una vuelta por el diminuto *loft*, pasando la mano por el cristal tintado que constituía la pared que daba al oeste. Los dedos produjeron un desagradable ruido en el cristal—. ¿El objetivo es usted?

Mientras él le contaba lo que había descubierto en Chinatown, ella se había ido poniendo cada vez más tensa, hasta dejar ver la tirantez de los músculos de su cuello. Y todavía estaba intentando asimilar todas las posibles ramificaciones.

—A ver si lo he entendido bien —dijo Katrin—. Ahora hay dos grupos de gente persiguiéndonos. Mis tipos malos y sus tipos malos.

—No creo que sea eso —dijo Evan—. Creo que mis tipos malos relevaron a los suyos. Les pagaron para que les dejaran el camino despejado.

—¿Por qué piensa eso?

—Porque es lo que haría yo.

—Pero ¿cómo es posible que los tipos que le persiguen a usted sepan siquiera quién soy yo?

—Debieron seguirle la pista de alguna manera cuando se dieron cuenta de que iba a ponerse en contacto conmigo.

—¿Cómo?

—Aún no lo sé. Quizá por Morena. Quizá por una llamada interceptada, aunque no sé cómo...

—Entonces, ¿qué?

—Descubrieron su situación, que debía un montón de dinero a cierta clase de personas.

—¿Consiguieron descubrir algo así?

—Igual que lo habría descubierto yo, sí.

Ella lo miró unos instantes, luego meneó la cabeza con repugnancia o incredulidad, y volvió a pasearse de un lado a otro. Cuando estaba de espaldas, Evan sacó su pasaporte del bolsillo y lo metió en su bolso, que estaba sobre la encimera. El asco que sentía hacia sí mismo se transformó en una bilis amarga en su boca.

Katrin dio media vuelta justo cuando él retiraba la mano.

—¿Pagaron dos millones cien mil dólares?

—Así es.

—¿Solo para encontrarle a usted?

—Ajá.

—¿Cómo es que vale tanto? ¿Quién es usted? —Alzó las manos en el aire—. Ya. Evan. El Hombre de Ninguna Parte.

Él se quedó mirándola desde detrás de la isleta de la cocina.

Ella levantó una mano para apretarse la sien. El corte de la mejilla prácticamente había desaparecido, tan solo era una marca diminuta en el pómulo.

—¿Por qué quieren matarlo?

—No lo sé.

—Pero compraron mi deuda para atraerlo. Compraron a mi padre. ¿Son los que... los que mataron a mi padre?

La respuesta surgió como un cristal roto.

—Sí.

Había dos surcos en las mejillas de Katrin que brillaban a las luces parpadeantes de la ciudad.

—Lo siento —añadió Evan.

Katrin se enjugó la cara.

—Y sus tipos malos, ¿son todavía más peligrosos?

Él asintió.

—¿Más peligrosos que los sicarios que contrataron los de Las Vegas?

Volvió a asentir.

—Y ahora sé demasiado... lo que le hicieron a mi padre, lo del motel, que le persiguen a usted. Así que ni siquiera puedo huir. Ahora corro un peligro mayor. Por su culpa.

Evan apoyó las palmas sobre la encimera Caesarstone, sobre la que había esparcidos los elegantes recipientes negros del vecino restaurante Robata; Katrin estaba comiendo al llegar él. Champiñones a la mostaza, langostinos tigre con pesto yuzu, trozos de solomillo con mantequilla de erizo de mar; los intensos aromas hicieron que a Evan se le agitara el estómago. A un lado, entre los pliegues de la bolsa que forraba el cubo de basura, estaba la botella de Powerade que había tirado. Al verla, Evan notó un nudo en la garganta y el rubor de la culpabilidad tiñéndole la cara. Momento que eligió su móvil para emitir un pitido semejante a un sonar.

Era la señal de GPS, ahora activa, que se transmitía desde el aparato digestivo de Katrin hasta el parche disimulado detrás de su oreja y de ahí al bolsillo de Evan.

La alerta de submarino volvió a sonar y Evan puso su móvil en silencio.

—¿Qué es eso? —preguntó ella.

—Nada que importe ahora.

Por suerte, Katrin había iniciado otro agitado paseo por el *loft*.

—Por Dios, ¿no se supone que ha de ayudarme? ¿No era ese el trato? El número de teléfono mágico. «¿Necesita mi ayuda? Nunca he perdido a nadie.» Se suponía que iba a protegerme...

—Y lo haré. —Evan se tomó unos segundos para serenar su tono—. Si confía en mí, la protegeré. Pase lo que pase. Eso es todo lo que tenemos. ¿Me entiende?

Ella se dio la vuelta, iluminada por detrás por el lejano resplandor morado y rojo del Staples Center a través de la ventana. Desde el club que había al otro lado de la calle llegaba el sonido de una banda que tocaba una versión de Mumford & Sons. La letra de la canción no se entendía bien, pero el banjo sonaba con nitidez y emoción *(will wait, I will wait for you)*. Katrin llevaba una camiseta holgada que se le había deslizado por un hombro, dejando al descubierto el tirante de un sujetador negro, y tenía revueltos los largos cabellos. La tenue luz volvía más oscuro su rojo pintalabios color sangre, y sus ojos verdes brillaban por la franja de luz que arrojaba una farola de la calle.

—Así que ahora estamos solos usted y yo —dijo ella—, en todo el inmenso mundo. —Sus brillantes labios captaron el reflejo de las luces de la ciudad y, por un momento, volvieron a verse de color rubí. Una nueva lágrima surcó la perfecta piel de su mejilla. Apartó la cara—. Te perdono —dijo, tuteándolo.

Evan se humedeció los labios.

—Yo no.

Ella miraba por la ventana.

—Ven aquí.

Evan fue. Cuando estaba cerca, Katrin alargó la mano hacia atrás y lo agarró de la camisa. Tiró de él hasta que Evan se apretó contra ella por detrás. La presión era insistente. Evan respiró la fragancia de su pelo y sintió un súbito cambio al perder la concentración. Ella meneó las caderas haciendo que sus tejanos se deslizaran hacia abajo, y luego también cayeron los de Evan. Katrin tenía los pantalones en los tobillos. Levantó un pie para liberarse y dar un paso a un lado. Su espalda apareció suave y blanca al levantarse la camiseta. Evan colocó las manos sobre sus caderas y ella se ladeó solo un poco. Entonces se produjo una divina conjunción y los codos y las manos de ella se apretaron contra el cristal y su ritmo pareció encontrar eco en el pulso de neón de la ciudad. La respiración entrecortada de Katrin empañaba el cristal, el vaho aparecía y desaparecía, aparecía y desaparecía.

Después, mientras yacían en el bajo colchón de cara a la ciudad, Evan recorrió con un dedo la silueta de violonchelo del cuerpo de Katrin, siguiendo el contorno de su cadera. En el omóplato izquierdo, ella tenía el símbolo kanji de la pasión, aunque el tercer trazo horizontal era demasiado corto. Observaban las luces de los coches que circulaban por la Harbor Freeway.

—Todos esos coches ahí fuera —dijo ella—. Miro toda esa gente y pienso: ¿por qué yo? ¿Por qué no ellos? Es una tontería, lo sé, pero no puedo evitar pensarlo desde que empezó todo esto. Solo tengo ganas de rendirme. Pero en realidad no hay opciones cuando se vive una pesadilla como esta. Cuando la gente habla de ser duro, quizá solo se refiere a eso, a cuando no tienes otra alternativa. Simplemente hay que seguir adelante hasta que todo acabe.

Evan acarició su costado hasta que ella se durmió, y luego

abandonó el futón silenciosamente para no despertarla. Cayó en la cuenta de que más o menos había quebrantado el Tercer Mandamiento. Otra violación de una lista inviolable. Se estaba convirtiendo en una costumbre.

Se encaminó a la cocina y sacó una botella de agua del frigorífico. Oyó un leve zumbido al otro lado de la habitación.

Su RoamZone, vibrando en el bolsillo de los tejanos tirados en el suelo.

Se quedó paralizado. El suelo de madera estaba frío bajo sus pies descalzos, pero no tenía nada que ver con los escalofríos que recorrían su piel.

El Séptimo Mandamiento decretaba que solo podía dedicarse a una misión cada vez. Se lo había dicho a Morena con total claridad. «Dale mi número solo a una persona. ¿Comprendes? Solo una. Luego olvida el número para siempre.»

El móvil volvió a vibrar. Evan se acercó sigilosamente y lo sacó del bolsillo. No reconoció la identificación de la llamada. A menos de un metro de él, Katrin respiraba regularmente, dormida como un tronco. Evan se retiró hacia la cocina, abrió el grifo del fregadero para crear ruido de fondo y luego respondió.

Su voz sonó seca y ronca y tuvo que volver a empezar.

—¿Necesita mi ayuda?

—Sí. —Una desesperada voz masculina—. *Dios mío* —añadió en español—, más que nada. ¿Es cierto? ¿Es verdad que usted puede ayudar?

Evan alzó la vista hacia la forma dormida de Katrin, los trazos del kanji tatuado en el hombro desnudo.

—¿Dónde ha conseguido este número?

—Chica me lo dio.

Evan notó un vuelco en el estómago, una sospecha que empezaba a transformarse en algo más sólido.

—¿Cómo se llamaba?

—Morena Aguilar.

—¿Qué aspecto tenía?

—¡Una cría flacucha! Tiene quemadura en el brazo. Ella dice usted me ayuda. Ella dice usted salva a su hermana pequeña de hombre malo. Ella dice usted me ayuda también.

El aire nocturno pareció filtrarse a través de los poros de Evan con un frío que le erizó el vello. Los últimos cuatro días se ponían así de pronto, violentamente, en tela de juicio en todos sus aspectos.

Pensó en la rapidez con que había recibido la llamada de Katrin, apenas unos días después de que hubiera pedido a Morena que localizara a un nuevo desesperado. Pensó que en el Lotus Dim Sum ella había ocupado un asiento seguro, con el propio Evan bloqueando los disparos del francotirador. En lo fácilmente que le habían seguido la pista, primero hasta el restaurante, luego hasta el motel. Después reflexionó sobre su inesperado interlocutor.

¿Quién era el impostor?

Si era Katrin, Evan tenía que abandonar el *loft*, y rápidamente, antes de que Slatcher y su gente los cercaran.

Cruzó rápidamente la habitación. La puerta se abrió en silencio sobre sus bien engrasados goznes. Evan miró a un lado y otro del pasillo, pero no vio a nadie. Todavía.

Sus pensamientos se desviaron hacia Morena Aguilar, que vivía con su tía y su hermanita en Las Vegas. Tanto Katrin como el hombre del teléfono se habían referido a ella por su nombre y le habían dado su descripción. Morena había sido el punto de entrada; así era como Slatcher y su gente habían dado con la pista de Evan. De algún modo lo habían relacionado con Morena, la habían localizado y la habían utilizado para crear una historia que sirviera de cebo. Lo que significaba que ahora ella corría un grave riesgo. Si no estaba ya muerta.

Evan tenía que ir a Las Vegas y encontrarla.

Manteniendo la vigilancia del pasillo a través de una rendija en la puerta, volvió a centrar su atención en el teléfono.

—¿Cómo se llama usted?

—Guillermo Vázquez. Memo. Memo Vázquez. Estoy en problema muy grave. No tengo permiso de trabajo. No puedo ir a *policía*. Mi Isa, mi hija, ella también en peligro.

—¿Cuándo quiere que nos veamos?

—*Ahorita mismo. Por favor*, enseguida.

—¿Dónde vive? —preguntó Evan.

Vázquez le dio una dirección en Elysium Park, un barrio de

clase obrera dominado por bandas a la sombra del Dodger Stadium.

—El miércoles por la mañana —dijo Evan—. A las diez.

—Entonces podría ser mucho tarde —dijo Vázquez—. ¡Faltan dos días y medio!

Evan necesitaría esos dos días y medio como mínimo.

—*Por favor* —insistió Vázquez.

Intentaba precipitar el encuentro. Lo que, o bien era sospechoso, o bien era normal dadas las circunstancias en que solía encontrarse la gente que llamaba a Evan.

El pasillo seguía vacío. El ascensor, visible al otro lado del *loft* contiguo, se puso en marcha con un zumbido, pero pasó de largo por aquella planta sin detenerse. Evan lanzó una mirada a la silueta durmiente de Katrin por encima del hombro.

—Tendrá que ser el miércoles por la mañana —dijo, y colgó.

Volvió junto al futón y se quedó de pie, mirando a Katrin. Ella gimió levemente y se dio la vuelta. Un brazo le quedó cruzado sobre la frente, como una damisela en apuros de Roy Lichtenstein. Sus párpados se agitaron en sueños.

Guillermo Vázquez.

Katrin White.

Uno de los dos mentía.

Se sentó en cuclillas a cierta distancia frente a Katrin. Buscó la cámara en el móvil, pulsó la opción de visión nocturna, enfocó su cara y le hizo una fotografía.

Garabateó una nota rápida sobre la encimera de la cocina: «Haciendo comprobaciones. No salgas. Llámame en caso emergencia. E.»

Bajó por las escaleras, deteniéndose en todos los rellanos por si oía ruido de pasos. El aparcamiento estaba despejado. Subió al Taurus y salió a la calle. Condujo en círculos por el centro de la ciudad sin dejar de comprobar el retrovisor, hasta que se convenció de que estaba solo. Luego se metió en la autopista y se dirigió a Las Vegas.

Recordó a Morena Aguilar el día que la conoció. Con su rígida camisa de faena del Benny's Burgers, acurrucada en su silla como un animalito salvaje, atrapada pero indómita, dispuesta a llegar a cualquier extremo para proteger a su hermana. «Pero ¿ella? Ella no ha hecho nada malo en su vida.» Pensó en el destello de optimismo en sus ojos cuando hablaba de la casa de su tía, de un nuevo comienzo, y luego imaginó el enorme puño de Danny Slatcher llamando a su puerta.

Evan nunca había vuelto a ponerse en contacto con un cliente después de completada su misión. Con Morena, igual que con todos aquellos a los que había ayudado a lo largo de los años, había acordado que ella no se pondría en contacto con él ni él con ella. Pero el Décimo Mandamiento primaba sobre todo lo demás.

«Nunca permitas que muera un inocente.»

30

Su llamada estridente

La tía de Morena, una mole de mujer envuelta en varias capas de ropa de dormir, acudió a abrir, pero habló con Evan a través de la puerta con malla de seguridad. Lógico, dado que eran apenas las seis de la mañana y las estrellas aún brillaban en el cielo que se abría al amanecer.

No vivía en Las Vegas propiamente dicho, sino en un parque de caravanas en un distrito pobre de Henderson, la ciudad vecina. Se ajustó el cinturón del albornoz y echó la cabeza atrás haciendo resaltar su abundante pecho.

—¿Morena? No está aquí.

—Sé que quiere protegerla, señora —dijo Evan—. Pero ahora mismo no está segura. Soy...

—Sé quién es.

—¿Lo sabe?

Los ojos impávidos de la tía revelaron tan solo un destello de obsidiana.

—Tal vez, pero eso no cambia el hecho de que no sé nada.

—¿Puede decirme al menos si llegaron aquí sanas y salvas? —preguntó Evan—. ¿Carmen y ella?

Un solitario grillo se oía entre los matorrales secos que marcaban la entrada de la propiedad, lanzando su llamada estridente al seco aire del desierto.

La mirada de Evan se posó en un estuche de trompeta desvencijado que yacía junto a una pila de zapatos. Al percatarse, la tía de Morena cerró la puerta unos centímetros, limitando la visión de Evan, llenando el hueco con su cuerpo. Finas venas azules surcaban los pronunciados párpados superiores de la mujer. Su boca, caídas las comisuras en una expresión fija, parecía maternal y severa al mismo tiempo, como la mueca amenazante de una mamá osa dispuesta a pelear.

—Esté donde esté, está a salvo —respondió.

—Pídale que me llame. Ya sabe mi número. Por favor.

—Estará más segura si usted no la encuentra.

—No creo que sea así —dijo Evan.

—Puede creer lo que quiera —repuso ella, y le cerró la puerta suavemente en las narices.

Él se quedó plantado con aquel frío matutino, él y el grillo sin pareja, bajo la inmensa cúpula del cielo de Nevada. En el maletero llevaba un portátil con el que podía acceder a las bases de datos, obtener quizá los registros telefónicos de la casa, y tirar del hilo a partir de ahí. Sería un duro y largo esfuerzo de investigación comprobar todas las pistas, desechar los callejones sin salida.

Tiempo era lo que no tenía, dada la amenaza que pendía sobre Morena.

Empezaba a alejarse cuando oyó el silbido de un niño. No era un silbido, de hecho, sino el siseo del aire al pasar a través de unos labios fruncidos. Una ventana lateral se abrió ruidosamente y una pequeña figura salió dando una voltereta y aterrizando grácilmente de una forma que sugería que el movimiento se había ensayado antes.

La niña se incorporó y se sacudió el polvo de las rodillas. Era Carmen, la hermana de once años de Morena. Sobre los tejanos llevaba un sucio camisón de Disney con lo que parecía una mancha azul de un polo sobre el rostro de Minnie.

—Lo conozco —dijo con un ronco susurro—. Usted es el que nos ayudó. El Señor de Ningún Lugar.

Evan se acercó al lateral de la casa caminando sobre el duro césped agostado. Aunque no se les veía desde la puerta, Evan también bajó la voz.

—¿Morena se ha ido?

—Se fue al tercer día de estar aquí. Salimos a comprar comida y yo me fijé en un hombre que se fijaba en nosotras. Se me da bien eso.

Evan recordó a Carmen pintando con sus ceras en un rincón en el Benny's Burgers, observándolo a través de la ventana.

—Lo sé —dijo—. ¿Sabes adónde se fue?

—Se asustó. Dice que si alguien nos vigilaba, tenía que ver con lo que sea que nos hizo dejar Los Ángeles. Que tenía que esconderse porque si se quedaba conmigo, no sería seguro para mí. Cuando volvimos de la tienda esa noche, se escabulló por la ventana. —Carmen posó la mano sobre el antepecho de la ventana por la que acababa de saltar, ensimismada en sus pensamientos.

—¿Tienes un número de teléfono al que pueda llamarla?

—Se puso como loca. Tenía demasiado miedo para usar un teléfono. Ella cree que fue así como la siguieron, por su teléfono. Como cuando el hombre malo de Los Ángeles la tenía controlada. Dijo que no volvería a usar ningún teléfono, pasara lo que pasara.

—Bueno, ¿y la has visto desde entonces?

—Dos veces. —Carmen levantó dos dedos—. Vino a verme al patio del colegio. —Señaló el final de la oscura manzana—. Se ve desde lejos, así que si me siento en los columpios durante el recreo, ella sabe si es seguro acercarse o no. Hay muchos niños y cosas alrededor.

La voz de su tía salió por la ventana abierta, llamándola para desayunar. Carmen miró hacia atrás con nerviosismo.

—Tengo que irme.

—¿Te dijo si había encontrado a alguien más? Estaba buscando a alguien más. Para mí.

—No. No dijo nada de eso. —Carmen se mordisqueó el labio inferior—. Si usted nos salvó, ¿cómo es que ahora no puedo estar con ella?

De nuevo la voz de la tía se oyó a través de la ventana llamándola en español.

—¡*Carmen! Ven aquí. Tu desayuno está listo.*

Evan se agachó para mirar a la niña a los ojos.

—Escúchame. Tengo que ver a tu hermana. Su vida depende de ello. Ve a los columpios durante el recreo y espérala. Dile que venga a encontrarse conmigo en el Casino Bellagio, en el restaurante que da a las fuentes. Estaré allí hoy al mediodía. Me quedaré allí todo el día, toda la noche, lo que haga falta hasta que ella pueda ir.

Carmen se balanceó hacia atrás sobre los talones, abrumada por su vehemencia.

—Vale. Pero no sé si vendrá hoy. O mañana. O cuándo.

—Esperaré. Dile que allí estará segura. Hay mucha gente, cámaras por todas partes. ¿Lo recordarás todo?

Carmen se aprestaba ya a pasar por el antepecho de la ventana.

—La esperaré en el recreo, a la hora de comer y después de clase. Lo recordaré. Lo prometo.

Carmen aterrizó en el interior y bajó la ventana para cerrarla justo cuando su tía abría la puerta del cuarto para regañarla por no hacerle caso. Evan se apresuró a regresar al coche, aparcado calle arriba.

Tenía muchas cosas que hacer antes de mediodía.

31

Más verdades que mentiras

—¿Qué hostias pasa contigo? —preguntó Tommy Stojack, trasladándose por su armería iluminada como una mazmorra en una silla con ruedas, dándose impulso con las diferentes mesas de trabajo y recogiendo una pegajosa taza de café, un destornillador extraviado, un cartucho perdido. Además del dedo que le faltaba, tenía todo un catálogo de secuelas de veterano: clavos de titanio en varios huesos, pérdida auditiva, rodillas dañadas por demasiados lanzamientos en paracaídas, etc. Aunque podía moverse bastante bien sobre sus pies, a veces usaba su Aeron negra como si fuera una silla de ruedas.

En ocasiones Evan se preguntaba si Tommy estaba practicando para más adelante, cuando sus articulaciones cedieran del todo.

Tommy se rascó los brazos, que llevaba cubiertos de tiritas cuadradas de color carne.

—Te comportas como si alguien se hubiera meado en tu cabina.

Evan respiró hondo, relajó los hombros y suavizó su expresión. No estaba acostumbrado a dejar que se le notara el estrés en la cara, y se alegraba de haberlo hecho solo delante de Tommy. Tras hacer sus preparativos en el Bellagio, Evan se había embarcado en una frenética investigación en su portátil. La dirección del segundo que le había llamado, Memo Vázquez, le había llevado hasta un tipejo que tenía propiedades en suburbios por toda California y Arizona, y que al parecer alquilaba a inmigrantes ilegales. El número desde el que había llamado Vázquez pertenecía a un móvil Radio Shack baratucho de prepago. Ideal para alguien sin blanca.

O para un impostor.

Ser ilegal era el pretexto perfecto para no tener información personal en el sistema. Por el momento tendría que conformarse con investigar a Katrin White.

—Necesito confirmar la identidad de una persona —dijo a Tommy.

—¿En el sistema?

—Ya la he comprobado en el sistema. Quiero investigarla desde otra perspectiva.

Tommy volvió a rascarse los brazos.

—¿Qué demonios son esas cosas que llevas en los brazos? —preguntó Evan finalmente.

—Parches de nicotina. —Tommy sorbió el café por encima del labio inferior abultado por tabaco de mascar—. Intento dejar el tabaco.

—Poco a poco.

—Eso mismo. —La silla de Tommy emitió un chirrido cuando él se levantó y la lanzó rodando hacia un oscuro rincón del taller. Vale. ¿Quién es esa piba a la que quieres investigar?

Evan accedió a la foto que había tomado de Katrin en el futón, el primer plano de su rostro dormido, y se la mostró.

Tommy emitió un ronco sonido de aprobación.

—¿Íntima?

—Intento ayudarla.

—Eso parece. —Tironeó de las puntas de su desaliñado mostacho en forma de herradura—. A mí me parece que ayudar a mujeres que no son quienes dicen ser es un empeño de idiotas.

Una mujer que quizá no sea quien dice ser.

—Ah. —El muñón de un dedo índice hizo un círculo en el aire, señalando a Evan a modo de advertencia—. Tratando de hacerte el héroe, ¿eh? —La risa de Tommy fue en parte una tos—. ¿Quieres ser un héroe de verdad? Llega a viejo. Levántate de la cama cada mañana con la espalda mal y la rodilla peor.

—Vale. Pero primero vamos a confirmar su identidad.

—Ese no es mi campo.

—Es jugadora y de las que apuestan fuerte. Lo que significa que lo ha hecho antes. Muchas veces. En muchos sitios. Estaba pensando que tú eres de Las Vegas...

—Eso es.

—Quizá tengas algún contacto en uno de los casinos que pudiera utilizar *software* de reconocimiento facial con esta foto. En algunos sitios guardan grabaciones de seguridad de las salas de varios años. Para ver si abrió una línea de crédito, con qué nombre, cosas así.

—Si no es quien dice ser, ¿por qué la crees cuando te dice que es jugadora?

—La mejor tapadera se compone de más verdades que mentiras.

—Eso es cierto. —Tommy asintió con una sucinta inclinación de la cabeza—. Conozco a un tipo que tiene bastante influencia en el Harrah's. A ver qué piedras podemos remover.

—Te lo agradezco. ¿Te envío un mensaje con la foto?

Tommy torció el gesto con repugnancia.

—No me jodas con mensajitos. Envíame esa mierda por e-mail. Ya sabes a qué cuenta. —Sus anchas y toscas manos volvieron a apilar unos moldes de balas esparcidos por la mesa—. ¿Necesitas algo más? ¿Un poco de C-4? —Tommy alargó la mano bajo la mesa y sacó un bloque de explosivo plástico—. El modo más efectivo de convertir el dinero en ruido.

—No me hacen falta más explosivos. —Evan dio media vuelta para dirigirse a la puerta, comprobando de nuevo, como siempre, que la cámara de seguridad estaba desconectada—. Gracias, Tommy.

—Oye, tío, yo solo llamaré al colega. No te garantizo nada. —Tommy se sacó el trozo de tabaco del labio y lo arrojó a un taza de Carl's Jr. polvorienta—. Lo único que hay garantizado es que no saldremos vivos de esta encarnación.

32

No tenía adónde ir

Una propina de cinco cifras en metálico al gerente de la cafetería Hude sirvió para que Evan pudiera disponer de la mesa principal durante tanto tiempo como quisiera. Era un reservado que sobresalía de la base del inmenso hotel Bellagio sobre el lago de tres hectáreas como la proa acristalada de un barco. Desde su posición en los asientos acolchados, divisaba la mayor parte del club nocturno, una pequeña parte del salón del casino, y el sendero que bordeaba el lago. Se apostó allí a mediodía.

De inmediato se percató de que había un problema. Más allá, pasada una curva del lago, a pocos cientos de metros, un restaurante chino llamado Jasmine sobresalía sobre el agua. Era un local nuevo que no estaba allí la última vez que él había visitado la zona. Las instrucciones que le había dado a la hermana de Morena habían sido imprecisas. «Dile que venga a encontrarse conmigo en el Casino Bellagio, en el restaurante que da a las fuentes.» Ahora Evan tenía dos zonas que cubrir. Aquel error de cálculo le carcomió el cerebro como un pequeño gusano, crispándole los nervios. Al menos tenía una visión clara a través de los ventanales del Jasmine, que iban del suelo al techo.

Estuvo sentado allí durante seis horas sin interrupción, vigilando la aparición de Morena aun cuando sus esperanzas iban disminuyendo. Evan vestía tejanos, chaqueta negra y gorra de béisbol para ocultar sus facciones de la multitud de cámaras. Para que Morena se sintiera segura, Evan había elegido un casino como punto de encuentro, el único sitio con más cámaras de seguridad que un aeropuerto.

De vez en cuando alguna mujer pasaba por su mesa para preguntarle si quería invitarla a una copa. Desde luego parecía un hombre que buscaba compañía, y las profesionales no dejaron de percibirlo. Él las rechazaba cortésmente. Su situación allí era demasiado visible e iba contra todos sus instintos, pero teniendo en cuenta el pánico del que al parecer era presa Morena, quería situarse en un lugar prominente para que ella lo viera antes de acercarse. Basándose en lo que le había contado Carmen sobre sus encuentros con su hermana, aquel era el método preferido por Morena para establecer contacto.

Finalmente se levantó para ir al lavabo, luego regresó y se sentó de nuevo, alerta, mientras el carro del sol finalizaba su brillante recorrido por el cielo y se hundía tras el Strip. Cuando el crepúsculo de color lavanda se convirtió finalmente en oscuridad, el más grande despliegue de alumbrado nocturno del mundo recobró su espléndida existencia. La falsa torre Eiffel del hotel París se encendió como una dorada aguja de neón, superando a la luna. Las fuentes de agua estallaron en colores sobre la superficie del lago delante de Evan, empañando las mamparas de cristal que lo rodeaban, siguiendo una extraña coreografía al son de un dúo entre Andrea Bocelli y Sarah Brightman. Evan observó las puertas, el bullicio en la entrada al casino, el pasillo que llevaba a los lavabos. La música sonaba y las fuentes quebraban la quietud del lago. Al poco, un DJ con una gorra ladeada de los Celtics se hizo cargo de los platos en la cabina interior. Remezclas de Rihanna compitieron con el dúo de ópera pop. La pista de baile se llenó de chicas achispadas que participaban en despedidas de soltera y de ruidosos chicos de fraternidades universitarias, de hombres de negocios de juerga y de *drag queens* con botas altas de plataforma, mezclados todos en un batiburrillo de miembros que se agitaban bajo las luces de discoteca (*I love the way you lie*).

Evan se imaginó a Carmen sentada en los columpios, aislada en el atestado patio de recreo, rezando para que apareciera su hermana mayor. Hacía horas que habían terminado las clases. Tal vez Morena había decidido esperar al abrigo de la noche para ir al

Strip. O quizá ni siquiera se había presentado en el patio del colegio y Evan se quedaría allí, clavado en aquel sitio. Volvió a escudriñar la multitud de gente sumida en la idea de que lo que ocurría en Las Vegas se quedaba allí, hablando a gritos y demasiado cerca unos de otros, o poniendo morritos para sacarse *selfies*. Las campanillas de los premios de las máquinas tragaperras ahogaban el rap de Eminem. Al otro lado de la calle había una falsa Europa resplandeciente. Todo el mundo allí perseguía su propio sueño, una versión alternativa de su ser, identidades renovadas tan falsas y reales como la de Evan que dejaban caer en aquel mundo maravilloso de fantasía, para abandonarlas luego en el mostrador de salidas del aeropuerto como equipaje olvidado.

En medio de aquella mascarada se abrían paso unas cuantas realidades. Evan necesitaba encontrar a una aterrada muchacha de diecisiete años. Necesitaba protegerla. Y necesitaba descubrir si le había dado su número de teléfono a Katrin White o a Memo Vázquez.

Bebió agua, ansiando que fuera vodka, recorrió con la mirada la pista de baile, el vecino restaurante, y luego repitió la operación. Se recostó en el asiento tapizado, rascándose la nuca. Cuando volvió a mirar por el ventanal a lo largo de la curva que trazaba el lago, un movimiento dentro del Jasmine captó su atención.

A través de la reluciente mampara de cristal, vio una chica abriéndose paso entre las mesas de blancos manteles. Le daba la espalda, pero Evan reconoció la postura: los hombros medio alzados, la barbilla hundida, las manos escondidas bajo las largas mangas y las muñecas dobladas como cuellos de garza.

Miedo.

Ella se volvió en parte y él la vio de perfil.

Morena.

Evan escudriñó el interior del restaurante. Parecía despejado. Acababa de levantarse para reunirse con ella, cuando su mirada recorrió los cuatro ventanales y se quedó paralizado.

Danny Slatcher surgió por detrás de una columna avanzando lentamente hacia Morena. Llevaba unos tejanos amplios lavados a la piedra y una camiseta de Bubba Gump, atuendo del típico turista de Las Vegas.

Morena seguía caminando entre las mesas sin percatarse del hombre que le iba detrás.

A su alrededor los clientes comían y charlaban, pero sus palabras las ahogaba la música desde el lago (... *time to say goodbye...*), el DJ (... *Just gonna staaand there and watch me burn...*), el tintineo de las tragaperras y las monedas que caían, el sordo retumbar de los altavoces en la pista de baile. Evan estaba de pie, con las manos pegadas al cristal, observando la escena que se desarrollaba al otro lado de las aguas centelleantes.

Slatcher seguía avanzando hacia Morena. Estaba claro que no tenía la menor idea de que estaba a la vista de Evan, que lo observaba todo.

Ella se adentró en el restaurante seguida por Slatcher. Aunque se mantenían a treinta metros de distancia, la diferencia de tamaño entre ambos era asombrosa, como un oso acechando a una cervatilla.

Ningún grito de Evan podría imponerse sobre el estrépito nocturno de Las Vegas, de modo que se encaramó a la mesa y agitó un brazo de un lado a otro, esperando captar la atención de Morena. No lo logró, pero uno de los comensales cercanos a ella lo vio y luego otro, lo que provocó que se volvieran varias cabezas. Hubo sonrisas y luego alguien señaló al idiota borracho que se había subido a una mesa al otro lado del lago. Morena se percató del movimiento de los comensales o de sus comentarios, porque finalmente se dio la vuelta, movió la cabeza de un lado a otro y finalmente lo vio. Incluso a aquella distancia, Evan vio en su mirada que lo había reconocido. Morena alzó una mano tímidamente para saludar.

Evan señaló detrás de ella, agitando bruscamente el dedo índice.

Ella se giró para mirar al otro lado del restaurante, y en el acto se puso tensa. Slatcher se dio cuenta de que lo había detectado y aminoró el paso al tiempo que deslizaba una mano bajo la camiseta a la altura de la cadera.

Era imposible que Evan llegara allí a tiempo.

Una camarera le incordiaba.

—Señor, voy a tener que pedirle que...

Concentrado en la escena que se desarrollaba frente a él, Evan no le hizo caso.

Morena retrocedió hacia un ventanal, alejándose de Slatcher. Este esquivó a un ayudante de camarero, acercándose despacio y cortándole el paso por los lados por si ella decidía escapar.

Una mano agarró a Evan por el tobillo, acompañada por una voz grave.

—De acuerdo, colega. Vas a tener que bajar de la mesa, o tendré que arrastrarte...

Evan miró hacia abajo cuando el gorila de seguridad alargaba la otra mano para sujetarlo. Lo agarró por la muñeca, le torció el grueso brazo hacia fuera, abriéndolo, y estampó la cara del gorila sobre la mesa. Le sujetó luego pisándole la muñeca y volvió a erguirse para buscar a Morena.

La muchacha apretaba la espalda contra un ventanal, deslizándose a lo largo. No tenía adónde ir. Las palmas de las manos a los lados, pegadas al cristal. Slatcher cada vez más cerca. Un trío de camareros se interpuso entre ellos, llevando un pastel de cumpleaños con velas que soltaban chispas, y Slatcher usó la distracción para acercarse a Morena hasta que solo les separaron unas diez mesas.

Bajo el pie de Evan, el gorila daba sacudidas, agitando la otra mano torpemente por encima de la cabeza tratando de alcanzar a Evan. Unos juerguistas al borde de la pista de baile se dieron cuenta del incidente, pero en general la música atronadora y el bullicioso movimiento eran distracción suficiente para que Evan ganara algo de tiempo.

Slatcher perseguía a Morena solo para llegar hasta Evan. Él era el auténtico objetivo. Sin embargo, se hallaba allí varado con dos ventanas y unas fuentes musicales interponiéndose entre ellos. Impotente.

Evan miró a Morena con la esperanza de que se volviera para mirarlo de nuevo, lo que hizo al fin con los ojos muy abiertos. Evan señaló a Slatcher y luego se señaló el pecho. Y luego repitió el gesto.

«Hazle ver que estoy aquí.»

Fue lo único que se le ocurrió.

El gorila seguía debatiéndose.

Morena volvió la cabeza hacia Slatcher, que ya estaba muy cerca. A seis mesas. A cinco.

Ella lo miró a la cara, luego levantó el brazo y señaló a través de la ventana.

Slatcher desvió los ojos lentamente hasta que se posaron en Evan.

El tiempo se detuvo.

Evan alzó las manos. «Ven a por mí.»

Slatcher se olvidó entonces de la chica y echó a correr hacia la puerta del restaurante.

Evan vio a Morena relajar el cuerpo. Esperó a que volviera a mirarlo y luego le indicó por gestos que huyera.

Después de aquel susto, dudaba mucho que lograra persuadirla de que volviera a encontrarse con él, pero en aquel momento solo le preocupaba su seguridad. Volvió a gesticular enfáticamente. Por fin ella se puso en marcha y corrió a lo largo de la pared del fondo hasta desaparecer por las puertas batientes de la cocina.

Evan oyó el ruido sordo de pisadas a su espalda, hombres corpulentos corriendo. Eran dos gorilas más que se abalanzaban sobre él. Evan aguardó a que llegaran a su mesa y luego saltó entre ambos pasando por encima de sus anchos hombros. Aterrizó en la mesa contigua, saltó al suelo, atravesó la pista de baile e irrumpió en el casino entre dos mesas de blackjack.

Le llegó el ruido de un tumulto que procedía de la amplia hilera de tiendas que quedaban a su izquierda, uno de los pasillos radiales que iban a dar a la sala de juego. Evan giró sobre los talones a tiempo para ver a dos mujeres a las que parecía arrollar un camión. Slatcher apareció como un toro cuando las mujeres se separaron y cayeron al suelo de mármol perdiendo casi los bolsos. Él siguió corriendo hacia Evan sin apenas aminorar la marcha.

Evan alargó la mano por encima de los jugadores de blackjack y barrió sus pilas de fichas del tapete, lanzándolas por los aires. Las fichas de cien dólares cayeron como lluvia sobre jugadores y máquinas tragaperras y rodaron por los pasillos entre las mesas de juego. Los jugadores se abalanzaron sobre ellas, volcando las sillas. Hombres adultos se lanzaron de cabeza, incluso los que pasaban por allí metieron baza, persiguiendo a gatas las fichas que salían rodando.

Rápidamente Evan dejó atrás aquel alboroto, esquivando a los guardias de seguridad que se acercaban hablando por radio. Una vez fuera de la aglomeración, se dio la vuelta para mirar atrás.

Slatcher había topado con una barrera de vigilantes de seguridad que bloqueaban el paso hacia el fondo. Era una cabeza más alto que la mayoría, lo que le permitió fulminar a Evan con la mirada, atrapado tras aquella barricada temporal.

Evan se dio la vuelta y rápidamente dejó atrás las mesas de dados hasta llegar al siguiente pasillo, atestado ya de guardias de seguridad y mirones atraídos por el tumulto. Bajándose aún más la visera de la gorra, zigzagueó velozmente para esquivar a un grupo de universitarias con su vestidito negro y gorros de Papá Noel. Tenía que alcanzar una salida antes de que los que controlaban las cámaras de seguridad desde arriba enviaran instrucciones.

Una mujer de cabello rubio muy corto rodeó una mesa de ruleta y enfiló el pasillo. Llevaba una ajustada camisa negra metida en unos oscuros tejanos que resaltaban sus curvas. Llevaba una mano metida en su bolso Louis Vuitton. Evan tardó unos instantes en identificar sus atractivas facciones.

Candy McClure, la compañera de Slatcher, captada en unas cuantas instantáneas borrosas de imágenes de seguridad a horcajadas sobre una Kawasaki.

La mano de Candy salió disparada del bolso y apuntó a Evan a la cara. Él se agachó, echando todo su peso hacia atrás, y el impulso lo llevó hacia delante mientras caía. Un auténtico estilete pasó por encima de su cara como una exhalación, fallando por centímetros. Evan cayó de rodillas, deslizándose por el suelo de mármol y dándose la vuelta para encararse con ella. Candy tenía ya la mano de nuevo dentro del bolso para agarrar un nuevo estilete. Miró a Evan con una sonrisa burlona, como diciendo: «Bueno, lo he intentado.»

Como si no hubiera ocurrido nada.

En torno a ellos aparecían más guardias de seguridad y jugadores que se precipitaban hacia el tumulto, y McClure fue arrastrada por ellos.

Evan se sacudió de encima la incredulidad. Había pasado demasiado tiempo, de modo que, empujando la puerta con el hombro, entró en un lavabo, el único sitio público del casino donde legalmente no estaban permitidas las cámaras de seguridad. Tiró la gorra a la papelera y luego le dio la vuelta a su chaqueta reversible, sustituyendo el color negro por el blanco. Con papel se enjugó el sudor de la frente, volvió a salir al pasillo y siguió avanzando rápidamente.

A su derecha sonó el tintineo de un ascensor que vomitó una nueva oleada de agentes de seguridad. Evan mantuvo la misma trayectoria, abriéndose paso entre ellos. Exhaló el aire de los pulmones y, al volver a respirar, le llegó olor a *aftershave* y champú. Los guardias pasaron por su lado corriendo, hablando por las radios y ampliando imágenes en sus *smartphones*.

Al llegar al final del pasillo, Evan salió por una enorme puerta giratoria a la riada de gente que abarrotaba Las Vegas Boulevard. Pasó entre dos agentes de policía y escudriñó frenéticamente el mar de cabezas, buscando a una asustada chica de diecisiete años. Mientras recorría una manzana abarrotada tras otra, comprendió que ni él ni Slatcher la iban a encontrar.

Morena se había esfumado.

33

La larga espera

De camino a casa, Evan abandonó la autopista a la altura del Dodger Stadium e hizo un reconocimiento de la dirección que le había dado Memo Vázquez. El destartalado edificio, más un cobertizo que una casa, parecía deteriorarse en la ladera de la montaña. Hiedra marchita trepaba por el barato revestimiento metálico. Una de las ventanas de la fachada estaba tapiada con tablas de contrachapado. Había grupos de pandilleros en los porches de casas vecinas, bebiendo cerveza barata, con pantalones cortos caídos. Unos niños jugaban a baloncesto usando un carrito de supermercado colgado sobre un contenedor como aro. Tiras de luces de Navidad parpadeaban esporádicamente en el borde de varios tejados.

Evan se acercó cautelosamente y recorrió las manzanas vecinas, pero no encontró indicio alguno de vigilancia. Repetiría la inspección el miércoles más concienzudamente, antes de la cita acordada.

Pensó en Morena a la fuga, más asustada que nunca. Tendría que esperar a que ella se pusiera en contacto con él, si decidía hacerlo. Pero Evan imaginaba que, después de haber estado a punto de ser secuestrada en el Jasmine, volvería a desaparecer, alejándose de su hermana, de Danny Slatcher y del propio Evan. La idea de que estuviera por ahí sola y vulnerable al siguiente movimiento de Slatcher le carcomía, como una lima metálica afilando sus nervios.

Su teléfono sonó cuando se encaminaba hacia el coche. La identificación de llamada le dijo que era Katrin desde el móvil desechable que él le había dado. Una sensación de rabia brotó en su pecho, ardiente como la lava. Respondió.

—¿Dónde estás? —preguntó ella.

La paranoia tiene sabor, cierta acidez en la lengua tan penetrante como el regusto de un medicamento potente. El aliento de Evan creaba vaho en el aire frío de la medianoche, que olía a hierba cortada y tubos de escape. Calle arriba, una mujer con un provocativo calzado rosa con tacones de aguja y tiras entrelazadas hasta los muslos, caminaba pavoneándose entre silbidos y piropos.

—¿Por qué quieres saber dónde estoy? —preguntó Evan.

La risa de Katrin sonó melodiosa.

—No quiero. Lo que quiero es saber por qué no estás aquí.

Evan no respondió.

—Bueno —insistió ella—. ¿Por qué no estás aquí?

—Intento averiguar cómo arreglar esto.

—¿El qué?

—Todo —respondió él—. No me llames a menos que sea una emergencia. Volveré contigo el miércoles por la noche.

—De acuerdo. —El tono de Katrin sonó más frío—. Solo por emergencias. Bien. Espero no haber...

—¿Qué?

—Nada. Solo... gracias.

Evan colgó.

Cambió de vehículo en Burbank. Aparcó el Taurus dos plazas más allá de donde había dejado su camioneta. Volvió a casa, subió a su apartamento y fue derecho a la Bóveda. Revisó los vídeos de vigilancia del *loft* desde el momento en que él se había marchado. Siguió con el avance rápido para observar hasta el último movimiento de Katrin, que había dormido, se había duchado, había hecho estiramientos, había pedido comida por teléfono y se había echado una siesta. Todo tal como él le había indicado.

Llegó al momento presente y la encontró de pie junto a los ventanales tintados, contemplando la autopista. Sus hombros temblaban ligeramente. Estaba llorando.

Tal vez sabía que la observaban.

Evan salió de la Bóveda sintiéndose fatigado, se tumbó en su cama flotante y se sumió en un sueño profundo.

En sueños, Jack acudió a él con los labios teñidos de negro. El líquido negro brotó lentamente de su boca, reluciente, luego rebosó sobre el mentón. Jack trató de recoger la sangre con las manos juntas como si pudiera volver a introducírsela en el cuerpo. Sus ojos enloquecidos miraban a Evan.

«El pasado no está muerto —citó Jack a través de sus viscosos labios negros—. No es ni siquiera pasado.»

«¿Qué significa eso?», preguntó Evan.

«Que me aspen si lo sé. —Jack se encogió de hombros. El terrible fluido se escurría entre sus dedos—. Interpretar los sueños —añadió con desdén—. Detesto esas gilipolleces.»

Evan se despertó jadeando, sudoroso, en medio de un revoltijo de sábanas arrugadas. Eran las cinco de la madrugada. Sus pensamientos se atropellaban, presentándole distintas posibilidades en rápida sucesión.

El fresco aire acondicionado iba secándole el sudor. Se incorporó en la cama y cruzó las piernas para meditar. Tal como le había enseñado Jack, liberó espacio en su mente y lo pobló con los robles de su infancia. Puso un sol estival en el cielo de Virginia y una alfombra de hierba bajo sus pies. Caminando entre los árboles, respiró el aroma polvoriento de la corteza y escuchó los trinos de los pájaros. Llegó a un claro y allí esperaba Jack, con la sonrisa todavía teñida, el mentón goteando líquido negro y los dientes manchados como los de un vampiro.

Evan abrió los ojos, con más irritación que angustia.

De la mesita de noche sacó un gong tibetano con la forma y el tamaño de un cuenco de sopa. Evan pasó la mano alrededor del borde de madera, luego golpeó el bronce una vez y cerró los ojos.

Al notar el tono en su piel, prestó atención a cada micromomento de sensaciones internas, cultivando la misma conciencia exacerbada que empleaba cuando combatía o preparaba un disparo de francotirador. Dejó que las vibraciones recorrieran su cuerpo, resonando en su interior, definiendo de nuevo su forma. Esperó a que el sonido se desvaneciera, hasta que no quedó el menor indicio, hasta que se aquietó hasta la última reverberación del aire.

Abrió los ojos tonificado.

Se habían aclarado sus prioridades.

No podía confiar en Katrin. No podía confiar en Memo Vázquez, la segunda persona en llamarle. Iba a encontrarse con él al día siguiente, lo que le daba poco más de veinticuatro horas para vigilar a Katrin y comprobar si se ponía en contacto con alguien que le diera órdenes. Si no lo hacía, iría a ver a Vázquez por la mañana y le apretaría las tuercas. Simplemente tenía que seguir presionando hasta que uno de los dos se derrumbara.

El vacío de su estómago le impulsó a salir de la cama e ir a la cocina. La pared viviente había conocido días mejores. El sistema de goteo parecía bloqueado y las hierbas empezaban a volverse marrones. No obstante, encontró dos tomates rojos grandes y arrancó algo de albahaca y salvia. Luego preparó una tortilla.

De vuelta en la Bóveda, bebió té con menta recién hecho, y observó a Katrin mientras ella dormía y él comía. Los relucientes cabellos de la joven descansaban como una cuña sobre su mejilla inmaculada, lo que la hacía parecer un retrato en blanco y negro.

Por fin se despertó, se desperezó con un amplio bostezo y se encaminó al cuarto de baño, donde se refrescó y se cambió de ropa. Luego fue a la cocina y hurgó en los armarios hasta que encontró una sartén. Preparó huevos y se sentó para moverlos por el plato con un tenedor.

Era como si estuvieran desayunando juntos.

Evan recordó cómo le había atraído hacia la ventana y luego había echado la mano atrás para apretarlo contra ella. Recordó su piel de seda. El pintalabios corrido en sus carnosos labios.

Si era todo fingido, desde luego su actuación había sido espectacular.

El RoamZone emitió un ruido de sonar. Era la señal de GPS en respuesta a la comida que llegaba al estómago de Katrin. Los microchips de su sistema tendrían que reponerse pronto si Evan quería seguir teniéndola vigilada, y en aquel momento no había nada que deseara más.

El punto luminoso del GPS parpadeó en su móvil, dándole su situación al tiempo que la observaba a través del monitor en tiempo real. Evan se arrellanó, preparándose para la larga espera, mientras bebía té.

34

El incidente con la espada samurái

Distintos ángulos de Katrin White llenaban los monitores: a vista de pájaro, frontal, de perfil, incluso tomas estéticas desde ángulos difíciles. Era como una especie de *collage* de arte pop en una repetición a lo Warhol: *Katrin leyendo con una revista en el regazo y balanceando un pie en el aire*.

Evan la observó a intervalos. Salió de la Bóveda para ejercitarse en el salón, para comer y luego correr en la cinta junto al balcón que daba al sur. Desde la cinta para correr tenía una buena vista del 19H del edificio vecino, el apartamento donde las conversaciones digitalizadas y cifradas para el 1-855-2-NOWHERE, tras zigzaguear de una centralita a otra del planeta, emergían desde el punto de acceso de wifi de Joey Delarosa y luego se desvanecían de nuevo en la red LTE de Verizon.

Cada vez que Evan regresaba a la Bóveda, revisaba las imágenes del *loft*. Y en todas las ocasiones veía a Katrin haciendo prácticamente lo mismo que el propio Evan: esperar. Arregló el futón, se paseó alrededor de la isleta de la cocina, hizo algo de yoga de andar por casa mientras contemplaba las vistas. Durante unos treinta minutos se acurrucó en el sofá y lloró. Evan revisó hasta el último minuto por si descubría el más leve paso en falso. Pero ella no mostró en ningún momento un comportamiento que pudiera considerarse sospechoso.

A las seis y media sonó el timbre, amortiguado por las gruesas paredes de la Bóveda. Con unos cuantos toques del ratón, cambió las imágenes del *loft* por las de la cámara estenopeica oculta en la rejilla de ventilación del aire acondicionado del rellano que había junto a su puerta.

Era Mia, con Peter de la mano. Aunque estaba quieta, parecía simular la acción de correr con las piernas, subiendo y bajando las rodillas en una demostración de nerviosa impaciencia.

Evan sintió cierto fastidio. Tardó un minuto en salir de la Bóveda y llegar a la puerta del apartamento. Cuando la abrió, se había preparado para alguna queja de tipo materno, pero Mia parecía cualquier cosa menos molesta.

Tenía los ojos hinchados de llorar, la nariz enrojecida y la expresión severa. Lo que él había tomado por impaciencia era miedo.

—Hola, Evan. Siento molestarte, pero tengo una emergencia en el trabajo. Tengo que ir a la oficina ahora mismo y, como ha sido una cosa imprevista, ninguna de mis canguros está disponible.

Peter lo miraba fijamente. El moretón alrededor del ojo se había vuelto de un amarillo ictérico. Llevaba una mochila que parecía a punto de reventar. ¿Cuántas cosas necesitaba un niño de ocho años llevar consigo en un momento dado?

—Espera —dijo Evan—. ¿Qué...?

—Por favor.

—No puedo. Lo siento. Hoy yo también estoy ocupado con un problema de trabajo. Es algo que no puedo dejar ahora mismo.

—No tendrías que vigilarlo —insistió ella—. ¿No podrías ponerlo en otro cuarto a hacer los deberes? Y lo controlas cada media hora o así. —Avanzó un paso y bajó la voz—. Se trata de una emergencia grave. Cuestión de vida o muerte, en serio.

Él bajó también la voz.

—¿Es una metáfora?

—No. No tengo a nadie más ahora mismo. De verdad necesito que me ayudes.

En el caso muy improbable de que atacaran a Evan en su fortaleza, ¿podría proteger al niño? Se mordió el interior del labio. Miró a Peter. Luego otra vez a ella.

—¿Cuánto tiempo tardarás?

—Oh, gracias a Dios —dijo Mia, empujando a Peter hacia delante—. Solo serán un par de horas.

Evan abrió la puerta y Peter pasó por su lado rápidamente. Mia se encaminó al ascensor, pero se detuvo y miró hacia atrás.

—No sabes lo mucho que esto significa para mí.

Evan asintió levemente con la cabeza y cerró la puerta.

—¡Este sitio es genial! —oyó a su espalda.

Evan giró en redondo.

—Espera. ¿Dónde estás?

Peter se paseaba por la cocina, curioseándolo todo. Dejó huellas en el Sub-Zero. Encendió la batidora. Tiró de la manguera extensible del grifo de la cocina y la soltó para que volviera a su sitio bruscamente.

Evan se acercó presuroso. Apagó la batidora y limpió el frigorífico.

—No toques nada.

—Vale, lo siento. Es que... este sitio es todo metal y hormigón, como la Batcueva.

Evan miró la insignia alada que llevaba cosida en la mochila.

—Eres un gran fan de Batman, ¿eh?

—¿Sabes por qué? —Peter esperó a que Evan negara con la cabeza—. Porque no es magia. No es un extraterrestre con superpoderes como Superman. No puede volar. Es como tú y yo. A sus padres los mataron, así que quiere ayudar a la gente. Eso es todo. —Dejó caer pesadamente la mochila sobre la encimera y se encaramó a un taburete de un brinco—. Tengo hambre.

Con la mente aún en los padres muertos, Evan tardó un momento en procesar la transición.

—¿Tienes macarrones con queso? —preguntó Peter.

Evan abrió el frigorífico y revisó los estantes escasamente abastecidos. Un tarro de pepinillos, cebollitas de cóctel, dos bolsas de suero en el cajón de la fruta.

—Tengo caviar y galletas de agua.

—¿Qué son las galletas de agua?

Evan sacó una de la caja y se la sirvió en un plato. El niño le dio un mordisco y las migas aterrizaron por todas partes menos en el plato que tenía ante sí. Hizo una mueca.

—¿Qué? —preguntó Evan.

—No tiene sabor.

Evan encontró un trozo de queso en el fondo de un cajón, cortó unas cuantas porciones y las colocó sobre las galletas.

—Esto te ayudará. —Y dio un golpe en la encimera con el puño—. Bien, empieza los deberes.

Peter abrió su cuaderno y se puso a escribir.

Evan volvió al dormitorio, cerró la puerta y luego entró en la Bóveda a través de la ducha. Se acomodó en su silla tras la mesa metálica, le quitó la pausa a los vídeos de vigilancia y observó a Katrin White siendo Katrin White. Se tumbó en el futón. Bebió zumo de naranja del cartón. Sacó un esmalte de uñas oscuro del bolso y se pintó las de los pies. Con un clic, Evan aceleró la grabación, vigilando de cerca para ver si Katrin hacía algún gesto que pudiera interpretarse como una señal, como abrir la ventana del cuarto de baño, alargar la mano hacia el teléfono, deslizar alguna cosa bajo la puerta del *loft*, pero ella se limitaba a pasar las horas muertas según veía él en las imágenes aceleradas a lo Charlie Chaplin. Cada vez era más probable que no descubriera nada anormal antes de su encuentro con Memo Vázquez la mañana siguiente.

Evan había llegado al momento presente y observaba a Katrin en tiempo real, cuando oyó un grito en alguna parte del apartamento, y luego el ruido de algo que se estrellaba contra el suelo.

Abandonó la Bóveda a toda prisa, sin olvidar cerrar la puerta oculta de la ducha tras él. Cuando salió disparado del dormitorio, Peter estaba de pie en el pasillo y la sangre le corría por una mano.

La catana yacía en el suelo a sus pies, a medio desenvainar, caída de los soportes de metacrilato de la pared.

—Lo siento. —Peter se apretaba un pulgar, pugnando por contener las lágrimas—. Solo quería verla un momento.

Evan hincó una rodilla en el suelo.

—Dame la mano.

El niño tenía un pequeño corte en la yema del pulgar. La hoja no debía haberle tocado apenas. Tenía suerte de no haber perdido el dedo, teniendo en cuenta lo afilada que estaba la espada.

Evan lo llevó al cuarto de baño, le lavó el pulgar bajo el agua fría y luego aplicó presión con un pañuelo de papel. Dejó el pañuelo ensangrentado junto al lavabo y luego sacó un tubo de Super Glue del botiquín.

—¿Me vas a pegar el corte del pulgar?

—Sí.

—¿Y si me rasco y el Super Glue me pega el pulgar a la cara?

—Entonces te quedarás así el resto de tu vida.

Peter miró alarmado la postura que había adoptado Evan, y luego su expresión se suavizó.

—Ja, ja. ¿Seguro que no pasa nada?

—Confía en mí —dijo Evan.

Y Peter confió en él.

Después observó la herida.

—¿Tienes tiritas de los Teleñecos?

—No.

Volvieron al pasillo y miraron la espada caída. La vaina, una *shirasaya* de madera, lucía un *sayagaki* grabado y pintado con tinta, el sello de un *sensei* de otra época. Tenía una finísima raja que atravesaba la firma del *sensei*. Había tres personas en el país que podían realizar la reparación correctamente; por suerte, una de ellas vivía cerca de allí. Evan se agachó junto a la vaina y pasó la mano por la raja. En cuanto completara su misión, se dirigiría por la costa hacia el norte para encargar que le arreglaran la *shirasaya*.

—Lo siento —dijo Peter—. Los deberes son aburridos.

—Me lo imagino. —Evan recogió la espada y la introdujo de nuevo en la vaina.

—¿Y qué es esto?

Una catana del siglo dieciocho, magníficamente forjada, con *choji-midare* de estilo Bizen en el *hamon*, o línea diferencial de la hoja. *Bohi* y *sohi* tallados a mano para darle equilibrio, acabado *sashikomi*, y un perfecto *habaki* de pan de oro en la base de la reluciente hoja.

—Una espada —respondió Evan.

Luego dirigió a Peter de vuelta a la isleta de la cocina y lo dejó un momento para llevar la espada dañada a su Ford F-150, que tenía en el aparcamiento, y guardarla en una de las cajas fuertes de la camioneta. Hacer que la repararan sería su recompensa cuando completara la misión.

Cuando regresó al apartamento, Peter estaba tirado en el sofá con el libro de texto sobre el pecho, dormido. Agotado, sin duda, por el incidente con la espada samurái. Evan se quedó un momento indeciso, sin saber qué hacer. Por suerte, sonó el timbre de la puerta.

Cuando abrió a Mia, esta parecía exhausta.

—Dios, Evan. No sé cómo darte las gracias.

—¿Todo bien?

—Todo lo bien que puede esperarse. ¿Y por aquí?

—Todo bien. Se ha hecho un pequeño corte en un pulgar.

—Ah. ¿Con qué?

Evan se encogió un poco.

Mia pasó por su lado sin esperar a su respuesta, y posó la mirada en el sofá donde reposaba su hijo.

—Están tan tranquilitos cuando duermen... —dijo.

Recogió las cosas de Peter, se colgó la mochila de un brazo y luego se agachó para auparlo.

—Es imposible despertarlo cuando está así. Tendré que llevarlo en brazos. —Mia levantó a su hijo con esfuerzo. La mochila se le caía del hombro y las extremidades de Peter se le escapaban de entre los brazos.

Evan se acercó para intervenir.

—Ya lo llevo yo —dijo.

35

Himno a la libertad

Entraron en el apartamento 12B, Evan cargando el cuerpo flácido de Peter como una distorsionada *pietà* y Mia llevando torpemente su maletín y la mochila del niño. Ella se quitó los zapatos de tacón sacudiendo un pie y luego el otro.

—¿Podrías meterlo en la cama? Tengo que quitarme esta ropa. —Se ruborizó—. Bueno, quiero decir...

—No hay problema. —Evan llevó a Peter a su cuarto y lo metió en la cama con forma de coche de carreras. Se quedó un momento en la tranquilidad del cuarto, tratando de recordar si él había dormido tan profundamente alguna vez.

Volvió a la sala de estar. Desde el interior del apartamento le llegó el sonido de música de Miles Davis. Un pósit nuevecito resaltaba en el lateral de la abertura que daba a la cocina: «Trátate a ti mismo como si fueras alguien al que ayudar fuera responsabilidad tuya.»

Evan se preguntó qué quería decir aquello exactamente.

Se encaminó hacia el dormitorio de Mia y estuvo a punto de chocar con ella, que salía. Mia soltó una risita nerviosa y dio medio paso atrás. Llevaba una larga camisola de dormir hasta la mitad del muslo. Estaban lo bastante cerca para que, a pesar de la tenue luz, Evan distinguiera las leves pecas de su nariz. Los cabellos le caían sueltos sobre la cara, así que Mia se los recogió en un moño alto, y la camisola se amoldó a su cuerpo. Evan captó un aroma a citronela, el olor de su piel, la de ella.

El tema terminó y empezó otro, una delicada improvisación al piano.

—Oh —dijo Mia—. Oh, no. El trío de Oscar Peterson no. —Se meció un poco lánguidamente al son de la música, sujetándose aún el pelo con la mano—. Una vez en la universidad fui a una clase de psicología. Era una conferencia sobre meditación. ¿Has meditado alguna vez?

—Alguna.

—La profesora nos hizo poner por parejas y hacerle al compañero la misma pregunta una y otra vez: «¿Qué te hace feliz?» Solo eso, varias veces. Y luego cambiábamos. Cuando llegó mi turno, mi primera respuesta fue *Himno a la libertad*. Esta canción. Escucha el trino justo... aquí.

Mia soltó el pelo y relajó el cuerpo. La marca de nacimiento de la sien asomaba bajo sus rizos.

—¿Quieres probar? —preguntó ella, mirándolo a los ojos.

—Vale.

—¿Qué te hace feliz?

«La precisión en el tiro de largo alcance», pensó él.

—Los perros león de Rodesia —dijo.

Ella emitió un leve sonido y esbozó una sonrisa.

—¿Qué te hace feliz?

«Los bloqueos a dos manos de jiu-jitsu», pensó él.

—El vodka de trigo francés —dijo.

—¿Qué te hace feliz?

Esta vez no hubo intervalo entre sus pensamientos y sus palabras.

—Tus pecas —dijo.

Mia entreabrió los labios levemente. Volvió a entrar en su habitación. Fue a decir algo. Se contuvo.

—¿Quieres que me vaya? —preguntó él.

—No.

—¿Quieres que me quede?

—Sí. Sí, sí quiero.

Se acercaron. Mia le sujetó la cara con las manos cuando sus bocas se encontraron. Apretó el cuerpo contra el de Evan, echó la cabeza atrás. Sus labios eran dulces, sus abundantes y rizados cabellos se deslizaban entre los dedos de Evan. Se separaron, frente contra frente, entremezclando sus respiraciones.

—No —musitó ella.

Él se apartó.

Mia frunció el ceño.

—No-no-no.

Evan esperó.

—Esto es un error. Muy grande. Mi vida es demasiado complicada para... complicarla más.

—De acuerdo —dijo él.

—Si Peter se diera cuenta de algo, sería muy confuso para él. Lo siento, pero será mejor que te vayas.

—De acuerdo —repitió él, dando media vuelta para encaminarse hacia la puerta.

—Es que no es un buen momento, de verdad, y... —Alzó las manos como si dirigiera el tráfico, interrumpiendo la conversación, el hilo de sus propios pensamientos—. Dios, eres tan... imperturbable.

—¿Qué esperabas de mí?

—No lo sé. Discute conmigo. Échame la culpa. Enfádate.

—¿Eso es lo que quieres?

—No —contestó ella, y dejó escapar un suspiro de frustración—. ¿Sí? ¿Quizá?

—Eso no me interesa —dijo Evan.

—¿Mamá?

Ambos desviaron la mirada hacia la puerta del cuarto de Peter, que había aparecido allí frotándose un ojo con la mano. Los miró con ojos entornados, exhausto y confuso.

—¿Qué hacéis ahí?

—Oh, cariño, hola, sí... Le estaba pidiendo a Evan que me ayudara a... —la mano de Mia se movió como tratando de extraer una buena excusa de la nada— a mover un mueble.

—¿Para qué lo necesitas? —preguntó Peter—. ¿Necesitas ayuda para levantarlo?

—No creo que haga falta —dijo Evan.

Mia ahogó una risa, cubriéndose la boca con la mano.

—Vamos —dijo a Peter—. A la cama otra vez.

—Vale. —Peter miró a Evan—. Buenas noches, Evan Smoak.

Evan alborotó los cabellos del niño al pasar por su lado para salir.

—Buenas noches.

Cuando Evan salió al pasillo y cerró la puerta del apartamento de Mia tras él, lo envolvió una súbita quietud. El ascensor ascendió con un agradable zumbido.

Cuando entró en su ático, la luz ambiental que se filtraba a través de las pantallas protectoras se reflejó levemente en la puerta del Sub-Zero, resaltando el borde de una huella digital infantil en el acero inoxidable.

Evan se quedó mirando la mancha en medio del silencio casi absoluto de su ático, sintiendo que algo se removía en su interior, el eco de una antigua batalla que se libraba en su interior sin que él fuera consciente. En el prístino reflejo sobre la huella, se vio a sí mismo con una expresión de leve fastidio. El rollo de papel de cocina, flotando desde una varilla de acero bajo un armario, le llamaba.

Pero en lugar de limpiar la huella, Evan se dirigió al dormitorio. En el borde del lavabo estaba el pañuelo de papel manchado con sangre de Peter. Pasó por delante, entró en la ducha y movió la palanca del agua caliente en sentido inverso.

Centrándose de nuevo en las grabaciones del *loft*, comprobó con el avance rápido las actividades de Katrin White. En todo ese tiempo, la huella que ensuciaba el frigorífico siguió grabada en sus pensamientos, royéndole el cerebro como un bicho intentando salir a toda costa.

Se concentró en los monitores esforzándose en ahuyentar su desasosiego. Cuando llegó al final de las grabaciones, salió de la Bóveda, se metió en la cama y siguió despierto en la oscuridad. El bicho no dejaba de roer y roer, hurgando en sus pensamientos como un invitado indeseable. Transcurrió una hora. Luego otra.

Finalmente se levantó y caminó descalzo por el pasillo de suelo de hormigón hasta la cocina.

Humedeció un trozo de papel de cocina y eliminó la huella de la puerta de acero inoxidable del Sub-Zero.

36

Niña especial

Haciendo oír su melodía, el camión de los helados circulaba por la angosta carretera de la colina, entre casas desvencijadas y una escuela destartalada, recibido con entusiasmo por un puñado de niños que salían corriendo al recreo con su profesora. Evan había inspeccionado antes el camión mientras compraba una botella de agua al viejo conductor como pretexto para echarle un vistazo al interior. De hecho, había pasado una hora inspeccionando los alrededores, buscando cualquier indicio de que le hubieran preparado una trampa. Todo parecía normal, o al menos la versión de la normalidad que podía ofrecer Elysium Park. Evan esperó a que el camión de los helados se fuera, y luego bajó del Taurus y se encaminó por fin a la casa de Memo Vázquez.

Se acercó al punto de encuentro con suma suspicacia, incluso para alguien como él. Había observado a Katrin durante más de sesenta horas y no había encontrado en ella el menor asomo de engaño. Existía la posibilidad de que fuera consciente de estar siendo observada, pero Evan había instalado el sistema de vigilancia del *loft* asegurándose de que quedaba impecablemente oculto. Durante dos días y medio, Katrin no había demostrado conciencia alguna de las cámaras ocultas, ni la más leve mirada de reojo ni lenguaje corporal que la delatara, algo que era difícil de simular, como sabía Evan por experiencia. Así pues, su desconfianza se centraba ahora sobre todo en Memo.

Evan subió los escalones del chirriante porche, llamó dos veces a la puerta, y se colocó en el lado de los goznes, con la espalda pegada a la pared. Había llegado media hora antes adrede con la intención de pillar a Vázquez desprevenido.

La puerta se abrió y Evan giró hacia la abertura, empujando a Vázquez hacia atrás, introduciéndolo en la pequeña sala.

Era un hombre grueso con un poblado bigote encanecido. Alzó las manos y dijo:

—Por favor, no me haga daño. No, por favor.

Evan cerró la puerta con el pie y barrió las pantorrillas de Vázquez. Lo atrapó en el aire para amortiguar su aterrizaje en el suelo. Luego le dio la vuelta y lo cacheó mientras paseaba la mirada por la estancia. Evan sacó unas bridas flexibles de un bolsillo. Las flexibles se enrollaban mejor que las de plástico rígido, por lo que eran más fáciles de transportar. Maniató al hombre ajustando con fuerza el tejido trenzado de nailon. Vázquez soltó un gruñido.

—Quédese quieto —ordenó Evan.

Se movió velozmente por la pequeña casa. El interior contenía apenas lo más básico. Un sofá. Una mesa plegable con dos platos, dos tazas, dos tenedores. Alacenas vacías salvo por una cacerola y una sartén, ambas quemadas. Dos colchones en el suelo del único dormitorio, uno con un saco de dormir revuelto, el otro con una osita rosa de peluche con una oreja mordisqueada. En el rincón había una pila de cajas de cartón con camisetas de béisbol que lucían distintos números y nombres de jugadores. Evan pasó al cuarto de baño. Un paquete de cuatro rollos de papel higiénico en el suelo de baldosas desportilladas. Un trozo de jabón seco en la ducha. Dos cepillos de dientes en el lavabo, uno azul y otro rosa.

La casa apenas parecía habitada, lo que significaba que Vázquez solo poseía las cosas imprescindibles, lo cual era lógico dado que la gente que vivía por debajo del nivel de pobreza no tenía dinero para decoración, o que el equipo de Slatcher había preparado precipitadamente el lugar para que aparentara que Vázquez vivía allí.

En el suelo de madera combado, Vázquez empezaba a respirar con dificultad. Evan lo levantó y lo depositó sobre el sofá. Le sacó la cartera del bolsillo trasero de sus pantalones de faena. No encontró ninguna identificación, lo que corroboraba la situación ilegal de Vázquez. En su lugar había una foto con los bordes desgastados del propio Vázquez y una adolescente achaparrada de piernas arqueadas que le daba un abrazo. La chica tenía los párpados pesados y el puente nasal bajo característicos del síndrome de Down, y gruesos labios que dibujaban una alegre sonrisa. Con una mano aferraba la osita rosa. Vázquez la abrazaba con un brazo y con la otra mano sujetaba la cuerda de una cometa. Tenían el rostro vuelto hacia el viento.

Vázquez miró a Evan con expresión dolida.

—Pensaba que quería ayudarme.

—Y si confío en usted, lo haré —replicó Evan.

—¿Confiar en mí?

Evan se apostó junto a la ventana delantera y escudriñó la calle. Las casas se alzaban en la ladera de la colina, y el terreno allí descendía bruscamente, lo que daba a Evan una visión clara de la calle que ascendía hasta la casa. El Dodger Stadium se erguía en la distancia como un enorme cáliz de hormigón. El olor a marihuana se filtraba por algún resquicio mezclado con la brisa.

—Cuénteme su historia —pidió Evan—. Haga que le crea.

Vázquez forcejeó en el sofá, con el sudor empapándole la parte frontal de la camiseta.

—¿Puede soltarme manos, *por favor*?

Evan cortó las bridas y regresó a su puesto junto a la ventana.

—¿Dónde lo encontró Morena?

—En reunión para los alcohólicos.

—¿Alcohólicos Anónimos?

—Sí. Fui a Las Vegas para llevar una lavadora a *mi hermana*. No puedo faltar ninguna reunión. Morena estaba allí.

—¿Por qué estaba allí?

—Dijo que iba para encontrar alguien como yo. Alguien que pide ayuda. Que estuviera a punto de caer.

Evan tuvo que admitir que la idea de Morena de buscar a gente desesperada en un sitio así era ingeniosa. Aun así, no pudo evitar que su tono tuviera cierto deje de escepticismo.

—¿Explicó sus problemas delante de todo el grupo?

—No. Pero quería beber. Y ella vio lo mal que estaba. —La frente se le perló de sudor—. Tengo ganas de beber cuando me siento inútil... impotente.

—¿Por qué se siente impotente?

—No soy rico. —Señaló su humilde morada con un gesto del mentón—. Pero soy hombre honrado. Solo estamos mi Isa y yo. La de foto. Su madre murió en el parto. Traje a Isa aquí para vida mejor. Para ella no fácil en México por su... estado. Hago camisetas de *los* Dodgers y vendo en el aparcamiento antes de los partidos. Alquilo un pequeño local en el *distrito de* textiles para hacer las camisetas. Una noche los hombres malos vienen a mi taller. Habían hecho... ¿cómo se dice? Sí, paquetes. De *cocaína.* Dicen que *la Policía* los persigue. Necesitan esconder paquetes en mi taller. Tienen pistolas y cuchillos así. —Sus gruesos dedos señalaron la medida de un cuchillo tipo Bowie—. *El jefe* pone el cuchillo en cara de mi Isa. Si le digo algo a alguien, dicen que la llevarán. No dicen para qué. Solo... que la llevarán.

Sus ojos brillaban y su respiración se entrecortaba.

—No sabía cómo hacer. Si me niego, se llevan mi Isa. Si huyo, juran que me buscarán. Si voy a *la Policía*, deportado. Así que digo... digo que vale. Que lo haré.

Evan se centró tanto en las palabras de Vázquez como en su manera de pronunciarlas. Las historias de tapadera tendían a sonar ensayadas, demasiado fluidas, sin vacilaciones. El relato de Vázquez parecía auténtico, lleno de pausas y frases truncadas. Y tampoco parecía perder el tiempo, alargando la historia para dar tiempo a quienes le dirigieran para poder acercarse.

—¿Cuántos hombres eran? —preguntó Evan.

—Tres.

—Y *el jefe* —dijo Evan, también en español—. ¿Dónde se situaba? ¿A su derecha o a su izquierda?

—A izquierda.

—¿Isa? ¿También estaba a su izquierda?

—Sí. Él estaba cerca de ella.

—¿Qué aspecto tenía el hombre que estaba al lado del jefe?

—Corpulento. Con músculos grandes. Como boxeador.

—¿Y el cuarto hombre? ¿Cómo era?

—No había cuatro hombre. Solo tres.

—¿Cómo era el tercero?

—También grande. Alto. Pero flaco.

—¿Flaco como el jefe?

—*El jefe* no era flaco. Tenía músculos.

—Y estaba a su derecha...

—Izquierda. Estaba aquí. Aquí. Con mi Isa. —Memo estiró el cuello de su camisa para enjugarse la frente—. Intenta liarme. No me cree. No me cree.

—No he dicho eso —repuso Evan.

Memo lo miró desde el sofá, pero no hizo ademán de levantarse. Evan pensó que Vázquez no se atrevía a moverse; en aquel momento, le convenía.

—¿Qué ocurrió después? —preguntó.

—Cuando se van esa noche, yo cierro y veo que *la Policía* va puerta a puerta por todo *el distrito*. Están cerca. Agarro paquetes y los tiro en el contenedor que hay atrás, y corro. Corro con mi Isa. Me escondo y espero a que *la Policía* se va. Y luego vuelvo. Pero cuando vuelvo... —se le cortó la respiración al recordarlo— los paquetes no están allí. No están allí.

Calle arriba sonó la melodía del camión de los helados y Evan oyó un coro de voces infantiles, reclamando sus helados en dos idiomas.

Vázquez jadeaba, intentando contener las lágrimas.

—La noche siguiente vuelven esos hombres. Le cuento al *jefe* qué ocurre. Dice que culpa mía. Que le debo dinero. Cinco mil dólares. —Agachó la cabeza y la sacudió lentamente. Gotas de sudor colgaban de la punta de sus cabellos, pero no caían—. Nunca he visto tanto dinero. Dicen que si no lo llevo pronto, vendrán. Vendrán por mi Isa.

—¿Para qué la quieren a ella?

Finalmente Memo alzó la vista y sus negros ojos lanzaban llamaradas.

—Vender sus órganos.

Sollozó con la respiración ronca. De pie junto a la ventana, Evan sintió renacer la ira que tan bien conocía. El camión de los helados volvía a ponerse en movimiento. Bajando lentamente en punto muerto por la calle en dirección a la casa.

—Dicen que también es su negocio —explicó Memo—. Dicen que el corazón de mi Isa no es bueno porque es niña especial.

Y sus ojos, tiene las cataratas. —Emitió una especie de gruñido—. Pero cogerán hígado para el mercado negro. Riñones. Pulmones. —Su voz se hizo más aguda—. Huesos. Piel. Venas. Tendones. —Le corrían las lágrimas por las mejillas—. Se cobrarán dinero con su cuerpo.

—¿Dónde está Isa ahora?

—Escuela —respondió él con voz ahogada—. Tienen un programa especial para ella.

Evan lanzó una última mirada colina abajo. Luego se acercó a Guillermo. Lo miró a los ojos. Le creyó.

—Se acaba el tiempo —dijo Memo—. No tengo dinero y cuando ellos lo vean, se llevarán mi niña especial.

Evan se agachó y puso las manos sobre las rodillas de Memo.

—Le ayudaré —afirmó.

Fuera, la música del camión de los helados sonó más fuerte, y luego se oyó un chirrido de neumáticos y el camión pasó por delante de la casa. Un reflejo iluminó la pared de la salita, provocando un destello en un punto del agrietado yeso.

Los ojos de Evan se desviaron hacia ese punto. Se incorporó y miró a Vázquez.

—No se mueva. Ni un centímetro. ¿*Comprende?*

Vázquez asintió, volviendo a fruncir la frente.

Acercándose a la pared, Evan hundió el dedo en la grieta y el yeso se desmoronó alrededor. Su dedo dio contra algo liso y duro. Haciendo gancho con el dedo, Evan lo extrajo de la pared.

Una cámara estenopeica, idéntica a la que él mismo había instalado ante la puerta de su apartamento.

Después de un trabajo preparatorio tan excepcional ¿habían plantado una cámara descaradamente en medio de una pared? ¿Por qué?

Slatcher lo estaba observando en aquel mismo instante, lo sabía.

En un ataque de rabia, Evan arrancó la cámara. El cable rompió el yeso y llenó el aire de polvo. Atemorizado, Memo lo miró desde el sofá boquiabierto.

Evan agitó el cable enrollado en torno a su puño delante de la cara de Vázquez.

—¿Qué es esto?

—No he visto nunca en mi vida. Lo juro, lo...

El RoamZone vibró en el bolsillo de Evan. Lo sacó rápidamente con la otra mano y se lo llevó al oído. Antes de que pudiera hablar, oyó los gritos.

—¿Evan? ¡Evan, soy yo!

Katrin. Su voz sonaba aguda y forzada por el pánico.

—Están aquí, los del motel. Han aparcado aquí delante en aquel Scion que vimos. Acabo de verlos entrar al edificio. ¡Oh, Dios mío! ¿Dónde estás, Evan? ¿Dónde estás?

Evan sintió que le ardía la nuca. Era el cálido aliento del miedo.

—Mira por la mirilla. ¿Puedes llegar a las escaleras?

—¡No lo sé! ¡No lo sé!

—Compruébalo. ¡Ahora!

Memo se incorporó a medias en el sofá, alzando las manos con los dedos extendidos en gesto conciliador.

—Escúcheme, *amigo*. Se lo juro por mi Isa, yo nunca...

El golpe de Evan lo tiró al suelo boca abajo. Sujetando el móvil entre la mejilla y el hombro, Evan colocó una rodilla en la espalda de Vázquez, sacó otras bridas y le ató también los tobillos.

Por el teléfono le llegó una brusca inhalación.

—Ya están en el rellano, Evan. ¿Qué voy a hacer?

—Echa el cerrojo de seguridad. Métete en el cuarto de baño. Hay...

Un gran estrépito se oyó por el auricular, el sonido de un ariete al impactar contra una cerradura. El chillido de Katrin fue tan agudo que Evan tuvo que apartar el móvil unos centímetros.

—Sigue al teléfono, Katrin. Pase lo que pase, sigue al...

Oyó el sonido de una bofetada, y luego el del teléfono de Katrin deslizándose por el suelo. Instantes después se oyó un crujido y la línea se cortó.

Evan dejó a Memo atado en el suelo y corrió hacia la puerta. Ahora comprendía por qué a Slatcher le daba igual que la cámara fuera tan obvia. El propósito de aquel subterfugio no era atraerlo hasta allí para matarlo.

El propósito era alejarlo de Katrin.

37

Tarde o temprano

Evan atravesó el centro de la ciudad como una exhalación, saltándose semáforos en rojo, pasando entre coches, subiéndose a la acera para adelantar a un Volvo entre chirridos de neumáticos. Intentó acceder a la pantalla de GPS conectada con los microchips introducidos en el sistema de Katrin, pero no daba señal. A media manzana del *loft*, se detuvo con un frenazo en una parada de autobús y se apeó del Taurus. Echó a correr hacia el edificio con la mano sobre la funda de la Wilson Combat 1911.

Desenfundó la pistola al tiempo que atravesaba las puertas de cristal de la entrada y corrió hacia las escaleras, obligando a separarse a una pareja de mediana edad y sus dos hijos pequeños. Subió a toda prisa y se detuvo en el rellano del quinto piso. Entreabrió la puerta que daba al pasillo y asomó la cabeza. La puerta de su *loft* estaba abierta unos centímetros y en torno a la cerradura forzada la madera estaba ligeramente hundida.

Entró con cautela en el pasillo, empuñando la pistola, y avanzó sigilosamente. Apoyó la mano sobre la astillada puerta y la abrió silenciosamente hacia dentro. Con la pistola por delante, entró apenas en el *loft* y recorrió el espacio abierto con la mirada.

Uno de los taburetes de la isleta de la cocina estaba volcado y el teléfono de prepago hecho pedazos. Evan se agachó junto a las entrañas electrónicas y tocó unas manchas oscuras que había al lado en el suelo. Cuando levantó la mano, una película carmesí cubría la yema de sus dedos.

No eran más que unas gotas. ¿Quizá sangre de la nariz al recibir la bofetada? Sabía que Katrin estaba viva. No la querían a ella.

Dado que el *loft* había sido descubierto, no perdió más tiempo. Volvió al Taurus, aparcó un poco más adelante y regresó rápidamente a la casa de Elysium Park que acababa de abandonar. Repasó mentalmente la historia que le había contado Vázquez. Aquel intrincado cuento sobre el humilde inmigrante ilegal que no tenía a quien acudir y con una hija con síndrome de Down a la que unos malvados narcotraficantes se llevarían para vender sus órganos, parecía ahora increíble, especialmente concebida para conmover a Evan. Incluso habían colocado una foto de «Isa» en lugar del carnet de conducir en la cartera de Memo, el primer sitio que registraría Evan.

Slatcher había hecho sus averiguaciones y creado una simulación de un operativo hecho a medida para el Hombre de Ninguna Parte, con la apariencia justa de desesperación e impotencia.

Unos minutos más tarde, Evan se hallaba en el interior polvoriento de la casa destartalada, inspeccionando el lugar. Una navaja con la hoja abierta. Dos bridas flexibles de nailon cortadas en el suelo de madera. Y ni rastro de Memo Vázquez.

Irritado consigo mismo, pero en absoluto sorprendido, Evan se dirigió al aparcamiento de Burbank para cambiar de vehículo. Una pregunta le reconcomía: ¿cómo había localizado Slatcher el *loft*? La cabeza le daba vueltas mientras sopesaba diversas posibilidades.

A mitad de camino de Burbank lo acometió un súbito impulso, tomó una salida de la autopista con un chirrido de neumáticos y se metió en un callejón por la parte de atrás de un centro comercial. Un calor árido salía por el conducto de ventilación de una tintorería. En el interior, prendas metidas en bolsas colgaban de un riel circular y daban vueltas como almas sin cuerpo.

Evan sacó el maletín Hardigg Storm del maletero y montó el detector de uniones no lineales. Escaneó el Taurus meticulosamente, deteniéndose en los radios de las ruedas y en todos los paneles, incluso se deslizó bajo el vehículo sobre el rugoso asfalto para comprobar el chasis. Pasó la cabeza circular del detector por la tapicería interior, quitó los reposacabezas, sacó bruscamente todo el contenido de la guantera. Levantó las esterillas del suelo y las escaneó como si les estuviera pasando la aspiradora.

El detector no emitió más que el acostumbrado chisporroteo de la estática.

Unas personas que salieron de la tintorería le lanzaron miradas de curiosidad, pero él las ignoró, centrado en su tarea, con la camiseta empapada de sudor y pegada al cuerpo. Sacó la rueda de repuesto y la comprobó, luego desmontó el botiquín de primeros auxilios y esparció las piezas por el suelo. La rueda de repuesto estaba limpia, igual que la alfombrilla del maletero. Revisó todo centímetro a centímetro. Hizo pedazos la espuma negra del maletín Hardigg Storm y los esparció por el callejón como trozos de algodón.

Sentado entre las cosas del coche, respiró hondo para recuperar el aliento, absolutamente perplejo. Su mirada se posó en el propio detector. Una terrible sospecha cobró vida en su pecho.

Se levantó y recogió el detector. Lo arrojó contra el asfalto hasta hacerlo añicos. Lo pisoteó con el tacón y rompió en dos el mango de plástico.

Dentro había un diminuto transmisor digital.

Se agachó para extraer el transmisor, del tamaño de un guisante, lo sostuvo entre el índice y el pulgar y le lanzó una mirada asesina.

Ocultar un transmisor dentro del objeto diseñado para detectarlo era un indicio de maestría sin parangón.

Se dirigió a la furgoneta de reparto de la tintorería que estaba aparcada a un lado, desenroscó el tapón de la gasolina y dejó caer el transmisor en el interior del tanque. Con eso tendría a Slatcher y a su equipo dando vueltas por la ciudad durante un tiempo.

Evan subió a su coche para ir al aparcamiento del aeropuerto y recoger su camioneta. De camino a casa, intentó determinar dónde habrían podido instalarle el transmisor Slatcher y sus hombres.

El Taurus lo había usado por primera vez justo antes del asalto de Slatcher a la habitación de Katrin en el motel. El coche estaba limpio entonces, porque sencillamente no había forma humana de que antes pudieran saber que era suyo. Y cuando él y Katrin habían huido del motel por la ventana trasera, él mismo había observado a Slatcher con sus propios ojos. Slatcher no recibía información de ningún transmisor, esperaba la información que le enviaban sus hombres desde la habitación, y luego se había dado la vuelta para escudriñar la calle. No, no había ningún transmisor oculto en la camioneta cuando Evan había llevado a Katrin al *loft*.

Lo que significaba que Slatcher lo había colocado al regresar Evan a Chinatown para entrar a hurtadillas en el nido del francotirador. Lo más lógico era mantener bajo vigilancia el lugar del intento fallido. Slatcher sabría que al final Evan regresaría allí.

Eso quería decir que cualquier otro sitio al que hubiera ido Evan después de Chinatown estaba comprometido.

Repasó los lugares mentalmente. Había ido al *loft* aquella noche, y se había acostado con Katrin, pero luego se había marchado tras recibir la llamada de Vázquez, seguramente antes de que Slatcher pudiera reunir a su equipo y prepararse para matarlo. A continuación había usado el Taurus para ir a Las Vegas, lo que había puesto de nuevo a Slatcher sobre la pista de Morena en casa de la tía. Slatcher había seguido a Morena hasta el Casino Bellagio, consciente de que Evan tenía que hallarse en algún lugar cercano. Por eso había apostado a Candy McClure en la sala del casino.

Evan también había visitado a Tommy Stojack, pero este exigía que sus clientes aparcaran a varios kilómetros y fueran a verlo en autobús, de modo que su taller estaba a salvo. Durante el camino de vuelta de Las Vegas, Evan se había detenido junto a la casa de Memo Vázquez, avisando así a Slatcher de que había picado el anzuelo del falso cliente. Pero Evan había cambiado de vehículo en Burbank antes de volver a casa, por lo que supuestamente Castle Heights no había sido detectado.

Cuando había regresado a la casa de Elysium Park por la mañana, seguramente Slatcher le había seguido gracias al transmisor, y luego había esperado a tener confirmación visual por la cámara mal disimulada de que realmente se trataba de Evan. En aquel lugar estaba demasiado lejos para proteger a Katrin, así que Slatcher sabía que tenía el camino despejado para asaltar el *loft* y llevársela.

Joder, estaba muy claro por qué al Huérfano Cero lo consideraban el mejor.

Una vez en casa, Evan subió a su ático y comprobó si la señal de GPS de Katrin había reaparecido mágicamente a pesar de que no había recibido ningún aviso. Pues no.

Hasta que Katrin comiera y sus jugos gástricos cargaran los microchips en su aparato digestivo, la señal permanecería inactiva. Llevaba un revestimiento de plata, de modo que si Slatcher escaneaba a Katrin con un detector de señales (y Evan no dudaba que lo haría), no encontraría nada, a menos que por casualidad la escaneara inmediatamente después de una comida. Algo le decía a Evan que alimentar a Katrin no estaba en la lista de prioridades de Slatcher. Pero la señal tenía una fecha de caducidad. Seguramente solo faltaba un día, dos a lo sumo, para que los minúsculos sensores perdieran eficacia.

Y entonces la habría perdido para siempre.

A continuación revisó las grabaciones de seguridad del *loft*. Vio a Katrin paseándose alrededor de la isleta de la cocina, como se había acostumbrado a hacer. Evan sintió que poco a poco le invadía la ansiedad, un horror creciente al observar a una persona que no era consciente de que estaba a punto de ocurrirle algo terrible.

Katrin se acercó a la pared de ventanales tintados y de pronto se puso rígida de terror. Se abalanzó sobre el móvil, resbalando casi.

Evan vio cómo marcaba con dedos temblorosos. Vio su boca moviéndose frenéticamente. La conversación estaba grabada a fuego en su memoria. Un sonido confuso, pero audible: «Están aquí, los del motel.»

Luego ella corrió hacia la puerta y miró por la mirilla. Sus manos intentaron correr el cerrojo con torpeza cuando la puerta se abrió violentamente, lanzándola hacia atrás. Ella se tambaleó, pero logró mantener el equilibrio.

Slatcher entró y le dio una bofetada con el revés de la mano. A pesar de que el golpe parecía casi desganado, la cabeza de Katrin había girado como si su cuello fuera un eje bien engrasado. El móvil salió volando.

La mujer, Candy McClure, apareció detrás de Slatcher. Un ariete colgaba juguetonamente a un costado. Fue hasta el móvil con paso lento e insinuante, y lo aplastó con el tacón de su bota. Slatcher levantó a Katrin, que permaneció flácida mientras él la sujetaba. Candy se acercó por el otro lado y pasó un brazo de Katrin por sus hombros, y así se encaminaron a la puerta, como si Katrin fuera una borracha, y así salieron fuera.

La incursión duró once segundos en total.

Evan la visionó otra vez. Y otra.

«¡Oh, Dios mío! ¿Dónde estás, Evan? ¿Dónde estás?»

Rebobinó. Le dio al *play*.

«¿Dónde estás, Evan?»

Rebobinó.

«¿Dónde estás, Evan?»

Escuchó la súplica de Katrin hasta que se convirtió en un mantra de rabia que hervía en su interior.

Con el pulgar pulsó el número memorizado. Sonó y sonó, pero Slatcher no respondió. Seguramente estaba intentando rastrear el número y devolvería la llamada solo cuando hubiera hecho algún progreso. Como antiguo huérfano, Slatcher tendría habilidades y recursos de sobra para rastrear teléfonos VoIP y centralitas digitalizadas. Sería interesante ver hasta dónde era capaz de llegar.

Sin encender las luces, Evan recorrió el perímetro del oscuro ático con el RoamZone en la mano. Iba rozando las paredes con el hombro, como marcando los límites de su fortaleza, definiendo el terreno seguro. La luz del sol se ensombrecía por momentos, y luego un tono naranja de postal tiñó el cielo. Muy pronto solo quedaron las luces artificiales, como puntas de alfiler en el negro océano de la ciudad.

Tal como esperaba, el teléfono sonó. Evan se lo llevó al oído.

—Huérfano O —dijo.

—Huérfano X.

—Déjame hablar con ella.

—Por supuesto —dijo Slatcher.

Un instante después, Katrin se puso al teléfono con la voz ronca de llorar.

—Lo siento, Evan. Siento mucho haberte metido en esto.

—¿De qué estás hablando?

—No conseguí echar el cerrojo ni llegar al cuarto de baño.

—Hay dos cosas que quiero que recuerdes muy bien. Nada de esto es culpa tuya. Y voy a encontrarte. Repítelas conmigo.

Katrin respiró varias veces rápidamente.

—Nada de esto es culpa mía —dijo después—. Y vas a encontrarme. —Ahogó un grito—. ¿Me lo prometes?

—Te lo prometo. Ahora, devuélvele el teléfono a él.

Slatcher volvió al otro lado de la línea.

—No te molesta dejarnos hablar, ¿verdad? —dijo Evan.

—No.

Evan recorrió el pasillo, pasando los dedos por el espacio donde antes estaba colgada la catana.

—Porque estás rastreando esta llamada. Ahora mismo.

—Intentándolo.

—Buena suerte —dijo Evan, y era sincero.

—Estupenda distracción lo de la furgoneta de la tintorería —dijo Slatcher.

—Gracias. Estupendo movimiento lo de poner el transmisor en el detector. ¿Lo pusiste en Chinatown?

—Ajá. Mientras tú estabas en el apartamento siguiéndome la pista, yo estaba en el maletero de tu coche para seguirte la tuya.

—Pero no querías liquidarme allí. Demasiados policías alrededor.

—Es cierto. Estaba lleno, como ya viste. Impresionante ejercicio gimnástico en los balcones y la azotea. No creí que fueras a lograrlo.

Una vez más, Evan repasó mentalmente la lista de posibles enemigos. El sucesor de un jefe de armamento de Hezbolá al que había eliminado durante el conflicto de la zona de seguridad en Líbano. La viuda vengativa de un oligarca que traficaba con material fisionable. El tío de un violador en serie al que había liquidado en Portland.

—Supongo que no querrás decirme por qué vienes a por mí —dijo Evan.

—Me temo que no me corresponde a mí decírtelo.

—Ya. Asesino a sueldo. —Evan llegó al borde de la cocina y dejó que la pared viviente le hiciera cosquillas en el brazo—. ¿La persona que te ha contratado desea darse a conocer?

—No.

—¿Cómo diste conmigo? Al principio de todo, quiero decir.

—Oh —respondió Slatcher—. Soy muy bueno en mi trabajo.

Evan cruzó la gran sala de suelo de hormigón y se apoyó en la cinta para correr para contemplar los cuadrados iluminados de las ventanas del apartamento de enfrente.

—¿Empezasteis con Morena?

—Podríamos haber empezado con alguno de los anteriores —respondió Slatcher—. Tú no sabes a quiénes conocemos. Quizá tengamos a alguien en tu propio edificio ahora mismo.

Su tono era desenfadado, pero Evan notó que aquellas hirientes palabras le penetraban en las entrañas. ¿Una táctica de desinformación? Evan decidió que sí. Si Slatcher hubiera sabido dónde estaba, ya habrían tirado su puerta abajo.

—¿Qué te hace pensar que estoy en un edificio? —preguntó.

Slatcher se echó a reír. Esa parte de la conversación quedaba zanjada.

—He revisado las grabaciones de vigilancia del *loft* —dijo Evan—. Dos ex Huérfanos trabajando juntos. Ya no me queda nada por ver.

—Bueno —dijo Slatcher—. Tú espera y verás.

La posible procedencia de Candy no era más que mera especulación por parte de Evan, pero igual dijo:

—No sabía que también adiestraban mujeres.

—Oh, a unas cuantas.

Evan se alejó de la cinta y se detuvo ante la pantalla protectora de color violeta. Miró el balcón del apartamento 19H en el edificio de enfrente. La fina malla de la pantalla solo oscurecía levemente la vista. Vio a Joey Delarosa en su sofá de piel sintética, con el mando a distancia sobre un muslo y una bandeja ya vacía de comida de régimen sobre un reposapiés. Por el ángulo de su cabeza y el movimiento regular de su pecho, Evan dedujo que se había quedado dormido. El resplandor del televisor dibujaba pautas en las paredes de alrededor, convirtiendo la habitación en algo vivo.

—No queréis a Katrin —dijo Evan—. No es más que un cebo.

—Eso es cierto. —La voz de Slatcher sonó con fuerza en su oído—. Te queremos a ti.

—Estoy dispuesto a complaceros.

—Seguro de ti mismo, ¿eh?

—Los dos queremos lo mismo —afirmó Evan.

—¿Y qué es?

—Liquidarnos el uno al otro.

—Cierto —admitió Slatcher—. Entonces, ¿cómo lo vamos a hacer?

En el edificio de enfrente, la puerta del apartamento de Joey Delarosa se abrió violentamente. Un hombre con pasamontañas irrumpió entonces, llevado por el impulso del ariete que llevaba. Dos hombres más ataviados de negro entraron después, seguidos de Candy McClure. Las manos de Joey aparecieron bruscamente a la vista, igual que una bolsa de palomitas que esparció su contenido sobre el sofá. Candy se abalanzó sobre él, saltando como una pantera, para cachearlo y sujetarlo.

—Bueno —dijo Evan—. Ahora que tienes a Katrin, querrás sacarle partido. Querrás sonsacarle todo lo que sepa. No sabe nada. Será una pérdida de tiempo, pero tienes que hacerlo. Tal vez podrías ahorrarle cierta crueldad, confiando en mi buen criterio profesional. Jamás me habría puesto en peligro a mí mismo dándole detalles que pudieran serte útiles.

Evan oía respirar a Slatcher. En el edificio de enfrente, los hombres empezaban a registrar el apartamento, habitación por habitación. Evan los vio desaparecer y volver a aparecer en las diferentes ventanas del 19H. Levantó la mano y la posó suavemente sobre la fina malla de la pantalla de titanio.

—Dejando a un lado a Katrin, querrás estudiar todos los ángulos posibles —prosiguió Evan—. Querrás agotar todos los recursos para volver a dar con mi rastro. De hecho, seguramente es lo que estás haciendo ahora.

Candy seguía en la sala de estar de Joey, examinando un dispositivo portátil. Siguió sus indicaciones hasta un punto en la pared cerca del televisor. Atravesó la placa de yeso de un puñetazo y sacó el móvil que Evan había alojado allí, arrancando el cargador del cable al que estaba empalmado. El móvil tenía habilitada la conexión por wifi y servía como puente para la llamada misma que estaba realizando en aquel momento. Para ello, recogía los paquetes digitales de datos enviados a través del *router* de Joey y pasaba la señal a la red LTE, con lo que el rastro literalmente se desvanecía en el aire.

Candy miró con asco el móvil que colgaba de cables y cargador, y luego dejó que cayera contra la pared. Con expresión de hastío, tecleó algo en el dispositivo portátil. ¿Un mensaje de texto?

—Estás en lo cierto —dijo Slatcher.

Como esperaba, Evan oyó un breve zumbido a través de la línea. Era el mensaje de Candy para Slatcher.

Slatcher exhaló un leve suspiro de fastidio.

—No puedo darte un punto de encuentro con antelación. Tendrías demasiado tiempo para planear un contraataque.

—Cierto —dijo Evan—. Mejor esperar para que ninguno de los dos tenga que perder el tiempo dando vueltas por ahí.

—Estaremos en contacto. Cuando nos hayamos preparado. Eres demasiado peligroso.

—Lo comprendo. Yo haría lo mismo.

Slatcher tenía ahora ventaja. En lugar de montar una operación de alto riesgo como en el restaurante y el motel, había cambiado de estrategia, obligando a Evan a ir a por él.

En el otro edificio, Candy y sus hombres desaparecieron por la puerta. Instantes después, Joey se puso en pie con dificultad y se tambaleó en dirección a su teléfono.

—Mientras tanto, tú intentarás localizarla —dijo Slatcher—. Intentarás llegar a nosotros antes.

Evan pensó en el as que tenía en la manga, los microchips en el estómago de Katrin.

—Sí —dijo, dando la espalda por fin a las luces de la ciudad para adentrarse en la oscuridad de su apartamento.

—Bueno, entonces supongo que nos veremos.

—Tarde o temprano —replicó Evan, y colgó.

38

Un escudo de asesinos

El sonido de una mujer sollozando le resultaba siempre irritante.

Danny Slatcher se encontraba en el otro extremo del pasillo, pero los lloriqueos seguían llegándole desde el despacho vacío donde Candy había encerrado a Katrin White. Se encontraban en un edificio aislado junto a la 101, cerca de Calabasas. Situado detrás de un aparcamiento vacío, tenía un diseño en forma de V muy poco práctico. Los dos largos pasillos conducían a varios despachos. Las salas de reuniones se encontraban en la parte de atrás y daban a la ladera de una colina cubierta de maleza. En el vértice de la V había un feo patio interior con cocina donde se respiraba un olor maloliente a helechos muertos.

De pie en aquel cargado ambiente de plantas podridas, Slatcher llevaba puestas las uñas con etiquetas RFID y la lente de contacto pixelada sobre el ojo derecho.

El cursor virtual finalmente pasó del rojo al verde.

Top Dog le enviaba un único signo: «?»

Los dedos de Slatcher se movieron velozmente en el aire. LA TENEMOS. LA USAREMOS COMO ANZUELO PARA ATRAERLO A ÉL.

TD respondió: ¿QUÉ TAL SE PORTA HUÉRFANA V?

A TD le encantaban los nombres en clave, el pedigrí.

Slatcher tecleó: BIEN.

¿Y LOS RADICALES LIBRES?

NO TAN BIEN.

TE VAS A QUEDAR SIN NINGUNO, ¿NO?

PARA ESO ESTÁN LOS RADICALES LIBRES —tecleó Slatcher—. LOS NECESITAMOS PARA ACORRALAR AL OBJETIVO.

TD contestó: HUÉRFANO X ES MÁS LISTO QUE LA MAYORÍA.

SÍ, SEÑOR, LO ES.

El cursor volvió a ponerse rojo.

A TD no le gustaban las despedidas.

Danny se quitó el equipo de comunicación, lo devolvió a su esbelto estuche metálico, y abandonó el maloliente patio interior, enfilando el pasillo en dirección a los sollozos.

El nuevo grupo de «radicales libres» se había congregado en el vestíbulo. Sus cabezas rapadas y sus músculos obtenidos mediante esteroides indicaban que se trataba de militares degradados, lo que a Slatcher no le preocupaba. Había aprendido hacía mucho tiempo que los militares licenciados con deshonor a menudo eran los más despiadados. Slatcher quería un escudo de asesinos en torno a Katrin White y Candy McClure hasta que Huérfano X yaciera muerto a sus pies.

La conversación cesó cuando Slatcher pasó por en medio de los hombres para enfilar el pasillo. La puerta del cuarto de la limpieza estaba abierta de par en par. Candy estaba en cuclillas dentro de aquel húmedo rectángulo con suelo de hormigón, comprobando primorosamente sus tarros de plástico llenos de ácido fluorhídrico concentrado. Salió del cuarto para unirse a Slatcher, que siguió por el pasillo.

—¿Se lo decimos a ella? —preguntó Slatcher.

Candy asintió.

—Sí, mejor decírselo. Así se sentirá más motivada para portarse bien.

Entraron en el último despacho situado a la izquierda. Katrin, tranquila por fin, seguía donde la habían dejado, encadenada a una mesa. Junto a ella, una bolsa intacta de McDonald's. La ventana que daba a la colina estaba tapiada con tablones. El sudor pegaba el lacio flequillo de Katrin a su frente, y tenía la cara abotagada de llorar. La bofetada de Slatcher le había hinchado la mejilla izquierda, y le estaba saliendo un derrame en el ojo.

—¿No vas a comer? —preguntó Candy.

Katrin apenas alzó la vista.

—No tengo hambre.

Slatcher se agachó sobre ella.

—Sam vive y está bien —dijo—. Necesitábamos asustarte. Necesitábamos que soltaras lágrimas de verdad delante de Evan.

Katrin entreabrió los labios, pero no emitió ningún sonido.

—No —dijo—. Miente. Me está mintiendo. Me está mintiendo.

—Hicimos lo que teníamos que hacer para tener a Evan donde queríamos. Emocionalmente. Necesitamos que sea imprudente. Que esté dispuesto a correr más riesgos.

A Katrin le resbalaban las lágrimas por la cara. Sus delgados brazos temblaban sin control.

—Mírame. —La manaza de Slatcher le agarró el mentón y la obligó a volver la cabeza hacia él—. Si cooperas plenamente con nosotros, Sam vivirá. ¿Me entiendes?

Katrin asintió, sujeta aún con fuerza por la mano de Slatcher. Sus lágrimas le humedecieron los nudillos.

—Solo quiero que esto acabe de una vez.

—Acabará cuando Evan esté muerto.

Slatcher la soltó y Katrin relajó los músculos. Se dejó caer en el suelo sin fuerzas, apretando la mejilla contra la fina moqueta. Junto a su cara estaba la bolsa de comida manchada de grasa. El olor le dio náuseas.

Slatcher se incorporó y a ella le pareció que cada vez era más alto.

Luego abandonó el despacho.

Candy se quedó apoyada en la mesa, mirándose las uñas con una leve expresión de aburrimiento en su rostro bonito y vivaz.

La respiración de Katrin era entrecortada, jadeante, parecía que no le llegaba el aire.

—Esos sicarios rusos de mierda —dijo Candy— se concentran en destruir dientes. Luego les cortan la yema de los dedos a sus víctimas para borrar las huellas. Pero yo no soy una sicaria rusa de mierda. Yo no me conformo con eso. —Con un fluido movimiento, se dio impulso para colocarse suavemente delante del rostro de Katrin, y luego se inclinó hacia delante, arrastrando consigo una bocanada de perfume femenino—. Yo prefiero eliminar a la persona entera. No lo hemos hecho con Sam todavía. —Arrimó los labios a la oreja de Katrin—. Pero estoy impaciente por hacerlo.

Se enderezó con sus fuertes y torneadas piernas abiertas cual coloso de Rodas descolorido.

—Así que, por favor —añadió—, no cooperes.

Katrin no consiguió recobrar el aliento ni siquiera cuando Candy se fue.

39

Un sonido que no llegaba

Evan yacía en la cama flotante en la oscuridad de su dormitorio, con la vista fija en el techo, concentrado en repasar la conversación que había mantenido con Slatcher palabra por palabra.

«Tú no sabes a quiénes conocemos. Quizá tengamos a alguien en tu propio edificio ahora mismo.»

Slatcher trataba de ponerlo nervioso, obligarle a precipitarse, a hacerse más visible.

En su ático tenía diferentes alarmas y armamento, paracaídas para saltos base y cuerda para descender en rápel, muros y ventanas reforzados. Por el momento estaba a salvo.

Pero Katrin no.

Recordó la noche que habían yacido juntos en el futón, y cómo él recorría la curva de su cadera con el dedo. También las tres estrellas asimétricas que tenía tatuadas tras la oreja. Los kanjis en el omóplato izquierdo. Las manchas de sangre en el suelo del *loft*. La promesa que le había hecho: «Te encontraré.»

El RoamZone se cargaba sobre la mesilla a medio metro de su oído. Había estado esperando que el pitido del sonar le indicara la ubicación de Katrin, preparándose para un sonido que no llegaba.

De repente, la noche le pareció más fría de lo que en realidad era.

«Prométemelo.» Una película de color carmesí en la yema de los dedos. «¿Dónde estás, Evan?» El móvil desechable hecho pedazos. El sollozo entrecortado de Katrin. «¿Dónde estás, Evan?»

«¿Dónde estás?»

Apartó a un lado las sábanas, se vistió y se dirigió a la alfombra turca. Se sentó en ella con las piernas cruzadas, cerró los párpados y trató de meditar.

Por primera vez en su vida, no lo logró.

40

Puntos ciegos

Cuando llegaron las primeras luces de la mañana, Evan había realizado ya una completa revisión de sus sistemas de seguridad, afinado la sensibilidad de los detectores de movimiento, probado las alarmas, evaluado los ángulos de la cámara de seguridad y buscado puntos ciegos.

En aquel momento no podía permitir que quedara ningún punto ciego.

Seguía sin recibir señal del GPS de los microchips de Katrin. ¿Se habían descompuesto ya y su organismo los había metabolizado? ¿No le daban de comer? ¿Se le había desprendido el parche oculto tras la oreja a causa del sudor? Tal vez la tuvieran retenida bajo tierra y los muros de hormigón amortiguaban la señal.

Siguió actuando. Extrajo la tarjeta SIM de su RoamZone y la arrojó al triturador de basuras, dejando que las cuchillas siguieran con su zumbido hasta que solo oyó unos trocitos de tarjeta dando vueltas. Los sacó y los tiró a la basura. Luego se conectó a internet y desplazó su servicio telefónico del equipo de Bangalore al otro en Marrakech. Ya no podía depender de su vecino aficionado a la violencia doméstica, Joey Delarosa. Después de que Joey hubiera llamado a emergencias la noche anterior, los polis habían llegado y habían extraído el móvil de la pared y lo habían examinado con perplejidad como si fuera un artefacto del espacio exterior.

Tras introducir una tarjeta SIM nueva en su móvil, Evan sacó un maletín Pelican del armario contiguo a una de las taquillas de las armas y lo llevó a la azotea. Eligió un lugar oculto tras el cuarto metálico que protegía el generador. A pesar de que lucía el resplandeciente sol del sur de California, el viento de diciembre le agarrotó los dedos mientras trabajaba.

De la parte superior del maletín sacó y desplegó una antena direccional Yagi, a la que conectó un cable coaxial con una corta y gruesa antena omnidireccional montada sobre un trípode. Apuntó con la Yagi hacia el horizonte y... *voilà*. Su propia estación de comunicación móvil clandestina. La pequeña estación eludía toda autenticación entre ella misma y la torre de telefonía móvil más cercana, lo que hacía imposible rastrearla. Literalmente estaba fuera de la red. A continuación, habilitó la conexión wifi en su RoamZone, creando un acceso a la red LTE. Por lo general, solo habría encendido la estación base para hacer una llamada, y la habría apagado inmediatamente después, pero tendría que dejarla funcionando hasta que recibiera la llamada de Slatcher.

—¿Evan? ¿Es usted?

Evan se levantó rápidamente, a tiempo de ver a Hugh Walters acercándose.

—¿Qué hace aquí arriba?

—Bueno... es un hobby que tengo. Intento localizar cometas. Siempre he deseado descubrir alguno y que le pongan mi nombre.

El rostro de Hugh se iluminó de una forma que sorprendió a Evan.

—Yo pertenecí al club de radio de onda corta del instituto —dijo.

—¿Ah, sí?

—Pues sí.

—Mire, sé que va contra las normas que yo...

Hugh lo interrumpió con un ademán.

—Lo consideraremos un secreto entre científicos aficionados.

—Se lo agradezco —dijo Evan—. Es un poco embarazoso.

Hugh le tendió la mano y Evan se la estrechó.

—¿Y qué hace usted por aquí? —preguntó Evan.

—Inspeccionando la azotea. Debo estar al tanto de todas las reparaciones necesarias antes de ir a la reunión de la comunidad de propietarios. La de hoy es justamente... —un Rolex de oro apareció bajo el puño de Hugh— ahora. Esta vez asistirá, ¿no?

—Hoy no me va nada bien —se excusó Evan.

Hugh lo reprendió con una expresión ceñuda.

—¿Por qué? Estamos en época de vacaciones, ¿no? ¿Qué es tan urgente que no le permite asistir?

—Asuntos personales.

Hugh asintió con sobriedad.

—Bueno, puedo decirle que una persona se va a sentir muy decepcionada de no verle.

—¿Quién?

—Mia Hall. —Hugh malinterpretó la expresión de sorpresa de Evan—. Pues sí, amigo. Sé que al parecer hay algo entre ustedes dos. Pero esta mañana ella parecía...

—¿Qué?

—No lo sé. Simplemente no era ella misma. Parecía muy alterada por algo.

—Supongo que ser una madre sola no es moco de pavo.

—No era eso —dijo Hugh—. Parecía asustada.

Evan sintió que la fría brisa lo traspasaba.

Hugh se humedeció los labios.

—Tal vez podría pasarse por la reunión de la comunidad y ver qué tal está.

La mente de Evan reunió fragmentos de sus conversaciones con Mia durante las dos últimas semanas. «Como fiscal de distrito, a veces recibo amenazas. Tengo una emergencia en el trabajo. Se trata de una emergencia grave. Cuestión de vida o muerte.»

Evan rechazó estos pensamientos. No tenía tiempo para eso. No era su misión. No era asunto suyo. Tenía que pensar en Katrin y en el Séptimo Mandamiento y en muchas cosas más.

—Lo siento —dijo—. No puedo.

Se sentó hacia la mitad de la larga mesa de reuniones, perpendicular a Mia para poder observarla sin que resultara demasiado evidente. Ella le había saludado con una somera inclinación de la cabeza al entrar él y luego había desviado la mirada. Extraño. Peter no estaba con ella.

Por unos altavoces ocultos sonaba *Jingle Bells*. La sonrisa complacida de Hugh dejaba entrever que la alegre música de fondo había sido idea suya.

Estaban presentes la mayor parte de los habituales, salvo Johnny con su chándal de artes marciales. El padre de Johnny, con el orgullo típico de un progenitor acostumbrado a exagerar los logros de su hijo, explicó que ese día tenía un examen de cinturón negro. Para su siguiente dan.

Ya se habían votado varias medidas contundentes: realzar el pórtico de entrada colocando una alfombra, nuevos setos de boj para el muro norte del edificio, revisar la iniciativa sobre bebidas matinales en vista del fracaso con el kombucha. La elección de los nuevos colores para los cojines del vestíbulo había provocado una feroz batalla entre la señora Rosenbaum y Lorilee Smithson. Mientras tanto, Evan mantenía la atención fija en Mia, que se mostraba tensa, con los labios apretados y la mirada baja.

Una vez más, Ida Rosenbaum estaba enfadada.

—... con lo que pagamos de comunidad, ¿y el encargado no puede arreglar el marco de mi puerta? Se está cayendo a pedazos.

—Y dale con el dichoso marco —dijo Lorilee, con su cara de bótox—. Pensaba que se iba a ocupar de eso su hijo.

Las mejillas de la señora Rosenbaum temblaron, destello de emoción que ella intentó disimular.

—Este año no podrá venir. Está muy ocupado. Es una persona muy importante. Quería estar aquí para las fiestas, pero me ha dicho que le es imposible.

Lorilee mascó su chicle con aire triunfal.

—Eso ya lo hemos oído antes, ¿verdad, Ida?

La señora Rosenbaum pareció desinflarse en su silla. Entreabrió los labios, pero no salió palabra alguna de su boca. El comentario la había dejado fuera de juego.

Hugh se compadeció de ella.

—Ya hablaré yo con el encargado, Ida —le aseguró—. En cuanto pasen las fiestas, haremos que le arreglen la puerta.

Desolada, la señora Rosenbaum apenas pudo asentir con la cabeza.

Evan miró a Mia para ver si se había percatado del incidente, pero parecía distraída, perdida en la nebulosa de sus pensamientos, lo que no era normal en ella.

—Pasando a otro asunto —dijo Hugh, dirigiendo la mirada a la veintena aproximada de cansados asistentes, recalcándoles la gravedad del punto siguiente—. Como vengo sugiriendo desde algún tiempo, todo el mundo tendrá que aportar tres mil dólares para la nueva póliza contra terremotos.

Los presentes estallaron en un coro de quejas. Pat Johnson se aferró el pecho como si estuviese sufriendo un infarto.

Para restaurar el orden, Hugh dio unos golpes con su taza de café vacía sobre la mesa de madera.

—Lo sé —dijo—. Escuchen. Escúchenme...

Evan observó a Mia, la única que no reaccionaba. No levantaba los ojos, seguramente porque tenía la vista fija en el iPhone que tenía sobre el regazo. Se mordisqueaba el labio con ansiedad.

Su cara se tensó, y luego Evan oyó el tema de *Tiburón* sonar débilmente en medio del barullo de voces. Mia se llevó el móvil al oído con expresión implacable, luego volvió a meterlo en su bolso, apartó su silla de un empujón y se levantó para irse.

Evan también se puso en pie y la siguió.

La alcanzó en el ascensor. Estaba esperando a que llegara, dándose palmaditas con impaciencia en los muslos.

—¿Estás bien? —le preguntó—. Has salido con mucha prisa.

—Sí, sí. Estoy bien.

Él la miró a los ojos y vio que mentía.

—¿Adónde vas?

—A casa de mi hermano —respondió ella—. Acaba de llamarme. Tengo que recoger a Peter.

El tono del móvil para su hermano era el de *Snoopy*, no el de *Tiburón*.

Mia se apartó un mechón de rizos de la frente, dejando al descubierto la marca de nacimiento de la sien. Sus suaves pecas apenas eran visibles en la nariz.

—Ya sabes —dijo él— que si te ocurre algo o necesitas ayuda...

La mirada de Mia se desvió hacia los números iluminados de los pisos.

—Gracias, Evan. Pero no es el tipo que problemas que puedes resolver.

Él pulsó el botón de subida y aguardó en silencio al lado de Mia.

Llegó primero el ascensor que bajaba y Evan dejó que Mia entrara en la cabina. Las puertas se cerraron.

Evan apretó los ojos. Katrin. La misión. Arriba.

Pensó en la voz ronca de Peter, en la descuidada tirita de Gonzo en la frente. «Gracias por encubrirme.»

Maldito niño.

Corrió hacia el montacargas y bajó al aparcamiento.

El ascensor lo dejó cerca de los contenedores de basura, de modo que no era visible en la penumbra del recinto. Oyó los pasos de Mia antes de verla. Se dirigía a su coche a paso vivo con el iPhone de nuevo pegado a la oreja.

Evan se encaminó a su camioneta, avanzando por detrás de diversos turismos alemanes, manteniéndose en paralelo a Mia. Ella subió a su Acura y abandonó el aparcamiento con la velocidad suficiente para hacer que los neumáticos chirriaran sobre el resbaladizo suelo. Evan salió al descubierto y se disponía a abrir la puerta de su camioneta cuando oyó una respiración jadeante detrás de él.

Lentamente se dio media vuelta y Johnny Middleton se hizo visible entre las sombras a un lado. Llevaba un puño americano de latón en una mano y en la otra un cuchillo de combate con mango en forma de T. Caminó hacia Evan con el rostro encendido, su cuerpo bajo y fornido envuelto en su chándal de artes marciales.

—Lo siento, Evan— dijo.

41

Centros emocionales

Evan se cuadró en el estrecho espacio entre vehículos mientras Johnny seguía avanzando hacia él. Tenía los ojos inyectados en sangre y un espasmódico tic en un párpado. Evan miraba fijamente el cuchillo, esperando que se levantara, pero Johnny lo llevaba bajo junto al vientre. Evan se dijo que no disponía más que de los puños para una pelea a cuchillo.

Calculó el ángulo para hundir la garganta de Johnny con un golpe seco, pero entonces Johnny dejó caer los brazos a los costados. De repente, se echó a llorar.

—No sé qué hacer —dijo—. No sé qué hacer.

Dos espacios separaban la plaza de aparcamiento de Evan de la de Johnny. El maletero de su BMW estaba abierto. Evan comprendió que no había estado esperándolo al acecho, sino que él lo había interrumpido.

—¿Qué le ha ocurrido? —preguntó.

—Fue en el entrenamiento de combate de la semana pasada —respondió Johnny—. Le rompí la nariz a un tipo. Pudo ser después de que sonara el silbato. Tiene hermanos mayores. Son tipos duros de verdad. Han crecido en ese ambiente, quiero decir. La cosa es jodida. Pensaba que lo habíamos arreglado, pero hoy cuando he ido a la prueba de cinturón negro me estaban esperando. Los tres. Me he ido, pero me han seguido hasta aquí. No quiero que mi padre se entere. Dios, si lo descubre...

Evan exhaló un suspiro. La frustración se apoderaba de él. Primero había hecho una rápida excepción para ayudar a Mia, y ahora ahí estaba Johnny, gimoteando como un niñato abofeteado. Tal vez la vida real fuera eso: un jodido problema tras otro. ¿Cómo lo decía Mia? «La vida sería aburrida si no tuviéramos a otras personas a nuestro alrededor para complicarlo todo.» Ahora Evan tenía que preocuparse por Mia además de Katrin. Solo le faltaba tener que añadir a Johnny.

—Escuche —dijo—. Tengo que volver al trabajo.

Johnny agachó la cabeza y empezó a sollozar.

Evan miró al techo.

«Joder.»

—¿Dónde están? —preguntó—. Esos tipos, ¿dónde están?

—Fuera —contestó Johnny, señalando rampa arriba—. Esperando.

—Guarde el cuchillo.

—Es que son peligrosos, barriobajeros. Agradezca no tener que tratar con gente así. —El rubor le había subido por el rostro, haciendo que le brillara la frente y resaltando los implantes de pelo—. Yo no soy un tipo duro en realidad. Si no consigo que se traguen mi farol, estoy bien jodido.

—Llame a la Policía.

—No puedo. Es de nenazas.

—Con esa actitud va a acabar en una bolsa para cadáveres.

—No entiende a esos tipos, Evan. No harían más que esperar. Esperarían y volverían a por mí más adelante.

Evan respiró hondo. Soltó el aire entre los dientes apretados.

—Entonces iré con usted. Para hablar con ellos.

La sorpresa de Johnny se convirtió en otro sollozo.

—Evan, esto no es... no es una pelea de negocios como esas a las que está acostumbrado. Esos tipos son unos salvajes.

Evan se encaminaba ya hacia la rampa. Johnny lo siguió sin dejar de suplicarle. Evan agitó el pie delante del sensor y la puerta se abrió ruidosamente.

—¡Hostia, hostia! —exclamó Johnny.

Salieron al sol del mediodía. Calle arriba, en la acera, aguardaban tres veinteañeros con camisetas sin mangas a pesar del frío. Enjutos, de músculos compactos, pelo engominado. Parecían de origen indonesio. El más menudo llevaba una férula protectora para la nariz.

Evan señaló la zona de carga y descarga que había detrás del edificio, y los hermanos se encaminaron en esa dirección, manteniéndose a buena distancia hasta desaparecer por la esquina.

—No haga eso —le pidió Johnny—. No es bueno ir ahí atrás donde nadie puede vernos.

Doblaron la esquina. Los hermanos se habían detenido en el centro de la fachada posterior. Con los brazos cruzados y los ceños fruncidos, como salidos de un vídeo malo de rap.

Cuando Evan se dirigió hacia ellos, Johnny se quedó algo rezagado. Los hermanos permanecieron con expresión pétrea.

—Tengo entendido que aquí mi amigo metió la pata a base de bien.

El que parecía el mayor frunció los labios, dejando que la ira traspasara su máscara.

—Le rompió la puta nariz a Reza. Yo diría que eso equivale a meter la pata a base de bien.

Con la boca torcida en una mueca, Reza se llevó una mano a la férula. Su pecho subía y bajaba rápidamente bajo la fina camiseta. Sus hombros relucían por el sudor.

Evan miró a un hermano y otro, tomándose su tiempo.

—Pretendéis pelear o huir —dijo—. Pero hay otras opciones, y, para ser sincero, ahora mismo no tengo tiempo para esto. Encontremos una solución mejor.

Una vena latía en el brazo del hermano mediano.

—No estamos aquí para hablar, joder.

Por detrás del hombro de Evan, la voz de Johnny sonó ronca de miedo:

—Se lo dije.

Evan clavó la vista en el hermano mayor.

—Sé que crees que lo tienes todo bajo control. Pero respiras con dificultad. Ahora mismo te ha subido el ritmo cardíaco. También la presión sanguínea. Estáis sudando los tres. Los centros emocionales de vuestro cerebro se están colapsando. Se os está haciendo un nudo en el estómago mientras hablamos, con todo el estrés que recorre vuestros cuerpos. —Evan dio un paso adelante—. No tenéis la situación dominada como creéis. Si hay pelea, el resultado no os va a gustar. Me superáis en número, sí, y esperáis que esté tan nervioso como vosotros, que me lanzaré a pelear irreflexivamente y cometeré errores. Pero quiero que me miréis bien. Decidme: ¿os parezco asustado?

Los hermanos movieron la cabeza al mirarse unos a otros.

—Ya te lo ha dicho Andreas —dijo el mayor—. No estamos aquí para hablar.

Los hermanos se desplegaron, formando un semicírculo en torno a Evan. Alzaron las manos, listos para atacar.

Evan exhaló un suspiro de fastidio.

—¿En serio?

Se encaró entonces con el mayor, sabiendo que sería el primero en atacarle. Vio cómo colocaba los pies e interpretó el movimiento. Previó la patada en movimiento de barrido antes de que se produjera, como una primera acometida para tantear el terreno, y se limitó a levantar una pierna y girarla hacia fuera. La espinilla de Evan golpeó el tobillo que se acercaba, y una dolorosa vibración recorrió toda la pierna de su atacante. El hermano mayor retrocedió de un salto sobre el pie bueno.

La lección sería sencilla: cada vez que uno le atacara, experimentaría dolor.

Andreas fue el siguiente, como esperaba Evan, con un directo de derecha, pero Evan levantó el codo bruscamente y lo lanzó contra él. Cuando Andreas intentó darle el puñetazo, la blanda unión entre hombro y pectorales recibió la huesuda punta del cúbito de Evan. Andreas profirió un grito de dolor y el brazo le cayó a un lado, insensible.

Reza se había puesto ya en movimiento, girando el cuerpo para soltar una patada circular. Evan atrapó la pierna con ambas manos y la estrelló con fuerza sobre su propio fémur, que había levantado. Su rodilla machacó la tibia y los gemelos de Reza, dejando la pierna inútil.

El mayor se había recobrado para volver a atacarle. Evan se abalanzó sobre él y le golpeó en el hombro antes de que pudiera lanzar el brazo hacia delante. El hermano mayor se tambaleó, luego se recuperó y contraatacó con un puñetazo directo. Las manos de Evan se movieron como sierras horizontales para realizar un bloqueo de *kali*. Así aferró el brazo por ambos lados. Con la palma de una mano guio el puño de la otra, cuyos nudillos se hundieron en el blando bíceps. El agresor soltó un gruñido y se alejó tambaleándose, chocando contra Reza, al que derribó.

Andreas se estaba dando impulso para atacarle con una patada alta, pero Evan levantó la pierna y la lanzó hacia delante, dejando que el propio impulso de Andreas precipitara su escroto contra el pie de Evan.

El aire abandonó los pulmones de Andreas en una especie de ladrido.

—¡Aaaggg! —exclamó, y cayó junto a sus hermanos.

Evan había respondido tan solo con bloqueos y paradas, sin realizar un solo movimiento ofensivo.

A su espalda, oyó el siseo de Johnny al dejar escapar el aire entre los dientes.

Los hermanos se sujetaban diversas partes del cuerpo y respiraban entrecortadamente, más sorprendidos que lastimados.

Evan se acercó a ellos y ofreció la mano a Reza. Este miró a su hermano mayor, que asintió, y entonces Reza dejó que Evan lo ayudara a ponerse en pie. Los otros dos se levantaron por su cuenta.

—De acuerdo —dijo Evan—. Volvamos a intentarlo. —Se volvió hacia Johnny, que observaba, hipnotizado, con la boca entreabierta—. ¿Johnny?

No hubo respuesta.

Evan hizo chasquear los dedos delante de la cara de Johnny y este volvió a la vida.

—¿Sí? ¿Qué?

—Discúlpese con Reza por darle un puñetazo después de sonar el silbato. No fue honorable.

—Lo siento —dijo Johnny—. Lo siento de verdad.

—Estréchele la mano.

Johnny alargó la mano y Reza la aceptó.

—Le han arreglado la nariz —prosiguió Evan—. Usted le pagará las facturas médicas. ¿De acuerdo?

—De acuerdo —respondió Johnny—. Estoy de acuerdo.

Evan miró al hermano mayor.

—¿En paz?

El otro lo miró fijamente, tratando de parecer implacable, aunque todos sabían que todo había terminado.

—Vale —dijo—. En paz.

Evan asintió con una inclinación de la cabeza. Luego dio media vuelta y se encaminó al aparcamiento a paso vivo, con Johnny pegado a sus talones.

—Joder, joder, joder. ¿Cómo ha hecho eso?

Doblaron la esquina en dirección al pórtico del edificio.

—Practiqué la lucha en mi juventud —improvisó Evan, saludando al aparcacoches con un gesto afable.

—¿Quién demonios es usted?

Evan se detuvo y Johnny fue a dar contra su espalda. Evan se dio la vuelta y sus ojos quedaron a unos centímetros.

—Esto no ha ocurrido. ¿Entendido?

Johnny levantó las manos.

—Entendido.

Evan entró por las puertas de cristal, dejando a Johnny en la calle, entre las sombras.

42

El interior de la mente de un teórico de las conspiraciones

Las cinco y veinte y aún no había sonado la señal de GPS de Katrin.

Encerrado en la Bóveda, Evan navegaba por las bases de datos, escudriñando hasta el último rincón del universo informático en busca de pistas que pudieran conducir a Danny Slatcher o a lugares que hubiera usado en el pasado. Hurgó y husmeó, intentando no mirar el reloj.

Su suspicacia podría haberle costado la vida a Katrin.

Con ex Huérfanos siguiéndole el rastro, Evan tenía que dudar de todo y de todos, desvelar las mentiras subyacentes en cada frase, la traición detrás de cada sonrisa. Durante las dos últimas semanas se había visto arrastrado cada vez más hacia el mundo corriente de las complicaciones humanas, de las personas reales con problemas reales, y cada vez resultaba más difícil saber qué era auténtico y qué una simulación estratégica de lo auténtico. Había trazado todo un mapa de conexiones y coincidencias, creando redes de lógica parcial que parecían más bien la radiografía de la mente de un teórico de las conspiraciones. Descubrir la autenticidad en la vida cotidiana era su punto ciego particular, dado que jamás había tenido una vida corriente. Katrin sí. Y la incapacidad de Evan para descifrar el lenguaje de lo cotidiano, para evaluarlo correctamente, podría acabar siendo la rasgadura en la tela que los dejaría a ambos al descubierto.

Aquella misión había sido una trampa mortal desde un principio. Los cimientos se habían hundido bajo sus pies, desmoronándose sus Mandamientos uno tras otro. Solo uno importaba ya, el Décimo y más sagrado: «Nunca permitas que muera un inocente.»

Siguió tecleando, pirateando archivos como si se abriera paso con un machete entre la maleza. Pero Slatcher hacía honor a su reputación. Imposible de rastrear. Invisible. Un fantasma.

Las seis y siete y la señal de GPS de Katrin seguía sin sonar.

Evan se reclinó en su silla con un suspiro de exasperación. Solo entonces se dio cuenta de que *Vera* había muerto. La planta de aloe vera, compañera de tantas peripecias y testigo de sus pecados, se veía reseca y marrón. La levantó de su lecho de guijarros. Tenía el tamaño de una alcachofa y se acoplaba perfectamente a la palma de su mano, tan ligera como un nido de pájaro. Se merecía una despedida mejor, pero simplemente acabó en el compactador de residuos. Cuando alzó la vista, vio que la pared viviente también estaba agonizando, que una buena parte de las plantas hacía tiempo que se habían marchitado y el suelo estaba sucio de hojas y ramitas caídas. El sistema de goteo debía de estar obstruido. Una reparación más que añadir a la lista junto con la vaina de la catana. Miró fijamente la pared de plantas malnutridas como si fuera un espejo.

Aquella pared y *Vera* eran los únicos seres vivos a su cuidado, y ni siquiera había conseguido mantenerlos con vida.

Las siete y dieciséis y todavía nada.

Sopesó revisar sus propias misiones anteriores, tanto las que le habían asignado como las que había hecho por su cuenta, para determinar cuál de ellas había motivado que alguien pretendiera vengarse utilizando a Danny Slatcher, pero eran demasiadas, y todas habían dejado una estela de enemigos mortíferos tras de sí.

Las ocho y tres minutos. Nada de nada.

Y entonces divisó algo.

Pero no en los monitores en que había estado concentrado.

Una de las cámaras de vigilancia exteriores que daban al sur captó a dos hombres acercándose a la zona de carga y descarga donde Evan había zanjado el asunto con los hermanos ese mismo día. Eran unos tipos corpulentos con ropa oscura y holgada, y tatuajes en brazos y cuello. Evan activó el *software* de reconocimiento facial, pero la parte posterior del edificio estaba demasiado oscura para obtener una imagen nítida.

No permanecerían fuera mucho tiempo.

Cuando se acercaron a la puerta de seguridad contigua a la enorme persiana enrollable del muelle de carga y descarga, uno de ellos sacó un juego de ganzúas y el otro se puso de puntillas. Mientras este tendía los brazos hacia arriba, una delgada pieza metálica lanzó un destello en su mano. Evan supo de inmediato lo que era: un imán con forma de chicle Wrigley. Todas las puertas exteriores de Castle Heights tenían como alarma una cerradura magnética colocada entre la parte superior de la puerta y el marco. Deslizando un imán para que se quedara pegado a la placa superior de la cerradura conseguirían que no se rompiera la conexión y no se disparara la alarma al abrir la puerta.

Y la puerta se abrió rápidamente gracias al juego de ganzúas. Los dos tipos desaparecieron en el interior. El tiempo total que habían permanecido en el campo de visión de la cámara exterior no superaba los diez segundos. Tipos muy hábiles.

No era su primer trabajo.

A unos centímetros de la alfombrilla del ratón de Evan, la Wilson 1911 negra mate aguardaba en su funda.

Evan clicó para localizar la cámara interior correspondiente y captó a los dos hombres recorriendo velozmente el corredor de servicio. Ahora sí había luz suficiente para captar sus facciones, y el *software* de reconocimiento facial mostró los resultados en pantalla.

Michael Marts y Axel Alonso.

Evan leyó su historial delictivo. Habían trabajado juntos desde adolescentes en diversos allanamientos y en el atraco a un taxista, lo que les había valido cinco años en la prisión de Chino. Pero los habían soltado antes (hacía cuatro meses) por buen comportamiento.

Ahora subían en el montacargas.

Sin apartar la vista de la pantalla, Evan tendió la mano sobre la mesa para empuñar la pistola enfundada. Se la sujetó a la cadera y se puso en pie, inclinándose sobre los monitores y apoyando los nudillos en la mesa metálica.

Con el ratón hizo avanzar el informe de la sentencia por el atraco y clicó sobre el nombre del fiscal del caso.

«Fiscal de distrito Mia Hall.»

La confirmación de sus sospechas le provocó un hormigueo nervioso en la espina dorsal. Aquellos hombres querían vengarse de su vecina por haberlos encerrado.

Por supuesto, el montacargas se detuvo en el duodécimo piso.

Evan accedió a la cámara del pasillo de ese piso justo a tiempo para pillar a los dos hombres caminando hacia el apartamento de Mia. Ya no había más cámaras que pudieran seguirlos. Castle Heights no tenía ojos sobre la puerta del 12B, lo que significaba que Evan tampoco.

El corazón se le desbocó. Se sentía bullir de impaciencia.

Miró fijamente el silencioso RoamZone. Nada de Katrin. Tenía que estar preparado para ponerse en marcha en el instante mismo en que sonara el pitido de la señal GPS. Esa era su obligación. Esa era su ley. Lo único para lo que le habían adiestrado y que había hecho durante dos décadas y media.

Pero ¿y Mia? ¿Y Peter?

¿Qué podía hacer? ¿Qué no podía hacer?

Se dio cuenta, por primera vez, de que la respuesta no estaba ni en su mente ni en su entrenamiento, sino en otra parte.

Una alerta de seguridad sonó en una de sus pantallas protectoras.

Un globo contra la ventana del dormitorio. Escrito con rotulador en letras mayúsculas decía: HOMBRES MALOS AQUÍ. SOCORRO.

Los hombres estaban ya en el apartamento. Se concentrarían en vigilar la puerta principal.

Evan fue a salir de la Bóveda, pero se detuvo, alterado, con la mano apoyada en la puerta secreta.

Toda una vida de entrenamiento le decía que no podía desvelar su identidad a Mia. Con ello arriesgaría mucho más que esa misión.

Lo arriesgaría todo.

Y, sin embargo... ¿podía arriesgarse a no hacer nada?

No tenía elección.

Iría a su apartamento, por supuesto.

Solo que no sería atravesando el edificio.

43

Un tipo muy siniestro

Evan se encontraba suspendido de un lateral de Castle Heights, invisible contra la pared en el oscuro exterior con los pies plantados en el pretil de piedra. La vista, veintiún pisos más abajo. El viento ululaba, ahogando prácticamente el sonido del tráfico de la calle.

Largó la cuerda negra de rápel, y las correas se le hincaron en el torso cuando su peso tensó el arnés. Aquel sistema de rápel casero no estaba diseñado para descender desde la ventana de su dormitorio de forma controlada, sino para descender velozmente por el lateral del edificio hasta la calle.

Tentó una vez más los amarres y luego inició el rápido descenso por la cuerda negra, golpeando a intervalos ventanas y piedra con las botas. El resplandor azulado del televisor del 20B pasó como un borrón por sus ojos, luego el verde acuático de la pecera del 19B, seguido de la ventana negra como boca de lobo del 18B. Mucho más abajo, los semáforos pasaron del rojo al verde y sonó el lamento de las bocinas en medio de la riada de coches que circulaban a lo largo de Wilshire Boulevard. Evan descendía velozmente. La cuerda de nailon de resistencia reforzada pasaba a través de varios nudos en ocho sobre el torso de Evan, que produjo fricción apretando los guantes para ir ralentizando el descenso al ver que la planta 12 se acercaba rápidamente.

La ventana del dormitorio de Peter estaba abierta, con la cuerda de cometa atada todavía al globo que flotaba arriba. Evan dio una patada a la pared para separarse del edificio, dándose la vuelta en una lenta rotación, y sus botas de SWAT apuntaron hacia la abertura de medio metro sobre la parte superior de la ventana.

Entró por la abertura y sus pies aterrizaron sobre la alfombra azul al lado de la cama con forma de coche de carreras, al tiempo que se desabrochaba ya el arnés. Peter estaba acurrucado contra el pie de la cama, tapándose las orejas y con los ojos fuertemente apretados. Tenía la puerta atrancada con la silla del escritorio encajada bajo el pomo de la puerta. Uno de los hombres llamaba a la puerta, con insistencia pero sin hacer demasiado ruido. No querían alertar a los vecinos.

Al oír el aterrizaje de Evan, Peter abrió los ojos. Su expresión de sorpresa fue mayúscula, llevándose una mano a la cabeza para atusarse los rubios cabellos.

—¡Ostras! —exclamó.

Evan se llevó un dedo a los labios.

A través de la puerta se oyó a alguien que alzaba la voz.

—... lo que puedes hacer es devolverme los putos cuatro últimos años de mi vida. —Y luego un ronco susurro—: Saca al niño del dormitorio. Ahora.

Siguieron llamando a la puerta y se oyó una nueva voz amortiguada que hablaba más cerca.

—Escucha, chaval. Abre o derribaré la puerta de una patada.

—No vamos a derribar ninguna puerta —dijo el primer hombre—. Abre o le romperemos los dedos a tu mamá.

Se oyó el ruido de un breve forcejeo, y luego Mia gritó:

—¡No lo hagan, no...!

Unos pasos se alejaron del dormitorio de Peter. Al parecer, el segundo hombre iba a ayudar con Mia.

Evan apartó suavemente la silla de debajo del pomo y la depositó sobre la alfombra. Cuando se daba la vuelta, Peter lo agarró por el brazo.

—Tengo miedo —le dijo con su vocecita ronca.

—No tengas miedo. —Evan giró el pomo despacio—. Ahora todo irá bien.

Abrió la puerta y se asomó por la rendija. Mia se debatía violentamente y ambos hombres trataban de contenerla. Marts intentaba sujctarla por detrás y le tapaba la boca con una mano tatuada. Con la otra mano empuñaba una pistola del calibre 45, pero apuntaba al suelo, no a la cabeza de Mia, lo que Evan interpretó como una buena señal respecto a sus intenciones. La falta de silenciador era también positiva. Lo último que querría Marts era disparar dentro del edificio. También era lo último que querría hacer Evan en un recinto cerrado con rehenes. Con la Wilson aún enfundada, salió por la puerta.

Mia no dejaba de patalear y Alonso intentaba sujetarle las piernas.

Evan se acercó por detrás con sigilo y le dio unos golpecitos en la espalda.

—Disculpa —dijo.

Sorprendido, Alonso se dio la vuelta.

La articulación del hombro es en gran medida un mito. Más que una articulación, es un conjunto de huesos unidos por músculos y tendones y una modesta cantidad de cartílago. Es extremadamente móvil. Y muy vulnerable.

Alonso estaba formando una O de sorpresa con la boca cuando Evan le golpeó de arriba abajo con el puño derecho sobre la frágil clavícula izquierda. El golpe le partió la clavícula haciendo un ruido como el de un plato dejado caer sobre un yunque. Alonso se desmoronó y cayó al suelo como un saco. Con su caída, permitió a Evan ver los ojos como platos de Mia, más sorprendida aún que su agresor.

Marts la arrojó a un lado y alzó la pistola, pero Evan le agarró la muñeca y la giró violentamente con la palma hacia arriba, torciendo el codo hasta que cedió con un chasquido sordo. La pistola cayó de los dedos flácidos. Evan la recogió en el aire y la desmontó mientras caía sin apenas perder velocidad, hasta que las diferentes piezas fueron a parar sobre la moqueta manchada: corredera, muelle recuperador, cañón, armazón, cargador.

Marts le lanzó un puñetazo, pero Evan lo bloqueó hacia fuera, obligándole a desproteger el cuerpo. Con los dedos rectos en forma de lanza, Evan le propinó un golpe *bil jee* en los ojos. Marts profirió un grito que no sonó ni humano ni animal, sino como una estructura húmeda desplomándose sobre sí misma. Se tambaleó hacia atrás y Evan le agarró por el brazo que agitaba y lo hizo girar para aferrarlo por detrás en un único movimiento, como el ataque de una serpiente, para hacerle la llave de estrangulamiento clásica. El cuello de Marts quedó atrapado entre el bíceps y el antebrazo derecho de Evan, que con la mano izquierda le apretaba además la nuca.

A sus pies, Alonso gemía sobre la moqueta con los tendones sobresaliendo por la herida del hombro. Mia se había alejado rápidamente por el suelo hasta el sofá. Aún seguía moviendo las piernas, que ya no la impulsaban a ninguna parte, mientras lo observaba todo con una mezcla de horror y fascinación.

Marts se debatía tratando de liberarse de Evan.

—Hijoputa, ¿tienes la menor idea de...?

Con la mano izquierda, Evan aplicó una leve presión, forzando la cabeza hacia el brazo que lo atenazaba, cortando así el flujo sanguíneo a las arterias carótidas. Marts se quedó flácido como una marioneta en brazos de Evan.

Evan aflojó la presión e instantes después Marts volvió a la vida.

—¿Hemos terminado? —preguntó Evan.

—Y una puta mierda...

Presión nuevamente.

Marts se inclinó hacia delante de nuevo, flácido.

Evan aflojó la presión.

Marts volvió a despertar.

—¿Estás listo para escuchar?

—Escucharé tus huesos part...

Repetición.

Esta vez, cuando la cabeza de Marts se enderezó de nuevo sobre sus hombros, dijo con voz ronca:

—Vale, vale. Escucharé.

—Bien, escuchadme los dos. —Evan puso una bota sobre el hombro destrozado de Alonso y el tipo se arqueó en el suelo como si le hubiera traspasado una corriente eléctrica. Asintió furiosamente.

—Hay dos opciones —explicó Evan—. Bajáis conmigo en el montacargas hasta el aparcamiento en calma y sin meter ruido.

O yo os tiro a los dos por el conducto de la basura. Estamos en el duodécimo piso. ¿Qué elegís?

—El montacargas —respondió Marts.

Evan levantó a Alonso, que se quedó de pie junto a Marts, transido de dolor.

Mia seguía moviendo las piernas, aunque ahora a cámara lenta, tratando en vano de seguir retrocediendo a través del sofá.

—No llames a la Policía —le ordenó Evan—. Por favor. Volveré.

Ella lo miró inexpresivamente, a pesar de que su estómago se agitaba, atenazado por sollozos silenciosos.

—¿De acuerdo? —preguntó él.

Ella asintió con la cabeza como si fuera un estremecimiento.

Cuando él empujó a los dos tipos hacia la puerta, ella gateó rápidamente en dirección a la habitación de Peter. Evan echó un vistazo por la mirilla de la puerta para comprobar si el pasillo estaba despejado antes de sacar a los asaltantes. Al cerrar la puerta tras ellos, oyó el llanto amortiguado de Peter y el murmullo de Mia apaciguándolo.

Evan metió a Marts y Alonso en el montacargas y los llevó hasta el aparcamiento sin incidentes. Alonso respiraba espasmódicamente al ritmo de sus pasos. Marts llevaba la camiseta empapada en sudor. Mostraban la misma cooperación que un par de prisioneros de guerra quebrantados.

Evan sacó un juego de llaves del bolsillo de Marts.

—El coche —dijo—. ¿Dónde lo tienes?

—A dos manzanas en esa dirección.

Cruzaron el aparcamiento y salieron a la parte de atrás por una escalera. Marts y Alonso subieron arrastrando los pies, doblados por el dolor, con el mismo porte de extras en *The Walking Dead*.

Brillaban luces en varios apartamentos, pero no había transeúntes por el vecindario, una de las ventajas de una ciudad entregada a los coches como Los Ángeles. Llegaron a un Buick hecho polvo. Evan abrió el maletero, sacó bruscamente la rueda de recambio y la arrojó a la franja llena de maleza que separaba la acera de la calle.

—No —dijo Marts—. Oh, no.

—Por favor —dijo Alonso.

Evan se limitó a mirarlos.

Los dos tipos se metieron en el enorme maletero, acoplándose con lentos movimientos a causa de sus atroces dolores.

La voz de Marts aflautada por el agónico esfuerzo:

—¿No podrías a lo mejor...?

Evan cerró el maletero de un golpe.

Enfiló la 405 hasta Mulholland, que tomó en dirección oeste. Abandonó la famosa calle en el punto en que el asfalto da paso a la tierra. Entró en la zona de los desfiladeros, pasando por delante de la difunta instalación del Proyecto Nike de misiles, y enfiló un tortuoso sendero. Los neumáticos daban sacudidas sobre el terreno irregular, y en más de una ocasión se filtraron gemidos de dolor a través de los asientos de atrás. Evan llegó a un claro que miraba al Valle, donde el embalse de Sepúlveda era un charco negro derramado sobre un manto de luces.

Aparcó, abrió el maletero y ayudó a los dos cautivos a salir. Ambos permanecieron de pie con los tatuajes relucientes por el sudor, estirando el cuello para observar los alrededores. Por todas partes crecían altos robles y chaparrales. El polvo levantado por los neumáticos daba textura al aire, flotando fantasmalmente en la oscuridad. Una lechuza ululó en algún lugar cercano.

—Vas a matarnos —dijo Marts.

A la luz de la luna, el rostro de Alonso parecía exangüe. La clavícula fracturada no había traspasado la piel, pero un extremo sobresalía por delante, abombando la camisa.

—No íbamos a hacerle nada —dijo—. Solo queríamos sacudirla un poco, darle un susto. Que supiera lo que nos había hecho.

—Si no os creyera —dijo Evan—, ya estaríais muertos.

—Entonces... entonces, ¿para qué estamos aquí?

—Mulholland está a cinco kilómetros por ahí —dijo Evan, señalando—. Os dejaré el coche donde empieza el asfalto.

Con ojos vidriosos, los dos hombres escudriñaron la oscuridad en la dirección señalada.

—Sé que conocéis a tipos duros —prosiguió Evan—. Tipos que están por encima de vosotros. Y ellos tienen tipos que están por encima. Pero la gente a la que podéis recurrir no alcanza un nivel que pueda inquietarme. ¿Entendéis lo que os digo?

Ambos hombres asintieron sumisamente.

—Pensad en mí como el ángel guardián de Mia Hall —añadió Evan—. Que ella no vuelva a veros otra vez, o acabaréis bajo tierra. —Evan hizo girar las llaves con el dedo índice, y volvió al coche.

Hizo un cambio de sentido en tres movimientos y los faros iluminaron el rostro demacrado de ambos matones, que seguían plantados en el sitio, temblando y con pinta de espantapájaros. La tierra que levantaron los neumáticos llovió sobre ellos.

Evan frenó junto a ellos y bajó la ventanilla.

—Echad a andar —ordenó.

Ellos se dieron la vuelta con dificultad para iniciar la sombría caminata de regreso.

—Eres un tío muy siniestro —dijo Marts.

Evan aceleró. Vio las figuras encorvadas empequeñecerse en el retrovisor. Al parecer aún no habían hecho acopio suficiente de fuerzas para moverse.

44

Un motor autosuficiente

Katrin estaba sentada en el despacho vacío, de espaldas a la pared, mirando la bolsa de comida rápida que seguía intacta más allá de sus pies. La ventana, su único lujo, se la habían arrebatado tapiándola con madera contrachapada y reforzada con barrotes de acero. Cuando se movía, la gruesa brida de plástico le estrangulaba el tobillo. Estaba sujeta a la pata metálica de la mesa sobre un grueso travesaño, y en las horas que había pasado allí sola, no había logrado que los tornillos cedieran lo mínimo. A decir verdad, había renunciado a seguir tras varios intentos y después de romperse la uña del pulgar. Los tornillos no iban a salir, y ella tampoco.

El estrés la estaba corroyendo poco a poco. El terror que bullía lentamente en su interior se había materializado en una náusea que le subía por la garganta a intervalos y luego remitía. El latido sordo de sus sienes competía con leves mareos. Sabía que estaba deshidratada y sin energías. Pero la idea de comer le provocaba nuevas arcadas. El olor a limpiador de moqueta impregnaba el aire y parecía inundarle los pulmones.

Oía el ruido de unas pesadas botas por el pasillo y el murmullo de voces graves. De vez en cuando, oía también a Candy, un susurro femenino y luego estallidos de risa de hombres.

Slatcher había despojado a Katrin de todas sus pertenencias, incluyendo reloj y móvil, de modo que no tenía modo de saber qué hora era, pero Candy acudía a veces para llevarla al cuarto de baño.

Motivo por el que ahora, cuando solo habían pasado unos veinte minutos desde su última visita al lavabo, a Katrin le desconcertó oír aquellas botas acercándose por el pasillo.

La desconcertó y también la asustó, y no poco.

Candy entró trayendo consigo una brisa de aire perfumado. En una mano balanceaba una nueva bolsa de McDonald's. Reabastecimiento.

—Con ese numerito de la huelga de hambre a lo Gandhi no vas a conseguir nada más que debilitarte —dijo Candy—. Y no creo que quieras estar débil. Por ti misma o por Sam. Así que, ¿qué me dices si maduras de una puta vez y te comportas? ¿Vale, socia? —Se le marcaron los hoyuelos al sonreír brevemente. Y lanzó la bolsa, que aterrizó con un sonido sordo junto a Katrin.

Candy dio media vuelta y en ese sencillo movimiento sus caderas se contonearon histriónicamente. Luego desapareció por la puerta.

Katrin estiró el brazo hacia la bolsa y notó la visión borrosa. Estaba más débil de lo que creía. Pero cuando abrió el grasiento envoltorio, el olor de la hamburguesa con queso la obligó a dejarlo a un lado. Durante un rato respiró el aire impregnado a limpiador de moquetas.

Luego cogió una patata frita y la sostuvo frente a su cara, tratando de asentar el estómago.

Durante todo el trayecto en taxi desde Mulholland, Evan mantuvo activado el escáner de seguimiento de Katrin en su RoamZone. Permanecía irritantemente mudo.

Pidió al taxista que lo dejara a unas manzanas de Castle Heights. Luego volvió corriendo y subió directamente a su ático, para recoger la cuerda de rápel y el arnés antes de que alguien los viera flotando al viento. Al hacerlo le vino a la cabeza la imagen de un puente levadizo, metáfora que tal vez Jack habría apreciado: Evan solo en su fortaleza una vez más.

Hizo una parada rápida en la Bóveda para eliminar los intervalos comprometedores de las grabaciones de seguridad del edificio de unas horas antes. Las imágenes, que Joaquín apenas revisaba en tiempo real mientras leía su revista *Maxim*, se revisaban superficialmente después, pero prefería no confiar en la suerte. Salió del ático con el RoamZone recargado en la mano, bajó en el ascensor hasta el apartamento de Mia y llamó a la puerta, sin tener la menor idea de lo que podía esperar.

La mirilla se oscureció y luego se abrió la puerta. Con su rizado cabello aplastado por una ducha reciente, Mia apareció en el umbral. Lo miró y luego señaló el sofá. La puerta de Peter estaba cerrada. Seguramente el niño dormía.

Evan fue hasta el sofá y se sentó. Mia se sentó en una butaca frente a él con las piernas recogidas. Había metido las piezas de la pistola de Marts en una bolsa de congelación que descansaba sobre la mesilla que había entre ellos, como un objeto de conversación.

Lo que Evan supuso que en realidad era.

Mia estaba ronca de tanto llorar.

—¿Los has... matado?

—No. Pero no volverán a molestarte nunca más.

—Gracias por protegerme. Gracias por proteger a Peter. Y lo digo en serio, sinceramente y de todo corazón.

—¿Pero?

Mia se inclinó hacia delante, levantó un poco la bolsa de congelación, y dejó que cayera de nuevo sobre la mesa con un sonido metálico.

—Has desmontado esta pistola tan rápido que ni siquiera he visto cómo se movían tus manos. Has apabullado a esos hombres, delincuentes habituales y violentos, como nunca había visto hacer antes. Has entrado volando por la ventana de Peter como el mismísimo Spiderman. ¿Qué eres?

Evan apartó la vista. Era una conversación que no había tenido nunca, y no había forma de iniciarla ahora. En la puerta de Peter, la advertencia de NO ENTRAR al estilo pirata se había roto a causa de los golpes propinados por Alonso. Evan pensó en el niño que dormía a salvo al otro lado de la puerta.

Cuando se hizo evidente que no tenía una respuesta preparada, Mia siguió hablando.

—Nadie sabe nada sobre suministros industriales de limpieza.

—No.

—Así que nadie puede preguntarte nada sobre tu trabajo.

—Supongo que no —respondió él.

—Evan Smoak. ¿Es tu verdadero nombre?

—Sí y no.

Mia abrió y cerró la boca.

—Entiendes cuál es mi trabajo, ¿no? No puedo saber que tú... que tú...

Él aguardó.

—No puedo saber lo que sea que no sé sobre ti. —Se dio una palmada en la frente—. Dios, esto es una locura. Hablo como una loca. Pero sea lo que sea que les hayas hecho a esos hombres... —Lanzó un soplido airado para apartarse un mechón de la frente—. Soy fiscal de distrito, Evan. Hice un juramento. Varios, en realidad. Con mi trabajo mantengo a mi hijo. Y está supeditado a que... bueno, se basa en no quebrantar la ley.

—Entonces, ¿quieres encausarme?

—¿Y si digo que sí?

—Me iré.

—Te encontraríamos.

Evan negó lentamente con la cabeza.

—Voy a llamar a mi jefe ahora mismo. —Mia se puso en pie—. Veremos cómo arreglar este follón. Cómo solucionar las cosas.

Pero no se movió hacia el teléfono. Se miraron. El silencio se prolongó.

—¿Quién te ha llamado hoy al abandonar la reunión de la comunidad? —preguntó Evan—. Me has dicho que era tu hermano. Pero no ha sonado su tono.

Ella parpadeó lentamente, por el cansancio o la confusión.

—Mi jefe. Diciéndome que la amenaza de esos tipos se había acrecentado. Les venimos siguiendo la pista desde hace unos meses.

Evan pensó en el tono de *Tiburón* sonando en el móvil de Mia una y otra vez. Todas aquellas conversaciones agitadas, sus paseos en círculos por el jardín de la casa de su hermano. Recordó el día que había estado fregando los platos junto a ella en su fregadero. «Ahora los idiotas alardean de todo en Facebook. De lo que han hecho, de lo que van a hacer.»

—Por eso te mudaste aquí, aunque el dinero del seguro de vida de tu marido se acabó hace años. La seguridad aquí es mejor.

La mirada cansada de Mia se hizo penetrante.

—¿Cómo sabes eso? ¿Cómo sabes cuándo recibí el dinero del seguro de Roger?

Él vaciló. Eran muchas las cosas que no podía contarle. Sin embargo, algo le debía.

—Hay muchas personas a las que les gustaría matarme —empezó con cautela—. Así que he de mantener los ojos muy abiertos.

Ella hizo una mueca de incredulidad, dejándose caer de nuevo en la butaca.

—¿Y tú me dices a mí que miento? —Mia se echó hacia delante y apoyó los codos sobre las rodillas—. Espera. Sabías lo del cáncer de Roger y lo de su seguro de vida. Eso quiere decir... ¿eso quiere decir que también lo sabes todo de mí? La adopción de Peter. Mis ingresos. Dónde trabajo. ¿Me has espiado?

El silencio de Evan fue respuesta más que suficiente.

—¿Fingías? ¿Todo el tiempo?

—No.

—¿Con Peter...?

—No.

—¿Con mis pecas...?

—No.

—Y lo de mostrarte sorprendido cuando te cuento cosas sobre mí misma... que mi marido murió. Ya lo sabías... —Movía la mandíbula de atrás adelante, haciendo chirriar los dientes—. Lo sabías todo.

—Sí.

Una lágrima brotó de uno de los ojos de Mia. Solo una.

—Qué triste para ti tener que ver a todo el mundo de esa forma. Como amenazas potenciales, como mentirosos, cuando en realidad lo eres tú.

Evan levantó las manos tratando de dar forma al aire, aunque no sabía muy bien qué forma quería dibujar. Las bajó.

—La gente desarrolla la confianza, Evan. Así es como funcionan las relaciones. Eso es lo que son.

Esas palabras se propagaron por el cuerpo de Evan como si

fuera algo físico, provocándole una intensa tristeza. Porque aquello era algo que nunca había aprendido. Era la maldición de la paranoia. Se convertía en un motor autosuficiente que se caldeaba más cuanto más consumía.

Él iba a responder cuando un sonido lo interrumpió.

Un pitido.

Al principio pensó que era una alucinación, pero no, ahí estaba de nuevo, indicando las coordenadas GPS de Katrin en su bolsillo.

Evan ya se había puesto en pie.

Frente a él, Mia mantenía la cabeza vuelta hacia otro lado. Miraba el teléfono inalámbrico que había sobre la encimera.

—Lo siento —dijo él—. Haz lo que tengas que hacer, pero ahora debo irme.

Ella asintió con la cabeza, sin mirarlo. Evan vaciló un instante, luego cogió la bolsa de congelación que contenía la pistola desmontada y se dirigió a la puerta.

El pósit que había junto al telefonillo de pared había sido sustituido. El nuevo rezaba así: «Hazte amigo de personas que deseen lo mejor para ti.»

Evan pensó: «Qué condenado lujo sería eso.»

45

Colmena humana

El voluminoso cuerpo de Slatcher se encontraba incómodo entre aquellas planchas de metal muy por encima del suelo. A pesar de que tenía metido el zumbido de la electricidad en la cabeza, la conexión telefónica era impecable a través del pinganillo por el que recibía la voz de Evan.

Evan jadeaba al contestar, como si corriera hacia alguna parte. Slatcher había dejado claro que ahora dominaba el tablero de juego, diciéndole a Evan adónde tenía que ir.

—Universal CityWalk —dijo—. El centro comercial junto a los cines.

—Buena elección —respondió Evan—. Difícil imaginar un lugar más atestado de gente.

Slatcher hablaba utilizando un micrófono parche pegado sobre la laringe; recogía su voz directamente a través de la piel, aislando todo ruido ambiental.

—Gracias. Supongo que estarás lo bastante cerca para estar allí a medianoche.

—Puedo estar allí a medianoche.

Eso estaba bien. Slatcher quería proporcionarle tiempo suficiente para hacer un reconocimiento de la zona. Pero no demasiado.

—Bien. Te llevaré hasta Katrin desde allí.

—La cosa no va a ser así —replicó Evan—. Me acercaré cuando me haya asegurado de que no corro peligro. En el centro comercial me mostrarás imágenes de Katrin por FaceTime, una prueba de vida en tiempo real. Y en tu móvil veré cómo tus hombres la sueltan en un lugar público. Luego me iré contigo.

—¿Estás dispuesto a morir por ella?

—Lo estoy —afirmó Evan.

Slatcher sonrió.

—Con eso bastará.

—A menos que yo te mate a ti primero.

—Lo siento, Huérfano X. No eres tan bueno.

—Pronto lo sabremos —dijo Evan—. Tengo una condición: nada de equipos de campo. Solos tú y yo. Esas son las reglas. Si veo que has llevado a alguien contigo, y sabes que lo identificaré, me piro. Perderás tu oportunidad. Y yo no volveré a aparecer nunca más.

—Pensaba que estabas dispuesta a morir por ella.

—No he dicho que estuviera dispuesto a suicidarme por ella.

En torno al rostro de Slatcher los neones parpadeaban deslumbrantes. Levantó su fusil de cerrojo Remington M700, manejándolo con cuidado en aquel espacio claustrofóbico, y comprobó la mira telescópica variable Leopold. Demasiada luz para el dispositivo de visión nocturna.

—Muy bien —dijo.

—Hablamos pronto.

Evan colgó.

Pero Slatcher no pensaba hablar. Desde su posición, oculto dentro de la guitarra de dos pisos de altura que hay en el exterior del Hard Rock Cafe, planeaba zanjar la conversación antes de que empezara.

Hasta él llegaba el bullicio de la multitud, un gentío incesante que transitaba a sus pies, entrando y saliendo de bares, restaurantes y clubes nocturnos, haciendo cola para el Cineplex, agitando pulseras luminosas en el aire. Desde lo alto, Slatcher oía el repiqueteo de la montaña rusa del parque de atracciones que había a sus espaldas.

Hizo pasar el cañón del fusil por el hueco de la guitarra gigante, y escudriñó todo CityWalk a través de la mira. Con sus ascensores y fuentes, sus turistas y sus artistas callejeros, sus cervecerías y sus bares musicales, la calle bullía como una colmena humana y un gran templo del capitalismo. Los letreros que bañaban en luz aquel gigantesco paseo bastaban para dejar Times Square en pañales. Una manzana más allá, un resplandeciente King Kong azul junto a un edificio. Pasada la cola para el iMax, un adolescente se agitaba sobre un enorme ventilador en un túnel de viento, mientras sus amigos lo miraban sorbiendo batidos y mascando pretzels.

Slatcher cambió la comunicación al canal principal de radio.

—Big Daddy a Equipos Uno y Dos. Abortar. Abortar. Voy solo.

Instantes después se oyó el crepitar de la línea.

—Líder de Equipo Uno. ¿Está seguro? Creía que se necesitaba la recuperación del cuerpo.

—No puedo arriesgarme —replicó Slatcher—. El objetivo ya llega tarde al baile. Estoy en posición, en terreno elevado. Puede inspeccionar todo lo que quiera, no tiene ninguna oportunidad.

Slatcher divisó al líder del equipo, vestido con uniforme de sanitario, en el segundo piso de la zona de restauración, junto al Tommy's Burgers. Observó los labios del hombre moviéndose y oyó la voz con un leve retraso.

—Confirmado, Big Daddy. Equipo Uno fuera.

—Equipo Dos fuera —interpuso otra voz.

—Volved a la base —ordenó Slatcher—. Vigilad el paquete y proporcionad apoyo a Hot Mama.

La mira captó al líder del segundo equipo en el patio de un garito mexicano, sorbiendo un margarita del tamaño de una pecera.

—Confirmado, Big Daddy.

A través de la lente de visión nocturna, observó cómo se dispersaban los sicarios contratados. Slatcher no podía arriesgarse a que Huérfano X identificara a alguno de sus hombres.

Evan llegaría lo antes posible e inspeccionaría el centro comercial desde todos los ángulos. Pero con aquel telón de fondo de luces y movimiento, la mira de un francotirador sería tan invisible como una lentejuela azul en el océano. Slatcher había

cometido un error de cálculo en Chinatown. No volvería a ocurrir.

Incrementó los aumentos de la mira y enfocó un rostro tras
otro de los que pululaban por el centro comercial.

Ahora tan solo le quedaba esperar.

46

Horrores pirotécnicos

Hacía mucho que el punto intermitente del GPS de Katrin se había desvanecido, pero Evan lo tenía guardado en la memoria del RoamZone. Tras haber elegido el Ford F-150 por su potencia, había pasado varias veces por el edificio sin alquilar que había junto a la 101. Apagó los faros y encontró un lugar más allá del oscuro aparcamiento, desde donde podría observar el sitio a través de un seto de florido jazmín que le llegaba a la altura de la cabeza.

En algún sitio detrás de aquellas ventanas, Katrin White esperaba, retenida contra su voluntad.

Repitió el Cuarto Mandamiento en su cabeza hasta que sintió un saludable desapego táctico.

Unos minutos después de las once, un par de SUV azul oscuro llegaron al aparcamiento y de cada uno se apearon cuatro hombres.

Los equipos de campo regresando a la base, tal como esperaba.

Por encima de todo, Evan tenía dos cosas a su favor: había separado a Slatcher, la mayor amenaza, del resto, y nadie esperaba que él se presentara allí.

Sobre su regazo descansaba una escopeta Benelli M1, negra como el carbón. Sus mecanismos eran más robustos que los de la M4 y también tenía un ciclo de recarga más rápido. Gracias a su mayor capacidad, Evan disponía de siete cartuchos más uno en la recámara, y otro más de propina gracias a una «recarga fantasma» en el elevador. Evan había evitado la moderna empuñadura de pistola, ya que el modelo clásico era mejor al doblar las esquinas. Los tres primeros cartuchos eran de 24 gramos, cada uno con una única bala sólida de plomo, lo mejor para concentrar toda la energía de la descarga en destrozar las bisagras de una puerta. Debajo estaban los cartuchos de nueve perdigones, listos para dispararse una vez hubiera forzado la entrada al edificio. Los perdigones ocasionaban múltiples traumas, expandiéndose en un radio de acción que podía convertir una melé de rugby en una nube rojiza. Le vino a la mente uno de los dichos habituales de Jack: «Nunca hagas todos los agujeros en el mismo sitio.»

Teniendo en cuenta la superioridad numérica del enemigo, Evan había elegido la Benelli en lugar de su pistola Wilson, renunciando a la precisión a favor de la brutalidad. Una escopeta ponía fin a cualquier enfrentamiento, ya que un disparo certero solía resultar fatal incluso en una extremidad.

Salió al otro lado a través del seto de jazmín y llevó a cabo un reconocimiento visual del perímetro del edificio para tomar nota de la disposición de habitaciones y pasillos. Los hombres disponían de una potencia de fuego considerable (pistolas Glock y fusiles AK-47), pero no patrullaban de una manera rigurosa. Se limitaban a deambular por el vestíbulo y las salas de reuniones, comiendo y ganduleando. Candy McClure guardaba las distancias, ocupándose de algo en lo que parecía un cuarto de la limpieza en el pasillo del lado oeste, del que emergía de vez en cuando para darse una vuelta despreocupada entre los hombres, que la miraban con admiración. A Slatcher no se le veía por ninguna parte, seguramente porque estaba agazapado en su posición de francotirador en algún lugar alto sobre Universal City Walk. Pero regresaría en cuanto le quedara claro que Evan no pensaba presentarse.

Dando la espalda a la ladera de la colina, Evan se deslizó lentamente a lo largo de la parte posterior del edificio. Desde el trastero de Candy había cinco habitaciones más en el pasillo. Una de las ventanas estaba tapiada. Arriesgándose a echar un vistazo más de cerca, comprobó que la habían reforzado por dentro.

La celda de Katrin.

Había contado ocho hombres además de Candy. Para entrar y salir limpiamente, necesitaba que se desperdigaran por aquel edificio con forma de V. Localizó la caja de conexiones eléctricas cerca del final del pasillo este. A través de una especie de patio interior que había en el vértice de los dos pasillos, vio a los pistoleros comparando armas en el vestíbulo. Quería que algunos de ellos se movieran hacia el pasillo este, alejándose del cuarto de Katrin.

Solo llevaba granadas aturdidoras, porque quería evitar los daños colaterales causados por las granadas de fragmentación. Levantó la tapa de metal de la caja de conexiones y la dejó caer sobre una granada para que actuara de abrazadera y mantuviera el proyectil en su sitio. Metió un dedo en la anilla y tiró de ella. Luego echó a correr por la parte de atrás hacia el extremo del pasillo oeste.

Alzó la escopeta, apuntó a la bisagra superior de la puerta y esperó. La brisa nocturna soplaba lentamente. Evan notó el latido de su corazón en un lado del cuello como el tic de la manecilla de un reloj.

Al otro lado, la granada estalló y el edificio se quedó a oscuras.

Evan disparó los tres cartuchos para destrozar las bisagras. La puerta quedó colgando y él irrumpió en el pasillo. En el otro extremo, junto al vértice del vestíbulo, aparecieron cuatro hombres dirigiéndose hacia la celda de Katrin, en lugar de ir hacia la explosión, un hábil movimiento táctico.

Aunque no se encontraban a tiro, Evan disparó una ráfaga de advertencia para impedir que avanzaran por el pasillo oeste. Corrió entonces hacia el trastero, y cada uno de sus pasos hacía temblar la puerta.

Se encontraba a diez metros cuando Candy salió precipitadamente y disparando con su arma. Sin tiempo para alzar la escopeta, Evan se tumbó de espaldas y se deslizó velozmente por el resbaladizo suelo en rumbo de colisión con las piernas de ella. Intentó asestarle una patada en los tobillos, pero ella saltó por encima de él y se volvió para apuntarle cuando él se puso en pie de un salto. Evan se agachó bajo su brazo y aferró el arma, que le rozó la mejilla. La mano de Candy bloqueó la escopeta que él intentó levantar y por un instante se quedaron frente a frente, bloqueados. Entonces los labios de ella se fruncieron en una sonrisa de suficiencia y apretó el gatillo. El disparo sonó a unos centímetros de la cabeza de Evan, que quedó aturdido. El ruido resonó en su cráneo y su campo visual se ladeó abruptamente, como un cuadro torcido de un golpe. Ella lanzó la cabeza hacia delante, golpeándole la sien con la frente y profiriendo un chillido con los dientes apretados y olor a chicle de fresa.

Evan se apartó de ella girando hacia un lado y sujetando con dificultad la escopeta. La pistola de acero inoxidable de Candy centelleó cuando ella se aprestó a darle el tiro de gracia. En lugar de resistirse al impulso que lo llevaba, Evan se concentró en la rotación al tiempo que lanzaba una patada hacia arriba. La espinilla golpeó a Candy directamente en el esternón y el chicle se le escapó de la boca abierta cuando salió despedida hacia atrás. Atravesó la puerta y fue a parar al cuarto trastero.

El trastero, lleno de tarros de plástico.

Los tarros detuvieron su caída.

A su alrededor fluyó el líquido, brotando de los tarros aplastados, y Candy profirió un aullido penetrante. Evan cerró la puerta de un taconazo mientras disparaba de nuevo hacia el extremo del pasillo para obligar a los hombres a retroceder hacia el vestíbulo. El casquillo salió expelido de la Benelli y rodó por el suelo. Evan lo empujó con el pie sobre el embaldosado hasta calzar el extremo de plástico bajo la puerta del trastero, dejando a Candy atrapada en su interior.

Los gritos y chillidos continuaron, cada vez más frenéticos y agudos. Candy aporreó la puerta, pero los golpes fueron remitiendo, cada vez más débiles. Por debajo de la puerta salían vapores, no como humo de leña, sino con olor a carne y azufre.

En el extremo del pasillo apareció una mano enguantada que empuñaba un AK-47 como si fuera una marioneta. Los disparos rebotaron en las paredes y el techo. Eran disparos a ciegas para cubrirse mientras los hombres se preparaban para la acometida final.

Evan no les daría ocasión de llevarla a cabo.

Con la escopeta encajada entre el hombro y la mejilla, corrió hacia el vestíbulo.

No sabían lo que les esperaba.

El pasillo resonaba como una casa de los horrores pirotécnicos, con explosiones y alaridos, ruido de madera astillada y bramidos de dolor. Katrin se apretó contra la pared cuanto pudo, aunque la brida que le rodeaba el tobillo mantenía la pierna extendida. Era imposible diferenciar sus temblores de los del edificio.

La batahola continuó con vibraciones y sonidos.

¡Bum!

Un grito como un gorjeo de repente cortado.

¡Bum!

Un golpe sordo y luego un estertor de muerte.

Katrin se tapó los oídos y cerró los ojos. Olía a humo incluso a través de las paredes, un olor acre que le quemaba el paladar.

Una súplica sollozante traspasó las paredes.

—Un momento, solo un momento, déjame...

¡Bum!

Katrin apretó el mentón contra una rodilla. Intentó recoger la otra pierna hacia el pecho, pero la brida le cortaba el tobillo. Lloraba sin oírse.

Un ruido atronador provocado por patadas en la puerta. Katrin abrió la boca y esta vez se oyó gritar. Cuando abrió los ojos, la bisagra superior ya había perdido los tornillos, y la inferior se soltaba al ceder la puerta hacia dentro.

Una bota negra se materializó en medio de la nube de polvo que inundaba el pasillo, y luego Evan apareció a la vista.

—Tenemos que largarnos —dijo.

Katrin tenía un aspecto deplorable, con el flequillo apelmazado y pegado a la frente por el sudor, la cara pálida, los labios secos y agrietados. Llevaba una fina camiseta sin mangas, y se doblaba sobre sí misma como si quisiera adoptar una posición fetal, haciendo resaltar aún más la clavícula. Evan se acercó a ella, dejó la escopeta en la moqueta y se llevó la mano al bolsillo para sacar su navaja Strider. La negra hoja se abrió con un chasquido y la usó para cortar la brida. La pierna liberada se replegó hacia el cuerpo como impulsada por un muelle.

Evan había matado a cinco de los ocho sicarios y había dejado a Candy fuera de circulación. Pero aún lo superaban en número.

En todo el edificio se oían carreras, gritos y comunicaciones por radio. Por el momento la explosión de la caja de conexiones había atraído al resto de sicarios hacia el pasillo este, y se preparaban para un segundo ataque. Evan exhaló un suspiro. Era el primer momento de respiro desde su entrada.

—Katrin, escúchame. —Sujetó su rostro entre las manos. Aún sujetaba la Strider y la hoja sobresalía junto a la mejilla de Katrin—. Tenemos que movernos con rapidez.

—¿Has matado al cabecilla? —preguntó ella.

—No. No está aquí. Pero hay otros. —Evan notó que hablaba demasiado alto a causa del pitido que sonaba en sus oídos—. Quédate a mi espalda, sin separarte. Iremos en dirección a la ladera de la colina y luego volveremos dando un rodeo.

Ella asintió e intentó ponerse en pie, pero las piernas le fallaron.

El teléfono de Evan vibró en su bolsillo. Tras quedarse un segundo paralizado a causa de la sorpresa, tiró de él y lo sacó. Miró la pantalla esperando ver el número de Slatcher. En cambio, la pantalla mostraba un teléfono público con el prefijo de Las Vegas.

Morena Aguilar.

¿Había llegado Slatcher hasta ella para usarla como rehén mientras él liberaba a Katrin?

Todavía en cuclillas, se llevó el teléfono al oído.

—¿Morena? ¿Estás a salvo?

—Sí, y no es gracias a usted. —Su voz denotaba rabia y apremio—. ¿Por qué no nos deja en paz a mi hermana y a mí? Dijo que ya habíamos terminado.

Evan oyó puertas que se abrían de golpe en el pasillo este. Eran los sicarios registrando un despacho tras otro. No tardarían en comprobar que el contingente del lado oeste había sido aniquilado.

Con la mano libre, dejó caer la Strider, agarró la escopeta y apuntó hacia la puerta.

—Tengo que dejarte. Vuelve a llamarme. Déjame un número. Tu vida depende de ello.

Cuando apartaba el móvil, oyó la voz de Morena alejándose:

—... hice lo que me pidió, ¿vale? Encontré a un tío. Ese era el trato.

El zumbido de su cabeza aumentó. Todo lo demás se ralentizó: el golpeteo de la sangre en las sienes, las volutas de humo serpenteante en el umbral, el azul tenue de la luz de emergencia del pasillo. El teléfono volvió a su oído, también a cámara lenta.

—¿Un tío? —dijo.

La verdad se abría paso hasta su cerebro. De pronto lo comprendió todo y se giró bruscamente, solo para ver cómo Katrin le clavaba su propia navaja en el abdomen, justo debajo de las costillas.

47

Inspirar, espirar

La sangre empapó la camisa, pegando la tela a la piel. El dolor, mezclado con el zumbido en los oídos, lo aisló del mundo en unos segundos de saturación que lo dejaron paralizado. Con sus delgados hombros encorvados, Katrin se apartó de él con gesto de horror y un puño apretado contra la boca, sollozando. Su redonda cara de duende, con círculos de rubor casi perfectos en las mejillas, la hacía parecer aún más una muñeca. Evan la miró incrédulo. El teléfono tembló en su mano, pero él lo dejó caer lentamente en el bolsillo abierto de sus pantalones de camuflaje. Sus manos se movieron hacia el punto de donde brotaba sangre caliente.

—Lo siento. —Katrin sacudía la cabeza, como si negara lo que acababa de hacer—. No quería hacerlo, pero ellos... ellos me obligaron. Me obligaron a hacer todo esto.

Él retrocedió un paso y recogió la escopeta, que se le escurrió por el brazo hasta que la punta del cañón golpeó la moqueta. Se apoyó en ella como si fuera un bastón. Separó la otra mano de su vientre y vio la palma enrojecida.

Katrin, temblorosa por la emoción, seguía hablando.

—Slatcher dijo que no pararía, que mi padre no estaría a salvo hasta que tú murieras. Y con esa llamada de Morena... ibas a descubrirme.

Las últimas palabras de Morena al teléfono lo habían salvado. De no haberse dado la vuelta en el último momento, ahora estaría tirado en el suelo desangrándose. Una cuchillada en el estómago siempre era devastadora, pero aún estaba por ver hasta qué punto era grave.

El zumbido en su cabeza borraba los demás sonidos. Katrin se volvió a medias, y los trazos de su tatuaje se extendieron como patas de araña por debajo del tirante de su camiseta. Sus labios se movieron, formando palabras:

—Yo no quería, Evan...

Seguía sujetando la navaja Strider ensangrentada, pero no parecía haber riesgo de que volviera a usarla. Dándole la espalda, Evan se dirigió tambaleante hacia la puerta. Recorrió a tientas la pared y salió al pasillo, donde seguía arremolinándose el polvo de yeso, con la punta de la escopeta rascando el suelo. Se abrió paso entre los cuerpos, uno sentado en el suelo y apoyado en la pared, otro tirado sobre un charco de sangre con las tres extremidades que le quedaban extendidas como un muñeco. Un rociador contra incendios mojó el costado izquierdo de Evan. Ya no se oían los golpes de Candy en la puerta atrancada del trastero, que quedó a su espalda, pero unas sombras atravesaron rápidamente el vestíbulo al final del pasillo.

Se metió en el primer despacho a su izquierda. Para levantar la escopeta tuvo que dar una patada al cañón y el esfuerzo le arrancó un grito de dolor. Apuntó a la ventana y disparó. El retroceso estuvo a punto de hacerle soltar la Benelli, pero los pedazos salieron volando como succionados desde fuera por una aspiradora.

Se las arregló para salvar las esquirlas de cristal roto y pasar al otro lado del alféizar para caer en la lodosa maleza. En lugar de dirigirse a la colina, se encaminó hacia el vestíbulo, siguiendo la línea más recta que lo llevaría a su camioneta. La puerta del patio interior estaba abierta, y la hierba de alrededor se veía pisoteada. Evan entró tambaleándose y le asaltó el hedor de plantas podridas.

Atravesó una pulcra cocina industrial y se asomó al vestíbulo. Vacío. Las puertas de cristal aguardaban más allá con la promesa de conducirlo al aparcamiento y a su camioneta.

Cuando salía al vestíbulo, le llegó el eco de pasos presurosos en el pasillo. Jadeando para tomar aire, Evan reculó y se pegó a la pared junto a la puerta. Tuvo que hacer acopio de todas sus fuerzas para levantar la Benelli. No podía sujetarla adecuadamente, pero apoyó la empuñadura en el hombro y el cañón sobre el antebrazo cruzado. Le dolería al disparar. Los pasos sonaban cada vez más cerca. Entonces giró contra el marco de la puerta y apretó el gatillo.

El retroceso lo lanzó hacia atrás y cayó hincando una rodilla en el suelo. El ardor de la herida le subió hacia el torso. Babeó un poco. En el pasillo se oían unos borboteos. Cuando logró alzar de nuevo la vista, dos cuerpos yacían inertes en el suelo.

Se puso en pie con esfuerzo y salió a trompicones por las puertas de cristal. Había una hilera de SUV aparcados en batería y encarados hacia fuera como en una línea de formación ofensiva. Pasó entre dos de ellos bamboleándose y golpeó los retrovisores con los hombros.

El aparcamiento lo engañaba con extraños efectos visuales, extendiéndose hasta alcanzar el tamaño de un campo de fútbol asfaltado. Con el cuerpo transido de dolor, solo le cabía la esperanza de que el único sicario vivo se quedara con Katrin en lugar de perseguirlo a él. Caminando con dificultad a través del aparcamiento al aire libre estaba completamente a su merced; lo acribillaría a balazos sin problemas. Los pulmones le ardían cada vez que respiraba; cada paso le provocaba una reverberación sensorial de la puñalada por todo el torso. Se ordenó seguir andando, y de algún modo sus piernas le obedecieron.

Por fin traspuso el seto de jazmín medio cayéndose, y se golpeó el hombro contra el guardabarros de su fiable Ford. Arrojó la escopeta a una de las cajas de la plataforma, entre una bandeja de munición y la vaina rota de la catana, luego rodeó el vehículo hasta el asiento del conductor.

Arrancó, se metió en el aparcamiento dando bandazos y dio la vuelta para pasar junto a los SUV. Dirigió su robusto parachoques contra la hilera de capós relucientes y golpeó levemente una rejilla tras otra, lo que provocó dolorosas sacudidas en su asiento. Las pequeñas colisiones activarían los interruptores de inercia de los parachoques de los SUV, lo que cortaría la corriente a la bomba de combustible, garantizando así que no podrían perseguirle.

En lugar de hacer un cambio de sentido hacia la salida del aparcamiento, se subió a la acera para acceder directamente al paso elevado, dando un bote tan fuerte que rozó el techo con la cabeza. Se enjugó el sudor de los ojos y subió por el ancho paso elevado, girando hasta llegar a la salida de la autopista. Al incorporarse, miró hacia los carriles del otro lado de la mediana y divisó un Scion morado que tomaba la salida en dirección al edificio. Era extraño que Slatcher no hubiera cambiado ya de coche. Al pasar velozmente por su lado, Evan vislumbró al hombretón que desbordaba el asiento del conductor, con su musculoso brazo apretado contra la ventanilla.

No parecía feliz.

Las luces rojas de los coches de delante se fundieron en un único haz cuando el tráfico se ralentizó. Evan frenó bruscamente, evitando el choque por los pelos. Hizo una mueca luchando contra el dolor. No era bueno estar tan tenso. No hacía más que agravar el sufrimiento. Concentró sus pensamientos en la lejana época de su primer instructor, el hombre barbudo del establo, y sus lecciones con la punta de un cuchillo.

La expectativa del alivio del dolor aumentaría los opioides del cerebro provocando un efecto analgésico. La mente dominaba la realidad.

Puso su empeño en dejar de pensar en el dolor para encontrar el apoyo de la respiración.

Inspirar, espirar.

«No habrá más dolor después de este momento. Sopórtalo este momento y solo este momento.»

Inspirar, espirar.

«Solo es este momento. No será el momento siguiente ni mañana.»

Inspirar, espirar.

«Ahora no hay dolor.»

Empezó a notar borrosa la visión periférica y parpadeó. La negra franja de la autopista aparecía y se desvanecía como una imagen televisiva desenfocada.

48

Parte de daños

Slatcher estaba plantado en el vestíbulo. Sobre el yugo de sus hombros caía una cascada de chispas de la maldita luz del techo. Respiró hondo, irguiéndose en un raro momento de postura perfecta, como un oso pardo sobre sus patas traseras.

Se encaminó al pasillo oeste, sabiendo ya lo que iba a encontrar.

Paredes blancas manchadas de chorretones púrpura. Jirones de pantalones de camuflaje. Suelas de botas pegoteadas en el suelo viscoso.

Pasó por encima de un cuerpo tendido boca abajo y después otro. En medio del débil resplandor, un brazo aparecía retorcido en un ángulo inverosímil con respecto al cuerpo, con los dedos hacia arriba como una rara criatura acuática.

Pasó por el despacho con la ventana tapiada y vio la puerta arrancada de sus bisagras. La tal White estaba en un rincón contra la pared, temblando violentamente, y de sus labios exangües escapaban gemidos ahogados. Sujetaba blandamente una navaja con la hoja todavía húmeda. Sus ojos eran inexpresivos, simples huecos en una máscara sin cara detrás. La máscara se inclinó hacia delante y fue sacudida por varias arcadas sin que variara su expresión. No obtendría respuestas de ella en ese momento.

Slatcher siguió adelante, comprobando los destrozos. Desde los trozos de carne y tela esparcidos bajo las luces parpadeantes hasta la puerta trasera caída en el suelo con las bisagras reventadas, los daños eran extensos.

De haber llevado sombrero, Slatcher se lo habría quitado como muestra de respeto hacia Huérfano X.

No era el mejor, pero quizás era un igual.

Oyó un débil sonido, una especie de rasguños. Ladeó la cabeza. Apartó una bota pegada a un charco oscuro y se dirigió al trastero.

Ahí estaba de nuevo ese sonido desesperado, casi lastimero. Unas uñas rascando madera.

Slatcher abrió la puerta y el olor le azotó la cara. Al ver lo que había en el interior, sintió que su oscura admiración se transformaba en ira.

49

Rastro escarlata

Disipada la niebla de sus ojos, la visión de Evan se aclaró a tiempo para darse cuenta de que estaba a punto de cruzar el ridículo pórtico. Bostezando en su silla de director de cine, el aparcacoches hizo ademán de levantarse, pero Evan le indicó que no hacía falta con un gesto de la cabeza. Manejando el volante con esfuerzo, bajó al aparcamiento y llegó a su plaza, esquivando una columna de hormigón por los pelos.

La oscura mancha cubría todo el costado izquierdo de su camisa y se acumulaba en la cintura de los pantalones. La cautela era un lujo que no podía permitirse. Como solían decir los médicos militares, sangraba como un cerdo. Si no subía inmediatamente a su ático para detener la hemorragia, moriría. Caminó hacia las escaleras tambaleándose y estuvo a punto de resbalar en una mancha de aceite.

Ni siquiera los vio hasta que los tuvo encima.

Mia y Peter.

Ella llevaba una bolsa de la farmacia, y a su lado estaba el niño con aire tristón, con un albornoz sobre un pijama del villano Enigma. Mia miraba a Evan con asombro, pero Peter tenía la mente en otra parte, miraba ansiosamente las escaleras y tiraba de la mano de su madre.

—Vamos, mamá. El corazón aún me palpita muy fuerte.

Instintivamente, Evan se volvió, ocultando el costado ensangrentado al niño.

Mia seguía paralizada por la sorpresa, pero se las compuso para responder a su hijo.

—Enseguida te hará efecto el medicamento, cariño. Te ayudará a calmarte. Ha sido una noche horrible.

Peter alzó la mirada hacia ella y luego miró a Evan. Se quedó boquiabierto.

Evan tenía los nudillos blancos de tan fuerte como se agarraba a la barandilla, ayudándose a subir peldaño a peldaño. Tiró de la manga para taparse la otra mano, tratando de limpiarse la sangre al mismo tiempo, pero no sirvió de nada.

Mia salió de su trance y subió la escalera hasta él.

—Por Dios, Evan —dijo—. ¿Qué ha ocurrido? ¿Estás bien?

Él estaba mareado por la pérdida de sangre, tenía la piel húmeda y pegajosa y temblaba. Su corazón latía desbocado, cada latido resonando en su pecho. Se tambaleó y Mia sostuvo parte de su peso con el hombro.

—Sí —respondió Evan, enderezándose—. Bien.

—¿Han sido Marts y Alonso?

El dolor le quitó las palabras de la boca, de modo que negó con la cabeza.

Mia empujó a Peter por detrás de ella, tratando de impedir que lo viera.

—Tienes que ir a un hospital.

Evan avanzó a lo largo de la pared en dirección al montacargas, dejando huellas ensangrentadas. No había tiempo para limpiarlas, para cubrir su rastro.

—No, no.

—No puedes elegir.

—Me matarán. —Inspirar, espirar—. Me persiguen. —Inspirar, espirar—. Vete. —Inspirar, espirar—. Vete.

Llegó el ascensor y Evan subió. La sangre le goteaba por el borde de la camisa.

Apoyándose en la barandilla del montacargas, Evan miró a Mia, que arrugaba la frente muy preocupada y se mordía el labio inferior. Parecía a punto de llorar.

—Por favor —suplicó él.

Las puertas se cerraron, ocultando a Mia a la vista.

Con el piloto automático puesto, Evan dejó que su respiración borrara cualquier otra cosa. Solo el instinto lo guio hasta su ático.

Una ráfaga de aire helado le enfrió el rostro empapado en sudor. Comprendió que ya estaba dentro del ático, delante de la nevera abierta.

Sacó la bolsa de suero intravenoso del cajón de la fruta. Del estante de la mantequilla sacó un frasco de Epogen, que casi se le cayó de las manos. Tuvo que lidiar con sus piernas para poder atravesar el salón y llegar al pasillo. Dentro de la bota, el calcetín empapado en sangre chapoteaba.

Finalmente llegó al cuarto de baño y se dejó caer. Abrió de golpe el armario que había bajo el lavabo y sacó el botiquín de primeros auxilios. Los botones imantados de la camisa cedieron fácilmente a un flojo tirón, una de sus ventajas secundarias. Mojó una toalla y se limpió el vientre para obtener la primera impresión clara de la herida.

La navaja había penetrado en su estómago cinco centímetros debajo de las costillas, seccionando la arteria epigástrica superior. Esa arteria era más superficial que los músculos de la pared abdominal, que parecían indemnes. Un centímetro o dos más adentro habrían supuesto graves complicaciones, como perforación de estómago, intestinos o diafragma. A través de la brecha vio la sangre brotar de la arteria limpiamente a intervalos.

Tratando de no imaginar lo que le esperaba, sacó hilo de sutura y aguja. Inspirar, espirar. Inspirar, espirar. Inspirar, espirar.

Entró en una nebulosa de tormento y perdió la noción del tiempo. Sus nervios recibían sacudidas eléctricas que le recorrían el cuerpo. El sudor le hacía cosquillas en la mandíbula. Los dedos le latían como babosas de color carmesí.

Y finalmente todo acabó, casi sin que se diera cuenta, y ante él tenía una fea sutura de piel cosida. De alguna manera, había cosido con hilo de seda la arteria sangrante y suturado la herida.

Respiró unos instantes, buscando procurarse alivio, pero empezaba a perder el conocimiento y comprendió que tenía que espabilar. Con una mano se puso una vía en la cara interna del codo. Pinchó la bolsa de suero y la conectó a la vía del brazo para aumentar el volumen de fluido en su sistema circulatorio hasta que pudiera reponer la sangre perdida. Con una jeringa extrajo una dosis de Epogen del frasco y luego la hundió en su muslo, que empezó a arder cuando apretó el émbolo y el líquido penetró. Epogen era un medicamento para la anemia que estimulaba la médula espinal a producir más hematíes, lo que Evan necesitaba desesperadamente dada la cantidad que había perdido en aquel edificio, en su camioneta y en Castle Heights.

Miró con ansia la puerta oculta en la ducha, pero sabía que no lograría llegar a la Bóveda para revisar las imágenes de seguridad. Y aunque lo consiguiera, le sería imposible limpiar la sangre del aparcamiento, el pasillo de atrás y el montacargas.

El rastro escarlata conducía derecho hasta su puerta, pero no podía hacer nada al respecto. Tendría que añadir Castle Heights a la larga lista de lugares comprometidos y largarse de allí en cuanto le fuera posible. El dolor que sintió en el pecho al pensarlo no era físico, era algo más profundo, enterrado cerca de su corazón. Incapaz de realizar un salto base en paracaídas, de descender en rápel, o incluso de conducir, se encontraba en el más extraño de los lugares: a merced de la suerte, impotente, incapaz de ayudarse a sí mismo.

Se arrastró hasta la cama flotante. Con un esfuerzo final, colgó la bolsa de suero de la lámpara para leer. Luego se desplomó y cayó en la negrura.

50

La sombra de sus labios

A la fría y pálida luz del amanecer, Evan va en el asiento del pasajero del oscuro sedán. Es un muchacho en los comienzos de su entrenamiento con Jack, y se dirigen a una nueva sesión sorpresa. Aclimatado a las vicisitudes del estrés y la adrenalina, Evan ha aprendido a no prepararse por anticipado. No vale la pena. Dentro de veinte minutos podrían empujarlo desde lo alto de un puente para caer en una plataforma de aterrizaje (divertido), sumergirlo en agua fría atado de pies y manos para aprender a flotar (nada divertido), o inyectarle pentotal sódico (desorienta pero es ineficaz).

Un Volvo se coloca a su altura y, como suele hacer, Evan observa a la familia que lo ocupa. Hay tres niños en los asientos de atrás, peleándose y aplastando la nariz contra las ventanillas. Dejan el Volvo atrás.

En la siguiente manzana hay una escuela elemental. Los padres dejan en la puerta a los niños con sus mochilas, sus bolsas de la merienda y sus termos de colores. Los alumnos corretean de un lado a otro y charlan animadamente en camarillas.

Evan se pregunta de qué hablan.

Tras la sesión del día (entrenamiento con gases lacrimógenos; nada divertido), regresan a casa. Con ojos enrojecidos, Evan apila leña a un lado de la casa. La áspera corteza le rasca los antebrazos. No oye ningún crujido a su espalda, pero cuando se da la vuelta Jack está allí con sus Levi's 501 y su camisa de franela, las mangas dobladas dos veces, pulcramente.

—Necesitas hablar —le dice Jack.

Evan arroja los leños sobre la pila de leña, se rasguña los brazos.

—Yo solo, ¿eh, ¿A solas? ¿Siempre? ¿Así va a ser?

La fornida figura de Jack se recorta contra el sol poniente de Virginia, que le confiere una grandeza celestial.

—En efecto —dice.

—¿Quién dijo eso de que una ramita se rompe pero un atado resiste?

—Se atribuye a Tecumsé —responde Jack—, pero quién demonios lo sabe. —Observa a Evan, frunciendo los labios. Evan ha descubierto que eso significa que está reflexionando, desenterrando la situación que subyace a la situación. Jack señala el arbusto que hay junto al lateral de la casa—. Recoge un puñado de ramitas.

Evan obedece.

Jack se agacha, se desata un zapato, extrae el cordón y lo usa para hacer un atado con las ramitas. Luego abre su navaja de bolsillo, bloquea la hoja y golpea con la punta el centro del atado. Las ramitas se parten uniformemente por la mitad. Jack recoge una única ramita, la coloca en el suelo y entrega la navaja a Evan.

—Dale.

Evan lo intenta, pero la solitaria ramita salta bajo la punta de acero, marcada pero intacta. Intenta darle una y otra vez, pero la ramita siempre se escabulle sin dejarse ensartar. Finalmente Evan alza la vista, admitiendo su derrota.

—De acuerdo —dice—. Lo entiendo. Pero...

—Habla.

—¿No me sentiré solo?

—Sí.

Evan hurga en su mente buscando algo a lo que aferrarse, un sueño que pueda extraer de la jornada de hoy, más allá del Volvo y la escuela, a través de las nubes de gases lacrimógenos, hasta llegar a su soledad futura. Al encararse con lo desconocido, como siempre, intenta mostrarse bien dispuesto. Engulle una de las clásicas pizzas de castañas de Papa Z's.

—Lo que no te mata te hace más fuerte, supongo —dice. Nunca ha visto tanta tristeza en los ojos de Jack.

—A veces —replica este—. *Por lo general solo te hace más débil.*

Los golpes que resonaban en la cabeza de Evan se convirtieron en golpes en el mundo real.

Alguien llamaba a la puerta.

Se frotó los ojos con la palma para despejarse, y sacó las piernas por el borde de la cama con menos esfuerzo del que había previsto. Esparcidas por el suelo, varias jeringas, bolsas vacías de suero, gasas. Una mirada al reloj le mostró que habían pasado dos días y medio desde que había llegado a casa tambaleándose. Tiempo de sobra para que hubieran descubierto su rastro de sangre, revisado las imágenes de seguridad y alertado a la Policía.

Se había curado con rapidez gracias a la magia de la medicina moderna y su Epogen. La reluciente piel de los bordes de la herida seguía sensible, y aún notaba una desagradable punzada en el vientre al inclinarse, pero el dolor había remitido bastante. No podría hacer flexiones durante un tiempo, pero al menos ya podía moverse.

Se puso una camiseta holgada y unos tejanos, cogió su pistola Wilson y caminó fatigosamente por el pasillo. Si era la Policía, dejaría echado el cerrojo de la puerta y descendería en rápel desde la ventana.

Tal vez había llegado el momento de dejarlo todo atrás.

La cámara de vigilancia camuflada le mostró a Hugh Walters en chándal y con expresión indignada. Evan se metió la pistola por detrás de los tejanos y abrió.

—Va a tener que dar una explicación —le soltó Hugh.

—Lo entiendo. Pero antes necesitaré...

—Abandonó precipitadamente la reunión de la comunidad antes de que acabara la votación. Eso me llevó a revisar su historial de asistencia, y ¿sabe qué descubrí?

Evan parpadeó, anonadado, y acertó a negar con la cabeza.

—Su historial de asistencia no cubre el mínimo requerido, requerido, no sugerido, de las normas comunitarias.

Evan salió al pasillo. No había rastro de sangre en la moqueta ni marcas de dedos en las paredes. ¿Ya lo habían limpiado todo? ¿Sin que Hugh lo hubiera descubierto?

—Por tanto —decía Hugh—, se le impondrá una multa de seiscientos dólares, tal como establece el reglamento.

—Una multa —repitió Evan.

Estaba claro que la afinidad entre científicos aficionados se había esfumado, pero esa era la menor de sus preocupaciones. Necesitaba averiguar si había sido detectado y por quién.

Hugh suspiró, se quitó las gafas de montura negra y se frotó los ojos.

—Mire, Evan, sé que todo esto no es importante para usted. Y aunque no se lo crea, tampoco lo es para mí. Para ser sincero, me importa un cuerno si se han de renovar las moquetas o redactar una nueva norma sobre ruidos.

Evan lo miró pestañeando.

—Pero para muchos de nosotros la sensación de comunidad es importante. Y aquí en la gran ciudad, algunos es lo único que tenemos. Así que... piense en ello, ¿de acuerdo?

El súbito cambio de actitud de Hugh pilló desprevenido a Evan. Se limitó a asentir.

—Lo haré.

Un tintineo al otro lado del pasillo anunció la llegada del ascensor. Mia y Peter salieron de él, ella con una bolsa de comestibles de la que sobresalía la barra de pan de rigor.

—Bueno —dijo Hugh—, tal vez me he precipitado en mi juicio. —Y tras una pícara inclinación de la cabeza, se alejó por el pasillo y saludó a Mia y su hijo al pasar por su lado.

Evan los esperó en la puerta. Peter tiró de las correas de la mochila, para subírsela hacia los hombros.

—¿Podemos pasar? —preguntó Mia.

Evan se hizo a un lado. Peter corrió hacia la isleta de la cocina. Mia giró lentamente sobre sí misma para pasear la mirada por el gran salón.

—Vaya. Menuda chabola.

Evan cayó en la cuenta de que nunca había recibido a nadie en su casa. Nunca.

—Queríamos traerte esto. —Mia dejó la bolsa de comestibles

sobre la encimera—. Y para asegurarnos de que no estabas... ya sabes, muerto.

Peter apoyaba la frente y ambas manos contra el Sub-Zero, intentando empañar el acero inoxidable echándole el aliento. Mia y Evan avanzaron hacia el centro de la estancia, adquiriendo así una relativa intimidad. Ella se acercó a la zona de *kickboxing* y propinó un leve empujón al pesado saco.

—Bueno, ¿y cómo acabó exactamente lo del estómago...?
—Levantó las manos—. Espera. No quiero saberlo. No puedo.

Él se acercó y se apoyó en el saco.

—Fuiste tú. Tú limpiaste mi sangre.

—Sí —confirmó ella.

—¿Por qué? No me debes nada. Lo que hice por Peter y por ti...

—No es porque te deba nada, Evan. Es porque quería que tú...
—Se humedeció los labios—. Bueno, quizás ahora sabrás lo que significa necesitar a alguien.

A Evan empezó a invadirlo un sentimiento que no experimentaba desde hacía décadas. Algo que solía ver en el rostro de los niños. El atado de ramitas, vulnerable a la navaja de Jack. Termos de colores y bolsas de la merienda para la escuela. Recordó aquel momento en el dormitorio de Mia, la suavidad de sus labios, la música de piano que la impulsó a erguirse. «¿Qué te hace feliz?» Qué diferente de Katrin, con su tatuaje de pasión y su boca rojo sangre, toda seducción y juegos peligrosos y piel de porcelana, muy excitante hasta el momento en que le había clavado un cuchillo en el abdomen. «¿Qué te hace feliz?» ¿Y si aquel momento con Mia, aderezado con un leve aroma a citronela y orquestado con el *Himno a la libertad*, hubiera seguido un curso diferente? «Discute conmigo. Échame la culpa. Enfádate.»

—Considéralo un regalo de despedida —dijo Mia.

El rostro de Evan debió de traslucir más de lo que él quería, porque los ojos de Mia se humedecieron.

—Lo siento, Evan —añadió—. Pero yo, nosotros, no podemos tenerte cerca. Es demasiado peligroso. —Adelantó la mano y sus dedos se posaron levemente sobre el pecho de él—. Sería una madre irresponsable si...

—Gracias —dijo Evan—. Por lo que has hecho.

Ella aspiró hondo.

—Entonces, esta es la despedida.

—De acuerdo —convino Evan—. Es la despedida.

Mia dio media vuelta para irse, pero se detuvo.

—Tienes un corte en la mejilla —dijo.

Él se la tocó con los dedos. Era un rasguño por el retroceso de la escopeta al disparar contra aquella ventana.

—No es nada.

—Sí que es —dijo ella, hurgando en su bolso. Sacó una vistosa tirita y le quitó el papel. Era de la rana Gustavo con su sonrisa de oreja a oreja.

—¿En serio? —dijo Evan.

—Me temo que sí.

Evan se inclinó hacia ella y Mia le pegó la tirita y la alisó con los pulgares. Vaciló un momento y luego le dio un beso en la mejilla.

—Adiós, Evan.

—Adiós.

Él oyó sus pasos en la cocina y luego madre e hijo se encaminaron hacia la puerta principal. Esta se abrió y se cerró.

Evan se quedó inmóvil, la sombra de sus labios todavía en la mejilla.

51

&^%!

Las diez uñas RFID cubrían las de Slatcher, pero estaban diseñadas para manos de tamaño normal, por lo que parecían más bien unas franjas pintadas. Siempre le hacían sentirse como un niño jugando a vestir de mayor con un atuendo demasiado pequeño. La lente de contacto pixelada colocada sobre su ojo derecho mostraba el intercambio de mensajes virtuales con Top Dog, reproduciendo los textos en el aire, entre el propio Slatcher y el salpicadero del Scion morado. Estaba sentado al volante, con el asiento inclinado hacia atrás, agitando los dedos en el aire para dar unas respuestas que no quería dar.

Top Dog estaba furioso, y cuando Top Dog estaba furioso, uno tecleaba más rápido.

AÚN NO TIENES NINGUNA PISTA SOBRE HUÉRFANO X. HOSPITALES, URGENCIAS, DEPÓSITOS DE CADÁVERES.

Slatcher se fijó en la ausencia de signos de interrogación. Aún así, contestó: NO.

El cursor verde apenas tuvo un instante para parpadear antes de que surgiera el siguiente texto de TD: EN QUÉ ESTADO SE ENCUENTRA HUÉRFANA V?

El coche estaba aparcado en una idílica calle residencial bordeada de sauces. En los limpiaparabrisas se acumulaban las hojas caídas. Slatcher se enjugó el sudor de la frente con el dorso de una mano. Las ventanillas aumentaban el calor del sol del mediodía en Las Vegas, convirtiendo el coche en un horno, incluso en el frío diciembre.

El movimiento provocó que tecleara unos símbolos sin darse cuenta: *&^%*!

SE SUPONE QUE ES UNA BROMA O QUÉ?

NO. LO SIENTO. ERROR DEL TECLADO.

Y HUÉRFANA V?

HOSPITALIZADA. FUERA DE COMBATE. SU ESPALDA PARECE SALIDA DE UNA PELÍCULA DE TERROR.

Y QUÉ HAY DE «KATRIN»?

Una gota de sudor resbaló por la nariz de Slatcher hasta la punta, haciendo que le picara, pero no se atrevió a rascarse. LA HE DEJADO MARCHAR. HA CUMPLIDO SU COMETIDO. SE HA PORTADO BIEN.

SERÁ PRECISO ELIMINARLA.

Slatcher lo lamentó. Prefería jugar limpio, pero Top Dog carecía de tales escrúpulos. Slatcher tecleó: INMEDIATAMENTE?

NO. HA INTIMADO CON ÉL. QUIERO QUE LA VIGILEN. A VER SI PESCAMOS ALGO.

ENTENDIDO.

HUÉRFANO X HA LIQUIDADO A TODOS TUS RADICALES LIBRES?

A TODOS MENOS UNO. PERO NO IMPORTA. A PARTIR DE AHORA ME ENCARGARÉ YO DE TODO PERSONALMENTE.

ESO ESPERO —tecleó TD—. O SERÉ YO QUIEN SE ENCARGUE DE TODO.

Otra amenaza implícita. Una segunda gota de sudor recorrió la frente de Slatcher. El picor de la nariz creció en intensidad. Hizo un esfuerzo para teclear: ENTENDIDO.

CUÁL ES TU PLAN?

Del patio del colegio que había al otro lado de la calle le llegaron risas y gritos.

MORENA AGUILAR. ELLA NOS CONDUCIRÁ HASTA ÉL.

QUIERO VIGILANCIA PERMANENTE A SU ALREDEDOR. CUESTE LO QUE CUESTE.

Slatcher alzó la mirada hacia una niña sentada en un columpio. Delante de ella había una adolescente en cuclillas, agarrando las cadenas del columpio. Absortas en medio de la marea de niños que jugaban, mantenían una conversación.

POR ESO ESTOY AQUÍ, replicó Slatcher.

La adolescente se levantó, besó a la niña en la mejilla y se dio la vuelta. Al ver a Morena alejándose, Slatcher tuvo que contenerse para no tender la mano hacia la llave del contacto.

Lo que hizo fue teclear: NO LA PERDERÉ DE VISTA.

52

Las cartas del otro

El tercer día, Evan entró por fin en la Bóveda. Al cabo de veinte minutos había revisado todas las imágenes de seguridad de Castle Heights. Resultó extraño verse a sí mismo avanzando como un zombi por los pasillos, dejando un rastro de sangre en las paredes. Siete minutos de su vida de los que apenas recordaba nada, actuando como un autómata obediente al entrenamiento interiorizado por su cuerpo. Le dio al avance rápido para ver qué más habría que borrar. Poco después, Mia aparecía en el pasillo del piso 12. La siguió hasta el ascensor a través de varios monitores, hasta que llegó al piso 21, y luego por el pasillo hasta que se detenía ante su ático. Evan había dejado la puerta abierta de par en par.

Mia entraba y se encaminaba cautelosamente hacia el dormitorio. Evan yacía en la cama, inconsciente. Acercándose a él rápidamente, comprobaba su pulso y le palpaba la frente. Luego se sentaba un rato a su lado, sujetándole la mano. Evan la observó mientras pasaban los minutos.

Luego Mia abandonaba el ático y cerraba la puerta tras ella. Regresaba a su apartamento y salía de él un minuto más tarde con un cubo y un cepillo en la mano. Eran las tantas de la noche en que había sufrido una agresión en su propia casa. Acababa de acostar a su traumatizado hijo. Y, sin embargo, allí estaba, frotando suelos, paredes y ascensor durante casi dos horas.

Protegiéndolo a él.

Se levantó para salir de la Bóveda, cuando vio el icono anunciándole un nuevo correo, tras una larga serie de cambios de destinatario automáticos por todo el mundo, hasta llegar a la bandeja de entrada de la cuenta the.nowhere.man@gmail.com. No recordaba cuándo había recibido un correo por última vez.

Era un mensaje con dos días de antigüedad, enviado desde una de las cuentas de Tommy Stojack. La referencia rezaba: «Katrin White.»

Un escalofrío le recorrió el cuerpo provocándole un hormigueo en la herida con costra.

Se tomó un momento, luego se sentó, hizo rodar la silla para pegarla de nuevo a la mesa, y leyó el mensaje de Tommy.

«Malas noticias: mi contacto en Harrah's dejó el trabajo. Buena noticia: ahora está en Caesars. Tu chica figura en sus bases de datos. No pudieron probar nada, pero tuvo una racha de mala suerte en una mesa de póquer que DME.»

Era la forma coloquial de Stojack para decir: «da mala espina».

Evan abrió el archivo anexo, un informe interno de Caesars. En la copia escaneada de la tarjeta de jugador había una foto. Allí estaba la piel lechosa, la mirada esmeralda, el peinado hípster, pero con los cabellos de un intenso tono caoba en lugar de negro. El nombre que figuraba al pie era: «Danika White.» Una frase escrita en banderines de fiesta rezaba: «Las Vegas. Puedes ser quien tú quieras.»

Evan tenía la garganta tan seca que le costó tragar. Siguió leyendo.

Danika apostaba grandes cantidades en las mesas sin límite de Caesars y había acumulado una deuda enorme, que se había saldado misteriosamente el 7 de diciembre. Dos días después de que Evan matara a William Chambers y tres días antes de que Katrin hubiera concertado la cita en Bottega Louie. La información compartida con otros casinos mostraba deudas impagadas por todo el Strip, que se habían liquidado de manera similar hacía dos semanas.

Mentiras sobre mentiras. No había ninguna partida de póquer ambulante y clandestina. No había sicarios despellejando a hombres de negocios japoneses endeudados. No había marido rico que la hubiera dejado en la bancarrota. Danika simplemente se había endeudado hasta las cejas apostando mucho durante mucho tiempo. Slatcher, o quienquiera que estuviera detrás de él, había intervenido para pagar sus deudas en los casinos: así la habían comprado.

Pero no habrían podido hacerlo si ella no hubiera estado dispuesta a aceptar el trato. En su sórdida carrera, Evan había visto docenas de historias parecidas. Se aborda a alguien desesperado. Se le ofrece la oportunidad de su vida. Y una vez te conviertes en su dueño, le aprietas las tuercas.

Para cuando Danika White comprendiera cuál era la verdadera naturaleza del pacto que había aceptado, sería demasiado tarde.

Armado con el nombre auténtico, las averiguaciones virtuales de Evan resultaron mucho más fáciles. Los padres de Danika estaban perfectamente, jubilados y viviendo en una urbanización de Boca Ratón. No constaba que ella tuviera marido, pero sí una hija de veinte años, Samantha.

Evan revivió mentalmente la reacción de Danika en el motel al sonar el disparo al otro lado del teléfono: «¡Sam! ¿Sam? Oh, no. ¡No!»

Presa del pánico, su primera reacción la había delatado. Había usado el nombre propio de la persona a la que ella creía que habían disparado en realidad, antes de darse cuenta y rectificar.

Cada mentira que caía acababa derribando la siguiente como en un dominó de engaños. Empecinado en seguir hasta el final, Evan se introdujo en la base de datos de Tráfico. La foto del permiso de conducir de Samantha mostraba a una hermosa joven de gran parecido con su madre. Tras dos años en el Santa Monica City College, Samantha había recibido una beca para ir a la UCLA. Sin embargo, y pese a que tenía dos trabajos como becaria, su historial de matriculación mostraba varios cargos correspondientes a intereses de mora en los pagos. Evan halló un número de móvil a su nombre y lo marcó.

La voz sonó joven y desenfadada.

—¿Sí? Soy Sam.

A Evan le llegó un ruido de fondo, bullicio, alguien que la llamaba por su nombre. Daba la impresión de que eran estudiantes saliendo de clase, o quizá Sam paseaba por el patio interior de la universidad. Exhaló un suspiro de alivio al comprobar que a Sam no la retenían como rehén. Una buena estrategia por parte de Slatcher. Podía apoderarse de ella fácilmente, así que ¿para qué asumir las complicaciones y los riesgos de tenerla retenida?

—Hola, Sam —la saludó—. Soy amigo de tu madre y...

—Vaya, casi diez meses esta vez. Impresionante. Pensaba que por fin lo había dejado de verdad.

—¿Disculpa?

—¿Qué necesita ahora? ¿Más dinero? Como si no trabajara ya bastante para mi propio sustento. Ya se lo dije. No quiero verla ni hablar con ella. Y eso incluye a cualquiera de sus penosos intermediarios.

—No, no es eso. Es que... ha dejado de responder al teléfono estas últimas semanas...

—Acostúmbrate. Mira, tío, no sé quién eres, pero deja que te ahorre unos cuantos años de tu vida. Al final, para Danika lo único que importa es Danika.

—Entiendo —repuso Evan, tratando de parecer decepcionado—. Gracias.

—Oye —dijo Sam—. Lo siento, ¿vale? Solo intento ayudarte para que no tengas que pasar por lo mismo que yo. —Y colgó.

Evan se reclinó en su asiento y cerró los ojos, dejando que la imagen global se hiciera más nítida. Danika, probablemente siguiendo las órdenes de Slatcher, había creado a Katrin con retazos de su auténtica identidad. Había mantenido el apellido y la adicción al juego. Se había apropiado del nombre de Sam para ponérselo a un padre falso. Su marido ficticio invertía en urbanizaciones de Boca Ratón, igual que la urbanización donde vivían sus padres auténticos.

Evan recordaba haber creado su primer pseudónimo operativo con Jack, durante su etapa en la granja. Jack le había enseñado a montar una tapadera usando más verdades que mentiras, de modo que tuviera menos cosas que recordar y menos cosas que olvidar. Evan había aprendido a adaptarse a su imagen pública al máximo posible, a forjar un verdadero apego emocional de modo que sus instintos reaccionaran en consonancia. Había aprendido a meterse en el papel y a olvidar la parte de sí mismo que no se lo creía.

Slatcher y su equipo habían hecho lo mismo con Katrin. Tras comprarla en Las Vegas, la habían traumatizado, sumiéndola en el estado de desesperación que necesitaban que exhibiera de manera creíble. Después de que Slatcher hubiera fingido matar a Sam de un disparo, Evan recordaba haber abrazado a Danika en la cama del motel, mientras ella lloraba contra su pecho hasta quedarse ronca. Slatcher y su equipo debían de haberla amenazado con matar a su hija si no seguía sus instrucciones. Se habían asegurado así de que el sentimiento de culpa y el terror que la atenazaban fueran auténticos. Tenían que parecerlo para disipar las sospechas de Evan.

Como ex Huérfano que era, Slatcher había ideado una tapadera que se amoldara a las circunstancias de Evan. Había creado la historia de una mujer aterrada que se enfrentaba a una situación imposible y que necesitaba desesperadamente ayuda. Con un padre secuestrado que moría por culpa de un error de cálculo de Evan. «Katrin» había puesto al descubierto el secreto sentimiento de culpa del propio Evan: «Cometí un estúpido y maldito error y mi padre lo está pagando. Quizás ahora mismo. ¿Tiene la menor idea de cómo me siento?»

Sí.

Eso indicaba que Slatcher (y quien le había contratado) sabía lo de Jack. ¿Estaban ellos detrás de su muerte? Evan siguió el hilo lógico hasta el final y no le gustó adónde le condujo.

Danika prácticamente lo había retado a comprobar su pasaporte, señalando que lo llevaba consigo, dejándolo a la vista en el bolso cuando estaban en el *loft*. A Evan no se le escapó el hecho de que quien había contratado a Slatcher podía proporcionar un pasaporte auténtico, así como una red de barreras de protección en las bases de datos.

Hincó los codos en la superficie metálica de su mesa y se frotó los ojos.

Las palabras del falso y moribundo Sam a su hija por teléfono no habían hecho más que afianzar el señuelo: «Estés con quien estés, espero que te proteja.» A pesar de sus sospechas y en contra de su buen juicio, Evan la había protegido. A pesar de que sus perseguidores los habían localizado una y otra vez, a pesar de que los Mandamientos se habían ido al garete uno tras otro, Evan había seguido creyendo en ella hasta el último momento, hasta que ella le había clavado su propio cuchillo. ¿Quién mejor para representar ese papel que una jugadora de póquer con habilidad para analizar a los demás, para interpretar las situaciones, para echarse faroles? En definitiva, la propia Danika lo había resumido mejor que nadie:

«No juegas con tus cartas. Juegas con las del otro.»

Colgado de su barra de ejercicios, Evan practicaba levantando las rodillas para eliminar el tejido cicatricial del estómago. Se movía despacio y con firmeza, usando la respiración contra el dolor. Estaba tan concentrado que al principio no oyó que sonaba el RoamZone.

Corrió hasta la encimera de la cocina y lo cogió.

Las Vegas. Teléfono público.

—¿Morena?

—¿Está bien?

—¿Qué? —preguntó Evan, perplejo.

—La última vez que lo llamé parecía herido. Grave.

Evan respiró y notó que la cicatriz se tensaba.

—Estaba herido —respondió—. Pero no grave.

—Pensaba que igual había muerto o algo así. Solo quería comprobarlo.

Evan reprimió su impulso de presionarla, tratando de imaginar cómo lo habría enfocado Jack. Siempre había tenido esa habilidad, sabía cuándo presionar y cuándo aflojar.

Caminó a lo largo de la hilera de pantallas protectoras, dejándose bañar por las sucesivas franjas de luz atenuada.

—¿Me has llamado para eso?

—Al principio pensé que eran los amigos del poli, ¿sabe? Que venían a vengarse de nosotros. Usted y yo somos los únicos que sabemos lo que le pasó a William Chambers, así que decidí alejarme de mi hermana y mi tía.

—Fuiste muy valiente. Y lista.

—Pero no eran amigos del poli, ¿verdad?

—No —admitió Evan—. Son mucho peor.

—Creen que sé algo, aunque no sé nada. Mi vida se ha acabado. Pero Carmen, a lo mejor ella puede tener una buena vida.

—Tú también la tendrás —le aseguró él.

—No puedo volver a acercarme a usted. Si lo hago, me atraparán.

Evan se abstuvo de discutir. Dio una vuelta alrededor del gran salón e hizo lo posible por canalizar las enseñanzas de Jack. «Yo nunca te mentiré.» Si no había confianza, no habría nada más.

—Sí —dijo Evan—. Lo harán.

Un suspiro lloroso. Un hipo que parecía un sollozo.

—Estoy asustada. Es para estar asustada, ¿verdad?

—Ya.

—Es duro vivir así. Invisible para el mundo. Separada de todos. Como si no existiera.

Evan pensó en Mia en su dormitorio, meciéndose al son del trío de Oscar Peterson.

—Sí, es duro —dijo.

Morena lloró un poco más con gemidos ahogados. Diecisiete años, objetivo de un asesino de primera línea. La rabia le subió por la garganta, pero tragó saliva para contenerla.

—Si no me dices dónde estás —explicó—, no podré protegerte.

Cuando Morena volvió a hablar, su voz estaba teñida de tristeza.

—Lo sé —dijo.

53

Nadando de espaldas sin agua

El amplio pecho de Slatcher se hinchó por la emoción cuando vio que Morena cambiaba de autobús. Iba en el Scion por la Downtown Express en dirección norte. Aminoró y se fijó en que la muchacha no seguía en la misma dirección, sino que cruzaba la calle para subir a un autobús que se dirigía al sur. Regresaba al Strip. Un movimiento básico de despiste que Huérfano X le habría enseñado para antes de un encuentro.

Durante tres días y tres noches, Morena había permanecido bajo la mirada vigilante de Slatcher. Había visitado una vez más el patio del colegio de su hermana y vendía patatas fritas y guacamole en un garito cutre de comida rápida. Pero hasta entonces no se había producido ningún cambio en su rutina que indicara la presencia de Evan.

Slatcher hizo un cambio de sentido y se puso en contacto con el único «radical libre» que le quedaba y que, por un cruel descuido de sus padres inmigrantes, se llamaba Don Julio.*

—Big Daddy a Tequila Uno. Deja a la hermana pequeña y rastrea mi localización.

Con su enorme pulgar, activó una aplicación del móvil que envió sus coordenadas.

—T Uno a BD. Estaré ahí en siete minutos.

* Juego de palabras intraducible. Don en inglés es un diminutivo de varios nombres masculinos como Donald o Donovan. *(N. de la T.)*

Aun siendo casi la hora de comer, el atasco del tráfico que se dirigía al Strip rivalizaba con la hora punta de Los Ángeles. Slatcher dirigió todas las salidas de aire del coche hacia sí mismo, y esperó pacientemente a tres vehículos del autobús, sin dejar de comprobar a todos los pasajeros que se apeaban en cada parada.

Nunca dejaba de sorprenderle lo aburrida y gris que parecía Las Vegas a la luz del día. No era más que una colección de edificios de formas extrañas distribuidos de manera imprecisa como una hilera de Legos polvorientos a los que hubieran pisoteado. Circulaba lentamente por Sahara Avenue, acercándose al Stratosphere, que se alzaba como una antena alienígena de una peli de ciencia ficción de los setenta. Vio por el retrovisor el SUV gris pizarra que giraba en la esquina detrás de él y de nuevo habló por radio.

—Toma la delantera cuando se mueva. A mí me reconocería.

—Recibido.

El autobús llegó a Sands Avenue, acercándose al hotel Treasure Island con el emblema pirata en la marquesina y el barco pirata anclado en la laguna de las Sirenas, aguardando la hora del espectáculo nocturno. Al parecer se avecinaba un nuevo encuentro en el Strip entre Evan y Morena: mucho bullicio, muchos testigos, cámaras por todas partes. El autobús viró hacia el este entre el Wynn y el Palazzo, bordeando un extravagante campo de golf. Justo antes de llegar a Paradise Road, el autobús se detuvo y las puertas se abrieron. Morena se apeó con la cabeza gacha. Con las manos hundidas en los bolsillos del abrigo, caminó a paso rápido, lanzando miradas nerviosas a su alrededor. Pasó delante de un gigantesco aparcamiento que se alzaba siete plantas sobre la calle como una mazorca de hormigón, y pasó por las puertas automáticas del vestíbulo de La Reverie. Un resplandor purpúreo iluminaba de abajo arriba la fachada del nuevo hotel casino, reflejándose en los cristales centelleantes en competencia directa con el sol resplandeciente de Nevada.

Pasando de tickets de aparcamiento, Slatcher estacionó el Scion junto a la acera delante de la gran mazorca, preparado para una rápida fuga posterior al asesinato. El SUV pasó por delante y Slatcher vio que paraba media manzana más allá, le entregaba las llaves al aparcacoches de La Reverie y su hombre entraba por las puertas de cristal ahumado. Por encima de Slatcher, una pasarela abierta unía la última planta del aparcamiento con un lateral de La Reverie. Por un instante, sopesó la posibilidad de tomar esa ruta para presentarse en el encuentro desde un ángulo distinto, pero no sabía dónde se había situado Huérfano X, de modo que decidió tomar el camino del vestíbulo del casino.

Cuando entraba por la puerta, se fijó en que las puertas del ascensor se cerraban, lo que dio pie a que llegara un mensaje de Tequila 1 a su móvil:

PLANTA 8.

Julio había logrado meterse en el ascensor y subía con Morena.

Slatcher empujó la amplia puerta que conducía a la escalera e inició el ascenso subiendo los peldaños de tres en tres. A pesar de su corpulencia y su ancha cintura, estaba en forma; era una maravilla fisiológica. Cerca del quinto piso, un grupo de chicas con piernas como palillos descendían sobre tacones de aguja imposibles. Slatcher pasó por en medio del grupo como una bola de bolera, obligándolas a pegarse a la pared. Cuando llegó al descansillo del octavo piso, le ardía el pecho al respirar. Esperó detrás de la puerta y oyó el ascensor al abrirse. Instantes después, a través del vidrio templado de la puerta, vio pasar rápidamente a Morena a menos de un metro de distancia. Julio la seguía caminando despacio, ataviado con un traje informal y anodino que se ceñía a su entrenado cuerpo sin una sola arruga.

Slatcher empujó la puerta para salir al pasillo. Morena seguía caminando a paso vivo con los puños apretados a los costados, demasiado concentrada para mirar atrás por si la seguían. Aunque Julio caminaba relajadamente, sus largas piernas lo mantenían a pocos pasos de ella. Slatcher se alejó de la escalera y avanzó rápidamente en pos de ambos, sirviéndose de Julio como pantalla para que Morena no lo viera si decidía echar un vistazo por encima del hombro. Si Julio y él se coordinaban bien, alcanzarían la puerta todos a la vez y Morena les serviría de escudo por si les devolvían los disparos.

Recorrida la mitad del pasillo, Morena se detuvo y llamó a una puerta, luego accionó el pomo y entró. Julio deslizó una mano bajo la chaqueta, extrajo una pistola y aceleró para salvar los últimos metros hasta la puerta. Empuñando también su pistola, Slatcher echó a correr y llegó hasta Julio en un santiamén.

Se alinearon para irrumpir en la habitación en perfecto orden, como un tren de tres vagones entrando por fin en la estación.

En la octava planta, desde el balcón de la habitación del hotel, decorada con colores chillones, Evan había observado la lenta caravana avanzando por Sands Avenue, primero el ruidoso autobús, luego el Scion morado, luego un SUV negro. Había atado una cuerda de rápel a un balaustre del balcón y la había dejado colgando sobre la pasarela abierta que había una planta más abajo. Había aparcado su Ford F-150 en la azotea del aparcamiento de varias plantas que había al otro lado de la pasarela, con el morro hacia fuera para permitir una huida veloz. Desde el balcón veía la parte posterior de la camioneta con sus relucientes cajas en la plataforma.

Desde aquella atalaya había visto a Morena bajándose del autobús y echando a andar rápidamente en dirección al vestíbulo del hotel. Había observado que Slatcher se bajaba del Scion mal aparcado, y que el SUV pasaba de largo lentamente para seguir a Morena. Luego se había dirigido a la puerta de la habitación 8.124 para abrir el cerrojo, y volver luego hacia el centro de la habitación, a mitad de camino del balcón. Dada la corpulencia de Slatcher, Evan había sopesado la idea de llevar consigo la escopeta Benelli, pero su plan requería mayor precisión. Recordó la enseñanza de Jack: «La colocación para disparar es más importante que el calibre del arma.»

Empuñó su Wilson 1911 con el silenciador acoplado y adoptó la posición isósceles moderna (de pie, brazos extendidos y sujetando la pistola con ambas manos), apuntando a la puerta. Slatcher confiaba en que Morena lo conduciría hasta él.

Estaba a punto de ver su deseo cumplido.

Evan esperó, interpretando las vibraciones que le llegaban a través del suelo. La herida en proceso de curación del estómago emitía un calor que la excitación del momento expandía hacia las costillas.

El picaporte de la puerta se movió hacia abajo y se desató el caos.

Morena entró por la puerta y se lanzó a tierra para dar una voltereta siguiendo el pasillo que Evan había despejado entre los muebles. Cuando Morena pasó junto a su pantorrilla, Julio apareció en el umbral de la puerta. Evan le disparó dos veces al pecho y le metió una tercera bala por la nariz. Se desplomó allí mismo, dejando a la vista a Slatcher.

Evan oyó a su espalda a Morena, que pasaba por encima de la barandilla, se agarraba a la cuerda e iniciaba el descenso de una planta hasta la pasarela.

Al contrario que el sicario, Slatcher no solo había irrumpido arma en mano, sino lista para disparar, de modo que el primer disparo de Evan fue para la mano que empuñaba el arma. La pistola de Slatcher salió volando hacia un lado, pero él se lanzó al suelo, empujando hacia delante al sicario, obligando a Evan a recular para que no le cayera encima.

Evan notó la tirantez de la cicatriz en el estómago cuando levantó el arma, una leve complicación que le costó cara. Slatcher tenía la vista clavada en el cañón de la Wilson para calcular la línea de tiro. Levantó los robustos brazos para protegerse al tiempo que cargaba hacia delante.

Evan disparó y acertó al antebrazo que Slatcher había levantado para cubrirse el entrecejo, y la segunda bala le abrió un agujero como un estigma en la mano derecha, con lo que ganó una fracción de segundo para apartar la frente.

Pero no se detuvo.

El brazo herido golpeó la muñeca de Evan como si fuera una cañería de acero, un *shotokan* que derribó a Evan. Este rodó al caer al tiempo que veía cómo su Wilson 1911 desaparecía por el borde del balcón, y más abajo, la figura de Morena que corría por la pasarela para ponerse a salvo. Al terminar de rodar se puso en pie mientras reevaluaba su situación. En una ocasión había entrenado con un maestro de *shotokan* que había endurecido sus manos, pies y espinillas hasta hacerlos de hierro, y era capaz de clavar clavos en el suelo con los puños. El maestro le había hablado de matar con un único puñetazo, y Evan sabía por el primer ataque de Slatcher que este era capaz de hacerlo. No podía permitirse el lujo de entablar un combate cuerpo a cuerpo con un tipo de semejante tamaño.

Trazaron círculos en la habitación, ambos a la defensiva, con las manos abiertas, las palmas hacia dentro y las puntas de los dedos por encima de las sienes. Dada su disparidad de envergadura, Evan tenía que atacar los centros nerviosos de Slatcher: ojos, nariz, orejas, garganta. Pero el objetivo principal era la piel. Necesitaba que Slatcher sintiera dolor en ese mismo momento, no al día siguiente.

Atacó con un *pencak silat*, un estilo de lucha indonesio con las manos abiertas, fintando a la izquierda y lanzándose luego contra el costado derecho de Slatcher para propinarle un fuerte golpe en la oreja con la palma de la mano. Los ojos de Slatcher se quedaron prácticamente en blanco hasta que las pupilas volvieron a aparecer, como un robot reanimándose. Evan aguardó a que le lanzara su golpe defensivo, y se hizo a un lado para bloquearlo hincándole el pulgar en la trompa de Eustaquio justo a la altura del cóndilo de la mandíbula. Notó que el pulgar se hundía fácilmente en la blanda piel, pero el movimiento lo dejó demasiado cerca de Slatcher para poder apartarse a tiempo, y comprendió al instante que le costaría caro.

Las manos de Slatcher se movieron velozmente. De la mano herida se desprendieron salpicaduras de sangre con el impacto. Evan intentó protegerse la cabeza juntando los antebrazos, pero le estaba cayendo una andanada de golpes. A pesar de ello, luchó por permanecer en el interior del radio de acción de aquellos puños devastadores.

No había interrupción que pudiera aprovechar. Tendría que crearla él. Giró un codo y movió el antebrazo hacia arriba como un *teddy boy* que fuera a ponerse brillantina en el pelo. El extremo del cúbito, utilizado como una punta de diamante, hendió la barbilla de Slatcher hasta el hueso. Con la sangre brotando de la herida, Slatcher echó la cabeza atrás y emitió un gemido ahogado.

Luchaban en diferentes idiomas, como una pelea callejera alrededor del mundo, en la que los bloqueos filipinos contrarrestaban los bloqueos japoneses a dos manos. Se desviaron de nuevo hacia Indonesia con llaves que trituraban los huesos y golpes con la mano abierta, hasta que una patada frontal de Evan puso cierta distancia entre ellos.

Serpientes carmesíes se enroscaban en torno a los brazos de Slatcher, brotando de las heridas de bala. Evan notó que se le inflamaba la mejilla derecha y rogó que no le estorbara la visión del ojo. La lujosa moqueta estaba tan sucia y pisoteada que parecía pertenecer al suelo de un taller mecánico. Alguien pasó por la puerta abierta, chilló y se alejó corriendo. Con un pie, Slatcher apartó el cadáver del sicario para despejar el espacio. Bajo la camisa se apreciaba el volumen de sus hombros como rocas. A pesar de las heridas, no parecía faltarle el aliento. Si Evan no conseguía salir pronto de allí, Slatcher iba a destrozarlo.

Slatcher arremetió con un puñetazo de *shotokan*. Evan lo interceptó con un *teep* de muay thai, lanzando la planta del pie dominante hacia fuera para hincarla en los tendones de su bajo vientre. Dado que el vientre de Slatcher tenía un tamaño considerable, el golpe no tuvo un gran efecto, pero consiguió desplazarlo y dejar su cabeza al alcance de Evan.

Evan pasó el brazo alrededor de la enorme cabeza y sus manos se enlazaron en la nuca de aquel cuello asombrosamente grueso, al tiempo que hacía presión con los antebrazos sobre las carótidas. Tiró de Slatcher con la cara hacia el suelo y empezó a propinarle *tangs*, golpes de rodilla, que aplastaron los heridos brazos de Slatcher contra las mejillas y la nariz que intentaban proteger. Al mismo tiempo, retorcía a Slatcher hacia un lado y otro, intentando hacerle perder el equilibrio al obligarle a levantar una pierna y luego la otra.

No hubo suerte. Slatcher era demasiado fuerte. Simplemente levantó a Evan del suelo y embistió con él contra el espejo del tocador. La herida del estómago de Evan se reabrió, rasgando el tejido cicatricial y provocándole un terrible dolor. El cristal se rompió por el impacto y los fragmentos llovieron sobre sus hombros.

Evan cayó en la moqueta y Slatcher reculó, lo que supuso un breve descanso. Evan intentó huir saltando por encima de una butaca en dirección al balcón. Slatcher le golpeó por detrás lanzándolo contra los balaustres, pero Evan dejó que su cuerpo pasara por encima de la barandilla tratando de agarrar la cuerda de rápel. Lo consiguió, se le soltó, volvió a agarrarla, y se deslizó unos metros quemándose las palmas, hasta que sus manos se soltaron por voluntad propia. Los últimos dos metros fueron en caída libre. Se precipitó contra la pasarela inmisericorde, golpeándose el coxis y los omóplatos. Antes de que el dolor hiciera acto de presencia, la figura de Slatcher tapó el sol al descender por la cuerda y dejarse luego caer, con sus enormes botas haciéndose más grandes por momentos.

Evan se puso en pie dando una voltereta hacia atrás, lanzó una rápida mirada en derredor buscando la Wilson caída y se alejó dando tumbos hacia el aparcamiento y su camioneta. El aterrizaje de Slatcher sacudió la pasarela. Al cabo de unos segundos, las atronadoras pisadas se convirtieron en un redoble de tambor que perseguía a Evan.

A pesar de que el dolor era como una daga clavada en sus entrañas que se extendía por todo su cuerpo, Evan siguió corriendo y tratando de sacar del bolsillo la llave de la caja de la camioneta. Al llegar a la azotea del aparcamiento, derrapó al girar para dirigirse a la camioneta y estuvo a punto de perder el equilibrio.

Morena se había esfumado hacía rato; Evan le había dicho que huyera, que él se aseguraría de que no la siguiera nadie. Era una promesa a largo plazo. Al otro extremo de la planta se abrió la puerta de un ascensor y una familia de cuatro miembros dio un respingo al ver la escena que se desarrollaba allí. El padre se inclinó para darle repetidamente a un botón, y el ascensor volvió a llevárselos.

Con manos magulladas y doloridas, Evan logró sacar torpemente las llaves, se le cayeron y las recogió, sin dejar de percibir todo el tiempo que Slatcher se acercaba como un enorme peñasco rodando hacia él. Como pudo, metió la llave en la primera caja, agarró la escopeta por la culata para sacarla de un tirón y se llevó por delante la catana envainada y las cajas de municiones, que se desparramaron por la azotea.

Slatcher se abalanzó sobre él.

No tuvo tiempo para apuntarle con la Benelli, apenas para inclinarse y esquivar a aquella mole. Slatcher le golpeó de refilón y la escopeta salió disparada. El propio Slatcher se estrelló contra el suelo de la camioneta. La colisión fue sísmica. Sus huesos crujieron, pero él solo profirió un leve gruñido. Evan se lanzó en plancha por la escopeta, pero esta se deslizó lejos de su alcance hacia los barrotes metálicos que protegían el ancho saliente de hormigón. Había cartuchos rojos por todas partes. Slatcher saltó de la camioneta al suelo y estuvo a punto de resbalar al pisarlos, pero recobró el equilibrio y se cuadró ante Evan, que se puso en pie con dificultad y resollando.

Slatcher se encorvaba, evitando apoyarse en la cadera lastimada. La barbilla partida le había pintado un babero carmesí en la camisa. Le corría sangre por los brazos y le goteaba de los dedos. La colisión con la camioneta lo había dejado aturdido. Era una oportunidad que Evan debía aprovechar.

Slatcher avanzó pesadamente hacia él moviendo las manos en posición de lucha. Evan lo esquivó, obligándole a girar del lado equivocado y a apoyar el peso en la cadera dañada. Slatcher apretó los dientes y dio un paso tembloroso. Sus huesos crujieron. Antes de que pudiera recobrarse, Evan saltó y le asestó una patada oblicua de wing chun con el pie derecho, girando para impulsar el talón con intención de golpear la pierna avanzada de Slatcher. Acertó de pleno en la rodilla, que crujió. Su adversario aulló y pareció flaquear, pero logró mantenerse en pie. Por un instante Evan perdió el equilibrio, tiempo suficiente para que Slatcher avanzara cojeando, girara sus robustas caderas y le diera un puñetazo en el plexo solar.

Evan sintió un estallido de dolor en la herida. La fuerza del golpe lo derribó y ya solo tuvo una visión lateral de la azotea al deslizarse hacia atrás y chocar contra la barandilla protectora. Se dio con la coronilla en el metal y el mundo se volvió borroso de pronto a causa de la conmoción. El hormigón recalentado por el sol le quemó la mejilla, y sintió un curioso desapego cuando vio a Slatcher caminar arrastrando los pies por el suelo inclinado, aumentando de tamaño con cada paso.

Evan parpadeó para recobrarse. Volvió la cabeza. Al otro lado de la barandilla solo vio el saliente de hormigón que formaba un anillo de tres metros de ancho alrededor de la estructura del aparcamiento, cubierto de paneles solares que parecían pétalos de cristal verde oscuro. Más allá, una caída a plomo de siete plantas. Volvió a pestañear con más fuerza y vio que su trayectoria hasta estrellarse contra la barandilla había desplazado también la catana, que estaba ahora en el borde de la barandilla, al igual que varios cartuchos que seguían girando como peonzas. Pero Evan no se detuvo en ellos, sino en la escopeta Benelli, que estaba un poco más allá, con el cañón varios centímetros fuera del borde del saliente.

Se sujetó a la barandilla para levantarse, igual que un boxeador valiéndose de las cuerdas del ring, y pasó por encima. El puño de Slatcher le pasó rozando, fallando por unos centímetros. Los cartuchos cayeron repiqueteando y la espada concluyó su lento medio giro para caer y quedar encajada entre los paneles solares.

Evan gateó a lo largo del curvo saliente en dirección a la escopeta, deslizándose sobre manos y rodillas por los resbaladizos paneles solares. Oyó a Slatcher a su espalda, resquebrajando un panel solar al aterrizar pesadamente sobre él. Evan estiró los dedos a unos centímetros de la culata del arma.

Slatcher se abalanzó sobre él y, al agarrarlo por la pantorrilla, impulsó hacia delante la mano de Evan, que sin querer empujó la Benelli.

La escopeta se deslizó y cayó por el borde. Durante unos instantes flotó recortándose contra el bonito telón de fondo acristalado de La Reverie. Luego desapareció. La brisa agitó los cabellos de Evan, que notó el agradable calor del sol en la mejilla. Un momento bucólico de la vida cotidiana.

Entonces Slatcher tiró de él hacia atrás. Girando la cadera, Evan le soltó una patada con toda la energía que le quedaba. El empeine de su pie lo golpeó justo por debajo de la mandíbula. Logró engancharle la cabeza y le hizo girar hacia el borde del saliente.

Los anchos dedos de Slatcher arañaron la lisa superficie de silicio tratando de agarrarse y dispersaron los cartuchos caídos. Sus piernas acabaron colgando por el borde, y a continuación también las caderas. Su peso lo arrastraba hacia el vacío. Apoyó los codos en el borde, pero finalmente resbalaron. Slatcher agitó una mano ensangrentada y atrapó algo.

La catana envainada, atascada entre dos paneles solares.

Sobresalía del borde del anillo como una bandera en su mástil colocado en el lateral de un edificio. El peso de Slatcher tiró de la catana, desplazándola horizontalmente, hasta que la larga empuñadura quedó atascada entre los paneles y el saliente de hormigón.

El poderoso brazo de Slatcher temblaba. La herida de bala había desgarrado los duros tendones y los dedos no se cerraban bien.

Un instante de suspense. Y finalmente Slatcher alzó la otra mano y se agarró también a la vaina.

Poco a poco, Slatcher se impulsó para volver a encaramarse al saliente.

A treinta metros sobre la acera.

La vaina se deslizó un par de centímetros hacia fuera. Slatcher se quedó inmóvil. Si la vaina se salía del todo y caía, él iría detrás. El equilibrio se mantuvo. Tras una pausa, empezó a ascender de nuevo centímetro a centímetro.

Mordiéndose la mejilla por dentro para dominar el dolor, Evan se movió hacia Slatcher y la espada. El rostro de su enemigo se tensó y una vena palpitó en su sien. Aun así, persistió en su empeño.

Evan llegó a su altura. Se situó de manera que pudiera arrojarlo al vacío de una patada, pero Slatcher lo observaba, listo para reaccionar incluso desde aquella posición tan comprometida. Si lograba alcanzar cualquier parte del cuerpo de Evan, a este no le cabía duda de que se aferraría a ella y lo arrastraría en su caída.

Así pues, centró su atención en la espada. Se esforzó en sacarla de su encaje entre los paneles, pero el peso de Slatcher la mantenía atascada. Agarró la vaina e intentó deslizarla a lo largo de la espada, pero la presión hacia abajo era demasiado fuerte.

Slatcher seguía subiendo. Los codos se encontraban ya justo por encima del borde de hormigón, casi a punto para auparse.

Un crujido los paralizó a ambos.

Los ojos de Evan se posaron en la fisura de la vaina provocada por Peter al dejarla caer. El crujido de la grieta se repitió. La fisura se amplió. Luego se bifurcó. Las fracturas se extendieron bajo las manos de Slatcher.

A Evan se le cortó la respiración. Los ojos de Slatcher, al mismo nivel que los de Evan, se abrieron como platos, inyectados en sangre. Le temblaban los labios y la nuez no paraba de moverse.

Ambos hombres se observaban, inmóviles.

La vaina se partió en pedazos bajo los dedos de Slatcher, que resbalaron al tirar de él su peso nuevamente hacia abajo.

Slatcher soltó una mano y luego la otra, dejando que los fragmentos cayeran para aferrarse con las palmas a la hoja de la espada.

Evan esperaba que el filo le destrozara las manos, pero no, por un golpe de suerte Slatcher colgaba del borde romo de la espada.

Con los dientes apretados, Slatcher dejó escapar un siseo regocijado por su buena fortuna. Tensando los músculos, flexionó los brazos, y sus poderosos bíceps elevaron de nuevo su colosal figura.

El acero *tamahagane* de dos siglos de antigüedad se dobló, y el borde afilado rechinó contra el saliente de hormigón. El metal, utilizado para fabricar balas de cañón en la época Meiji, no iba a romperse.

Slatcher se elevó unos centímetros más y su rostro subió por encima del saliente.

La empuñadura de la espada era larga, diseñada para que un samurái la sujetara con ambas manos. Además del trozo encajado entre los paneles solares, aún sobresalían diez centímetros más. Suficientes para los dedos de Evan. El cordón que la envolvía le proporcionó una buena sujeción. El guardamano redondo, o *tsuba*, le pellizcó la mano.

Aferrando la empuñadura con todas sus fuerzas, intentó liberar la espada. No tuvo suerte.

A unos pasos de él, Slatcher seguía encaramándose y su sombra avanzaba sobre el saliente centímetro a centímetro.

La espada se movió ligeramente en la mano de Evan y este comprendió que no podría liberarla, pero quizá sí podría darle la vuelta.

Con un esfuerzo supremo, giró la empuñadura como si fuera el acelerador de una motocicleta. Al principio no ocurrió nada, pero luego la hoja giró un poco en su inesperado atasco.

El leve movimiento hizo que Slatcher cayera varios centímetros.

Evan siguió girando el borde afilado hacia arriba. La espada rotó a trompicones. Slatcher perdía terreno, su corpulenta figura colgaba de la hoja. Sus enormes manos, desgarradas y ensangrentadas, temblaban violentamente.

Con un bramido, Evan logró que la espada girara más y el borde afilado apuntara por fin hacia arriba.

Se produjo un instante de tensión. La mirada frenética de Slatcher se elevó hasta Evan, y luego la catana hizo lo que se pretendía con su diseño.

La hoja sajó los dedos de Slatcher por los nudillos. Él manoteó hacia atrás, como nadando de espaldas sin agua.

Su mirada se cruzó con la de Evan un instante, y luego Slatcher cayó. Evan lo vio descender en picado en el reflejo de los cristales de La Reverie, hasta que también eso desapareció de la vista.

No vio cómo se estampaba Slatcher contra su Scion morado, pero lo oyó.

54

No

Evan enfiló la rampa con su Ford y descendió siete plantas hasta la calle. Las sirenas de la Policía aún se oían a varias calles, atrapados los coches patrulla en el congestionado tráfico del Strip. Rodeado por un círculo de horrorizados transeúntes, el cuerpo de Slatcher yacía aplastado contra el techo de su coche. El destrozo ocasionado por la caída lo había dejado prácticamente irreconocible. Había varios dedos desperdigados por la acera, como confeti adornando el macabro espectáculo.

Evan se puso una sudadera para cubrir la camisa ensangrentada y se abrió paso entre la multitud, moviéndose con rapidez y agachando la cabeza para que nadie se fijara en su cara magullada.

—¡Disculpen! ¡Soy médico! —Aparentando comprobarle el pulso, Evan registró los bolsillos de Slatcher y solo encontró un delgado estuche metálico.

Los curiosos parecían demasiado aterrados para fijarse en Evan. Lanzaban miradas a hurtadillas y tomaban fotos con sus iPhones. Una chica lloraba contra el pecho de su novio, dando patadas en el suelo, muy alterada.

Evan se escabulló y encontró su escopeta en un seto al pie del edificio de aparcamientos. Su Wilson 1911 se hallaba en la acera al otro lado de la calle, junto a La Reverie, y la vigilaban varios empleados, así que la dejó allí.

Volvió a la camioneta y se alejó justo cuando los coches de la

Policía llegaban entre chirridos de neumáticos. Mientras esperaba en la congestionada rampa de acceso a la autopista, se subió la
camisa para examinarse el estómago. Las suturas se habían roto y
la herida estaba abierta, pero la arteria no se había rasgado.

Circuló por la autopista durante una hora antes de detenerse
para examinar el estuche metálico.

Diez uñas. Una lente de contacto.

Dio un golpecito con el dedo en la lente y esta cobró vida, adquiriendo el brillo de una pantalla de ordenador.

Siguió conduciendo hasta una farmacia, donde compró líquido para lentillas. De vuelta en el coche, estacionó en un extremo
del aparcamiento y empapó bien la lentilla, por si acaso le habían
puesto veneno.

Luego se la colocó en el ojo.

Las uñas se ajustaron sobre las suyas fácilmente.

Esperó.

Apareció un cursor. Centelleó en rojo varias veces y luego se
volvió verde.

Evan aguardó, inmóvil.

Hasta que surgió una única línea de texto.

HUÉRFANO O?

NO, tecleó Evan, y se desconectó.

55

Trabajo silencioso

Esa noche, después de volver a coserse la herida y asearse en casa, Evan salió del ascensor en la sexta planta del Centro Médico Kaiser de Sunset Boulevard. Sonrió a la enfermera supervisora de la planta y levantó dos bolsas llenas de comida de la cafetería de la planta baja.

—Traigo la cena para las otras víctimas del accidente de coche.

Ella vio su ojo a la funerala y le permitió pasar con una inclinación de la cabeza.

Una hora de indagación en la Bóveda había confirmado sus peores expectativas, conduciéndole hasta allí.

Las tiras de espumillón plateado de los pasillos parecían adornos de Navidad colocados en el último momento. La habitación 614 se encontraba a su derecha. Cogió el gráfico que había junto a la puerta y pasó al otro lado de las cortinas sin saber a ciencia cierta cuál era la gravedad del paciente.

Un hombre yacía inconsciente, la cabeza envuelta como una momia, el brazo derecho escayolado y una pierna sujeta en alto. Un tubo endotraqueal surgía de su garganta, pero un rápido vistazo a los monitores mostró a Evan que la ventilación mecánica era solo de apoyo.

Memo Vázquez había acabado entrando por fin en el sistema.

Evan repasó los gráficos, tomó nota de las fracturas, las contusiones, el pulmón colapsado, la perforación intestinal. Los narcotraficantes se habían cobrado en el cuerpo de Vázquez las drogas desaparecidas. Pero ¿habían cumplido también su promesa?

Posó suavemente una mano sobre el brazo de Memo, e instantes después el hombre se agitó. Sus negros ojos se abrieron bajo las vendas. Alzó una mano unos centímetros sobre las sábanas y Evan la tomó. Memo la apretó débilmente. Tenía la cabeza hacia atrás en un incómodo ángulo.

—Siento no haberle creído —dijo Evan. Respiró hondo antes de preguntar—: ¿Se llevaron a Isa?

Memo soltó la mano de Evan e hizo el gesto de escribir en el aire. Evan le proporcionó papel y lápiz.

Con mano temblorosa, Memo escribió: «sí». Luego escribió con gran esfuerzo: «qué pasó su cara?»

—Debería ver al otro tipo —sonrió Evan—. Bien, ¿puede decirme dónde encontrar a los malos?

La mano volvió a moverse. Le llevó casi cinco minutos escribir la dirección de un almacén. No era una dirección, sino una serie de toscas instrucciones en una mezcla de español e inglés fonético. Bastaría.

Evan se guardó el papel.

—Ahora todo irá bien.

Memo hizo un nuevo gesto para que le diera el lápiz. Sujetándolo débilmente, escribió: «nos deportarán no tengo tarjeta soy ilegal».

Evan dejó el bloc junto a la mano.

—Ya no —dijo—. Su nombre se ha incorporado a la lista de admitidos de la base de datos de Inmigración. Mañana le enviarán por correo el permiso de residencia a su casa. Un regalo de Navidad. —Echó un último vistazo al gráfico y lo dejó sobre la bandeja—. Le han dado una buena paliza.

Memo volvió a garabatear con el lápiz: «debería ver al otro tipo».

Evan sonrió. Percibió un destello de regocijo en los ojos de Memo antes de que volvieran a ensombrecerse por la preocupación.

—Descanse —le aconsejó. Palmeó la vendada mano y se dio la vuelta para irse—. Yo me encargo de todo.

Desde el tejado de amianto de un almacén condenado al derribo, Evan entró por la alta ventana de guillotina y se giró para agarrarse al alféizar interior. Sus botas colgaron a tres metros del suelo de hormigón. Se dio impulso para saltar y aterrizó con las rodillas flexionadas y el cuerpo ladeado para que no absorbiera todo el impacto de golpe.

Aunque había un viejo colchón individual en un rincón, la chica dormía en el suelo. El pequeño espacio de almacenamiento estaba vacío, por lo que constituía una celda improvisada.

Las paredes desnudas dejaban oír a los hombres que discutían en el desvencijado despacho del encargado que había al final del pasillo. A través de una claraboya, Evan los había observado a los tres armando jaleo por una balanza digital. Lucían tatuajes de lágrimas y otros típicos de presidiarios. Había una cámara de seguridad que seguramente enviaba imágenes en directo a algún otro sitio. El resto del antiguo taller clandestino estaba abandonado. Una pared de la planta principal se había derrumbado y los escombros se esparcían sobre oxidados telares industriales.

Evan se levantó en aquel diminuto espacio y se acercó sigilosamente a Isa, para no asustarla. Al llegar a su lado, se dio cuenta de que Isa había desdeñado la cama para que su peluche pudiera dormir en ella. La osita rosa con la oreja mordisqueada estaba cómodamente arropada bajo la única sábana de la cama y con la cabeza sobre la almohada.

Evan le tocó suavemente el hombro.

La chica se despertó. Tal vez tuviera doce o trece años, resultaba difícil determinarlo por su estado. Sus ojos oblicuos parecían sonreír.

—Me envía tu padre —susurró Evan.

Ella asintió sacando la lengua un poco sobre el labio inferior.

Evan señaló la osita rosa.

—¿Cómo se llama?

—*Baby*.

—La estás cuidando muy bien.

—*Sí*. Se asusta enseguida —dijo ella en voz baja, arrastrando las palabras.

—Es afortunada de tenerte a ti —dijo Evan.

La chica le dedicó una sonrisa de orgullo, alzando sus gordezuelos pulgares.

—Ahora tengo que salir un momento —añadió Evan—. Tú quédate aquí con *Baby* para asegurarte de que se siente a salvo, ¿vale?

—Ajá.

Evan metió la mano en un bolsillo del pantalón.

—Ahora me voy a poner esta máscara. No dejes que *Baby* se asuste. No es para asustarla a ella. —Se puso una máscara de Polartec negro que le cubría toda la cara menos los ojos.

—Una máscara. —Ella le sonrió—. Como la de un superhéroe.

—Como un superhéroe. —Evan desplegó su equipo de visión nocturna monocular. Se ciñó a su cabeza perfectamente, con la lente de alta resolución situada sobre un ojo, lo que le dejaba las manos libres.

—¿Estarás bien aquí sola durante un ratito?

—Pues claro.

Evan se tranquilizó pensando en el cuchillo de combate que llevaba al cinto.

Los disparos asustarían a la chica. Tendría que realizar su trabajo en silencio.

Posó las manos suavemente sobre los hombros de Isa y la miró con su ojo de cíclope.

—Las luces se van a apagar. Pero después la Policía llegará muy pronto. Yo me encargaré de eso. ¿De acuerdo?

—Ajá.

Evan sacó el juego de ganzúas del bolsillo de atrás.

—Eres una jovencita muy valiente —dijo, y se volvió para concentrarse en la puerta.

—*La puerta* está cerrada.

—No pasa nada. —Meneó sus ganzúas—. Yo puedo atravesar las puertas.

Ella parpadeó y Evan ya no estaba.

Más tarde, de vuelta en casa, en la ducha, Evan apoyó las manos en los azulejos, inclinándose bajo el chorro caliente. El agua que caía de la alcachofa en forma de lluvia le limpió la cara de salpicaduras rojas. Se frotó manos y brazos, provocando riachuelos rojos. Había mucha sangre.

No era suya.

56

El Décimo Mandamiento

Evan se hallaba inmerso en un profundo y satisfactorio sueño cuando el zumbido del móvil lo arrastró hacia la superficie. Se dio la vuelta para sentarse en la cama flotante y tendió la mano hacia el RoamZone. Notaba tirantes las nuevas suturas del estómago.

Antes de que pudiera hablar, oyó la voz de Danika.

—Ayúdame. Por favor, Evan. Sé que te he traicionado, pero no tenía alternativa. De verdad.

Sus palabras surgían a borbotones y su respiración era jadeante como si estuviera corriendo.

—Siempre hay alternativas —replicó Evan.

—No tengo a nadie más. —Sus pasos se oyeron más fuertes, resonando entre paredes estrechas. ¿Una escalera?—. Ya no me necesitan. Ahora soy prescindible.

—¿Quién te persigue?

—El tipo que está por encima de Slatcher, creo. El tipo que está detrás de todo.

Sus pies notaban el frío del suelo de hormigón y solo entonces se dio cuenta de que estaba de pie.

—Estoy en tu casa —dijo ella.

Lentamente, Evan volvió la cabeza hacia la puerta del dormitorio.

—¿Mi casa?

El ruido de una puerta al cerrarse de golpe, y luego ella jadeó en su oído:

—El *loft*.

Evan dejó escapar el aire que retenía.

—He venido a buscarte —dijo ella.

Evan fue al cuarto de baño y entró en la Bóveda.

—Ellos ya conocen ese sitio.

—No tengo otro sitio a donde ir. —Sollozaba—. Pagaron mi deuda. Les pertenecía. Si no te entregaba, iban a...

—Todo eso ya lo sé. —Evan movió los dedos velozmente sobre el teclado hasta que accedió a las imágenes de seguridad del *loft*.

Allí estaba la mujer que para él seguía siendo Katrin, con la espalda apoyada en la puerta, un brazo pegado a la hoja como si quisiera contener las embestidas de un ariete, y la otra mano apretando lo que parecía un móvil de prepago contra la mejilla. Su pecho se movía agitadamente y el rubor le subía por el cuello marfileño.

—Me prometieron que cada disparo que oyera sería una bala que le meterían a mi hija en una extremidad. —Ahora lloraba desconsoladamente—. Cuando estábamos en el motel, pensé que ya habían empezado. Pensé que era eso lo que oía. Iban a mutilarla. Aunque ella no quiera verme, es mi hija. Mi hija. La única cosa buena que he hecho en la vida. La jodí muchas veces como madre, pero no podía permitirles que lo hicieran. Pasara lo que pasara, no podía dejar que hicieran daño a mi hija.

Danika se alejó de la puerta para adentrarse en el *loft*. Luego, manteniendo el teléfono pegado a la oreja, miró directamente a una de las cámaras de vigilancia. Un gélido escalofrío recorrió la espina dorsal de Evan. Ella conocía la existencia de las cámaras desde el principio. Durante tres días la había observado y ella no se había delatado en ningún momento. Su larga experiencia en las mesas de póquer le habían sido útiles.

—El hombre que va tras de ti —dijo Evan—, ¿te dio el pasaporte?

—No. Nunca lo he visto. Slatcher me llevó a recogerlo.

—¿Adónde?

—Al Edificio Federal. En Westwood.

Otro escalofrío volvió a recorrer a Evan.

El Edificio Federal lo confirmaba todo.

El frío de la Bóveda lo caló hasta los huesos y tuvo que refrenar un estremecimiento.

—Ellos me dijeron lo que debía hacer —explicó Danika—. Me dijeron todo lo que debía hacer. Pero ahora ya no sé qué debo hacer.

—Sabes demasiado. Te encontrarán, eso seguro. Igual que te encontraría yo.

Unos sollozos silenciosos sacudieron el pecho de Danika.

—Por favor, Evan. Nunca le he pedido perdón a Sammy. Ya no me importa morir, pero primero me gustaría tener la oportunidad de hacerlo. Te necesito. Necesito tu ayuda.

Evan sopesó el Décimo Mandamiento, el más importante: «Nunca permitas que muera un inocente.» Ella no era inocente, pero seguía siendo un inocente. Evan tuvo que luchar contra todos sus instintos. Décadas de hábitos, automatismos.

—No puedo ayudarte —respondió al fin, haciendo un esfuerzo supremo.

Danika miraba a la cámara como si pudiera verlo a través de ella, aunque por supuesto era imposible.

—¿No puedes o no quieres?

Evan dejó de luchar contra el frío y se permitió un estremecimiento.

—Eso —dijo.

Ella se acercó aún más a la cámara incrustada en los armarios altos de la cocina, mirándola con expresión triste.

—¿Y vas a dejar que me maten?

Piel lechosa.

La curva de sus caderas.

Aquellos labios carnosos y rojos como la sangre apretados contra los suyos.

—Te habría ayudado —dijo—. Si hubieras confiado en mí, yo lo habría arreglado todo.

—Lo sé. Ahora lo sé. —En sus mejillas brillaban las lágrimas—. Pero ellos me encontraron antes.

Al otro lado de la línea, Evan oyó un chirrido de neumáticos, y luego ella desvió la mirada hacia la pared de cristal.

—¡Oh, Dios mío! —exclamó—. Ya está aquí. Es su coche. Evan, ¿qué hago? —Estaba aterrorizada.

Evan sintió un nudo en la garganta.

—Lo siento, Danika.

—Evan, dime qué hago. ¿Qué hago? —Corrió hacia la ventana y se puso de puntillas para mirar hacia abajo. Luego corrió hacia la puerta principal. La abrió, chilló y volvió a cerrarla de golpe—. ¡Está en el pasillo, Evan! —Rápidamente se dirigió al centro del *loft*, estirando el cuello para mirar hacia arriba, como si quisiera mirarlo a él a los ojos—. Por favor. Maldita sea, Evan. ¡Ayúdame, por favor!

«Nunca permitas que muera un...»

La puerta principal se abrió con estrépito. Se oyó el disparo de un arma con silenciador, y la cabeza de Danika se ladeó con una sacudida. Cayó sobre la cadera y sus manos dieron contra el suelo. Los rígidos brazos cedieron grácilmente. Se deslizó hasta yacer de lado. Expiró.

Alguien corpulento entró en el apartamento y cerró la puerta silenciosamente de espaldas a las cámaras de vigilancia. Unas cuantas astillas sobresalían como espinas de cactus alrededor del cerrojo reventado. Aunque habían disparado sobre ambas cerraduras, la puerta todavía podía cerrarse. Desde el pasillo, nadie se daría cuenta de nada. Manteniendo la cabeza baja, el hombre se acercó a Danika y le pegó otro tiro en el pecho, que dio una sacudida. La pistola acabó enfundada en una pistolera que llevaba bajo el brazo, y luego el hombre se acuclilló para recoger el móvil de Danika, todavía conectado.

Charles van Sciver se incorporó, llevándose el móvil al oído. Miró a la cámara de seguridad principal y sonrió.

—Hola, Evan —dijo.

57

Otra ventana iluminada

Unos kilos más, las mejillas más llenas, la cara más rubicunda.

—Hola, Charles —dijo Evan con voz ronca.

Van Sciver se paseó tranquilamente por el *loft*.

—Hay 367.159 personas solo en Estados Unidos que tienen tu mismo nombre de pila —dijo—. Eso es uno de cada 854. —Las palabras le llegaban a través de la línea con un leve retraso, perdida la sincronía con el movimiento de la boca de Charles, lo que confería a sus palabras un efecto sobrenatural—. Por supuesto renunciaste a ese burdo apellido tuyo hace años. Mucho antes de Oslo. Así que ha sido todo un desafío.

—Me alegro de no llamarme Ignatius.

Charles sonrío con suficiencia. Se detuvo ante Danika y contempló su cadáver. El charco oscuro que había bajo su cabeza se expandía lentamente.

—Ellos están indefensos y tú eres fuerte —dijo—. Esa es tu debilidad, Evan, siempre lo ha sido. Eres demasiado blando.

Evan pensó en el pasaporte falso, pero emitido debidamente a través del Departamento de Estado. Pensó en cómo lo habían rastreado a través de quince servicios de centralita en todo el mundo. Y que Slatcher jamás se molestaba en cambiar el Scion por otro vehículo... porque las autoridades no le buscaban.

—Tú no eres un radical libre —dijo Evan—. Tienes autorización del gobierno.

—Al menos la misma que tuvimos siempre. Pero sí, sigo dentro, si te refieres a eso.

—¿Quién te dirige?

—¿Quién me dirige? —De nuevo Charles esbozó esa sonrisa petulante que hacía recordar a Evan las canchas de baloncesto de asfalto agrietado, los platos de macarrones con queso, los dormitorios atestados del Albergue Pride House Group—. Nadie me dirige. Es mío.

—¿Qué es tuyo?

—Todo.

Al comprender por fin, a Evan se le revolvió el estómago. Mentiras apiladas sobre montones de mentiras, hasta que los jirones de su pasado cayeron sobre él en avalancha.

—El Programa Huérfano no se interrumpió nunca.

—Su propósito ha cambiado. Pero yo soy el jefe.

—¿Cuántos quedamos?

—Suficientes —respondió Charles.

—¿Cómo hallaste mi rastro?

—Oh, no imaginas lo difícil que fue seguir la pista al Hombre de Ninguna Parte. Diseñamos un programa de búsqueda y procesamiento de datos para analizar informes policiales de crímenes. Dio con la muerte de William Chambers. Partiendo de ahí llegamos a Morena Aguilar.

—¿Qué me delató?

—El objetivo nos llamó la atención. Poli corrupto, muchas acusaciones... un trabajo hecho a tu medida. Y el informe forense. El estriado demostraba que le habían disparado con una 1911, tu pistola preferida durante años, aunque la munición utilizada nos despistó al principio. Por lo general usas puntas huecas, pero esa noche disparaste balas macizas de quince gramos. Entonces comprendí que en aquel barrio tan concurrido utilizarías munición subsónica para evitar la huella sónica de la bala. Pero lo que realmente te delató fue el dinero que dejaste para pagar el alquiler de la chica. ¿Qué hace una pobre chica salvadoreña con billetes de cien dólares?

«Una negligencia», pensó Evan.

—No queríamos que ella se enterara de nada, por si acaso necesitábamos usarla más adelante —explicó Charles—. Pero no esperábamos que te proporcionara un nuevo cliente tan pronto.

—Porque eso interfería con la falsa clienta que habíais preparado.

Charles dio un puntapié al cuerpo de Danika.

—Eso es.

—Querías colocarme a alguien con quien tuviera una relación más cercana para que te informara sobre mi localización.

—Ya sabes cómo es. Necesitábamos tener controlada tu posición para realizar un ataque coordinado en un perímetro de fácil vigilancia.

—Por ejemplo, un motel.

—Eso. Y aun así, fíjate cómo acabó. Por eso cambiamos el cliente y colocamos un peón con el que pudiéramos moverte por el tablero. —Sus ojos se desviaron de nuevo hacia el cadáver que tenía a sus pies—. Necesitábamos conocer tu localización con tiempo suficiente para planear la misión. Esperábamos que te quedaras a dormir en el *loft*, pero eres como un tiburón, siempre en movimiento.

—¿Dónde encontrasteis a Danika?

—Oh, teníamos varios candidatos, pero estábamos esperando a tener una pista sobre ti. Llevábamos un tiempo vigilando a Danika. Parecía la más adecuada.

Evan tardó unos instantes en asimilar aquello.

—¿Así que por eso me perseguís? —preguntó al fin—. ¿Por mi trabajo gratuito?

—Por supuesto que no. —Charles cerró los ojos en un gesto de frustración—. Te perseguimos por toda la información que tienes en la cabeza. No es seguro tener una herramienta como tú en circulación.

—Lo mismo se puede decir de ti.

—Yo no estoy en circulación.

—Me dijeron que habías cambiado de bando.

Charles pareció sorprendido.

—Nunca he cambiado de bando.

—Aquel verano, después de Oslo, me ordenaron matarte. Me negué.

—A dos de nosotros nos ordenaron matarte a ti ese verano. Fue la primera vez que permitieron que dos Huérfanos trabajaran juntos. Tu supervisor te mintió. Siempre fuiste tú el objetivo. Simplemente no conseguíamos encontrarte. Hasta ahora.

—Entonces, ¿por qué...?

A la tenue luz de los monitores, Evan de pronto lo comprendió todo. Jack le había enviado la foto de Charles sabiendo que lo reconocería, sabiendo que preferiría pasar a la clandestinidad antes que matar a un compañero. El Plan Niebla.

Jack le había asignado aquella falsa misión para advertirle y para que desapareciera del radar. De haber sabido la verdad, tal vez habría decidido actuar contra todos los Huérfanos y todo el maldito gobierno. Habría conseguido que lo mataran.

La expresión de Charles denotó que él también acababa de darse cuenta, y luego volvió a esbozar la sonrisa de siempre. Con el teléfono en la oreja, se paseó en torno al cadáver.

—Vaya, eso sí que tiene gracia. No lo sabías. ¿Por qué crees que cayó Jack Johns? Por tratar de protegerte.

Evan tendió la mano hacia atrás para sujetarse a la silla y sentarse. Recordó a Jack a la mesa, enrollando espaguetis en el tenedor. «Lo más duro no es convertirte en un asesino. Lo más duro es conseguir que sigas siendo humano.» Recordó su voz tensa antes del fatídico encuentro bajo el monumento a Jefferson. «Puede que haya una filtración en nuestro lado. No quiero hacerme ver. Vigilo mis movimientos.»

Jack había quebrantado innumerables protocolos para proteger a Evan. Sabía el riesgo que corría. Y lo había aceptado.

El dolor de Evan por la muerte de Jack nunca había remitido; seguía allí enraizado en lo más profundo de su ser. Se agitó ahora, agrietando sus cimientos, oprimiéndole el pecho. Abrió la boca, pero no salió palabra alguna.

Tan solo podía agradecer que Charles no viera su reacción. Pero Charles la percibió. Dio media vuelta sobre los talones y miró a la cámara oculta en los armarios de la cocina.

—¿Por qué querían matarme? —preguntó Evan haciendo un esfuerzo.

—No lo entiendes, Evan. No era personal. Los drones lo han

cambiado todo. Ahora el Departamento de Estado puede apretar un botón cuando le dé la gana, y un camión lleno de extremistas explota al otro lado del mundo. ¿Por qué aceptar el error humano y todos los riesgos diplomáticos que implica un programa como el nuestro? Ya no nos necesitan. Hace años que somos prescindibles. Y empezaron a liquidarnos.

—Quieres decir que nos permitieron liquidarnos entre nosotros.

—Eso es. Y sigue siendo así. Tenemos que eliminar a los que suponen un alto riesgo.

—Todos suponemos un alto riesgo, Charles. Eso es lo que somos.

—Cierto —admitió—. Pero algunos perfiles de personalidad predecían una mayor probabilidad de desafío.

—Como el mío.

—Como el tuyo.

—Entonces, si yo hubiera aceptado matarte y tú te hubieras negado a matarme a mí, ahora mismo estaríamos los dos en el lado opuesto de la cámara.

—Bueno, no dirás que no tenían razón, ¿no?

—¿El nuevo propósito del Programa Huérfano es asesinar Huérfanos? ¿Es que no ves cómo acabará esto, Charles? Harán que sigamos matándonos unos a otros...

—Hasta que solo quede uno.

—¿Eso no te preocupa?

—No.

—¿Por qué?

—Porque —se acercó aún más a la cámara— seré yo.

—¿Y luego qué? —preguntó Evan.

Por una vez Van Sciver no supo qué contestar.

Evan aguardó y, tal como esperaba, Van Sciver dio un paso más hacia la cámara. Evan quería que diera otro, pero Charles se quedó donde estaba, fulminando la lente con la mirada.

—Da igual el tiempo que tarde en conseguirlo —dijo—. Te encontraré.

—Adiós, Charles —dijo Evan.

La expresión de Charles cambió, y dio un leve respingo antes de que Evan hiciera clic con el ratón para detonar la carga explosiva oculta en la cámara.

La pantalla se llenó de ruido estático, ya que todo el circuito de cámaras ocultas quedó frito a causa de la explosión. Evan permaneció sentado un rato contemplando el ruido estático como si fuera un código que debía descifrar.

Pensó en la distancia entre Charles y la pequeña carga explosiva, y se preguntó si el radio de acción habría sido suficiente.

Cuando por fin se levantó, le fallaban las piernas. Las obligó a llevarle hasta la cocina, donde agitó dos dedos de Jean-Marc XO hasta que los dedos se le quedaron pegados a la coctelera de aluminio. Vertió el vodka en un vaso, añadió un palillo con olivas manzanilla y se dirigió al balcón que daba al centro de la ciudad.

Las preguntas (y las posibilidades) eran infinitas. Evan figuraba en una lista secreta de personas más buscadas en la que no había atracadores a mano armada ni barbudos con turbante, sino individuos con entrenamiento y recursos proporcionados por el mismo gobierno que ahora pretendía eliminarlos. Lo que significaba que quizá tuviera aliados además de adversarios. ¿Quién más se encontraba en aquella lista de objetivos, y quién más quería utilizarla?

Charles le había asegurado que el Programa Huérfano seguía activo bajo su dirección en un nuevo formato, diezmado pero mortífero. Hasta ahí Evan creía en sus palabras. En aquel momento, el programa se dedicaba a liquidar a antiguos Huérfanos que consideraran de alto riesgo. Eso también se lo creía. Pero nadie podía adivinar qué otro propósito podía tener Charles en mente una vez hubiera asumido el mando total del programa.

Evan se apoyó en la barandilla y contempló la vista de Los Ángeles mientras bebía su vodka. En algún lugar, entre aquellas luces brillantes, se encontraban sus perseguidores, y allí estaba él, y no podían encontrarlo. Esa noche no.

Esa noche no era más que otra ventana iluminada entre millones de ellas.

58

Regalo de despedida

Hacía solo dos días que habían encontrado el cadáver de su madre en el parque Griffith, en un arroyuelo boscoso, tras un anticuado tiovivo, y aunque Samantha White llevaba años esperando una llamada así en plena noche, una parte de ella seguía conmocionada. Y otra parte había aceptado finalmente la derrota sobre su propia vida. Era como si su madre hubiera despejado el camino para que Sam diera un paso adelante y ocupara el miserable lugar que ella había dejado.

Sam atravesaba el campus a paso vivo en dirección a la oficina de ayuda económica, con un montón de avisos de impago del préstamo para estudiantes. Su asesora le había dejado tres mensajes, y el hecho de que estuviera dispuesta a acudir al campus ese día precisamente para encontrarse con Sam significaba que el problema era realmente grave.

Vio un grupo de chicos de fraternidad con el uniforme de los Bruins, enardecidos aún por el partido de fútbol americano del fin de semana. Los estudiantes de Medicina salían en tropel del Boyer Hall con sus cuadernos codificados por colores y sus libros de texto. De todas formas, ¿a quién quería engañar? Nunca había encajado allí. Siempre había sido una impostora, una perdedora con un pasado de perdedora. Y finalmente había llegado la hora de rendirse y aceptar su futuro de perdedora.

Tenía una amiga que trabajaba como banca en el Hustler Casino de Gardena. Era un trabajo sórdido, claro, pero ganaba lo suficiente para pagar el alquiler de un apartamento y la letra de un Civic. Tal vez ella también pudiera conseguir un empleo allí y empezar a devolver los préstamos por los semestres que había logrado estudiar en la UCLA. Más adelante podía irse a Las Vegas para ganar más dinero. Igual que su madre. «Ay. Ahí está el problema», pensó.

Después de haberse criado durmiendo en el coche delante de casinos cutres y restaurantes abiertos las veinticuatro horas, Sam ansiaba llevar una vida normal. La suya nunca había sido una madre corriente. Siempre le había dado más problemas que alegrías, pero al menos había hecho algún gesto siempre que podía. Algún regalo. Algo de dinero para gasolina. Hasta que se habían vuelto las tornas.

Cuando el forense le entregara el cadáver, Sam usaría lo que quedaba en su magra cuenta corriente para pagar el entierro. La factura de una funeraria no era el regalo de despedida que ella esperaba, pero Danika seguía siendo su madre y merecía tener su lugar de descanso.

Se detuvo frente a la oficina de ayuda económica. La brisa agitó los avisos de impago. De modo que así acababa todo, no con un estallido, sino con un sollozo,* en una fría mañana de diciembre.

Sam entró en la oficina y notó el cálido ambiente y el olor a pino. No había nadie en la recepción, como era lógico ese día, pero la puerta del despacho de Geraldine estaba abierta y desde allí llamó a la joven.

Sam entró en el despacho y Geraldine levantó la vista para mirarla con sus compasivos ojos.

—Lamento mucho tu pérdida.

—¿Cómo se ha enterado?

Geraldine le señaló la silla que había frente a su mesa.

—¿Por qué no te sientas?

—Mire, ya lo sé —repuso Sam—, tengo que pagar. Solo le pido algo de tiempo para encontrar un trabajo de verdad, y entonces empezaré a...

---

* «Y así se acaba el mundo / No con un estallido, sino con un sollozo.» Últimos versos del poema *Los hombres huecos* de T. S. Eliot. *(N. de la T.)*

—Sam —la interrumpió Geraldine—. Siéntate.

Sam se dejó caer en la silla.

—Parece ser que tus préstamos se han pagado.

—Han sido un par de días muy duros, Geraldine. No tiene gracia.

—Se ha puesto en contacto conmigo un abogado que hablaba en nombre de tu madre. Al parecer, ella estuvo poniendo dinero en una especie de fondo de educación para ti.

—¿Un fondo? ¿Qué fondo? ¿De dónde?

—De las Islas Baleares, en España.

Sam notó que se le encendía la cara y temió echarse a llorar y que Geraldine pensara que era por el dinero. Tragó saliva. Se mordió el labio inferior.

—¿Eso hizo?

—Ha quedado lo suficiente para cubrir los dos últimos años de matrícula —explicó Geraldine—. Pero tendrás que trabajar para pagarte el alojamiento.

Muda de asombro, Sam asintió. Tenía que salir de allí o empezaría a berrear como una idiota de *reality show*. Se levantó rápidamente. Geraldine la imitó y le tendió su esbelta y fría mano por encima del escritorio.

—Feliz Navidad —dijo.

59

La próxima vez

Evan despertó con una sensación de paz por primera vez en varios meses. Hacía ocho días que habían hallado el cadáver de Danika en el parque, a casi diez kilómetros de donde le habían disparado. El *L. A. Times* había informado de una explosión de gas en un edificio del centro, pero no se hacía mención a ningún cadáver, ni el de Danika White ni el de Charles van Sciver.

Alguien lo había limpiado todo.

O el propio Van Sciver o, si la carga explosiva lo había matado, otros de su círculo. Buscarían a Evan.

Y Evan los buscaría a ellos.

Como había hecho a primera hora todas la mañanas y a última hora todas las noches, sacó las uñas y la lente de contacto del estuche plateado de Slatcher y se las colocó.

Inició el sistema y observó el destello del cursor. Rojo, rojo, rojo.

Van Sciver no daba señales de vida.

Al cabo de un minuto, bastante satisfecho, lo guardó todo.

Mientras se vestía, pensó en lo que se avecinaba. Desde luego continuaría con sus misiones como el Hombre de Ninguna Parte, pero tendría que esquivar ciertas complicaciones. Se conocía su relación con Memo Vázquez y Morena Aguilar. Lo mejor que podía hacer era no volver a acercarse a ellos. Dadas las circunstancias, tendría que ser él mismo quien encontrara a su siguiente cliente.

Pero primero tal vez se tomaría un breve descanso.

Fue en coche a la tienda de bricolaje y compró unas tablas de roble rojo de primera, pintura y masilla para madera. De vuelta en la Bóveda, observó las cámaras de vigilancia interiores de Castle Heights, esperando a que Ida Rosenbaum saliera a dar su paseo después del desayuno. Luego se dirigió al apartamento 6G.

Una vez concluido el arreglo, pasó el resto de la mañana recorriendo el circuito de pisos francos, donde cambió el horario de la iluminación automática, recogió la propaganda y comprobó el estado de mantenimiento de su reserva de vehículos de apoyo.

Había tal atasco en la 405 en dirección sur que parecía un aparcamiento, de modo que se desvió para enfilar una ruta por el desfiladero que atravesaba la colina. Veinte minutos más tarde se encontraba en el interior de Wally's Wine & Spirits, estudiando su oferta de licores. Les quedaba una única botella de vodka Kauffman Luxury Vintage.

Sobre el mostrador había un expositor giratorio que contenía vasos, sacacorchos y abridores. Mientras esperaba su turno, Evan le dio un pequeño empujón para que girara. Apareció a la vista una caja de tiritas de los Teleñecos.

—¿Señor? ¿Señor?

Evan alzó la vista.

Mirando por encima de las gafas, la dependienta señalaba la botella.

—¿Esto es todo?

—Sí —respondió él—. Es todo.

Cuando llegó a casa, Evan detuvo el coche en el pórtico.

—Vaya, señor Smoak —se asombró el aparcacoches, apresurándose a recoger las llaves—. ¿De verdad va a permitirme aparcar su camioneta?

—Tú procura no atropellar a nadie —dijo Evan, y el chaval sonrió.

En el interior, tocado con un gorro de Santa Claus, Hugh Walters daba los últimos toques a los adornos del árbol del vestíbulo. Desde lo alto de la escalera, colocó un bajel en la punta en lugar de un ángel. Al ver a Evan, se encogió de hombros.

—Esto es Los Ángeles —se justificó.

Más allá, junto a los buzones, Johnny Middleton se dio la vuelta para chocarle esos cinco con excesivo entusiasmo. Desde que se habían enfrentado a aquellos gamberros, los intentos de Johnny por confraternizar se habían intensificado. Sintiéndose vagamente estúpido, Evan chocó esos cinco y luego comprobó si tenía correo.

En el buzón había una caja rectangular de GenYouration Labs. La estaba esperando.

Abrió el paquete y leyó un poco de camino al ascensor.

—Piso veintiuno —informó al mostrador de seguridad.

—Sí, señor Smoak.

Evan se detuvo.

—Y felices fiestas, Joaquín.

—Igualmente.

Subió al ascensor. Cuando las puertas se cerraban, una mano marchita se deslizó por la abertura y las puertas volvieron a abrirse. La señora Rosenbaum entró. Echándose hacia atrás, observó a Evan.

—Veo que se está curando de su accidente de motocicleta.

—Así es, señora.

—Mi Herb, que en paz descanse, siempre decía que encerraría a nuestros hijos en el sótano antes que dejarles montar en una motocicleta.

—Sus hijos tuvieron suerte de tenerlos como padres.

Ella emitió un apagado sonido de aquiescencia. Ascendieron varios pisos en silencio.

—Ese inútil del encargado por fin se ha dignado arreglarme el marco de la puerta esta mañana. ¿Qué le parece?

—Debe de estar muy contenta.

—Supongo que quería sacarse el problema de encima para poder decirle a todo el mundo que lo ha hecho este año. —Llegaron al sexto piso y ella salió del ascensor despacio—. Bueno, pues adiós.

Evan bajó al llegar al duodécimo y enfiló el pasillo. Al pasar por delante del 12F, percibió un ojo chismoso en la mirilla.

—Buenas tardes, señoría.

La voz amortiguada de Pat Johnson se oyó tras la puerta.

—Buenas tardes.

Evan se detuvo frente a la última puerta. Dentro se oían voces más altas de lo normal.

—Tienes que dejarme quedar hasta medianoche. Tenemos que ver eso de Nueva York.

—Eso lo dan a las nueve de aquí.

—¡Lo vuelven a dar! Y quiero ver fuegos artificiales. ¿Y si vemos la mitad?

—¡No negocio con terroristas!

Evan llamó a la puerta.

Se oyeron unos pasos y apareció el rostro de Mia tras la cadena de seguridad. Echó la cabeza levemente atrás.

—¿Evan?

—Tengo un regalo tardío de Navidad para Peter. O más bien supongo que es un regalo de despedida. Después de esto, no volveré a pasarme por aquí, tal como quedamos.

—De acuerdo —dijo ella.

La puerta se cerró, Mia quitó la cadena y luego le dejó pasar.

—Tu ojo —dijo—. ¿Qué te ha...? —Alzó las manos—. Espera. No importa. Nada.

Él sonrió. Aunque en realidad Mia sabía muy poco sobre él, debería haber hecho el equipaje y haberse marchado de Castle Heights. Pero no lo había hecho. Al quedarse, Evan había aceptado que volviera a su vida un pequeñísimo margen de confianza en los demás.

Peter lo saludó con la mano desde el sofá, y Evan se acercó a él. Mia regresó a la cocina para dejarlos solos.

Evan se acuclilló delante de Peter, que apagó el televisor. Evan le tendió la gruesa carpeta de GenYouration Labs.

—¿Sabes qué es esto?

—¿ADN de dinosaurio?

—Casi. Es tu ADN. —Evan abrió el informe impreso—. Tienes un cincuenta por ciento de mediterráneo, un treinta por ciento de nórdico y un once por ciento del sudoeste asiático.

—¡Asiático!

—Sí. Mira aquí.

Peter se sentó en el borde del sofá, cautivado.

—Mola.

—Mola mucho. Tu antepasado más antiguo salió de África hace sesenta y cinco mil años y cruzó el mar Rojo hasta la península Arábiga. Pertenecía a un pueblo de cazadores nómadas, con armas y herramientas. No temían enfrentarse a nuevas tierras y nuevos desafíos. —Evan volvió la página—. A causa de una gran sequía, tus antepasados siguieron a las manadas de animales salvajes a través del actual Irán hasta las estepas de Asia Central.

—¿Qué es una estepa?

—Grandes praderas —contestó Evan—. Son hermosas. —Giró el informe para que el niño lo viera—. Mira este mapa. ¿Ves cómo emigró tu pueblo a través de Europa? Eran cazadores de grandes animales salvajes.

—¡Hala!

—Hala, sí. —Evan siguió pasando las páginas—. Luego hubo una era glacial y más migraciones, y una parte de ti viene de los agricultores de la Medialuna fértil. Pero lo puedes leer tú mismo. —Le entregó el informe—. Dijiste que querías saber de dónde venías.

—Gracias. Me encanta. Mamá me dijo que no vendrías mucho por aquí.

Las frases enlazadas como fragmentos de un todo. Tal vez lo eran.

—Es cierto —dijo Evan.

—Dijo que yo no lo entenderé hasta que sea mayor, pero creo que eso es lo que dicen los mayores cuando no saben qué hacer.

—Los mayores no saben qué hacer más a menudo de lo que crees.

—Eso es un asco —dijo Peter—. A veces me siento solo. Siendo el único niño.

Evan reflexionó antes de responder.

—Alguien muy cercano a mí me enseñó a crear un espacio en mi cabeza. Puedes poner en él todo lo que quieras. No tienes por qué dejar que entre nadie. Pero puedes dejar que entre quien tú quieras.

—Como a Batman. O al capitán Jack Sparrow.

—Eso es.

—O a ti.

Evan asintió.

—O a mí.

—Adiós, Evan Smoak.

—Adiós, Peter Hall.

El niño abrió el informe de ADN por el principio y empezó a leer.

Evan se levantó y se encaminó a la puerta. Mia se asomó por la puerta de la cocina y vio la bolsa de papel que llevaba en la mano.

—Por fin has conseguido tu vodka, ¿eh?

—Ya ves.

—¿Preparándote para celebrar el Año Nuevo?

—Más o menos.

—¿Has tomado ya tus decisiones? —preguntó ella.

—Todavía no.

—No tienes mucho tiempo.

—No. Supongo que no. —Hizo una pausa—. Feliz Año Nuevo, Mia.

Ella se echó el pelo atrás y se mordió el labio.

—Feliz Año Nuevo.

El pósit seguía pegado junto a la puerta, justo delante de Evan: «Trátate a ti mismo como si fueras alguien al que ayudar fuera responsabilidad tuya.»

Evan se preguntó si ahora tenía idea de lo que eso significaba.

Cuando llegó a su ático, estuvo ejercitándose con ganas. Luego se limpió las suturas. Se dio una ducha caliente y leyó un rato. Poco antes de la medianoche, se sirvió unos dedos de Kauffman con hielo. De pie ante las pantallas protectoras, dejó que el vodka le calentara la boca y la garganta. Textura sedosa, regusto limpio.

Esporádicos fuegos artificiales saludaron la entrada del Año Nuevo como estallidos lejanos en el horizonte. Bebió mientras contemplaba las espléndidas cascadas de fuego y luz. Cuando no le quedó nada más que el tintineo de los cubitos de hielo, lavó el vaso en el fregadero.

Un destello de los fuegos artificiales iluminó la marca de una mano infantil en el Sub-Zero. Evan recordó a Peter apoyándose en la nevera y echándole el aliento para empañar el acero inoxidable.

Decidió dejarla como estaba.

Recorrió el largo pasillo, pasando junto al sitio vacío donde colgaba la catana. Tras prepararse para dormir, se sentó en la plataforma Maglev y se puso la lente de contacto de alta definición y las uñas adhesivas de radiofrecuencia, como había hecho durante las últimas nueve noches.

El cursor parpadeó en rojo, rojo, rojo.

Aliviado, se lo quitó todo y lo metió en el estuche plateado hasta la mañana siguiente.

Apagó la luz y yació flotando en la oscuridad, desconectado de los demás, del mundo, del suelo mismo que tenía debajo. Absorto en las posibilidades del nuevo año que empezaba, cerró los ojos.

Contó hacia atrás desde diez, y empezaba a dormirse cuando sonó una alarma. Abrió los ojos con una leve sonrisa. Tendió la mano para coger el mando a distancia que había sobre la mesita de noche y apagó la alarma. No había necesidad de comprobar los monitores.

Se levantó, encendió la luz y se acercó a la ventana. Un globo flotaba frente al cristal. Una mano infantil había escrito torpemente tres palabras con rotulador.

LA PRÓXIMA VEZ.

Evan abrió la ventana, metió el globo en la habitación y cortó el cordel con una nueva navaja Strider, una que aún no se había usado para acuchillarlo a él. Dejó que el globo fuera chocando levemente contra el techo y se acostó. Iba a apagar la luz, pero se detuvo a mirar el estuche plateado.

Un intento más.

Volvió a ponerse el equipo. El cursor apareció flotando virtualmente a corta distancia de su cara. Parpadeó en rojo, rojo...

Verde.

Evan miró la conexión activa durante unos instantes, notando que se le aceleraba el corazón. No hizo intento alguno de teclear, y no apareció ningún texto. Transcurrieron diez segundos, luego treinta. Finalmente, apagó el dispositivo con cautela. Se quitó la lente y las uñas.

Transportando el estuche plateado con tanta cautela como si fuera un explosivo, lo dejó en la Bóveda y luego se fue a la cama.

EPÍLOGO

Pérdida

En un lugar desolado de las nevadas montañas Allegheny arde un fuego en una cabaña y el humo sale por la chimenea. A través de las ventanas se oyen gruñidos. En el interior, un pesado saco de 135 kilos lleno de agua cuelga de una viga del techo. Un muchacho de doce años, menudo pero fuerte, golpea el saco con todas sus fuerzas, con puños, brazos y rodillas. Un hombre bajo y fornido está de pie detrás de él con un cronómetro en la mano.

Los golpes del muchacho se hacen más débiles y espaciados, y finalmente el hombre para el cronómetro. El chico se detiene, jadeante.

—Albuquerque, molecular, treinta y siete, Henry Clay, Grand Slam, rayos X, pérdida, diecinueve, Mónaco, indicado —dice el hombre—. ¿Nueve?

El flaco pecho del muchacho sube y baja por los jadeos.

—Mónaco.

—¿Dos?

—Molecular.

—¿Suma del tres y el ocho?

—Cincuenta y seis.

Una serie de pitidos sordos atraen la atención del hombre. Se acerca a la encimera, donde descansa un teléfono por satélite. Despliega la gruesa antena apuntando al techo y descuelga con un clic.

—Jack Johns —dice.

La voz llega chirriante por la estática.

—Ha vuelto a esfumarse.

—¿A salvo?

—Sí. Por el momento.

Jack cierra los ojos, agacha la cabeza, exhala un suspiro. Pasa la mano por los botones superiores de la camisa de franela, y se rasca la piel tirante y reluciente de la cicatriz en forma de dólar de plata que tiene cerca del hombro. Tantos años transcurridos y aún le pica como un demonio en invierno.

La voz vuelve a sonar chirriante.

—¿Entendido?

—Entendido —confirma Jack.

Luego le quita la batería al teléfono y lo arroja al fuego de la chimenea.

El muchacho se encuentra a su lado. Ha percibido un cambio emocional.

—¿Te he dicho yo que pares? —pregunta Jack.

—No, señor. —El muchacho regresa junto al pesado saco.

Sobre los leños ardientes, el teléfono se ennegrece y derrite. Jack mantiene la vista fija en las llamas danzantes. Tiene que carraspear dos veces antes de poder seguir con la prueba.

—¿Siete? —pregunta.

—Pérdida —responde el muchacho.

Agradecimientos

Se necesita todo un pueblo para publicar un libro. Para publicar una nueva serie, se necesita toda una ciudad. Teniéndolo en cuenta, me gustaría dar las gracias a:

Sensei Brian Shiers, por enseñarme artes marciales mixtas. Adquirí muchos conocimientos mientras recibía diversas llaves de estrangulamiento, golpes en los ojos y barridos de piernas. Mi médico de atención primaria y yo se lo agradecemos.

Billy S____, de las Fuerzas Especiales y maestro armero. Si hay alguien digno de calzar unas botas de combate es él. Gracias por prestarme su cerebro y sus armas.

Jeff Polacheck y la encantadora Pearl Polacheck, por ofrecerme una auténtica perspectiva de lo que significa vivir en las alturas con vistas al Wilshire Corridor de Los Ángeles. Gracias por enfrentarse a mis preguntas mientras yo curioseaba por pasillos laterales y espacios inservibles, tratando de imaginar cómo construir la Fortaleza de la Soledad de Evan.

Geoffrey Baehr, conocedor de las tecnologías secretas e invasivas. Gracias por enseñarle a Evan cómo navegar por el universo virtual sin ser detectado.

Profesor Jordan Peterson, el de los proverbios citados. Gracias por proporcionar a Mia una guía para educar a su hijo y por darme a mí una guía para educarme a mí mismo.

Melissa Little, reina restauradora de Vintage Movie Posters, por mostrarme los trucos del oficio en lo referente a falsificaciones de arte y de documentos.

Doctora Melissa Hurwitz y doctor Bret Nelson, por curar a mis personajes heridos o permitirles expirar con la dignidad de la verosimilitud.

Mi editor, Keith Khala, el del ojo perspicaz y la ética incansable, por ayudarme a dar forma a Evan Smoak. Y al resto de mi equipo de Minotaur Books (Andrew Martin, Kelley Ragland, Paul Hochman, Jennifer Enderlin, Sally Richardson, Hector DeJean y Hannah Braaten) por darle un hogar.

Caspian Dennis de la Abner Stein Agency, y a Rowland White y su espléndido equipo de Michael Joseph/Penguin Group UK, por cuidar de Huérfano X en sus operaciones OCONUS (acrónimo de Outside the Contiguous United States, utilizado sobre todo militarmente para referirse a Alaska, Hawái y el resto de países).

La insuperable Lisa Erbach Vance, así como Aaron Priest, John Richmond y Melissa Edwards, de la Aaron Priest Agency.

Mi extraordinario equipo en la Creative Artists Agency: Trevor Astbury, Rob Kenneally, Peter Micelli y Michelle Weiner, por darle a Evan una formidable promoción.

Marc H. Glick de Glick & Weintraub y Stephen F. Breimer de Bloom, Hergott, Diemer *et al.*, que me han apoyado durante más de dos décadas.

Philip Eisner, por su ojo crítico de escritor y su sombría sensibilidad.

Dana Kaye, extraordinaria publicista.

Y por supuesto, Maureen Sugden, la correctora ideal.

Cosa Uno (*Simba*) y Cosa Dos (*Cairo*), que me acompañan al interior de cada capítulo.

Hija Uno e Hija Dos por hacer que me alegre de salir del libro cada noche.

Y Esposa Uno, por ese visto bueno que me diste el 26 de septiembre de 2013.

Índice